跳出大荧幕的间谍

THE SPY WHO JUMPED OFF THE SCREEN

〔美〕Thomas Caplan / 托马斯·卡普兰◎著

王鹏飞 傅佳雯 李 桃◎译

重庆大学出版社

THE SPY WHO JUMPED OFF THE SCREEN
by THOMAS CAPLAN
Copyright © 2012 by Oscar Caplan & Sons, Inc.
Copyright © 2012 by William Jefferson Clinton
This edition is published by arrangement with
Peter Lampack Agency, Inc.
350 Fifth Avenue, Suite 5300
New York, NY 10118 USA.
版贸核渝字(2012)第 037 号

图书在版编目(CIP)数据

跳出大荧幕的间谍/(美)卡普兰(Caplan,T.)著;王鹏飞译.—重庆:重庆大学出版社,2013.4
书名原文:The spy who jumped off the screen
ISBN 978-7-5624-7298-8

Ⅰ.①跳… Ⅱ.①卡…②王… Ⅲ.①长篇小说—美国—现代 Ⅳ.①I712.45

中国版本图书馆 CIP 数据核字(2013)第 071560 号

Tiaochu Dayingmu de Jiandie
跳出大荧幕的间谍
托马斯·卡普兰(THOMAS CAPLAN) 著
王鹏飞 傅佳雯 李桃 译
策划编辑:王 斌
责任编辑:庄婧卿 李桂英 版式设计:庄婧卿
责任校对:刘 真 责任印制:赵 晟
*
重庆大学出版社出版发行
出版人:邓晓益
社址:重庆市沙坪坝区大学城西路 21 号
邮编:401331
电话:(023)88617190 88617185(中小学)
传真:(023)88617186 88617166
网址:http://www.cqup.com.cn
邮箱:fxk@cqup.com.cn(营销中心)
全国新华书店经销
重庆国丰印务有限公司印刷
*
开本:890×1240 1/32 印张:14.625 字数:379 千
2013 年 6 月第 1 版 2013 年 6 月第 1 次印刷
ISBN 978-7-5624-7298-8 定价:36.00 元

谨以此书献给戴安娜、雨果、伊莎贝拉、爱丽克丝、乔治和奥克塔维亚

世界就是个舞台，
男男女女都是这舞台上的演员；
他们都有登场和谢幕的时候；
在人生的舞台上演着多种角色……

威廉·莎士比亚
《皆大欢喜》
第二幕,第七场

比尔·克林顿荐言

我向来是一个惊险小说的狂热粉丝,细细算来,到现在已经有四十年的时间了。好的惊险小说有许多,但各有各的不同。它们有的是长篇,有的是短篇,有的将背景设定在现在,有的则定位于未来、远古,抑或是近些年。它们的题材或是关于棘手的案例,或是关于高科技的间谍活动;有的可能是在查探恐怖分子的活动和作案动机,也可能是在写那种老派的政治题材——权力和原则间复杂的思想斗争。但不管有多少不同,惊险小说之所以会吸引大家是因为它有扣人心弦的情节,个性鲜明的人物,行云流水的文笔。这类小说既能学到知识,又能让人兴致盎然。

当我们读到一部好的惊险小说时,我们会身临其境地听到那些对话,看到那些场景,认识那些人物,甚至能感受到身边的爆炸声和头顶上呼啸而过的子弹。我曾经也想写上一本,但由于精力所限,只好安心当一名读者。不过大量的阅读经验也使得我能够一眼就判断出一本小说的好坏。

我认为托马斯·卡普兰的这本《跳出大荧幕的间谍》是一本非常好的惊险小说。它所讲述的是至今为止争议最大、对人类的威胁也最大的一件事——核武器的扩散以及被恐怖分子利用的可能——这本小说并没有因袭传统,而是有它的独到之处。书的主角是一个魅力十足的电影明星,叫泰·亨特,他同时也是前特种部队的军事专家。亨特这次卷入的事件恐怕就连阿尔弗雷德·希区柯克都想不到。其实他陷入这次危机纯属偶然,但后来却又因总统的授意而不得不临危受命。在此过程中,他不仅让我们看到了一个好莱坞当红影星的风范,而且也向

1

我们显示出了一个老特种兵应有的勇气和水准。正如一位名人所说：马特·达蒙就是真正的杰森·伯恩。如果让我来说，可能这样形容更加准确：在这本小说中，就像是把肖恩·康纳利、罗杰·摩尔、皮尔斯·布鲁斯南和丹尼尔·克雷格揉成一位007。

托马斯·卡普兰从哪儿获得了灵感，从而创作了这样一个用自己的名声来作为掩护的秘密特工的故事？对于当今沉迷于名声，且很容易就被其弄得心烦意乱的社会来说，这样的故事构想显得更加难能可贵。当今社会上，很多人千方百计想要出名：有人通过自身的才能，有人通过政治上的功成名就，还有人通过自己完美的身体，甚至有人通过遗臭万年的恶行，只为达到扬名立万的目的。当然，在摄影师、小报记者和政治网站多如牛毛的今天，媒体常常通过造势，让一个人的名声达到如日中天的地步，再将他最后的那一点儿隐私挖出来；媒体已经见惯了名人的起起落落，而作为芸芸众生中一员的我们，则对此津津乐道，乐此不疲。作者将名人身份作为一种烟幕弹，来掩盖真实的目的，岂有不成功之理？

当然，亨特的英勇故事借鉴了很多著名演员的真实经历，包括莱斯利·霍华德、斯特林·海登，还有天才作家罗尔德·达尔和伊恩·弗莱明，以及更多不为人知过着双面生活的人们。然而，亨特也有自己的独特之处，他既不是一个出于善意的业余间谍，也不是一个致力于间谍事业的专业人士，他是一个真正的爱国者。在他的人生中，他两度受到了命运的眷顾：第一次是他在战场上受了重伤，几乎丧命，以致终结了自己的军旅生涯；而第二次则是他奇迹般的康复过来，并一跃成为电影明星。命运的两度眷顾赋予了他两种完全不同的技能。可以预见的是，受重伤并从中恢复过来的经历，当然还有毁容的遭遇，让他变得更强，更有魅力，更能揣摩电影人物的特征，而这往往是其他电影明星所不具有的。

跟希区柯克电影中的主人公一样，危险总是会自己找上门来。当泰·亨特卷入了核弹头转移事件后，他尽自己最大的努力去阻止危机的发生。通过卡普兰批判性的视角，我们看到了许多拥有不同背景、不同性格特征的角色，此外，卡普兰对于细节的描写有一种近乎偏执的热爱，这些细节不仅丰富了小说的内容，也增长了读者的见识。在书中，我们了解了大城市的街道陈列、直布罗陀军事要塞的布局、现代巨型游艇的设计、顶级酒店套房的装饰、享受大餐的乐趣，以及珠宝首饰的制作与营销；我们还了解了裂变材料和炸弹可能被隐藏的地方，以及走私的种种方法。在小说的高潮部分，我们跟随一群喜欢冒险的年轻极客，看他们是怎么用先进的电脑技术帮助泰·亨特追踪核武器和金钱的转移，并一举挫败了恶势力的阴谋。

卡普兰塑造了两个引人注目的反派角色——伊恩·桑塔尔和菲利普·弗罗斯特，二人同属异常自负之辈，在故事中他们各有种种复杂的目的，妙趣横生的生活经历，以及巧舌如簧的自我辩解；而伊莎贝拉·卡维尔这朵娇艳的玫瑰，她的生命同桑塔尔和弗罗斯特都紧密相连，幸运的是她极佳的悟性和勇于反抗、坚贞不屈的品格，还有不得不提的，她对泰的爱慕之情，让她免于沦为桑塔尔和弗罗斯特阴谋的帮凶；另外故事中的一大群配角也功不可没，他们的言语、行为和目的都使得这本书内容更加丰富，更具有真实性。

一打开《跳出大荧幕的间谍》，你就像是在一位知识渊博的导游带领下畅游那些我们从未涉足甚至从没有想象过的地方，去体会那些二十一世纪全球超级富豪们的生活——他们令人难以置信地集财富和权力于一身，有着与众不同的经历、关注焦点以及人生价值。这些富豪们将自己和他们间的相互往来一同隐藏于大门紧锁的神秘高墙之内，而托马斯·卡普兰则为我们打开了这些高墙之门。在卡普兰的笔下，我们可以看到富豪们空虚放纵的生活和高傲自负的内心，看到他们对芸芸众生的无情漠视，看到他们道貌岸然的外表下极端自私自利的本性。

我们的发现充满了讽刺意味：在一个特权当道的社会，最大受益人正是社会问题的根源，而同时他们又是消除社会问题的中坚力量，无法用绝对的好坏进行评判。在《跳出大荧幕的间谍》中没有谁是完全清白的，即便是泰·亨特也一样。这本书的高明之处在于它会让你再次欣喜地发现总会有像泰和他的同胞那样的人，他们甘于冒着生命危险去逆转历史对人类社会的百般嘲弄，来拯救大众的生命。

　　我和本书的作者初次见面时，我们都还是乔治城大学外交学院的一年级新生，那时我们都住在洛约拉大楼二楼，宿舍只隔了几个房间。在我的回忆录《我的一生》（*My Life*）中，我曾写道，在我们第一次见面时，他的寝室里放了一张大大的摇椅，而且"他告诉我他想成为一名作家"。那会儿我们都曾是肯尼迪政府的狂热支持者，但不到一年后都因它的悲惨结局而心碎神伤。但是约翰·肯尼迪树立的榜样鼓舞了我，我决心踏入政坛，进入政府工作，而肯尼迪雄辩的口才则激励着托马斯，让他迈进文字的殿堂。我们的友谊堪称天作之合：一个热爱政治的准作家和一个爱好文学的准政治家。在此之后的四十七年多的时间里，我们都从对方的身上学到了许多东西，也一起度过了许多难以忘怀的美好时光。

　　在入学后一个月左右，我们一起第一次参加竞选，我参选的是一年级的主席。到现在我仍记得在加斯东楼举行的候选人辩论赛以及赛前的准备工作。托马斯一直在我身边给我帮助，在演讲前替我准备打动人心的稿子，在辩论中告诉我怎样犀利地反驳，之后的事我就一直交给他打理，包括我的总统就职演说。而当他叫我阅读并评价这本书的初稿时，我们之间发生了角色互换，这倒是满足了我一回。他知道我喜欢读惊险小说，往往一本接着一本地读，因此他认定我已经能够很好地评价一本小说的好坏。

　　托马斯的语言比较正式，而我多用口语化的语言，他的小说常常描述伴随我们一起长大的那些五光十色的地方和文化。我一直很欣赏他细腻的描写，完美的对话，和让人目不暇接的人物。这也成就了他的前

4

三部小说:《命悬一线》(*Line of Chance*)、《平行四边形》(*Parallelogram*)、《优雅和青睐》(*Grace and Favor*),当然在这一部小说中也体现得淋漓尽致。我在初稿中发现的唯一缺陷就是有关小说节奏和进展速度的问题。相比前几部小说,要是作为一部惊险小说,就略显拖沓。征得他的同意后,我建议为了保证小说的刺激性和可读性,需要删减掉几段上千字的对话和描写。托马斯很感谢地表示这些建议十分受用。

除此之外,当我第一次读到泰·亨特的时候,我知道作者塑造了一个时代英雄,正如总统重新召回泰参与行动时说过:"你不是我们所谓的'隐形人',相反,正因为你那么受人瞩目,才会变得'隐形'。因为只有你才能到任何地方去。"他是个大名鼎鼎的演员,是个受世人追捧的万人迷,所以他去任何地方都是理所应当的,相反,换做是其他人,在四处辗转和摆脱怀疑两者之间总不能兼顾——至少这种窘境是难以摆脱的。泰和这类小说经常塑造的主人公并不相同,当其他角色锋芒毕露的时候,他却深藏不露。所以这也就让读者虽然可以居高临下地看到所有人在干什么,但却总也摸不透泰的动机。当然直到小说结尾,才会真相大白。像其他优秀的惊险小说一样,这部小说里面,泰总可以单枪匹马,力挽狂澜。

作者在《跳出大荧幕的间谍》中付诸的智慧和努力是值得读者花时间揣摩的。我在前面所提到的,因为存在这样有动机和技术的地下组织,核武器扩散已经成为我们所面临最严重的问题。而这些组织的负责人总是难以被发现、逮捕和处死。由于他们往往不属于一个国家,并且会藏匿于偏远处或者混迹于平民之中,所以一切常规的报复威慑毫无用处。

这是一个充满了让人心惊肉跳的挑战的故事,是一个要将邪恶势力剔除出这个无邪世界的故事,是一个要将黑暗阴谋一一击破的故事。从我们翻开扉页,牢牢地被书中性格迥异、形形色色的人物吸引住的时候,我们不禁要问自己,到底谁是真正的大反派? 他们到底有什么阴谋? 他们如何在他人和自己面前做到名正言顺? 这些答案都是捉摸不定的,难以猜测。这就是小说的魅力所在,但是这部小说也提醒我们,在现实生活中任何恶行是有报应的。我们必须保证核武器远离那些别有用心的人。如果我们做不到,我们的世界将会遭受灭顶之灾。

小说中向我们展现的重重谜团,颇具独特的风格和现代都市的气息,从中流露的那份智慧和愉悦让人欲罢不能。从绿林葱郁的堪萨斯城的乡村到刻赤海峡边上早已废弃了的导弹发射井,从好莱坞到布拉格,从伦敦到摩洛哥,沿着西班牙的阳光海岸,感受旅途中让人血脉贲张的每一站。《跳出大荧幕的间谍》的魅力就在于让你爱不释手的同时,更加坚定地要为自己的孩子创造一个更加安全的世界。

1

这辆欧陆飞驰系列的跑车已经买来六天了,但今天下午是克劳森第一次把它开出米申高地。在这之前,它的作用仅在于停在外面时,可以让邻居齐整的车道显得更有档次,让堪萨斯乡村俱乐部添上几分富贵气息罢了。由于经常在这里开,这辆车格外引人注目,任何人从门廊向外看都会一眼就注意到它。比利,正如大家所熟知的那样(作为世界上最大的承包商之一,但凡有点身份的人物都认识他),差点就改买慕尚了。慕尚的车体空间更大,价格更贵,而且它的零部件可以由德国的专业公司进行调试。但欧陆飞驰也有它的优势,那就是它有一种属于年轻人的朝气。现在想来,年轻人应有的无忧无虑在他身上早已没了踪影,恐怕这就是他为自己的成功所付出的代价。他需要通过某种方式把它找回来。

"您平常看报纸吗?"卖车的销售员问道。

"经常看,报上又说什么了?"比利回答道。

"报上说,已经可以证明,有些机械装置可以刺激女人的性欲。"销售员干巴巴地应着,然后突然停了一下,续道:"据说其中最给力的就是欧陆飞驰。"

比利大声笑了起来。虽然之前他已经听过这个笑话,这次只不过是换了个壳子,但是不得不说,这个笑话确实够好笑,而且经久不衰。要不是这个笑话,骨子里自矜的他可能会去买更传统的车型,或者干脆就不买了。现在汽车不像以前那么好卖了,单凭运气是没戏的,毕竟,无论你多走运,当跟其他人一比,你的运气也就算不上什么了。

要不是人只能活一次这个亘古不变的规律,比利倒是挺喜欢做这样一个销售员的,欣赏他的那份干劲,欣赏他对销售的执著。想起自己在销售展厅的那天,比利自顾自地笑了起来。现在的他,记住那些报表数据倒还可以,记笑话已经是力不从心了。他常常在想笑话的时候变得有些恍惚,甚至完全卡壳。其实,他也曾经十分能说会道,时不时蹦出一些伶俐劲儿——毕竟,他曾是一个极为出色的销售员——但是,那些鲜活的日子,那些他还在挣钱而不是挥霍财产的日子,已经很久没有体会到了,也可能再也不会体会到了。

离圣诞节还有四天了,也只有在这时,人们可以把生活的压力放到一边。坐在路边等自己的车的时候,仍然可以听到从商场传来的圣诞颂歌。不过,今年的天气也着实过于温和了,感觉一点都不像圣诞节。不过无所谓了,反正圣诞树和商店的橱窗此时已经被装饰了起来,而救世军①的人——一男一女两个人——也正守着他们的罐子,一先一后地摇着手铃。

在付给服务人员 5 美元的小费后,比利注意到自己的鳄鱼皮钱夹里已经只剩下二十美元了——当然,这并没有算上他照旧藏在皮夹内层的崭新的百元大钞。就在他要扣上皮夹的时候,他的注意力被唱诗的人群吸引了过去,那群人正在演唱《小城伯利恒》。由于上学时曾参加过唱诗班的缘故,他可以默诵这首诗里面的每一句。

无声又无息之中,降临奇异恩典。
神将天国无上恩典,赐给失丧的灵魂
在这有罪的世界,无人知他降生
唯怀慈悲心灵,接待基督圣名

真见鬼,比利心里暗想。谁还会有什么慈悲之心? 就连我们周围,

---

①基督教的一种传教组织。

8

都还有人在过着苦日子。想到这儿,他从原本要装起来的皮夹中,取出了那张崭新的二十美元钞票,麻利地对折好,带着一个不易察觉的微笑,将钱投入了救世军的罐子里。也就在这时,他那昂贵的宾利车到了。

当比利开车离开橡树屋,进入沃德大道时,已经快要傍晚了。不过中午和温迪的那顿午餐仍让他回味不已。他的烟熏三文鱼,温迪的芝麻烤鸡,再加上两杯玛格丽特,真的是棒得没话说。像这样的约会,俨然已经成了温迪每次从纽约回来后必走的一个行程:去个安静的地方吃晚餐,接着到附近的旅馆里做爱(同时各取所需),然后在隔天的中午去吃一顿露天午餐——让所有的人都看到他们两个。有什么不可以呢? 毕竟,他们是在生意场上认识的。当时,他的副总出于公司战略计划考虑,雇佣温迪所在的咨询公司来做一份关于“克劳森建筑公司”运营状况的全面审查报告,而自那以后,温迪便成了他的情妇,到现在为止,已经快两年了。不过,这个审查已经结束很久了。合同也早在上床的几个星期前到期了。所以现在她每次来堪萨斯的时候,都是打着服务其他客户的名义。

其实,温迪和他的儿子差不多大。不过,如果她都不介意的话,他自然也不会多说什么。没人会把温迪当成小孩子,她可是从沃顿商学院 MBA 毕业的。

比利已经结过三次婚了。第一次婚姻以他的离开而告终,后两次婚姻则都是对方离开的他。比利突然觉得心里有些烦乱。他抛弃了那个女人,唯一一个他曾经以为要厮守终生的女人。他知道她没变,只是他变了。他和她 21 岁结婚。那时候,他做爱的时间很短,而她也才刚刚开始享受这些鱼水之欢。虽然两人没有什么经验,但却每每乐在其中。像温迪的这些床笫之间的技巧,妻子根本不知道,也没想过去学一下,而他,也不曾要求过这些。

挥手告别温迪,比利便一轰油门,汇入了车流当中。他不知道多久才会再见到温迪。他本来没打算在入春之前返回纽约，但如果突然有什么急事，他也可以临时改变计划。不想了！现在他只想享受一下驾驶的乐趣。曼索里公司（在德国拜罗伊特附近）给这辆车配备了一套空气动力学配件，这里面包括了高强度塑料材质的扰流板，"海拉"的昼行灯，还有不锈钢的侧身外壳及后裙。经过调试的 V12 引擎可以为这辆车提供 630 匹的马力。从 0 加到 60 迈只需要4.7秒，即使在较低的速度，都有 500 磅的峰值扭矩。车的内部更是豪华，不仅有由纳巴革和阿尔坎塔拉材料完美缝制而成的内饰，更有最流行的碳素纤维配件，这给了驾驶者极其奢华的驾驶体验。

车往西南方向行进着，后视镜里的乡村俱乐部广场越来越远，看着广场逐渐消失的轮廓，比利不禁想，这里还真是堪萨斯的一块好地界。他在别处碰到的人，都不太喜欢堪萨斯这种包容一切的风格，所以这种风格的城市也确实不多。就拿俱乐部的广场来说，它是由 J.C.尼克斯在 1922 年一手创建的美国第一个城郊购物中心。西班牙式的高塔、喷泉、雕塑，至今仍给布鲁斯河谷带来一种异域风情。这里的商铺，基本上都是麦迪逊大道和鲁道大道商家的姊妹店。对于路过此地的人来说，这个城市是如此的自信满满，充满神秘。它像他曾经见过的任何可称之为家的地方一样，温馨而又迷人，仿佛在说：美利坚仍像往昔一样繁荣。

怎么这么多愁善感了——比利察觉到了自己的异样——自己怎么会突然想了这么多东西。可能这阵子发生的事情太多了吧。不过其实主要还是那两件事让自己不太舒服。第一件事就是，现在自己经常被陌生人认出来。他真的很讨厌这个。被饭店和旅馆的服务生认出来是一回事儿，但被一般的路人认出来则是另一回事。以前谁也不认识他的时候，他和大家之间是有一道屏障的。他觉得这个屏障感让自己很舒服。但自从他接了那个银行的广告后（事实上，他是为了坚定大家的信心而接的，那个大型银行最近行情动荡，而自己又是里面的大股东），那个熟悉而又舒适的屏障，虽未完全破裂却也并不完整了。看着路边一个自己代言的广告牌，比利一边加速通过，一边不耐烦地将视线移了开来。

第二件事则是关于他最近大胆接下的那单生意。直到现在，他还是会感到有些心神不宁。在接这单生意时，他完全靠的是直觉，并没有仔细分析。不过从接到现在，他也似乎确实得到了所谓的又好又快的回报，并在这个毫无约束的新兴市场里开了一个难得的好头。和他做这个买卖的是他的朋友，更准确地说，是有着十几年情谊，能够共同承担一切的圈子里的朋友。要不是那群一时一变的俄罗斯人，他是不会临时叫停的。他越看心里越犯嘀咕，所谓利益会使俄罗斯人变得没脑子，真是一点儿也不假。尤其是他最近见到的那个开发商——那个盛气凌人的讨厌鬼，白得连汗珠子都看不见的哥萨克人——真的很想让他骂脏话。"我们怎么能够确定你会说到做到呢?"什么狗屁问题!克劳森公司遍布世界各地，它之所以成为行业的龙头就是因为它从不延误日期，从不超出预算，永远那么的雷厉风行，做工专业。在这一行里，没有公司可以做出和他们一样的承诺。也正因如此，比利开始有点儿看不懂他们在想些什么，不过，事情应该远没有看到的那么简单。

真没想到一个愚蠢的问题竟会惹来这么多疑虑。克劳森公司接的活儿其实就是要把一个坐落在某个荒芜的俄罗斯海岸上的军事设施改造为一个五星级的风景区，这是一个即将被遗弃的冷战时期军事设施。难道俄罗斯财团已经做好盘算，要同克劳森重新议价了? 抑或是还有什么更阴险的勾当? 这些已经放弃的设施真的就只是属于军方的? 还是说在这桩买卖里，安全局和那些俄罗斯人以某种方式成为了匿名股东? 什么都有可能。比利第一时间就给那个引进项目的朋友打了个电话。"所有的人都在那里含糊其辞，"比利恼怒地说道，"总这样原地踏步谁受得了。该死的，按说我也算是很善于和陌生领域打交道的人，但这次的生意也太让人摸不着头脑了。他们根本不按套路出牌。如果我

11

们现在不制订一个确切的计划,我们怎么在开春的时候去完成他们的要求?我们对即将接手的这项工作一无所知!我们做不到!门儿都没有!我们已经误期了。我就不应该趟这个浑水。我的工作是跟委托人打交道,而不是这些一线经理。我分不清谁是冒牌货,谁是真的老板,也不知道哪些是暴民,哪些是军人。我只知道,我们虽然可以等,可以多花点儿钱,但是我们的耐心是有限的!虽然这个项目是挺诱人的,我们也很可能就此占据整个俄罗斯市场,但是,我不能这样拖下去!更何况现在看起来,拖延是根本没法儿避免的。我不可能去把别的地方的——比如说中国的——起重机、货船,还有我们雇的工人调配到这边来。我受不了那些半吊子的负责人,简直是些混蛋!只知道推卸责任!"

"要不我帮你把这个生意理一理。"朋友劝道,声音里透着一丝冷静和镇定。

"已经来不及了。"比利回应着。

"我记得,合同中要求你……"

"到今年年底完工,"比利打断了对方,"1 月 1 号以后我们就没事儿了。"

"那就按你的想法去干,"朋友继续说道,"但……但你在完工之前别干傻事。"

"你什么时候见我干过傻事。"比利说道。不过话音刚落,他心里就微微一动——别干傻事?朋友这是在提醒他还是在威胁他呢。

欲知其人,先观其友——这道理父亲不知道向他灌输过多少次了。在接这单俄罗斯生意之前,至少在交朋友上,他自信自己没有任何失误。由此也可见这个原则在他心里留下了多深的印记。

嗨,随它去吧——他一边这样想着,一边打着方向盘——一期合同结束的时候,他已经尽量在第一时间减少公司的损失了。还有几天就要再见到那些人了,希望不要出任何的意外。那些作为中间人的好朋友,确实在业务上帮过不少忙,他希望和这些人继续维持这种于己有益的友谊,这样的话,他就可以松一口气了。不过,在处理业务时,他从来不会听天由命。到了他这把年纪,生活的阅历已经可以让他嗅知危险,一有不对劲,他就会谨慎地收手。

转过国道就到家了,可偏就在这时,后视镜里出现了一点儿不讨喜的东西,让他的心情跌到了谷底:一辆蓝光闪烁的堪萨斯高速巡警车。

"该死的!"他早就应该料到的。交警就喜欢在密苏里区附近蹲点儿。他减慢了车速,尽快把车停靠在了杂草丛生的路肩上。就在他准备从储物箱里找出行驶证时,嘴角的咸味突然提醒了他——他猛然想起了两个小时前的午饭,以及他和温迪喝的那杯玛格丽特。他立马开始计算起体内的酒精浓度——可是,比例数字是多少来着?他难道没有在斯坦福学过这个吗?他很确定他学过,但是,那已经是三十五年前的事情了。得了,反正不管怎样,有一件事情他很清楚:他这车刚买不久,如果在这时候被没收驾照,是他妈挺恼火的。

其实在过去,巡警一直是被讨好的对象。在大家的印象中,巡警就是高个子、宽下巴的执法人员,永远都戴着头盔和黑色的飞行眼镜。他们经常骑着一辆改装过的摩托车,出其不意地出现在每一个大拐弯处,像大黄蜂一样来势汹汹。可现在的巡警已经不如往日了,整天像个官老爷似的坐在警车里,像小猫一样。当然,在他们向你喊话,或者是通过车牌号来确认你之前是否有过不安全的记录时,他们也会一直保持警灯闪烁,但这都只是惯例而已。这恐怕是现代社会最让比利感到悲哀的地方之一,不过也正因为这样,他才会觉得自己接下来的计划将会万无一失,值得一试。

比利深深地呼了一口气,猛地关上了储物箱,右手解开安全带,左手滑到碳素纤维的门把手上轻轻地推了一下。开门的响声几乎微不可闻——他真是爱死这车了!比利咧嘴一笑,旋即迅速地隐去笑意。时间不多了。副驾驶座上有一份今天早上的华尔街日报。他捡了起来,把它扔到了后座,为了不让外边的人发现,他是低低的扔过去的。比利快速扫了一眼后视镜,看见警察仍在做记录,八成还在无线电联络。比利决定冒一次险了。如果说接下来发生的事是一个动作片情节的话,那么情节的内容就是:拿到文件——也就是那份报纸。哈哈,还真像那么回事儿。如同又回到了小时候一样,比利身子一动,麻利地做了个后翻,径直翻到了后座上,还真带劲儿。比利一边整理自己的衬衫和领带,一边这样想道。尽管肾上腺素激增不少,比利还是打开了报纸,强迫自己冷静下来。他努力地记住两个专栏前的头条,然后便翻到第三页,看起了一篇关于石油部长会议在迪拜七星大酒店秘密召开的报道。那个酒店叫什么来着?他去过那里的,不应该不知道。对了!阿拉伯塔酒店!比利很快就想起了这个名字。看来,他现在的状态比他自己预想的要好得多。阿拉伯塔酒店就像一个由玻璃和钢筋合成的巨大船帆,矗立在阿拉伯湾中,白光闪耀。比利仍然记得酒店水底的海鲜餐厅,客人通常要坐潜艇才能到那儿。

正想着,比利发觉一道阴影正在从左边车窗接近(这辆宾利车的车窗玻璃上覆着太阳膜,虽然不至于像黑手党的车那么黑,但是也足以让外边的路人看不清车内的情况)。最终,巡警——也就是那道阴影——在驾驶座的车窗玻璃旁停了下来。他站了一会儿,见没人下车便敲起了车窗。

"就是这样。"比利心中一动。

车窗玻璃显然不会摇下来。见此情况,巡警慢慢打开了车门,并立即后退,躲在了打开的车门后边。"又是这一套,看起来可真够傻的。"比利心中暗暗发笑。"他们难道没发现车门本来就是虚掩的吗?"

"司机呢?"巡警的语调平稳,并没有一丝一毫的质问口气。看来是个年轻人,比利心想,他大概还没见过宾利车吧,更不用说是靠边停下的宾利车了。

他放下了报纸,抬头看了一眼,笑着说道:"我怎么会知道,你让我

14

们靠边停车,司机就慌里慌张地跑了,他才工作两天。"

巡警直直地盯着他,但是却没有怀疑的神色。比利也"松弛"地和他对视着——中年人对上年轻人,富家翁对上小蓝领。还记得他买欧陆飞驰时,主要就是因为这款车可以让驾驶者和乘客都感到一种浑然天成的刚刚好,一种松弛舒适的感觉。只不过没想到这么快就验证了。"先生,"巡警说道,"如果这样的话,你只好自己开回去了。"

"抱歉,警官,这好像不太可能。"比利一脸无辜地对巡警坦白着,就好像这个警官是他的好朋友一样。其实,比利一直都很得意于自己的这种演技,只不过他不会到处去说罢了。他总是能够把自己的真实情绪掩盖起来。他可以和陌生人勾肩搭背,以好朋友的样子快速地和对方建立深厚的关系。不过,摘下这个招人喜欢的面具后,他其实是有点内疚的。可他明白,这种伪装早已变成他生活的一部分了,所以他晓得该在什么时候把它运用出来。"你瞧,"比利眨了下眼,补充道,"我刚吃了午饭,大概喝了那么两三杯——你知道,和自己的情人约会,免不了要喝两杯的。我不太清楚限驾的酒精浓度是多少,不过我觉得自己应该是超标了,所以我才雇了一个司机。现在的规定值是不是变低了,我像你那么大的时候,数值还要高些——不过,哈哈,当然,那大概是一百年前的规定了。"

巡警没有说话,过了一会儿才开口问道:"你叫什么名字?"

"克劳森,威廉·克劳森。"

"再重复一遍。"

于是比利又说了一遍。

"你就是克劳森健身房的那个威廉·克劳森?"看来,这个年轻人是堪萨斯人。

"不可以吗?——你喜欢什么运动?"

"足球,先生。"

"我也特别喜欢。可惜踢得不怎么样。"

15

"是吗?"巡警回应道,不过看起来更像是在自言自语,"请——稍等一下。"他一脸犹豫地转过身去,向自己的警车走去。比利一动不动地坐在车里,一副耐心十足的样子。他毫不怀疑过一会儿会再来一辆警车,到时候,会有两个警员一起来找他。如果他是新手,他会这么做的。

果然如他所料,没过多长时间,便有两个警员一起走了过来。"这位是拉拉比警官。"先前的那个警察指着一个和他差不多年纪的巡警介绍道。"如果你不介意的话,他可以临时帮你开下车,载你回家。你家离这儿多远?"

"很近的。"

"我也觉得不会很远,应该就在这附近了吧。"

"可你真的要送我吗?"比利说道,"我很感谢你的好意,但这是不是太麻烦你了。"

"不过,你的司机工作多久了?"

比利笑了笑,"这个我已经说过了,才刚刚两天而已。约翰尼还是个新手呢。"

"约翰尼?"

"哦,这是他的名字,不过该叫他'不靠谱'才是。不管怎样,如果可能的话,这段时间他应该还会出现在这附近的。"

"就这种人你还敢雇他开这种高档车?"

"他反应很快的。"

"那倒真是,不然不会跑得这么快。"巡警说道,"不过,如果你再见到他的话……"

"我一定会通知你的!当然,在此之前,我先要解雇他,这小子确实太混蛋了。"

"我想说的都被你说了。"

"警官,真是太谢谢你了,还不知道您叫——"

"达纳尔。"巡警回答道。他指了指别在自己衬衫口袋上的金属名牌。不过距离太远,比利并没有看清楚。

"达纳尔警官,"他在嘴里慢慢地嘟囔了几遍,装作很认真记他名字的样子,然后微笑着说道,"非常感谢您的帮助。"

即使喝了些酒,视线有些模糊,比利也依然可以清晰地看到,那个巡警的眼睛在越睁越大:通向他的别墅的蜿蜒小路是用砖块铺成的,路边种满了百慕大草。入夏以来,玫瑰花已经布满了整个外墙。高高的遮阳棚一路给他们挡着阳光,直到那座都铎式豪宅映入眼帘。这房子是他二十一岁生日,与玛吉订婚时,父亲买给他的。很有含义的生日礼物:老人家希望这个纨绔小子可以住得离家近些。其实,如果比利像他爸爸那么聪明的话,就应该早早地为自己的儿子——卢克——也置办这么一套。可是儿子整天吊儿郎当的,根本定不下心来。前几天他刚和儿子通过电话,可买房子这事儿他最终还是没有说出口。儿子肯定会说些"堪萨斯是不错,但也没有那么喜欢"之类的。

名望是把双刃剑。其好处显而易见,比如刚才的事,他凭借名望取得了警官的信任,并成功避免了一次酒驾的控诉。而它的坏处也很明显——它会让你经常上当受骗。卢克,如果不考虑他散漫的举止和过多的好奇心,其实算得上是一个长相好看、头脑出众的年轻人。可他在交朋友的时候,实在不怎么用脑,尤其是面对喜欢的女孩子的时候。像比利或者比利父亲这样的人物,一眼就可以看穿那些女孩的动机。但是卢克自己却总是看不清楚。或许是太单纯了吧。比利知道,这些都是没法避免的。卢克从来就不是什么乖巧的孩子,他有自己的处事方式。这个年纪的卢克还是个没有方向的年轻人。他这一辈子将会有很多可能。他会变成各种各样的人,却永远不会完全变成某一种人。他现在可能仍在棕榈滩上,和那些来自美国中西部的富家子弟尽情狂欢。卢克就是这样,缺乏对于成功的企图心,只想着怎么比那些欧洲败类们更风流放荡。比利对此束手无策。他妈妈实在太宠溺他了。玛吉一直都很纵容卢克，而这种纵容往往起到了为虎作伥的效果。其实，玛吉算不上一个好妈妈。要不是她和杰克·安德鲁的事被他当场撞破，他爸留给他的这套房子差点就被她给占为己有了。天啊，玛吉怎么会干出这种事，他曾经一直把她当成上天赐予他的礼物。比利不愿意再想了，他喜欢向前看。卢克高高的颧骨就是遗传玛吉的，这或多或少在某些方面有帮到卢克。

比利最后看了一眼这两个警察，甚至在想要不要请他们进去喝一杯，不过他很快打消了这个念头。他的"戏码"已经完成了，是时候说再见了。"达纳尔警官，拉拉比警官，"比利在心里叹了口气，"我是多么希望我的儿子也能像你们一样热心肠啊，哪怕有那么一丁点儿也好。"他对着两个警官挥了挥手，转身开门，走进屋去。

2

"莱利?"没人回应。比利恍然想起,今天他的管家休假一天。

关上门,他径直往楼梯走去。楼梯的扶栏和门楣的垂花雕饰是一样的,都是松木和冬青木材质,一靠近就可以闻到那种淡淡的清香。路过客厅的时候,比利仍能听到祖父落地钟的钟摆在不急不慢摆动。过了客厅就是书房了。有一封信件在他的桌子上,不过比利压根儿没有要看的意思。他径直走到了尽头的卫生间里。卫生间四周是三个紫衫木材质的入墙式书架,比利一边上厕所,一边出神地盯着排列在墙上的照片。卫生间本是个很小的房间,但此时却显得那么的宽敞:丘吉尔赛马场,吉米叔叔和居贝莉阿姨在那场赛马中大获全胜;他从小长大的那座老房子,离这儿只有几里路,可惜烧毁了,还记得以前,每到入春时节,午后的阳光会像水滴一样洒在房顶上——当然,还有他母亲的那些怒放的杜鹃花;大学毕业前夕,也就是越南战争前夕,一帮哥们儿在联谊会上嬉皮笑脸,摆出各种姿势;不过最引人注意的,是父亲和他的朋友们在古巴的一个种植园里拍的这张照片,很有质感的黑白照,照这张照片的时间大概是20世纪50年代。十二位绅士,穿着黑色晚礼服,打着领带,站在一个平坦的空地上。他们都是专业钓鱼俱乐部的成员,去热带海域钓鱼是他们每年的例行安排。以前他看这些男人会觉得他们很老,可是现在看来,他们却好像要比自己年轻个十多岁。种植园的"职员"们,那群二十岁出头,令无数少女着迷的帅小伙,分列在他们的两边,站在他们背后。照片上所有人都在笑,他们的笑容似乎有些意味深长,难以捉摸。

不过有一件事是确定的——比利心里想道——他们一定活得很舒

服,很轻松,很快活。或许像卢克那样任凭冲动和荷尔蒙控制自己那样也不错。

比利一边洗手,一边看着镜子中的自己——老天!他已经可以看出自己的年纪了。他的白头发——从 39 岁以后——已经有越来越多的趋势,为此,他不得不隔一段时间就染一次发。还有他的皮肤,他的皮肤是另一个大问题。眉毛间变得有皱褶,人中向下凹陷,连下巴也开始渐渐下塌。自己的皮肤变得越来越老,越来越单薄苍白,甚至快要成透明的了。他脸上那些有棱有角的地方,那些他曾经为之骄傲的地方,已经随着岁月慢慢磨平了。那又怎样呢?他不喜欢那些总是抱怨的人,更不想变成那种人。

吹干双手,他又看了一眼那张种植园的照片,目光定在了父亲的眼神之中。比利真的很想他的父亲了。虽然很享受继承财产后无拘无束的感觉,但他真的很希望父亲能够多陪他一段时间。在自己任 CEO 的这段时间里,父亲公司的利润已经翻了三十倍。他的位置也越来越稳固了。其实,比起欧陆飞驰,这辆对于父亲来说可能稍显俗气的宾利车,他更想给父亲看一下自己的那些喷气式飞机。飞机都停放在堪萨斯国际机场里,连同停机库一起,都被维护得非常好。这些飞机为往返于全球各个分公司的公司职员省了不少工夫。

比利望向窗外,窗外是玛吉以前经常打理的花园,花园里的一切都曾是那么井井有条。不过自从被改造成坡地后,花园也就荒废了,但这不妨碍他去想象窗外花朵满园的样子。还记得他九岁的时候,曾经有龙卷风席卷过这一带。那天他特别害怕,心脏吓得怦怦乱跳。虽然他当时尽全力去躲起来,但最终还是受了一些伤,龙卷风就好像有邪气一样,总会一次次的卷土重来,并且变本加厉地破坏。

墙对面的架子上,放着父母收集的笑面小人儿,就是那种中国人偶。他们被整整齐齐地排放在那里,一如在老房子里时的样子。比利喜欢这些人偶,但绝不是因为它们的艺术价值,他更愿意把它们当成一个念想，它们可以让他穿梭回以前的时光——那段确实存在过的舒适日子，这些小人儿在比利的心里是无价的。环顾书房四周，比利突然觉得很幸福，这个书房是只属于他的，谁都没有碰过——哪怕是他的前妻们。它就像是一个虫茧，紧紧地包裹住了他的过去。

桌上放着一摞信件，不过实在没什么能让他提起兴趣的：一份来自纽约俱乐部的简报月刊，一份来自支票账户的对账单——他经常会盲目消费，所以他要不时地监督一下自己。不过还好，上个月他并没有这样，比利一边喃喃自语，一边把这个红白色的信封放到了抽屉里。

正当他准备关上抽屉的时候，客厅里突然传来了落地钟悠悠的报时声，7:45 了。比利实在是太熟悉这个声音了，毕竟这个声音曾陪伴他的整个童年，所以钟声并没有让比利分心。然而，钟声刚一结束，一个奇怪的声响却让他警觉了起来：楼上突然传来了开门声，并且门又迅速地被关上了。比利屏住了呼吸，一动不动，房间里顿时静了下来。他悄悄地走到书房门前，右手伸进了希腊键纹样式的模具里——那里藏有警报按钮。

"谁在那儿?"比利喊道，但是没有人回应。"谁啊？谁在那儿?"比利又喊了一次。

还是没人回应。

"莱利!"比利大声叫道，他开始怀疑自己是不是搞错了，是不是今天并不是管家的休息日。他松开了警报器，紧紧地盯着前门的嵌壁。左边模具的下方有另一个按钮，考虑到这点，比利迅速向左边靠了过去，就好像在玩抓人游戏一样。脚步声已经从楼梯传来了，他慌忙把楼梯间里的水晶吊灯，还有二楼走廊里的灯全部打开。结果开灯后，什么人也没有，仿佛自己刚刚听到的一切都是幻觉。走廊里的安静显得有些瘆人。他又深吸了一口气，不过没有吐出来。他憋着气，努力地想在这种沉寂中听到点儿什么。八，九，十，他默数着，十一——该死的，什么声音都没有。就在他要呼出这口气的时候，一声尖锐的嚎叫从背后传了过来。比利一个激灵,接着他就看到了正在扶栏顶端,准备打滑梯的五岁的小外孙。他正在那里笑得十分开心。

"快点儿下来,"比利松了一口气,说道,"你这样会把那些花弄下来的。"

"我会放回去的。"斯图尔特争辩道。

"不行,你弄不好。这难弄得很,大人都要花好久才可以弄好。"

斯图尔特犹豫了起来。

"快过来,"比利说道,"让外公好好看看你,好小子,今年是不是又长高了。"

"来了!"斯图尔特一边回答,一边从扶栏上跳了下来,闹闹腾腾地跑下了楼梯。

比利给了他一个大大的拥抱,然后把手放在他的肩膀上,一副重新打量的模样。他从来没想过自己竟然会有个黑人外孙——但是又有何不可呢? 他暗自想到。在他女儿辛西娅的身上,一切都是打破常规的,选丈夫这事儿也不例外。"你妈妈和姐姐呢?"比利问道,"什么时候来的?"

"我们早就到了。"斯图尔特说道。

"那你怎么没听到我进门呢?"

"当然听不到! 我们在看电影呢。"

"什么电影啊?"

"我也不知道,艾米丽要看的。"

"哦,这样啊。"比利说道。

"她喜欢里面的男主角。"

"你怎么知道的?"

"她和朋友聊天的时候我听到的。你听说过泰·亨特吗?"

"没怎么听过,不过我知道你说的是谁。"

"男主角就是他。"

"你不觉得他对于艾米丽来说,年纪有点儿大了吗?"

"嗯,是挺老的。"斯图尔特一副深表同意的样子。

"我觉得,他得有三十岁了吧,甚至三十多了。"比利不遗余力地挖苦道。

"嗯,或许吧,"斯图尔特说道,"她以前还把他的海报挂在卧室的墙上。"

"是吗? 那时候就开始喜欢他了?"

"我觉得是。"

"好吧,我会记住这事儿的。"其实照惯例的话,比利很少关注演艺圈。但几年前,他持股的那家银行——也就是他不得已为它拍广告的那家——曾经考虑过请泰·亨特来参加科帕奇信用卡的一个活动。那时候,银行的状况是摇摇欲坠,亨特的事业倒是如日中天。但是他的公司还有经纪人却拒绝让他出席任何跟电影无关的商业活动,这让他挺恼火。不管信用卡发行方举办多少嘉年华活动,打男明星这张牌始终还是最有用的。在持卡人还在大手大脚花钱的年纪的时候,她们的心就已经被这些男明星给俘获了,而这种客户的忠诚度也是相当高的。从比利进入银行董事会开始,科帕奇已经发了数以万计的宣传单给大学新生和刚刚参加工作的人。不过,这些由冷冰冰的金融机构散发的传单显然没起到预想的效果,比利觉得,如果这些传单打上某个明星的旗号的话,肯定会大受欢迎。

顿时他又想起了那张让他驻足观看的海报,这个年轻的电影明星的头发是黄油色的,眼睛是稳洁清洁剂的那种蓝色。似乎除了吸引大众外,这种男明星还会让自己的外孙女尽做些不切实际的梦。

"斯图尔特,去告诉辛西娅和艾米丽,"比利说道,"就说我回来了。"

"好的!"斯图尔特一边应着,一边兴高采烈地向楼梯跑去。

"我们去哪儿啊?"艾米丽一边抱着外公,一边捎饬着自己的指甲。指甲油是两天前涂的,淡黄绿色,不过现在已经褪得差不多了。

"俱乐部。"比利回答道。

"去保罗餐厅不行吗?"

"我以为你会喜欢俱乐部。"

"都喜欢,不过保罗餐厅的音乐不错——而且服务员可爱得让人难忘。"

"那些服务员只有夏天会在,"比利说道,"这时候他们是不会在那儿的。估计不是在上课,就是在佛罗里达晒太阳呢。"或者是在泡妞——比利心里暗暗说道。当然,他并没有说出来。

"没关系的,"辛西娅说道,"这周我过得糟透了。你肯定也一堆烦心事。所以,去个安静的地方,吃吃饭,喝喝酒,聊聊天,还是不错的。"

"我同意。"艾米丽说道。

"好了,够了。"比利有点想发火,可转念一想,又忍了下来。这是假期,他不想跟她们吵。"艾米丽,我征询你的意见,"比利继续说道,"我们改天一定会去保罗餐厅,怎么样?"

"不要在圣诞节去。"

"当然不会圣诞节去。圣诞节我们会待在这儿。哦,对了,你爸爸什么时候到啊?"

"平安夜吧。"艾米丽望向妈妈,似乎在确认自己说的对不对。

辛西娅点了点头。

"那么,圣诞节后你想干什么呢?"比利勉强笑了笑。女儿还是个小姑娘的日子仿佛就还在昨天,温柔可爱,每天跟在屁股后面跑。结果没过多久,她就把爱给了一个比自己年轻,却只是贪恋她身体的外人,这怎么会让他不反感? 岁月流逝得太快了。还有艾米丽,就像当年的辛西娅一样,正在经历相似的阶段。他除了微笑着看她成长之外,什么也做不了。就如同她在法语和科学课上的困难要自己解决一样。比起男孩儿,女孩们性意识的觉醒更难压抑住,尤其是像艾米丽这么漂亮的姑娘。

"随便随便随便。"她说道。

"好吧,那就这样吧。"比利说道。不过比利真的很想知道——他也曾经不止一万次的问过自己——基因怎么会这么神奇? 同一副基因怎么会造就如此截然不同的两兄妹:一个看起来就像是未来的边后卫,有着黝黑的皮肤;一个看起来是天生的舞蹈家,有着粉红的脸颊。

早上七点,洗完澡后,大家都坐到了客厅的壁炉前。

"要喝点儿吗?"比利问道。

"当然,"辛西娅回应道,"我喜欢在早上喝一杯。"

比利径直走到了落地凸窗对面的吧台边,调了两杯罗布罗伊,混合了黑方威士忌,红利莱以及安格斯特拉苦酒,调酒手法如同药剂师一样精准。调完酒后,他还往杰弗逊杯里加了几块冰。突然,他察觉到辛西娅来到了他的身旁,往他的肩膀靠了过来——这是在为刚才的态度道歉,还是只是单纯的累了? 面对这个毫无规律可循的女儿,比利实在无从判断。

"今年还有去打猎吗,亲爱的?"比利终于开口道。

"我经常去,不是吗?"辛西娅一边回答,一边拿走了比利刚刚调好的鸡尾酒。她对罗布罗伊的偏爱遗传自比利。"每个星期二,星期四,无论春夏秋冬,只要我有时间我就会去。老待在我工作的地方有什么意思呢?"

比利点了点头。马儿们——那些赛马生活——已经让他感到厌倦了,但是狩猎狐狸这种事又会让他感到担心。他心里很清楚这些,但他不想在女儿面前讲出来。不过欣慰的是,斯图尔特明显对这个不太感兴趣,他希望艾米丽——这个突然面临青春期困惑的外孙女——也别对这个感兴趣。他们把狩猎时的马匹速度称为"颈椎断裂速",还有什么运动比这个更危险呢,它甚至能让人瘫痪。人们过分自信于围猎的经验,却忘了,水平的高低固然重要,但他们面对的是一群智力水平较低,体重很大却又很敏捷的动物,它们是会以命相搏的。"我也觉得没什么意思。"他对她说道,举起酒杯轻轻地啜了一口,但一点儿也不想笑。

"你总是这样。"辛西娅轻握了他的手一下。比利仍然在想象女儿骑在马背上的情形,他忍不住要去想。他觉得很害怕,其实他很少会这样。可万一她落马了该怎么办? 没有她,她那个律师丈夫,那个大块头,该怎么去照顾孩子们? 如果她死了后,她丈夫再娶一个年轻貌美的妻子,那个人还会喜欢这些孩子吗? 真要命,辛西娅怎么就不担心呢? 她怎么就不能喜欢点儿别的呢? 园艺,瑜伽,乒乓球,什么不可以啊。

"好吧,但愿上帝保佑吧。"他一边说着,一边用手指敲了椅子三下。

"我不是一直都这样吗,爸爸,"辛西娅说道,"你不用担心我。"说罢,她转过脸去看了看孩子,同时轻轻地拍了拍比利的手。

看着眼前这个脾气执拗、固执己见的女人,这个连出生都在他意料之外的女儿,比利真不知道她丈夫是看上了她哪一点。哪个男人会喜欢她这样的呢? 年轻貌美吧,肯定是因为这个,可是辛西娅已经不年轻了呀。不过说实话,年轻确实好,它就像是一个面具,当它存在的时候,男人会被女人这短暂的美好迷得无法自拔,而当它消失的时候,男人,将会带着他的一切,离开女人。可能,迈克尔只是在享受驯服她的过程吧。又或者是虽然两人已经没有激情了,但是辛西娅仍然有着理想妻子和妈妈的许多特质。比如说她总是我行我素,她喜欢性生活,她不会丧失生活目标,她……很多东西突然间就这样涌入了比利的脑海。

就在这时,门铃响了。

"会是谁啊?"比利问道。

"连你都猜不到,我就更猜不到了。"辛西娅说道。

"可能是唱圣歌的吧。"艾米丽插嘴道。

"我觉得也是。"比利附和道,但打开门才发现,门外站了一个穿着神职人员服饰——那种硬白领——且面容略显憔悴的男人。"晚上好,"比利先开了口,"有什么事吗,神父?"

"克劳森先生在家吗?"神父并没有报上自己的名字,反而这样径直问道。

"不好意思,但我并不想被打扰……"

"当然,我知道——不好意思,请问这是你的妻子吗?"神父望着走到比利背后的辛西娅突然问道。

"不,她是我女儿,辛西娅。"比利下意识地说道。不过话一出口他便觉得,自己说的好像有点儿多了。

"你好,"神父冲辛西娅打了打招呼,继而说道,"先生,能抽点时间和我聊一下吗?"这个陌生男子约莫有三十七八岁,和辛西娅一般大,但不知道为什么,他的眼神流露着一种深深的绝望,经历过什么才会变成这个样子? 犹豫了几分钟后,比利冲神父招了招手,把他领进了房间。

当他们走到书房的时候,比利突然停了下来。在他身后,是一幅弗雷德里克·雷明顿的油画《骑兵,篝火》,大约 6×12 英尺大小。这幅画是母亲死后,父亲送给他的,之后父亲就搬到了一个容不下几个人的小公寓里去了。"你是附近教区的吗?"

"不算是。"

"我们不是天主教徒,我们是圣公会教徒。您来找我们一点意义都没有,你到底要我做些什么呢,神父?"

神父犹豫了一下。然后,在比利的同意下,他关上了通往前厅的门。"哎,恐怕对于那样的事情来说,已经太晚了。"

"什么意思?"

"你已经尽力了。"

"不好意思,我打断一下,但是我不得不问下……我是说,我们预定

27

了晚餐地点——今晚是我们的家庭聚餐,你懂我的意思吗——我必须准时出门。"

"对,你说得对,得准时。"神父一边应着,一边坐了下来。

"你为什么来找我?"

"不是你想的那样。"

"是吗? 但我不这样认为,你到底想要我捐什么?"

"我要你捐的东西,也许会吓着你。"神父一边回答,一边把手伸进怀里,摸到了那把崭新的瓦尔特P99C。

"我能不能问,为什么?"比利说道,他并没有注意到神父的小动作,"你说你不是本地人,我们也并不是你的教徒——"忽然,他停住了脚步——他看到那把枪了。他觉得自己的大腿抖了一下。供应商给这把枪配置了改良的激光瞄准器,那个橘红色的小点不停地在自己的蓝色西服上跳来跳去,瞄准着自己的左胸和肺。

"因为正义?"神父轻轻地说道。比利听出了这是一个问句,但不明白是什么意思。

比利的不速之客,就这样在他身后跟着,不停地打手势让比利往前走。只要比利一往前走,神父就会像影子一般的跟着,不过,两人始终保持着一定的距离。

"正义?"

"放高利贷是在犯罪,克劳森先生。我承认,你可能有能力让它合法化,你可能有能力做到这一切。但我告诉你,在上帝的眼中——它始终是一种罪!"

"你在说些什么?"

"如果记得没错,利息是百分之三十来着吧? 可你由着心情就把还贷的钱给翻倍了。他只比约定的时间晚了一小时——甚至只有一分钟! 你知道吗? 那个人和他的孩子还都生着病呢。你问我在说什么? 这些就是我要说的!"

"我明白你说的是哪件事了,但是,神父——听我把话说完——你真的搞错了。"

　　"不不不不不。搞错的人是你。'耶稣走进神的庙宇……掀翻了银行家的桌子。'这是马太福音第二十一章第十二节。这是在圣经里,我们的主唯一一次使用暴力,你从来没有想过这些东西吧?但是以西结知道这些,他早就预言了这一切。知道吗?我曾经有一个装配工的工作,但不久这种工作就都承包到海外了。大人物们说,这样对大家都有好处。但是,那是长期来看的结果,我们现在离他们所说的好处还很远很远。可能我们到死都不会拿到这些好处。我们得不到任何利益。甚至我怀疑那些所谓的好处都是些唬人的玩意儿。工厂倒闭了,我怎么办?在废金属商店,像狗一样的工作,这都是为了什么?没有未来,没有财产,没有地方会友善地对待我们,每个星期都靠罐装的食品来补充体力,没有健康保险!没有健康保险你还怎么活下去?你活不了。保险每年都在上涨,我们所占用的钱越来越多,终于有一天,老板告诉你,花钱太多了,他不愿意再负担你的保险了。谁知道呢?他可能在说实话,可能在撒谎。你就这样变成了风险自负的人。你爱的人也变成了这样,你却他妈什么都做不了!然后你的妻子生病了,失业了。然后你的儿子也生病了。癌症,情况很不好。你四处寻求帮助却没人帮你。你带着他到处走,希望别人能给予帮助,却一无所获,你到医院,希望快点让他接受治疗,但他们却根本不让你进去,你甚至从自动贩卖机里想给他买瓶饮料都买不起。当他快要死的时候,你就好像变成了一张不停透支的支票。100 美元,然后又 500 美元,不断地在增加。可是当时你并没有太在意,因为你觉得你肯定会时来运转。你觉得有好多的好工作在前面等着你,你听说刮了彩票可以一夜暴富。"

　　比利感觉到了这个失败者冷静外表下的那份怒火。这群人缺乏自信,靠着臆想过活,是那种一听到通货膨胀的报道就会出手交易的人,完全不考虑消息的真实性。比利盯着对方的白色硬立领,想找到合适的机会,在枪不走火的前提下打掉他的手枪。可是对方离得实在是太远了。"你怎么找到这儿来的?"

"说起来还得谢谢你。找你实在太容易了,靠《建筑摘要》就可以。"神父一边说着,一边从口袋里掏出一张简报。"'威廉·克劳森因为炫富而死'把这个当成讣告怎么样?"

"你是不是认定我是乡村俱乐部的会员?"比利问道。

"谁知道呢,我也说不准。你是幸运的,可你对别人却是那么的冷漠。这才是问题的关键所在。"

"幸运?这点我承认。但这是我的错吗?而且我怎么会是冷漠呢?神父,我们做过很多好事。我们把流动资产带入——我是说,我们为成百上千的人们建立了基金——如果不是这样,他们从哪儿得到这笔救命钱呢。我们的政策让许多讲信用的人从中获益。他们的生活也因此变得更加舒适安逸。"

"剩下的人呢?把他们吸引办卡后,你就让他们陷入无底洞?是的,我们这种人没有变过,可是,克劳森先生,你也没变过。你是在侮辱我的智商吗?你就像是公司里的内部商铺,长期搞垄断,只不过现在你玩弄的对象是整个国家。"

"你这样说对我不公平。"

"我们很公平,克劳森先生。记住我的话,你个王八蛋,我们公平得很。是啊,不论我们怎么做,你都会找出正义凛然的托辞。"

比利望向窗外,窗外是黑漆漆的夏至夜空。"你想要什么?对于你儿子的死,对不起,我真的很抱歉。"

"我说过他死了吗?我说过吗?"

"好吧,抱歉,"比利说道,"但如果你需要帮助——"

"我可以确定地告诉你,我不需要。我已经找到帮助我的人了。"

"哦?是吗,那我应该恭喜你。"

"他比你更懂得什么叫做公平,而你,永远也比不上他。"

30

"我们其实都差不多，"比利对神父说道，"只是你还不够了解我——"

"是吗？我只知道'福布斯排行榜'、《华尔街日报》，还有《建筑摘要》上都有你的名字。"神父的手攥紧了那张简报。

比利不停地打量着神父，想着怎样才能够逃出去。

"外公，"艾米丽叫道，"快点，我们要迟到了。"

比利犹豫了一下，望向神父，特别是那支他紧紧握着的沃尔特P99C。艾米丽——他暗想道——她应该看不到这边的情况，除非她开门进来。这很好，她还太小，会被吓得尖叫的。"马上就来。"比利回应道。

"你不过来我就过去了。"

"别过来。"比利语带严肃地说道。

"我就过来，你拦不住我的。"

"艾米丽，"比利提高声调，"别过来！"比利看着神父说道，"不要伤害我的外孙女。我们的事情可以自己解决。不管是谁帮了你，我可以保证出双倍的钱。"

神父沉默了一下，然后露出了一抹淡淡的，不屑的笑。他摇了摇头。正如同比利的判断，他是一个需要救赎的人：一个绝望，失败，但是充满危险的男人。必须要靠拳头制服，说再多话都是没用的。即使比利虚伪地迎合他，讨好他，也不会有什么效果——真是时运不济，他可是最善于靠捧人来换取所需的人啊。但照现在这情形，他只要说错一句话，后果就不堪设想。只能靠武力了，这几乎是他瞬间作下的决定。

但是比利感到有些摸不着头脑。如果拿枪的话，不是应该穿件不显眼的衣服吗？说话这么直率表明他是个没有心机的人，他怎么会想到去伪装呢？如果他讲的故事是真的，那干吗要扮成神父呢，直接复仇不就好了？这一切的一切都是这么的奇怪。事情一定没这么简单。这个持枪的男人不会是背后有人指使吧。可谁会想置自己于死地呢？为

31

什么？对于大多数成功人士而言，成功一定是伴随着批评的，他也一样。可从孩时起，他就很出色，大家都把他当成好朋友，虽然有时候不够真诚但起码他对谁都会十分礼貌。他的成功是大家意料之中的，没有人会因为这个而仇视他。

神父的话打断了他的思绪。"你还有什么更好的条件吗？"

"当然有，但是，我得先知道他们的条件是什么吧？"比利说道，"我觉得你是别人雇佣的，是他们派你到这儿来的对不对？"

"这关你什么事儿。况且，我不认为那是一种交易，它更像是志同道合的朋友们达成的一种协议。"

"那我们现在先找个地方坐下来。"比利一边说，一边转向自己最爱的那间房间。

"脸朝外。"神父冷峻地说道。

"抱歉，我不想产生任何不愉快。"

"在你决定做什么之前，你该先意识到这一点。"

就在这一瞬，比利脑子里好像突然抓到了什么。一时间，所有的细节像雪片一样汇成了一个可能的解释。如果他的猜想没错的话，除了以命相搏，他无路可走，而且越快动手越好。这个在他身边的男人，根本就不是来复仇的，也不是来报复的，他是来灭口的。或者说他只是一个被当做棋子的雇佣杀手，而雇他的正是那群一直强迫他放弃他所有的事业，令他心力交瘁的人。

是的，他来杀人的真正动机，或许还有很多可能，但现在比利只能先假定猜得没错，再最后试着说服他一次。"请听我再说一句，神父，我知道这听起来挺难以让人相信，但你可能真的被利用了，并且你可能已经完全背离你的初衷了。"

"利用？我当然被利用了——但是我是被你利用了！不要再那么虚伪了！"

"我没有利用你，是雇你的人利用了你。事情比你想的还要复杂。

你并不是一个神职人员,对吗?"

"给他一件礼物吧,该出门了。"

"外公,"艾米丽又在叫他了,"斯图尔特还在玩电脑。"

"别玩儿了,斯图尔特。"辛西娅从屋里某个地方呵责道。比利分不清声音是从哪儿传来的,但是能听出声音十分的尖锐。

"再玩五分钟。"斯图尔特请求着。

"就现在!"辛西娅说道,"我都说过多少次——"

"就三分钟。"斯图尔特哀求道。

"外公。"艾米丽的声音又传了过来。

"别玩电脑了,斯图尔特!"比利大声说道,"我马上过去。"但他的视线一直没离开过神父。"你吓不倒我的,"他压低了声音,"如果你杀了我,你就会是下一个。而在这之后,还会有一连串的谋杀,我想你从来没考虑过这个吧,是吗?"

"编,"男人说道,"接着编。你还真是一个想象力丰富的人。不过可惜了。"

比利此刻正想着给眼前的男人来个托臂摔。这招他高中就会了,大学时就更没得说了。但这是书房,不是拳击场。现在他必须引诱对方靠得近一些。否则两人实在隔得太远了,不仅这招用不上,其他的招数也够呛。如果斯图尔特的年纪再大些,艾米丽的体格再强壮些的话,他或许早就会喊他们来帮忙了。其实辛西娅本来是可以当做帮手的,但在这种没有任何预警的情况下,喊她过来只能使她同陷险境。凶手手里有枪,虽然他瞬间把所有的人都制服也不容易,但一个一个的解决掉还是费不了多大力气的。或者他可以挟持一个孩子当人质。不行,还是单打独斗比较保险。

比利小心翼翼地向后迈了一步;杀手下意识地向前伸了伸左胳膊,顺着胳膊和瞄准镜,拿枪指着他。"冷静一些,好吗?"比利说道,"我哪儿也去不了。"

假神父又回到了原来的位置，说道："你他妈的当然哪儿也去不了。"

"你还是好好考虑下我说的话吧。"

"我当然已经考虑过了，你完全是在胡诌乱扯。"

比利一小步一小步地移动着。他想趁这个假神父还没有意识到的时候，和他调转个位置。这样，当他突然用右手重击他的枪的时候，枪就会向别的方向走火。比利一边移动，一边继续着谈话。

"你知不知道你在做什么，你在瞎打转，"比利带着惋惜的语气说道，"你所做的一切都是在自绝退路，这也是为什么我不愿让你这样继续下去。你还不明白吗？相信我，你真的是在让自己陷入绝境。"

比利希望这人不是个左撇子。否则在他把对方压背制服之前，虽然可以用右手打掉对方的枪，或者让他瞄不准，但是他将不得不用左手去抗衡对方强壮的肱三头肌。他叹了口气，装作向假神父认输。为了和他掉换位置并且靠得足够近，他必须要拖延时间。可这已经是他所能靠得最近的地方了。他必须出手。他觉得自己可以做到。

他抬了抬头，又向米申高地的天空看了一眼，想着假神父能随着他的视线偏移过来，哪怕一会儿也好。没过一会儿，假神父的目光果然移过来了。见此机会，比利骤然发力，跳了起来。他大吼一声，右手砸向假神父的左大拇指，同时，手枪被他用左胸紧紧地压在身下。紧接着，比利又试图用左手去抓住假神父的肱三头肌。一旦给他抓住上臂的这个部分，他就有机会将对方扭过身去，一旦可以从后面控制住他，事情也就解决了。

两个人面对面地躺在地上，互相紧盯着对方，假神父的食指仍然抠在枪的扳机上，枪的消音器已经掉下来了，枪口正指着窗户。比利抓住了他的上臂，但只是从腋下抓住了，而不是背面。他努力地向里面抠进去，但只是移动了两三英寸而已。不过，从对方的眼里可以看出来，他已经有点慌乱了。可惜毕竟压得不够紧，假神父还是向旁边乱射了一枪。

"爸爸!"辛西娅慌乱地叫道。

"外公，"艾米丽喊道，"怎么回事?"

"外公!"斯图尔特尖叫了一声。

"退后!"比利向着打开门的三个人大声喊道。

"我去拉警报!"艾米丽一边说，一边不让孩子乱动。"警察马上就会过来。"

假神父沉默着。比利仍然不能完全从后面抓住他的上臂。两个男人就这样互相对视着。每当神父想甩开比利，比利都会努力地继续压住他。

"警察来了你就走不了了!"辛西娅说道。

艾米丽埋怨地看了妈妈一眼。

又是一枪。

辛西娅把孩子们拉了过去。

这时候，假神父突然用力晃了一下，紧接着，他的膝盖狠狠地顶在了比利左大腿的内侧。拿枪的那只手开始摆脱比利的压制。利用这个呼吸的空当，他第二次用力地踹到了比利的脚踝，拿枪的那只手完全摆脱控制了。

"不!"比利大喊一声。

神父用枪顶上了比利的嘴唇，连开三枪。"吸血者的血!"神父神色厌恶地说道。血浆开始在地板上蔓延开来，并在比利头发上逐渐凝成血块。

"快跑!"辛西娅对孩子们发出了撕心裂肺的命令，声音的暗哑一别于往日的清脆。

可斯图尔特还有艾米丽已经被眼前的一切吓傻了。他们还不敢相信死亡发生得如此之快，甚至来不及让他们掉眼泪。恐惧的心情和自

35

我保护的直觉都不能让他们迈动自己的双腿。而神父,已经来到了他们的面前。瓦尔特的一梭子弹有十五发,所以,还剩十发,他心里这样计算着。

"不!"辛西娅声音里带了哭腔。

"你应该和孩子们待在应该待的地方。你本可以让他们活下来的,我本可以不这么做。"

"但是我们已经看到你了。"

神父沉默了一下。"你说得很对。"

砰,艾米丽先倒了下来。然后是斯图尔特。这个勇敢的男孩,带着他还不该有的成熟的男子汉气概,在最后一刻向神父冲了过去,可惜最终还是倒了下来。辛西娅手上沾满了孩子们的血,就在她颤抖着将孩子们的尸体翻过来时,背后,一声枪响。

3

　　一个神父打扮的人从大路上走了下来,踏上了道边的小路。小路有些曲折,路边的树木被修剪得十分好看。一个年轻人坐在一辆林肯"领航员"里,静静地看着这一切发生。他显然低估了响尾蛇夜视仪的质量,这个夜视仪比他预想的要清楚得多。即使隔着五百米,他依然可以看到整场暗杀的完成过程。别墅那边刚才传来了枪响——几声枪响——看来,任务出现了点意外,威廉·克劳森可不只是在反抗啊。或许被他伪装成神父的那个男人正在和他谈点什么吧。这个世界就是这样,如果杀手的杀人动机和任务发布者不一致,那么就会很麻烦。这种人总会在杀人前不停地诉说——愚蠢得要死! 可怎么会听到枪响? 消音器哪儿去了? 不过,既然谋杀被发现了,那么此时的他应该在找那辆车吧——他给他提前预备好的——虽然他死不死的无所谓。

　　警报声如期而至,在年轻人的耳朵里,这声音就像令人安心的音符。此时,克劳森家的门前已经停了一大堆警车了,顶灯闪烁,到处都是明亮的探照灯光束,现场也被警方暂时封锁了起来。不过说起来,警方确实挺高效的,从发现情况到支援力量到达,前后才花了不到十分钟的时间,这效率放到哪儿都是一等一的,而且估计这群警察也已经闲了很久了吧,在这么生疏的情况下能做到这样,也算不错了。

　　年轻人很耐心地等着,直到确定没有任何救护车过来才略微放下心来。那么接下来,唯一不确定的就是那个可怜男人的死活了。他还记得,第一次遇见他是在一个网上的债务聊天室里,当时觉得他还不错,所以当即就约了见面地点——肯萨斯南城的一个债务咨询事务所。事务所位于一个无电梯的办公大楼里,下面是一个支票兑现处以及卖杂货的店面。其实他选人是很谨慎小心的。这个男人是他在网上接触的第六个还是第七个人，也是他真正有联系过的第二个人。至于之前联系过的那个人，他觉得实在是太过于优柔寡断了。所以他没有对那个人透漏任何东西。

但这个人不同，随着他对克劳森的了解越来越多，他的眼睛里充斥的尽是愤怒。为了让这个满是怨恨的男人主动联系自己，为了让他心里充满杀意，让他愤怒于富人们对于穷人们的不屑和牺牲，年轻人会经常开着这辆"领航员"找到他，把从报纸上裁下的，或者是从社会杂志上摘选的简报交给他。其实，年轻人常常诧异于大部分人对于他们所居住的世界的肤浅理解，诧异于他们对于操控自己命运的力量的无知。终于有一天，他觉得时机成熟了。那天，他们在路边饭馆吃晚饭的时候，他说出了自己的计划。他对这个男人说，威廉·克劳森也曾伤害过自己，不要去担心如何完成这项任务，也不要去担心自己的能力够不够，去做就是了。杀掉克劳森，他的债务将被一笔勾销。当然，他还会负责他的医药费，并且会给他足够多的钱让他安度余生。逃跑的地点就安排在离克劳森别墅半英里地的一个私家街道。作为定金，年轻人给了他一百张一百美元的票据，装在一个尼龙剃须工具包里，这些钱都是绝对安全的，可以随时提取。余款将会在确认克劳森死亡后付清。

当时，这个"签约"杀手一边仔细地听，一边狼吞虎咽，一副饿极了的样子。不过，从他浑身散发出的上流社会气质可以看出，他也曾经有过好日子。虽然也不是没吃过牛排，但是，这个炭烤牛排显然是他最近吃过的最好的食物了。年轻人知道他选对人了，选择收买一个潦倒的人远比找一个职业的杀手划得来。这是个可以一步到位的计划。

六个星期前，他持着一张肯尼亚的护照来到美国，化名为乔纳森·卡内兹。所以在这趟出行中，无论是时代广场万豪酒店的登记签名，还是在看百老汇以及在饭店结账时所用的信用卡，都是用的这个名字。而当他搭乘去往芝加哥的航班时，他用的名字是卡斯维尔·鲁宾。然后在去堪萨斯的时候,他又换了个名字——彼得·斯蒂尔。在堪萨斯,他和这个他想雇佣的人有了第一次会面。

在债务咨询所以及附近的酒吧里,年轻人先后与他谈了三次:关于巨额的负债,关于信用卡发行者的虚伪狡诈,关于现实生活中难以忍受的压力。来见面之前,年轻人还特意戴了一顶特别夸张的假发,临时蓄起了小胡子,且用双氧水漂了一下。从他的栗色假发中,隐约可见一些灰白色,这让他至少老了十几岁。最后,他又从头到脚检查了一遍,直到确保无人认出才出门。那个男人其实对年轻人一无所知,只知道彼得——他们俩还不知道对方的姓是什么——经常是行踪隐秘,对事谨慎小心。不过话说回来,他还不是一样?

两周后以后,年轻人以彼得的身份离开了堪萨斯,又以卡斯维尔·鲁宾的身份离开了芝加哥。随后又用乔纳森·卡内兹的身份,从纽约经伦敦飞往肯尼亚的首都内罗比。又过了一周后,他手持德国护照,以弗朗茨·申克尔的身份从法兰克福到了华盛顿。乘坐机场大巴来到市区后,他入住在了麻州大道宾馆里,这个宾馆是他早就调查好的,事先已经记在了他的入境卡上。就这样,在这个宾馆进进出出两天后,他又用彼得·斯蒂尔的身份,以一副邋里邋遢的形象,搭乘飞机去了圣路易斯。抵达后,他又换回卡斯维尔·鲁宾的身份,租借了这辆他在州内驾驶的"领航员"。在这几年里,年轻人对这种身份的转换,实在是娴熟到了一种令人叹服的地步,在他的脑海里,早就形成了一份清晰的身份清单。斯维尔·鲁宾的身份其实是在数年前伪造的,名义上是一位中西部的大学学生,他曾经用这个身份订阅过杂志。后来一家大型银行用订单上的联系方式向他推销过一张信用卡,他接受了。而自此以后,这张卡也就成了他在金融世界里的通行证,为他支付着各种账单。甚至杀比利·克劳森的赏金都是用这个银行的信用卡支付的。而最最讽刺的就是,这个大力推广年轻人市场的银行,正是克劳森自己的银行。

年轻人坐在车里观察着情况,心里不断地有东西涌动着,他原以为自己不会干坏事的。在暴力面前,他向来是一个不可知论者。

在花了足够多的时间确认没有救护车过来后,他开着车从一个铺着煤渣的小道倒了出来,以每小时三十五公里的稳定车速,不紧不慢地向山脊驶去,他甚至在每个需要停车的路口都会从容地停车。当抵达离克劳森的房子约五百码的高地后,他从控制台上拿下来了一个小型的无线电发报机。按下开关后,一个爆竹在前方黑暗中几英尺的地方炸响了。在那个无人居住的仿维多利亚风别墅的屋檐下,他看到了神父。如预期一样,爆竹炸碎的玻璃已足够触发警报了;尖利的,此起彼伏的警报声撕破了夜晚的宁静。几乎在同时,白得耀眼的探照灯骤然亮起,从别墅的各个侧面照了过来,这使得本来伪装极好的假神父一下子成了众矢之的。所有因为谋杀案而带来的震惊暂时被搁到一边,调查员们转而进入一场疯狂的追击行动。

年轻人继续前行了一会,然后选了一个他认为最有利的地点把车停了下来。神父此时正在一条宽敞的入城大道上,并不引人注意,年轻人现在离他足够近,从红外线仪里可以将一切看得清清楚楚。神父越来越显得有些飘忽不定。他时而向北疾跑,又转而向西,然后又向北,最终来到了一条死胡同,彼得说过,他会把那辆红色悍马停在这里的,悍马里还有他用来救儿子的钱,用这些钱,他下辈子都可以生活无忧了。

"住手! 他是个神父!"一个警员喊道。

"我们不能确定。"另一个说道。

"神父,放下你的枪!"

"按他说的做:放下你的枪!"

神父一动也不动,他的视线正越过警察向后看去——他在寻找他的悍马,寻找彼得,寻找应该属于他的自由和未来的幸福生活——这一切,是他去杀那个商业巨头的所有动力啊。他做错了吗? 或许吧,但现在一切都太晚了。他知道,生活没有回头路可以走。

所以他慢慢地开始转身，就好像背后有他的求生之路一样。警察举枪瞄准了他。"放下你的枪，先生！"

年轻人拿着夜视仪静静地看着，红绿色的视野中，是一张虚弱的，令人过目难忘的脸。在那个人的脸上，死亡的气息已经悄然来临。

果然，神父终于将手枪插入了嘴中，毫不犹豫地扳动了扳机。这个可怜的男人就这样在年轻人的视野里轰然倒下了。

年轻人很满意，满意于自己完美的计划和优秀的洞察力。随着男人的倒下，他毫不犹豫地启动了车子。

在克劳森私家车道下方的一个紧急关卡旁，达纳尔还是显得有些不敢相信。"怎么会这样？"达纳尔对着在暗处的拉拉比说道。

"是啊，克劳森先生这么一个好人，"拉拉比点点头，"你难道不是这样想的？哎！不要再去想这些了！"

"看着吧，这只是个开始。"达纳尔若有所思地说道，闪烁的警灯把他们的脸照得忽明忽暗。

"你这是知道些什么吗？

"我只是听说了一些大家都知道的东西"

"比如说？"

"喂，你在开玩笑吧。他可是咱们这里的名人。关于别墅里发生的事儿你就没有听到什么消息？"

拉拉比摇了摇头："还没有任何官方的消息。我刚到这儿一两分钟"

"那有什么小道消息吗？"

"死了四个人：克劳森，还有，警长认为应该是他的女儿以及外孙、外孙女。"

"妈的！"达纳尔骂了一句。

"罪犯自杀了。"

"谁会做这样的事情呢?"

"什么意思?"

"我是说这是谋财？情杀？还是仇杀?"达纳尔说道,"一般跑不出这三个原因。犯罪学第一堂课就教的这个。"

"好吧,不过如果他们都死了,谁来当受益人呢?"

"没有都死。他还有个儿子,叫卢克,是个宠坏了的少爷。这也是听别人说的。"

"可他这么做是为了什么呢?"

"犯浑呗。"

"这几乎就像定理一样。如果爸爸是这样的,儿子一定会是截然相反的另一种人。唉,要我说,如果我是个富二代,我肯定不会这么混蛋。"

"你也好不到哪儿去。"

"去你的!"

"别想啦。总之这个少爷是要一夜暴富咯。"

4

　　他是一个善于伪装的人。除了驾照和护照上的那些信息,你很难能再多了解他些什么了。你只知道他大约一米八二的个子,体重八十一公斤,有着蓝色的眼睛和浅灰色的头发。菲利普·弗罗斯特的具体国籍、背景、职业,都没人知道,这也正是他所希望的。比如说,空乘从来没有给过他移民表;比如说,他的女友伊莎贝拉·卡维尔都和他交往了一年了,但是仍然不知道他是个怎样的人,只是知道他是射手座的,略微了解他的脾气秉性。菲利普是个多变的男人,他时而是个狂热的情人,时而又保持距离,变得很酷;时而慷慨大方,时而又分外冷漠;时而敏锐,时而又一副不食烟火的样子。他所开的车型和他走路的方式,都有一种铁血向前的普鲁士军官气息,但当他放松下来时,他又可以像一个美国高中大男孩一样,不做作的哈哈大笑,他可以和英国绅士们开玩笑,取笑他们的过分精明——不过分寸刚好,点到即止。

　　菲利普的父亲是德国瑞士混血,母亲则是美国丹麦混血。他虽然出生在纽约,却并没有在纽约上过学。爸爸在联合国秘书处工作,所以他小时候经常会因为父亲工作调动的原因不停地搬家。那时他上的是青少年英语预备学校。十三岁的时候,他就读于日内瓦郊区的一所精英学校,同学中有来自非洲或者阿拉伯的王子,也有各大跨国公司老板的孩子。

　　不过,他读麻省理工大学的四年是在纽约度过的。这是他初次体验在纽约的生活。然而,毕业后他却放弃了华尔街,去了伦敦。他觉得,在华尔街他更多的是被强迫做事,自己做主的机会很少。这一切的一切都起源于大学第四年听的一个讲座。在那场讲座里,他碰到了他的贵人。那是学校请来的一位特邀发言人。这个发言人当时刚刚放弃了研究工作，转而进军商业：他叫伊恩·桑塔尔，是个古怪的学者，有着和搬运工一般强壮的胳膊。他在剑桥上学已经是几十年前的事情了，在学校时的他非常出名，有科学怪才的名号。"我的人生也曾亦左亦右，摇摆不定。但当激情褪去，我只想活在当下。"这是他对学生们的介绍词。也正是这句话，深深地吸引了菲利普。他选择追随桑塔尔，而桑塔尔也雇用了他。至少在当时来说，整个过程就是这么简单。公司的办公地点位于伦敦，所以伦敦就是他要去的地方。并不是因为这个城市多么的宜人居住，只是因为在这里他可以找出一条捷径，通往他所希求的未来。

公司的迅猛发展；伊恩的离开导致公司发展迟滞；在伊恩的怂恿下，他放下财务工作转而去处理对外关系——这一切真的已经过去很久了吗？差不多有十年了吧？在三月十号的时候（他突然意识到，公司里似乎只有他会去记日期），菲利普曾经一边向西望着亚速海，一边问过自己这个问题。亚速海是一个被克里木半岛与黑海隔离的内海，号称是世界上最浅的海，最深的地方也只有四十六英尺。连接亚速海与黑海的正是自己面前的这个刻赤海峡，它是两海域之间唯一的通道。其实，现在并不是来这里的最好时节，只有最不怕死的旅客才会来这里度假，因为他们正在交接那些曾经让土耳其和整个欧洲都感到恐慌的核导弹装置。不过，河水解冻后，在霜冻之前，游客们应该会蜂拥而至的。因为那个时候东风就不像现在这么刺骨了，平整的田地也不会再裹着银装，而是被划分成了众多的田块，散发着盎然的绿意。游客们将会把大把大把的卢布、美元、欧元——所有的钱——都扔在这儿，只为在这世外桃源消磨一下时间，在这里的景色中，时光几乎没留下任何印记。

不过这一切都与他无关。作为美国团队这次协俄计划的负责人，他的任务是尽可能协助俄罗斯军队拆除剩余核武器，成不成还得另说。

44

不过这并不是他想要的,他想要的东西与这些开发商无关。暂时而言,他的工作就是抹去这些军火的历史记录,做到既稳妥又令众人满意,不过其实他也想在这笔巨额利润里分一杯羹。没有任何的富二代会拥有这么多的财富,即使是非洲和阿拉伯的王子也没有。当然,也没有任何一个管理者曾经经手过这种买卖。他情不自禁地笑了起来,甚至笑出了声。和所有惊才绝艳的策划者一样,伊恩有着出奇的耐心和稳扎稳打的风格。他很早就开始接触一些起决定性作用的官员,并且在菲利普就要离开的时候拍板雇他。他所猜测的一切几乎都成了现实:鉴于苏维埃政府的倒台余波未平,当俄罗斯处理这些冗余的武器时,它一定会需要物质上的援助和一定程度的政治庇护。跟随他们的特遣部队是以美国参议员萨姆·纳恩和理查德·卢格的名义立项组建的,而他们两个也正是这个项目起草法案的撰写人。因此对于此次任务,这个特遣部队是再合适不过的了。众所周知,美俄之间向来有着千丝万缕的利益纠葛,而这个项目竟然能绕开这些阻碍顺利实施,实在令菲利普有些意外。不过,抛开这些不谈,在监督多余的仓库和发射场完成拆除后,眼下他将要面对的其实是伊恩曾谈到过的最大的一个难题。他为这事费了多少脑细胞啊!为了谋取信任,他不得不依靠伊恩的声望,当然,与此同时,他还对货物进行了十分巧妙的伪装。这样一来,他们即使遇到检查也并不害怕,因为从外面看上去,货物并没有任何异常。

助理安德烈故意呼了口气,就好像在表演憋了很久的演技一样。顿了一下,他叹声说道:"真怀念吸大麻的日子啊。"

菲利普点了点头。

"你吸过大麻吗?"安德烈问了一句废话。

菲利普没有直接回答。沉默了一会,菲利普说道:"在学校抽过,但只是为了装个派头。"

安德烈大声笑了起来。

菲利普似乎觉得并不可笑,脸上一点表情也没有。

"这么严肃干吗，"安德烈粗哑的声音里带了一丝畏缩，"开点玩笑转移一下注意力嘛。"

"嗯。"

"那个人都说没问题了，那就应该没问题了吧。"安德烈小声咕哝道。

"看来你还是能看出来我在想什么的。"

"我当然能看出来。"安德烈回答道，"我养老的钱，我舒舒服服过下半辈子的钱可都全靠你了。你还不知道我吗，过逍遥日子可是我的梦想啊。法国南部或者马略卡岛！谁会傻乎乎地放弃这么舒服的未来。"

"那么，安德烈，我们现在是处于什么境地？一条不能回头的路对吗？"

"看样子，是这样的。"

"很好。"

"你还挺会打比方的嘛。"

"一般吧。"菲利普说道，"所以说，二十一减去三仍然等于二十一？"

安德烈咧嘴一笑。"即使是减去再多，也是二十一。"他说道。

"那么，三乘以三十可以换成……多少？"

"这个，要看出多高的价了。"

菲利普笑了笑。"这些加起来可是个大数目，不好转移。不过，其实还说不定"

"说不定？其实我觉得几乎是不可能的。"

"但不是绝对不可能。"菲利普强调道。

"时机最重要。"

"你知道我对什么觉得很惊讶吗？"

"不知道。"

"我惊讶于这个世界总是处于昏睡中,没有人会去注意你。"

"有时候确实是这样的,但我觉得这一切都要归结于经济。当生活富裕的时候,人们安心享乐。而当穷困潦倒的时候,他们又无暇旁顾。他们没时间去关心别人。"

"不过,单靠运气显然不行。我们不能想当然,还是要谨慎一些的好。"

不远的地方,他们大型团队中的一个小分队正在赶工。他努力地去注意到他们的存在,在菲利普眼里,他们无非是一些棋子。面对任务,他们意志坚决,执行任务的时候,他们整齐划一。他们实在是对得起菲利普付给他们的高薪。不过,对于菲利普所在做的事情,他们像大多数人一样,实在是知之甚少,也许,只有他和安德烈,以及那些安德烈很顺利搞定的官员才会知道所谓的内幕吧。由于缺少串点成线的联想力,这些人更像是踏踏实实的工人,上面让干什么,他们就去关心什么。其他的注意力就都在他们自己的私人生活上了。菲利普很庆幸这一点。因为这让他的工作好做了很多。

附近的建筑物普遍低矮,都是那种飞碟状的屋顶,涂有传统的绿棕黄三色迷彩伪装。只有公路穿过的最大的集装箱场站上,竖立着一幢还算高的建筑。不过它看起来更像是某个地下建筑的地面部分。

风一点儿也没有停下来的意思,时不时还会吹来远处树林的几根嫩枝。摇摇晃晃的杂草显得十分没有精神,这一切都使得这块地方愈显荒凉。可菲利普清楚,正是这种荒凉,可能会使这块地方的用途落入有心人的眼中。早在冷战时期,美国才刚刚给核潜艇配备上北极星导弹的时候,这些发射井就已经被深埋地下了,而且如果不是特意寻找,很难发现它们的存在。不过,由于这些发射井原本是为了迫使在土耳其的敌对分子以及伊朗的武装力量保持中立而部署的,适合于发射中程导弹,所以它们离国境线很近,并不适合洲际导弹的发射。像制造弹头的武器实验室一样,设井地点一般被安排在内陆地区,比如诺夫哥罗德地区的阿尔扎马斯,或者乌拉尔地区的斯涅任斯克附近。在旧秩序终结前的数十年动乱里,尤其是在乌克兰独立的余波还未平复的情况下,谁也没想到在这些回收的设施里竟然有未发射的洲际导弹,而且每个导弹中都有大约三十枚的多弹头飞弹。这些导弹大部分都是在乌克兰独立前撤回的;极少数是从黑海舰队的核潜艇上撤回港内的。当时,乌克兰和俄罗斯的关系还有些紧张,态度不甚明朗。作为黑海舰队主要停泊港的提供国,克里米亚自治共和国很快就成为了亲俄分裂分子的目标。在这些分裂分子中,大部分都是海员。为了抵抗这些人,乌克兰当时从原有的海军中,迅速地组建了一支属于自己的无核舰队。那时候,整个克里米亚地区都处于一种动荡中。在这种监察力度极为薄弱的环境下,军火和贿赂就像赌博里的道具一样被伊恩小心操作着,因为每一个转折事件的发生,都可能牵涉伊恩极大的利益。

当他们朝工作地点走去的时候,安德烈说道,"我不会想当然的,又不是第一次干,傻子才会这么做。"

"你知道就好。"

"小时候,有些东西看似永远也不会变,比如说苏联。可你看现在怎么着了。或许在这里就有苏联解体后出生的士兵。实际上,捷克、波兰还有匈牙利现在都是西方国家了。现在当你离乌克兰这么近时,你觉得你是在哪儿? 他们可不仅仅是斯拉夫人,他们是我们的同胞。这也是我们为什么这么放心地把军火交给他们来处理,这并不仅仅是因为地理位置不错。"

"本是同一类人,能有多大差别呢。"菲利普说道,"谁能比爱尔兰人更像一个英国人,谁又能比一个阿拉伯人更像一个犹太人?"

安德烈短促地笑了几声。

十分钟后,在阴冷空旷的兵工厂里,弹头正在被缓缓地拉升。菲利普非常仔细地观察着武器的装卸,而安德烈身边则站了两个人——一个是俄罗斯军队里的军官,年轻,颧骨突出,略显憔悴;另一个则是一个站姿放松,略显懒散的中年男人,显然是一名官员——这两个人是被派来监督弹头运输情况的。这种情形也是在预料之内,见怪不怪,所以菲利普一直保持着沉默。美俄双方代表都是"纳恩—卢格"任务小组以及核威胁倡议协会的成员,在他们执行任务的同时,菲利普努力平复着自己激动的心情。

安德烈站在他的旁边,他那斯拉夫人的典型高额头被电脑屏幕发出的光照得亮堂堂的。电脑是全新的超薄笔记本电脑,比他以前用过的任何一台都要先进得多。这使得安德烈对它爱不释手,即使被放在下拉架上不用时,他都会略带骄傲地抚摸着它。其实整个协议执行的过程差不多是双盲法的一种应用。货箱被一个个的运了过来,安德烈就像图书管理员核对书本那样,先仔细检查原厂商标,然后在一个泛黄的活页本上与蓝黑钢笔记录过的条目作比较。活页孔被紧过好几次,每一枚弹头在表中都用亮色的透明标签标记着,这使得整个货物清单更像是一个学生的笔记本。这些清单记录他只核对一遍,第二遍的时候,他会去扫描货物封条上的条形码,最近这些货物信息都已经数字化了。对于货物,他一共要检查三样:首先是检查那个用来迷惑检查人员的松木板条箱,它的容积之大完全可以容纳一架大钢琴;往里,则是一层密封层;嵌在密封层里面的,就是最重要的弹头。一丝不苟地完成检查后(他知道,只要存在一点点的差错,所有的努力就都将付诸东流),安德烈将会把对应的序列号输入他的电脑。之后,如果输入的条目和电脑中的数据相一致的话,他便会得到另一组编号,包括一系列的数字,字母和符号,共十一位,每个弹头都会有这样一个编号。依次完成这些以后,他会紧接着给每批货物输入目的地的安装代码,然后是运输过程中会用到的安全代码;最后是工厂的代码——它们将在那里被拆分销毁。

在离检查流水线二十米的地方,俄罗斯军官正在重复着这一系列的检查,美国销毁军备的专家则眼睛一眨不眨地盯着整个过程。统统结束之后,箱子将会被装上两辆大卡车,经由海陆空三种运输方式,在四十五分钟后抵达一个废弃的火车站。在那里,运输效率将会大大提高。之后,作为运送的最后一程,货物将会穿过斯基泰人的三不管地区。

总共运送的弹头数目是二十一枚。当所有的装卸和记录工作完成之后,二十一个有着相同重量和容积的板条箱将会被记录在货单上。伊恩的计划总是拥有一种艺术的美感。早在苏联刚刚解体时,在那种政局混乱的情况下,伊恩就开始有意识地接触一些曾经的客户,比如朱可夫上校,这个外表谦逊,实际十分挑剔的男人是他曾经的货物供应商。在这几年里,伊恩靠走私牟取的利润远远超过股票、期货,以及新产品所带给他的财富。部队里的人只需要稍稍伪造一些记录来对他的那三枚弹头进行保密即可。这样一来,即使被发现了,也可以装作不知情,不过话说回来,成功的可能性还是很大的。伊恩觉得,在革命的漩涡里,无数的账目会被伪造,而没有人会挨个辨别它们的真伪。这是历史经验告诉我们的,伊恩曾经对菲利普如是说道。菲利普希望自己可以像师傅那样,拥有足够的耐心,并给人以无限的信任感。他希望拥有导师那种对未来的自信,那是一种车到山前必有路,船到桥头自然直的从容和淡定。

指挥官的办公室是那种实用型的风格。进到办公室里后,安德烈说道:"不容多想未知的未来,同时又不会感到后悔,这地方还真是好啊。"

"你的多愁善感还真是一会儿都不能消停。"菲利普说道,"这可和你的职业不符。"

"我的意思是,真就有那么一刹那,你会变成——怎么说来着——cynosure,谁都会注意到你……好吧,至少其他的武装部队或者那些潜在的敌人会盯着你不放。"

"cynosure,"菲利普重复了一遍,"这次你又是翻了哪本字典?"

"当然是牛津英语，"安德烈回答道，"这个词用来比喻'人们欣赏的对象或者注意力的焦点'，不过从现在开始，没人会再关心这个鬼地方了。"

"不见得。"

"游客不算。"

"你绝想不到会有多少人要来。"

"不，他们已经来了。新来这里的人和我们不同，新来的是群养尊处优的家伙，他们现在恐怕正飞往安塔利亚呢。然后会再飞往阿纳帕。那儿本来就是旅游胜地，自从苏联解体后，游客便更多了，毕竟如果要去塞瓦斯托波尔之类的地方度假的话，将意味着要跨境进入克里米亚自治共和国。我想这儿的设计者更多的是参照了索契市的风格吧。"

"我觉得，这些艺术家的设计，"菲利普说道，"更多的是倾向于田园风格，而不是雄伟和繁华的感觉。不过你说得对，确实很有俄罗斯的味道。"

"有不同看法是必然的，"安德烈回答道，"谁去那儿都会为这事儿吵起来的。"

菲利普笑了笑。

"这儿确实很美，无论从什么方面来看，但是，即便这样，对于一个人气质的欣赏远远抵不上对于对方权力的敬畏。"安德烈说道。

"我觉得未必。"

"真正的欣赏应该是建立在畏惧的基础上的。"安德烈沉声道。

"那么吸引力呢？"

"虽然最开始不一定是因为畏惧，但是最终一定有畏惧的成分。没人会再害怕这地方了，这地方虽然不错，但却也有些阴郁。我想说的就这么多，弗罗斯特先生。"

"现在进度怎么样了？"

"只需要签字就可以了。"安德烈对菲利普说道，"以此证明军火都不见了。"

"如果我没记错的话,原则上四个合同都必须要签字,我们必须要亲眼看着证件被销毁。这些事情一结束——"

"保安就会回家,士兵们也会该去哪儿去哪儿。安全措施将会完全解除。然后你就看着吧:施工队会马上赶到。我可以保证,一个月后,你将完全认不出这个地方来。"

"好吧,这将是一个崭新的俄罗斯。"菲利普叹了口气,"我还能说什么呢?"

"那么,最紧要的就是,那些钱在哪儿?"安德烈压低声音说道,"顺便问一句,印章在哪儿呢? 在你那吗?"

菲利普对安德烈的不知分寸有些不屑。"当然。就在我左大衣口袋里,我把玩了一个下午呢。"

"那我们就先收工吧。天已经黑了,我要回房间了。先洗个热水澡,然后再换件衣服,喝上一杯。"

"应该的,"菲利普说道,"这两天你辛苦了,工作完成得不错。不过我想问一下,对于明后天你有什么打算吗?"

安德烈愣了一下,然后冲菲利普狡猾地笑了笑。"把看到的都给忘掉,"他用一种尽可能使对方信服的语气说道,"你呢?"

"我还要接着做,"菲利普说道,"因为这是我的买卖。"

5

峭壁的边上,围着一排大约一米高的橙绿色的扶栏,泰·亨特把两只手搭在上面,越过面前的地中海,向南边极目望着。此时正是早上的晚些时候,五月的太阳已经爬上了头顶。天空万里无云。除了蔚蓝海岸,哪里还有这般景色呢?

"就像一个用坏的橡胶筋,"他对着耳机的话筒描述着,"说实话,我真是这么觉得。"

"这很意外吗?"格里格·罗根,在电话的另一头附和道。

"其实也正常,"泰说道,"三年拍了四部电影,而且,你知道,两部是长篇的。"他的右手边是戈尔夫瑞昂,越过远处的海角便是戛纳。他来这里是参加电影节的——并不是他又一部大片进入了角逐或者即将上映,而是他此次客串了《欲罢不能》里的一个角色,这部电影被称为格里格·罗根的回归之作。七年前,正是格里格在里德医院的康复中心相中了他,在这之前,泰其实是第三军特遣步兵分队的一名情报人员,一次军事演习中,他不幸在装甲运兵车里遭遇了严重的事故,被迫接受了一系列的手术才康复。但谁也没料到,刚刚才出院几星期,他就被导演发掘了。格里格,这个一直以来从事商业电影的导演,深深地着迷于泰的笑容,甚至连半小时的自我介绍短片都没看,就向这个年轻的士兵伸出了橄榄枝。

现在,机动游艇正在泰的注视中渐行渐远,驶向杜卡普酒店所在的海港,他觉得自己简直就是世界上最幸运的人。考虑到退伍后无事可干,当时的他决定冒险一试,当天就买了去洛杉矶的最便宜的机票。他原本预计用三个月的时间来站稳脚跟,可事实上,这个目标很快就实现了,现在他在银行已经有了一笔数目可观的存款。从某种意义来说,当他带着自己的处女作——公路电影《我知女人心》——现身好莱坞的那一刹那,他就已然引起了一股热潮。虽然他自己也不明白是什么样的经验和想象力使他塑造了这样一个多情的流浪汉角色,但是他很快就获得了奥斯卡的提名,并借此一举成名,成了全世界最卖座的男演员。但此时格里格的情况可能就没有他这么好了,因为他的电影更多的是一种低成本的、小众化的电影,而这显然是与当前的电影市场格格不入的。不过,大家都承认《欲罢不能》的剧本写得非常好,对于格里格而言,他唯一欠缺的就是寻找一个适合他的风格的演员。所以,泰没有辜负格里格的信任,倾情出演了一个罗宾汉式的花花公子,其他的明星也因为他的出演而纷至沓来。

"交易内容你看了吗?"格里格问道。

"我刚醒。"泰回答道。

"她什么时候走的?"

"我还没起来她就走了,估计挺早的。"

"不错嘛,伙计。"

"别乱想,我整晚都是自己待着,最近我经常这样。我没和你们说吗?"

"别扯了,就算是真的,也是偶然事件。"

"就知道你会这么想,但你真的大错特错了。"

"名利场派对上有许多的漂亮女人。你一来大家都是列队欢迎的架势。还需要我再说下去吗?"

"或许我在找寻更有挑战性的猎物呢?"

"人们都这么想,"格里格对泰说道,"但通常都没有好结果。"

"当我准备好放弃的时候,我就会放弃。可我还没想放弃。"

"好吧好吧,随你吧。言归正传,大家对这部电影的兴趣可不是一般的大啊。《驳杂》和《记者》都表示希望采访。他们喜欢你。不过说起来,他们貌似谁都可以喜欢。鬼知道他们整天在想什么。不过不管怎么说,这次风水转到我们这里了。泰,知道吗? 你把他们迷住了。"

"我们相信这一切就是了,相信使世界变得美好。"

"知道吗? 你就是一颗正在冉冉升起的新星!"

"电影是你拍的,鲜花应该属于你。"

"这么说来,又是一个美妙的夜晚。"

"所以我一直在盯着来往的船只,"泰笑着说道,"在想我该上的那艘船在哪儿。"

"那些船都不是,超越号还在蒙特卡洛呢。午饭后他们就差不多到了。"

"你说这条船是谁的来着?"

"伊恩·桑塔尔。"

"我听说过这个名字,不过忘了在哪儿听的了。"

"神秘的男人! 开始是个研究什么的学者,后来,就变成了最成功的商人。具体他做什么我也不知道。不过最重要的是,他认识希德·萨尔的一个老朋友。你知道希德吧。"

"没人不知道他吧,"泰回答道,"他有自己的制片厂。我当然认识他,只不过不是很了解罢了。"

"实际上,他只是曾经拥有那个厂。现在他的厂已经被收购了,他自己握有绝大多数的股份,当然,你说得对,他仍在工作。因为希德我们才被邀请的。他喜欢让别人知道他认识很多名人。他肯定会拉着你到处招摇。桑塔尔的女儿是个英国人,是个罗马的珠宝设计师,而且我听说长得不错。这个派对就是为她办的,为的是庆祝她的新藏品。所以我们这次去可以看一看这些藏品,多在船上待一会,这样才有意思。我还从没坐过三百六十英尺的邮轮呢,你坐过吗?"

"显然没有。"

"没时间了,我得走了。我还有两个采访,一顿约好的午餐,在两点和四点还有两个会。我六点会到你的宾馆,到时候我们一起登船。"

"好的,"泰说道,"但你现在在哪儿?"

"在卡尔顿酒店。"格里格回答道,"刚离开那儿三十,至多四十五分钟。"

"有事的话给我打电话。"

"注意看手机! 我很可能会再给你打电话的。"

挂断电话后,泰的目光仍然无法从海面上移开。他第一次以一个士兵的角度观望地中海。从早到晚的突击队训练生涯,几乎夺走了他所有的想象力。他一向很能察觉到历史的厚重感,此时看着这潮起潮落的海水,那沧海桑田的美妙意境几乎让他痴迷进去了。

泰的住处在一个郊外住宅区的海景小屋,有着最好的视觉享受,从住宅区延伸出的私家车道直通格兰林荫大道。而大道的尽头正是山顶处豪华无比的拿破仑三世酒店。以波利尼西亚为主要灵感,同时又兼具奢华,这幢不协调的建筑正是 20 世纪 50 年代时尚的巅峰之作。泰觉得这种风格主要是肖恩·康纳利和加里·格兰特一手倡导起来的。他深深地吸了一口海边的空气,空气中带有浓郁的松树和玫瑰香味。他顺手把自己的黑莓手机塞进了游泳短裤的口袋里,青蓝相间的短裤,因为印了一串香蕉而显得十分有趣。手机和短裤都是他前女友在楠塔基特岛给他买的。他回到浴室,涂上了防晒霜,然后把自己的钱包、图章、戒指、黑莓手机以及其他贵重物品都放到了壁橱后的手提保险箱里。密码还是像往常一样,设置为他在美国海军部队时部队编号的后四位。

重新挂上笑容,他大步穿过阳台向伊顿·洛克馆走去。阳台上排列着一排排的躺椅,这种躺椅风潮完全是由那些电影经理和清纯的女演员们所带起来的。在更衣室和咖啡馆前,泰向左转身,加快步伐,从岩石上凿出的楼梯上走了下来。在他后面,是令人心动不已无边际的泳池,他注意到上次夜晚派对的赞助商的名字已经被抹掉了。当泰到达池边的时候,他并没有直接下水,而是径直走到了右手边的跳水板旁。跳水板的下面便是地中海的海水。他排在三个十岁小孩的后边。三个小孩正在比赛谁的抱膝跳水更厉害。在他们都跳完之后,泰才准备入水。一个漂亮反身直体跳加上几分钟的爬泳,再出现时,已经到了一个浮筒的旁边,视线里,可以看到远处的酒店和安提贝斯海角,现在这个位置估计岸边的人用望远镜也发现不了。泰其实希望对自己的未来和生活能看得更清楚些。事业发生变化了,什么事业会永远没有改变呢?他很庆幸挡在他面前的困难都很明确,他可以一个个去解决它们,当然,他也知道,总是被动地去解决困难是不行的。成功都会掺杂着失败,明星的造就也伴随着陨落。别想了,他自言自语道,以后有的是时间去认真想。他很确定自己现在并不适合去读下个剧本,因为很明显他还没有准备好去融入一个新角色。进入一个新角色需要他把上一个电影中耗损的精力以及情感重新补充回来,尤其是在上一部电影非常成功的情况下。虽然他对自己的这种恢复能力充满信心,但现在他唯一想扮演的就是现实生活中的泰·亨特。

根据岸上的标志,泰的脑海中算好了一条笔直的路线,路线从这边的浮筒一直延伸到远处的一幢素雅的白色建筑,这是那边唯一的一幢建筑,它的下面是倾斜的草坡。他慢慢地沿着这条直线游了过去,来回游动的时候,对于水面的拍打颇有几分奥运会选手的水准,每游一圈都会换一种泳姿。终于,最后一下划水结束了,结束动作仍如开始时一样有力。泰用手扳上了一个浮筒来放松身体,借着水面的浮力来托着自己缓一下劲。这时,耳边突然有声音传了过来——两个人,或许更多。是两个女人的声音,语调很熟悉,但语言很陌生。仔细听过后,他判断应该是俄语。这显然不是他会讲的语言。把头浮在水面上,他最终看到了三个穿着相似紧身泳衣的女人,全都是金发碧眼、双腿细长、胸部丰满的美女。刚开始他以为她们是姐妹,不过很快他就发现自己猜错了。因为三个人之间一点都没有亲昵可言。其中的两个女人像是在激烈地争吵。这时候，第三人开口了，说的是英语，虽然地方口音很重，但明显是美国口音。她的声音最大，鼻音很重，声调有些刺耳，就好像一个丑陋的东西被迫从一个美丽的贝壳里钻出来一样。她说道："我已经迫不及待了，她们和我说他的邮轮是世界上最长的一艘。"

"或许曾经是吧，"离她最远的那个女人回应道，"现在肯定不是了。说实话，前十名或许都进不了。相信我，我看过很多。"

"我们相信你，"中间的女人说道，"但你觉得它有多长呢？"

"连四百英尺都不到。我也不知道为什么，三百六十这个数字就好像在我脑子里生根了一样。"

"或许从长度上来说确实不算什么。"说英语的女人又开始讲话了，"不过，这有什么呢？船越长，主人越没什么头脑。大家不都这么说吗？"

"一般来说，确实是这样。"一个女人回答道。

"你认识他吗？"

"你说伊恩？我听说过他的事情，不过没和他上过床，怎么了？"

"听说他很大方。"

"在钱上吧。他可不是轻易付出感情的人。"

"他曾经在罗马的瓜尔迪送了一对耳环给圣特罗佩的一个女孩。耳环是红宝石加上榄尖形切割的钻石。有一次我听说她在摩纳哥估了一下价格，大约是两万欧元。不错啊！当然，钱也没少给过。"

"据说他并不总是这么大方。不过谁说得准呢？男人总是很难捉摸。你很难一眼就看出来。可为什么一见到菲利普·弗罗斯特这样的就感觉那么亲近呢？"

"我知道你说的是谁。"看起来最年轻的女孩插嘴道，"他确实很迷人。"

"和他上床后你才有资格说这些。"

"我还以为他搞女人不用付钱呢。"

"男人会为各种各样的东西付钱。像伊恩·桑塔尔这种老家伙，纯粹是为了上床，他们只是想证明自己雄风依旧。而菲利普这种类型的，则截然相反。他们想要的是俯视别人和操纵别人的快感，哦，不过确实，他们会给很多钱。但是为了这些钱，你不得不变得低三下四。比如说，这位'最迷人的'弗罗斯特先生，他会把纸卷成一团，扔在地上，让那些女孩趴在地上去捡，就像猫狗一样。我承认，正如大家所说的那样，他确实模样不错，而且床上的技术也不赖。但是姑娘们，他的静脉里流的根本就不是血而是冰。不过，伊恩很欣赏他。所以，姑娘们，自己作判断吧。"

泰自顾自地笑了笑。他从来没和妓女上过床，也从来没有偷听过她们的谈话。虽然貌似挺有收获的，但是再在这里待下去就不明智了——说实话，甚至有可能影响到自己完美的形象。所以他又再次潜了下去，离开了浮筒，游了足够远的距离以确保自己和这里的人不被同一个镜头拍到。

酒店海滩的东边是悬崖峭壁，一个室外的体育场正在修建；一个绳梯垂直落在海面上，在梯子的上边是一个秋千和马戏团的圆环。泰麻利地踩着梯子上来，加快步子向别墅走去。刚一开门，就听见了响起的电话声。

"喂。"

"是我。"格里格·罗根说道，"你在哪儿呢？我打了你的手机两遍都没人接。"

"去海里游泳了。"泰回应道，"有事吗？"

"计划有变：这儿堵得水泄不通的。我现在在卡尔顿的酒店大厅。所有人都在抱怨呢，都堵了半个小时了。"

"发生什么意外了吗？"

"还不太清楚，可能就是人太多了吧。不过应该没什么问题，希德·萨尔雇了些交通船。我们船上再见吧。"

"好的,不过你至少得派个人告诉我怎么去那儿。"

"他们应该会派出交通船把你们从安提贝斯接到超越号上来。我知道的就这么多了。我打听打听再告诉你去集合地的详细时间和路线吧。"

"旅店服务员肯定知道这个吧。"

"他们怎么会知道?"

"毕竟很多人都从这个酒店出发去那的。"

"好吧,倒也可以。"格里格说道,"可是你怎么知道旅店服务员会知道? 我还以为你从不求人呢。"

"我是这样的啊。"

"是不是又是哪个女服务员告诉你的?"

"不止一个呢。"泰说道。

6

六点四十五的时候,在旅馆服务员的热情帮助下,泰开了辆车驶出了别墅区。超越号的交通船将会在三十分钟后离开最南边的码头。不过泰并没有直接去那儿,而是去了安提贝斯,在那里闲逛了起来。镇上的主路是用鹅卵石铺成的。此时两边的商户都已经下班了。或许是他带了棒球帽和雷朋眼镜的原因,再加上车又开得比较快,所以并没有人把他认出来。转眼间,他便到了一个咖啡馆。他选了一个靠门的两人桌坐了下来。咖啡馆的蓝色百叶窗是拉起来的,对街奶酪店的熟奶酪香味混杂着海风飘进鼻子里,美味异常。视线扫过一个叫塞特伦·帕里斯的店门前的时候,他看到了当地人和一些游客正在举行游行狂欢,好像很有趣的样子,有许许多多的法国人、北非人、俄罗斯人、美国人以及其他国家的人从他面前走过。或许是没人想到他会来,所以并没有人注意到他。其实,他很享受这个氛围。现在想起来,他对于成名之前最怀念的一点就是不会担心被认出来。虽然不会去一直怀念这个,但是确实会经常想到,尤其是像现在这种时刻。他也怀念年轻的感觉,可他知道,没有人可以青春永驻。但"不被人注意"则不同,成为一个明星就意味着这点的彻底失去。你会永远是照相机的焦点,除非你已经淡出大家的视线,或者是你已经不在这个世上了。

他盯着自己的手表,在还剩十分钟的时候付了账单,开车向集合地驶去,途中遇见了十几艘豪华邮轮,每一艘都有安保人员在站岗。船上印了船名的花旗在迎风飘展,似乎是在欢迎客人,可安保人员的警惕目光并不让人觉得有什么欢迎的意思。右边,越过海港看去,太阳正在缓缓地沉入大西洋,整个海水都披上了一层金粉。远处停着的正是超越号,深蓝色的船体和白色的舷墙似乎在昭示着它的温柔。

事情终于还是出乎了意料,到集合地后泰才发现,码头上竟然一个人都没有,直到六点三刻也没有交通船出现,可格里格明明有发短信告诉他就是这个时间的。他原本还以为会看到刚才那几个高级妓女呢,以为她们会挽着几个大腹便便、头发稀疏的制片人出现在这里。几个小时前名利场派对的时候,还有好些个大款和明星在池边的躺椅上呢,这还不算那些新人演员,他们此时难道不正应该手拿香槟,在这艘豪华邮轮上开甲板派对吗? 人都到哪里去了? 他们不可能都从戛纳那边过来吧。海塘上面有几艘船正在行驶着,那么大型的船肯定不是派出来接人。泰仔细的一艘一艘地打量着。只有最长的那艘香烟型汽艇,貌似正朝码头这边过来,但现在还在远处。不过它移动得倒是很快,像一把利刃一般划过海港的水面,明显超出规定的汽艇速度上限了。

几分钟后,汽艇的驾驶员关了引擎,似乎只是靠着风和海水,沿码头滑行着。汽艇至少有五十英尺长,子弹型的船头上,是线条光滑、低矮的船舱,其后的后甲板十分巨大。驾驶员单手把着游艇的舵柄,在水里打着圈,一条尾缆挂在它的系缆墩上,似乎随时在准备让船停下来。

"是亨特先生吗?"驾驶员是个女人,说着一口流利标准的英语。泰显然没想到会是这个样子。"显然是你,请上船吧。"

泰刚刚坐进驾驶舱,女孩就熟练地收回了刚刚抛出的缆绳,再次启动大马力引擎,掉头向开阔的海面开去。

"我被弄糊涂了。"过了几分钟后,泰一边走向船舵一边说道。或许是由于船体的大小和马达经过十分精心的设计,船舱里异常安静。

驾驶员朝他这边望了过来,绿色大眼睛里闪过一丝狡黠的光芒。"被谁弄糊涂了? 被这艘船?"她问道,"被我? 还是说你没搞明白岸上为什么没人?

"都有,但我觉得最后一个问题显然要比较好回答吧。"

"通知别人的是七点半。我们上船后,会再派一个船员把汽艇开回去,把他们集体载过来。"

"再派个船员?"泰眉尖一挑,"照这个意思,你——"

"我不会去的,虽然我完全有资格成为一个船员。我的驾驶经验可是丰富得很呢。"

"你不是船员? ——那么你是?"

"伊莎贝拉·卡维尔。"她一边说,一边伸出一只手去摘掉自己的帽子,"理论上来说,你将要参加的这个派对就是为我办的。"船长帽摘掉,一头赤褐色的秀发倾泻而下。

"理论上?"泰重复了一遍,努力回想着格里格说过的话。

"这很明显吧。办派对的目的怎么会这么单纯,我教父的想法可复杂得很。"

"你的教父是伊恩·桑塔尔?"

"是啊。"她回答道。伊莎贝拉的头发已经被海水溅湿了,她甩了甩头,任凭阳光洒在脸上。

"你是个珠宝设计师对吗?"泰问道,"在瓜尔迪工作,在罗马?"

"你听说了?"

"还有谁没听说过呢?"

"看到我的藏品时,你会惊讶的。不过,亨特先生,看起来你的消息很灵通嘛。"

"我可是个好奇心很重的人。"泰的脸上露出了一抹笑容,"不过话说回来,卡维尔小姐,对于你的藏品,我真的很期待呢。"

"我也期待着给你看呢。"

"这就是我被提前邀请的原因吗? 你想让我先睹为快?"

"当然不是! 其实,主要是因为我是你的粉丝,我想快点见到你。如果我再等下去,你就被抢跑了。你难道不清楚吗? 尤其碰上电影节的时候,电影明星在派对上可是抢手货啊。"

"说实话,我已经习惯了。"

"好吧。"伊莎贝拉说道,"现在聊一些我想知道的事情吧。在《我知女人心》里——"

"我是不是爱上女主角了?又或者我是不是很想假戏真做?"

"别人已经问过你这些了?"

"岂止,各种问题都问过了。"泰说道,"导演想让人们自己去判断。"

"我觉得你不爱她。直觉告诉我你不会爱她的。"

"不一定哦。我确实也动心过。"

"你要知道,当你为了那个女孩放弃生命时,全世界的人都爱上你了。"

"维持的时间只有从电影院到停车场而已。"泰说道,"这种爱持续的时间太短了,一厢情愿而已。"

"你为什么是单身呢?"

亨特心里微微一动,他不知道她是无心的还是有意的。他说道:"我妈妈说,我这个人太挑剔。"

"你可是泰·亨特,你有足够的资本去挑剔。"

泰顿了一下说道:"我可以吗?"

"哦,对不起。"伊莎贝拉说道,"我是不是有些鲁莽了?"

"没关系。"

"如果你不愿意谈,我就不问了。"

"我也并不是一直单身。"

"这并不意外,但,你的意思是……"

"她死了。"泰下意识地说道。他感觉有东西堵在了喉咙口,很难受。

伊莎贝拉转过身来,眼里流露出一丝同情。"刚刚发生的事吗?"

"虽然不是刚发生的事,也过去没多久。"

64

"对不起,不应该问你的。"

"她是个记者——摄影记者,而且是位很好的摄影记者。她真的很优秀,很有天赋……善于观察,很有勇气。她得过所有的摄影大奖。"

"她叫什么名字?"

"卡罗琳。"

"我外祖母也叫这个名字。"

泰笑了笑:"如果你见到她,你肯定会喜欢她的。她也会喜欢你的性格,喜欢你开船的样子。她是我认识的人里胆子最大的,死于阿富汗战争。"

泰的手放在仪表盘上。在那一瞬间,或许是因为不知道说什么好,伊莎贝拉不自觉地握住了泰的手。

"快到了。"她最终开口说道,故意装作很兴奋的样子,"我打赌,你会喜欢的。"

超越号邮轮的船头高高昂起,就像一架机身狭长、线条流畅的飞机在低声咆哮,宛如一艘军舰。伊莎贝拉从容地调节着左右舷的稳定器,避开超越号的船体,并开始慢慢减速。海水中渐渐没有了被激起的浪花,船尾也慢慢向邮轮靠了过去,舰船铭牌上,一行醒目的黑体字出现在眼前——那正是船的名字。两名穿着突击队员制服的海员以立正的姿势站立在低平的甲板上。当伊莎贝拉开着船完成最后一个掉头之后,两名海员自觉地向舷缘走了过来,船尾的门缓缓打开。

伊莎贝拉控制着船体向海湾靠拢过去,开始海湾的轮廓有些模糊,不过当靠近之后,便渐渐清晰了起来。当伊莎贝拉关掉引擎,船尾的门在身后再次关起来的时候,泰突然因为这没话说的氛围尴尬了起来。当泰试着想要说点什么的时候,伊莎贝拉打了个手势,示意他别说话。船在甲板下至少四英尺的地方,并没有绳梯降下来。

"别担心,"她说道,"这在意料之中。伊恩总是这样。"

"伊恩?"泰问道。

伊莎贝拉露出一抹微笑。"很早之前,伊恩就让我叫他的教名。"

"所以,他是这种类型的男人对吗?"

"每个男人都有自己的风格,不是吗? 而且,谁知道他会变成现在这样,对于我而言,他现在已经不仅仅是我的教父了。年轻那会儿,他和我爸爸都在剑桥大学任教。我爸爸死后,我就由他来抚养了。我爸爸对研究英语很有热情,是那种天天泡在图书馆和辅导班的人。而伊恩则不同,他最终完全放弃了学术研究。"

"可以看得出来。"泰笑着说道。

"他太喜欢冒险了。你很难想象一个人可以在这么多的方面获得成功,而他就是一个典型例子:学者,商业银行家,首席交易官。我到现在都没搞清楚他是怎么做到的。"

"你都搞不清楚?"

"伊恩很少谈钱。他沿袭着老一辈的那种作风。他觉得谈钱是很俗的事情。"看到泰的表情后,她补充说道,"哦,我知道外边有很多说法,说他暴躁,可怕,非常神秘。但是,这些其实都是在乱说,他们根本不了解他。说这种话的一定不是伊恩的朋友或者和他亲近的人。甚至可以说,他们大概见都没见过伊恩。相信我,他们顶多在人群里看过他一眼。他们只是在妒忌罢了,或者他们想在大家面前显得跟这些名人很熟,尤其是跟那些大家所知甚少的名人。我所看到的伊恩,是个温柔和蔼的男人。"

一抹微笑挂上泰的唇角。对于这么一位漂亮的女士,说什么信什么就是。

虽然泰说不上原因,但是可以感觉到船在渐渐地在上升。其实,任谁听到这海水注入海湾的声音,都会感到疑惑。它有点像是运河的闸门被打开了一样。当甲板和码头齐平后,伊莎贝拉带头向一个狭窄的履道走去,履道是由紧密交错的铁丝网编成的,具有良好的泄水能力和防滑能力。再往前走,便是一堵金属墙,墙的表面异常光洁,甚至可以

66

映出人像。当他们靠近的时候，墙体自动转开。接着他们就进入到了一个八角形的电梯里，在运行过程中听不到船上的任何噪音。泰很讶异。他觉得船的机械部件上一定都安装了双减震器，而这种装置，他以前只有在军舰上碰到过。不过他并不打算提起这个，他不想因为这种话题而引起不必要的麻烦。

电梯的控制板上显示他们正在从一层向上走。显然，这个电梯的终点是二层，但是，控制板上还有个热感应的按钮，上面英文标注有："level one—sub。"

"sub?"泰感到有些好奇，"我们可以到水底吗？"

"不，那个 sub 是表示潜水艇。"伊莎贝拉解释道。

"太傻了，我早该猜到的。"泰说道。

"你按按试试，没用的。只有伊恩能操控它。上面需要伊恩的虹膜认证，别人不行。"

"我信你说的。"泰说道，"你坐过这个潜水艇吗？"

伊莎贝拉摇了摇头。"没人坐过。"她回答道，"它是为了紧急出逃设的，不是为了娱乐。如果是休闲娱乐的话，这里有汽艇，就是刚才我们坐的那个，还有一个滑雪板，一个小帆船，几个冲浪帆板和很多的水上摩托。"

"女孩也可以玩得很开心的。"

伊莎贝拉露了一个灿烂的笑容："这才是男人玩这些的动机吧，不是吗？"

"只是一部分人吧。"泰说道。

现在他们正在一条狭窄的走道上，两边是山羊绒毛铺就的墙壁，固定其上的扶栏是青铜材质的，地板则是柚木和黑铁木材质的。这里处处见巧工却又不失大气。继续往前走，在右转了许多次之后，两人进到了一个更加宽敞的电梯里，这个电梯把他们带到了七楼。七楼正是船主所在的楼层。这一层显然空间上有些小,但是,从旁边护栏的装饰风格上可以看出,这一层甲板显然更私人一些。

"伊恩?"伊莎贝拉喊道。

"稍等,亲爱的。"船舱的门里传出回应声。

不一会,伊恩便出来了。裁剪精细的亚麻布长裤,一件两扣未系的法式白衬衫,一件灰绿蓝色的丝质夹克,以及一双崭新的帆布鞋。伊恩整体给人的感觉是魁梧的,身体看起来十分厚实和僵硬,就好像干过许多年苦力一样,但是他走起路来却显得十分轻快,带着一种和样貌不符的优雅。伊恩的脸棱角分明,一如外界对他性格的评价。"你终于来了!"他爽朗地笑道,就好像这一切都在他的预料之中一样,"你肯定就是亨特先生了吧,伊莎贝拉天天在我耳边念叨个不停。"

泰一边伸手握住伊恩,一边用眼睛向伊莎贝拉偷瞄了一眼,不过看起来,她似乎没有感到尴尬。她大概已经习惯了她教父的心直口快了,泰在心里暗暗想到。

"但可能她对于真实的我还知道得不多。"泰说道。

"你有很多秘密吗,亨特先生?"桑塔尔半是友好半是调侃地问道。

"恰恰相反,其实我的生活就是本人人可以阅读的杂志。"

"叫做大众杂志。"伊莎贝拉插嘴道。

"你看看她,"伊恩笑道,"她总是能在不知不觉间说个笑话。"

泰有些意外。他开始以一种新的眼光重新审视伊莎贝拉。自从出名后,他遇过各种各样的喜欢明星的年轻女人:纯粹被外表吸引的粉丝,天真无辜的傻姑娘,矫揉造作的演员,以及故意装作不经意间流露性感的年轻女孩。他本以为伊莎贝拉是最后这种,或者只是一个在男人的世界中瞎玩的富家女。他原本以为如果得不到她的话,他至少可以利用下她。可现在他不敢确定了。她显然在帮他说话——可是为什么呢?

"你对面具感兴趣吗?"桑塔尔问道。

68

问题把泰拉回了现实——他随着桑塔尔的目光向前看去。在桑塔尔房间门口的旁边,摆着两个栩栩如生的戏剧面具。右边的一个是以洋红色为基色,有着白色的嘴唇和眉毛,左边的一个则是以蓝绿色为基色,基本特征大致相同。

"这些是威尼斯的面具,十五世纪的。"伊恩·桑塔尔向泰解说道。

"真不错。"泰回应道。

"不知道亨特先生平时都在收集些什么啊?"

"主要收集各种各样的回忆。"泰回答道。

伊莎贝拉笑了出来。

"我刚买了自己的第一套房子,"泰继续说道,"但我还没想好往里面放些什么东西。"

"怎么会呢?"

"时间是个问题。"泰说道。

"时间永远会是个问题。"桑塔尔同意道,"说实话,我并没有把你当成一个收藏家——或者说,这种收藏家每时每刻都在想着品评别人的收藏。"

"您的意思是?"

"以我的经验来说,这些人不是同性恋就是小偷。直觉告诉我你并不是前者,也很显然没必要成为后者。"

泰勉强笑了下,顿了顿说道:"我还以为您喜欢收集面具呢。"

"他什么都收集。"伊莎贝拉插嘴道。

"这是种病,我觉得。"桑塔尔的话没有停下来的意思,"对于我们这种有心无力的人来说,这种病很折磨人。我觉得大家会说我们这种人是审美家而不是艺术家。我们创造不出来,我们只会把它买回来。但其实,我们也有自己的创造方式。我们是通过把东西聚集在一起,来产生一些美妙的效果。即使产生不了什么新的东西,也至少在某些方面是有独到之处。"

69

泰摇了摇头，似乎觉得桑塔尔过于妄自菲薄了，不过他同意桑塔尔所说的。电影圈里有太多的人想要创造什么，结果他们都以失败收场，存活下来的——包括制片人、中间商，甚至场务——都是只保持一定的独到之处就好。"所有的事情都是这样吗?"他重复道，目光先扫过伊莎贝拉，接着又看向她的教父。

　　"基本上是的。"桑塔尔语带肯定地说道，"虽然也要具体事情具体分析。在超越号上的收藏品，来自地中海沿岸的各个地方：威尼斯，罗马，那不勒斯，希腊，土耳其，北非，法国，西班牙，凡是你能想到的都有。当它们被收集到一起时候，你会觉得赫拉克勒斯石柱似乎还是一座大山，你会觉得自己又回到了那段历史长河中——抑或是，时空从来就没有变幻过。"

　　"你还是告诉亨特先生你的故事吧。"伊莎贝拉说道。"你扯得太远了。"

　　伊恩看起来一头雾水。

　　"就是你打算拍的那部片子。"她提醒道。

　　"或许说'曾经想拍'更贴切一些，但现在显然已经不可能了。"

　　"哦，是吗?"伊莎贝拉说道，"上一次你说自己不得不放弃是什么时候来着?"

　　桑塔尔迟疑了一下。"伊莎贝拉说的是我在她还是个小孩子的时候为她写的一个故事，"他解释道，"故事发生在古亚历山大时期，是一群嬉皮主义者和享乐主义者之间的故事，我说得没错吧?"

　　伊莎贝拉点了点头："社会中的特立独行者，我们是这么叫他们的。其中有两个人叫做安东尼和克利欧佩特拉。他们的这个俱乐部整天都是那种过度纵欲、及时行乐的生活。"

　　"我这样写是有原因的，你在后面就会明白了。前面我故意埋了个伏笔。确实，他们度过了一段尽情享乐的时光。不过，突然有一天，他们中间来了一群陌生人。其实这些人并不是普通的人，他们应该是外

70

星球或者外宇宙来的殖民者,反正是这些之类的吧。于是,这个精英社会和那些以前被社会所鄙弃的人不得不联合起来,除此之外,他们别无选择。但在故事里的那个世界,是很难做到这一点的。以前不行,现在依然不行。这个构想很疯狂是吧,可是我很喜欢。不过很遗憾,我可能到死都看不到了。但是如果要我说一个我喜欢的结局的话,那肯定是:异形人早晚会来到我们之中。不过这是完全有益的!因为我想看到人类可以尽快地团结在一起。我想看到人们可以和平共处,而不是时时提防,人人自危。"

伊莎贝拉的目光紧紧地锁定在泰的身上:"就是这样的!你觉得这故事怎么样?"

"太复杂了,我现在还很难下结论。"

桑塔尔看了一眼他的瑞士 DB15 复杂功能型腕表,"带亨特先生到处看看吧,要不待会儿客人到齐后你就没机会了。我过一会再去找你。"

"好的,那我们待会儿见。哦,对了,您叫我泰就可以了。"

桑塔尔点了点头。"那你也叫我伊恩好了。"他说道。

伊莎贝拉带着泰离开了伊恩的房间,走下柚木楼梯,直接到了下面的驾驶甲板。然后,两人又穿过了一个有遮阳棚的户外餐厅,餐厅里共有二十二张椭圆形的桌子。最终,他们来到了一个乔治王风格的主题餐厅,桌子都是光亮的红木材质,每个桌上都放着白色的餐具垫以及纯银制的餐具。桌子的中间装点着做工精细的烛台以及奢华的银质分隔饰盘。远处的墙上安置着乔治二世洛可可风格的华丽烛台。

"真漂亮,可是,恕我冒昧,这可不太像地中海风情。"泰说道。

伊莎贝拉哈哈大笑起来。"这个餐厅是有些与众不同。我觉得它可以让伊恩想起在英国、在剑桥的时光。可是墙上的画又分明是意大利风格的。不信你看:丁托列托、布里尼、罗莎、莱昂纳多。"

远处是一个摩尔式酒吧,有着穆斯林风格的墙饰,地板上铺着的是波斯地毯。叶状的金饰布满了整个天花板,头顶上方是一个拜占庭风格的穹顶。

"当你上船之后,"伊莎贝拉继续说道,"你有时会发现我们很难判断自己到底是在哪个港口,你会忘了自己从什么地方来,要到什么地方去。"

"我们现在应该在里维埃拉,"泰说道,"至少我是这么想的。"

"哦,里维埃拉,"伊莎贝拉重复了一遍,"以前的时候,我们从不会在五月去那儿。"

"不去? 为什么?"

"夏天的时候,没人愿意去。大部分人会在冬天去那儿。"

"为什么,是因为天气吗?"

"怎么会? 是潮流改变了而已,跟气候没关系。毕加索来过这儿,马蒂斯和雷杰也来过这里。有一对叫墨菲的美国夫妇在家里开了一个画廊,美利加画廊,就在山那边。斯科特·菲茨杰拉德和欧内斯特·海明威曾经去过这家画廊,并且一起开了派对。你应该知道这种规律:大人物去的地方,人们必定蜂拥而至。格蕾丝·凯莉拍了一部阿尔弗雷德·希区柯克的电影之后,就嫁给了摩纳哥的雷尼尔王子。不过你说得对,我们是在里维埃拉!"

音乐从下面的甲板上传了上来。随着人群的喧闹声泛起,伊莎贝拉安静了下来。"看起来,我们俩的行程必须到此为止了,"她说道,"抱歉。"

"改天再见吧。"泰说道。

"行,那改天见。"伊莎贝拉附和道,流露出一股依恋的味道,她用胳膊轻轻地环绕住泰的脖子,把他的脸贴了过来。她的吻有点令人猝不及防,但是热烈、绵长。

吻完。她的手收了回去,轻轻地碰着他的手。

"对不起,"她说道,"下不为例。"

"那，如果我说我愿意呢?"泰说道。

"不可以。"伊莎贝拉说道。

泰扫了一眼她的左手，从码头上过来时，他就已经看过好几次了，事实上，每当他遇见漂亮的女人，他都会先看几眼——没有戒指。"那现在这是？能告诉我原因吗?"话刚出口，他就后悔了。自己的语气怎么会这么幼稚，像个怨妇。但是，伊莎贝拉分明触动了自己内心深处的一样东西。战区现在应该都转移到兴都库什山区了吧。自从女友在那场荒谬的战争中死去后，还没有人会让他的情感有这么大的波动，甚至引起了身体上的欲望。

伊莎贝拉又上下打量了他一眼:"两个原因。第一是因为我从来没和一个电影明星接过吻;第二个原因则是，你说过的，你喜欢收集回忆。"

"你也喜欢?"

"我也喜欢。"伊莎贝拉回答道，紧接着便消失在了来来往往的客人之中。

7

　　楼梯下面,站着来自罗马的制片人,伊都铎·阿里基门托。他的身边正是泰下午刚刚见过的三个高级妓女。在夜晚柔和的灯光下,身着华服的她们显得分外天真无邪,好像伊都铎的侄女一般,她们走到泰的身边,与他攀谈了起来。

　　"你住在比弗利山庄吗?"其中最可爱的一个问道。

　　"不,但是离那儿不远吧。"泰回答道。

　　"我好想去比弗利山庄啊。"女孩又说道,话语像是从喉咙里哼哼出来的。

　　"我也想去。"最高的那个女孩说道。

　　"我去过那儿。"最后一个女孩说道,"其实也没什么。"

　　"那可是有蒂芙尼公司啊,"先前的女孩嚷嚷道,"怎么会是没什么呢?"

　　泰咧嘴一笑,起身穿过人群,最终停在了左甲板靠前的位置。格里格和希德在那儿。他走过去拥抱了格里格一下,同时向希德·萨尔问了个好。其实,他从来就不是喜欢趋炎附势的人。从性格上来说,他并不喜欢派对,尤其是在派对上的人他都认识的情况下。关于名气带来的好处,他最近比较享受的一点就是他不必大费周折地去认识别人了,那种情形曾经让他感觉很不舒服。每个明星都会被笑脸相迎,就泰·亨特这个身份而言,他只需要找一个舒服的角落待着就可以了,人们会主动地迎上前来。

　　左舷栏杆的位置,可以看到即将落下的夕阳,貌似是个不错的角落。泰正在和聚到他身边的人聊天,其中有:伊莎贝拉从瓜尔迪过来的

74

同事;从迪拜和香港过来的金融投资商;从酒店或者别墅区过来的贵妇——她们的男伴经常是寸步不离,沉默寡言;制片人,或者即将成为制片人的家伙;艺术范儿十足却又头脑精明的导演;名声大噪的演员或者希望渺茫的艺人。由于找他聊天的人太多了,所以每段聊天的时间都是缩了又缩,无法过于深入。不过,简短的谈话也使他得以很轻松地维持自己迷人的气质,使那些真正对他重要的人仍然被他的魅力所吸引。

此时他正在同一位法国名厨兴致盎然地聊天。这个厨师有五十多岁的样子,外表冷峻但却十分油滑,眼神散发出一种天生的幽默感。突然,泰听到了像打雷的一声响,紧接着又传来一声,继而又是一声。他越过厨师的肩膀向其身后望去,一眼就看到了那架向他们驶来的直升机,一架 EC130B4,虽然这种机型的旋翼产生的噪声要远远低于其他机种,但是他们的谈话声还是被淹没其中,无法继续下去了。名厨也随大家一起转身回看起来。这架直升机无时无刻不在散发着一种高贵典雅的气息,整个机身的颜色同超越号船体的颜色一样,是深蓝色。

"真爱出风头。"名厨嗤笑道。

"先别忙着下结论,看看里面是谁再说。"泰说道。

名厨吻了下自己的食指,朝泰比了比,似乎在说,我说的错不了!

直升机的旋翼像海鸥的翅膀一样,稳稳地让机身落在了船尾甲板 H 标志的中间横杠上。旋翼慢慢停止了转动,在人群又恢复喧闹时,一个年轻的身影出现在了机舱右门。高挑匀称,身着灰色英式正装。他并没有理睬人群对他的注视,而是径直向走廊的通道走了过去。

这人是谁? 要去哪儿? 泰心里暗想道。当过了几分钟后,那人还没有出现在派对上时,泰断定,对方肯定是船上的人。在那人换了身夹克走出船舱时,这点更是显得确定无疑了。不过,虽然他穿得不那么正式了,泰还是压抑住好奇心没有过去,或许是因为军人的拘谨吧。

泰谨慎地盯着这个男人,直觉告诉他要这样做。说实话,他自己也不明白为什么会这样。还是说他只是不愿意去明白？在人群中如鱼入水地侃了几句后,那个衣着时尚的男人最终还是向着伊莎贝拉走了过去,泰早就应该预料到的。正在聊天的伊莎贝拉,满脸欣喜地向他走了过去,似乎不再是这场派对的举办者,她用手臂环绕住那个男人的脖颈,靠着他忘情地吻了起来。

泰朝反方向离开了。他不知道伊莎贝拉到底在搞些什么。

几分钟后,在甲板尽头的图书馆门口,他听到了伊莎贝拉的叫喊声,泰停下了脚步。

伊莎贝拉紧着步子走了过来,那个男人就在他的背后跟着。"亨特先生,我想给你介绍个人可以吗？"

"当然好啊,卡维尔小姐。"泰回应道。

"别这么叫我,叫我伊莎贝拉就好。这是菲利普·弗罗斯特。"

"你好,"泰一边打招呼,一边伸出了手。不过他脑子泛起一阵阵的恶心感:高级妓女的话还充斥着他的脑海,这就是那个逼着女人趴在地上的人。

"你好。"菲利普说道。

"菲利普,"伊莎贝拉说道,"我该怎么介绍呢？我想想……得说菲利普是我的全部,他是伊恩的徒弟,同时也是我的——"

"缪斯。"菲利普打断她说道,"我是她的缪斯。至少她自己是这么说的。"

泰笑了笑:"怎么这么不肯定？如果我是你的话,我会对此深信不疑。"

"我当然深信不疑。"菲利普冷冷地说道。

"你们看过我的新收藏了吗？"伊莎贝拉向两人问道,"来,我带你们看一下。"

"带路吧。"泰说道。

菲利普点了点头。"看来,"他说道,"你很快就要成为瓜尔迪的代言人了。"

"恐怕不会。"泰说道。

"为什么?"

"我不拍广告。"

"你的定位很高端嘛。"菲利普说道。

"不过在亚洲除外。"泰说道。

"看来亚洲的市场和这里不一样啊。"

"他们不介意用演员来做广告。"泰说道。

伊莎贝拉打断道:"你是说,他们不怕艺术被商业的气息所玷污?"

"是的。"泰说道,"他们不担心。"

"方便告诉我你要在欧洲待多久吗?"菲利普说道。

"我后天就走。我来这儿是因为要帮朋友宣传电影。我在里面演了个小配角。"

"那可真是遗憾。"菲利普继续说道。

"是挺遗憾的。"伊莎贝拉说道,"不然你可以和我们一起乘船游览。"

"谢谢你们了。"泰说道,"但我还要处理房子的事呢。"

"你刚买的那个?"伊莎贝拉问道。然后,她冲菲利普笑了笑,说道:"是我开船把亨特先生接过来的。"

"你接的? 真是体贴啊。"

"不是啦。你知道我是他的粉丝的嘛。"

"开玩笑的,"菲利普哈哈一笑,"我知道的。"

泰又看了一眼伊莎贝拉的眼睛。他不明白,既然她吻了他,引诱了他,为什么却又在最后抛弃他? 是她的任性,还是说她只是想证明自己可以做到? 她是想让菲利普感到嫉妒,还是说这只是在大家面前作秀?"我买的这个房子真的是有些旧了。它在一个风景优美的峡谷中,虽然很不错,但是在装修上确实要费点儿劲,现在回去弄,时机刚好。"

"你现在还在拍其他电影吗?"菲利普不痛不痒地问道,不过却激起了伊莎贝拉的兴趣。

"现在没有,"泰回答道,"我刚接连拍了四部戏。说实话,我想要先休息一下,以便决定接下来要干些什么。"

"你是说,以便决定要再变成什么样的人吧。"菲利普说道。

"是的,在某种程度上来说,"泰说道,"确实如此。"

"那确实是挺有必要的。"菲利普说道。

"你就不能把房子的事儿拖后几个星期吗?"伊莎贝拉问道,语气里充满了客气。

"哦,我也想,但是所有的人手都准备就绪了:比如建筑师和施工队,更不用说装潢师和庭院设计师了。你该知道,像这种事情,必须一环扣一环,如果你不去开个头……"

"我可以想象得出来。"伊莎贝拉附和道。

"另外,我还得半路去办件事。"脑子里想的东西一下子脱口而出。因为这是提前就约好了的,更准确地说,是被安排好了的,没有可商讨的余地。他在杜卡普酒店的第一个下午,就莫名其妙地收到了邀请。当时还是他的经纪人内蒂·费德列斯,从洛杉矶极度兴奋地打过来的电话。

"半路上,"伊莎贝拉重复了一遍,"这倒挺令人好奇的。"

"在纽约,"泰掩饰道,"也就是说我不能选飞越北极的这条路线了,所以旅途很漫长。但这是工作。如果不是的话,那么再过一万年我也不会这么做。"

"不过,听起来挺有意思的,不是吗,菲利普?"

"非常有意思。"菲利普对她说道。

"你是做什么的呢?弗罗斯特先生。"泰问道。

菲利普迟疑了一下。"什么都干一些,"他含糊道,"整天和职员打交道,跟你比起来可要沉闷多了。"

"菲利普现在做外联工作,"伊莎贝拉说道,"从银行管理层转过去的,不过将来可能再做回银行来。"

"这对一个学物理的人来说,真的是挺奇怪的,你觉得呢?"

"我不知道,"泰说道,"生活向来喜欢跟我们开玩笑。"

8

　　五分钟后,伊恩的房间外边,菲利普挑了一个露天长凳坐了下来。派对的音乐不时地飘荡在周遭,可这似乎与他无关,他努力地凝神聆听轻拍邮轮的海浪声。他向来喜欢陷入沉默,或者至少不被别人打扰。他喜欢地中海,喜欢它的轻柔、静美和无忧无虑。甚至他曾一度觉得自己要是出生在地中海边该多好啊。上帝给予了它温和的气候,无忧无虑的笑声,以及秀色可餐的美女。唉,可惜他没有出生在这儿! 他生来就注定要成为黑森林里捕兽的猎手,躲避着雄鹿和闪电的攻击。他的神灵永远凌驾于云端,用黎明的雷响让他顺从地接受指引,杜绝松懈。没有人可以凭借意志来改变自己既定的命运和期望,即使像菲利普这样坚毅的人也不可以。

　　伊恩终于从房间里走了出来,说道:"抱歉,让你等了这么久。"

　　菲利普站了起来:"其实一点儿都没觉得。"

　　伊恩点了点头,示意这个年轻人跟他走。经过那些威尼斯面具,进入了书房。书房的书架从地板一直顶到天花板,墙上铺满了绿色的马海毛,地板上铺着的是土耳其风格的地毯。一进门,伊恩便顺手把门关死了,然后径自在他的齐本德尔式桌子上坐了下来。"你要不要来一支?"他问道。

　　菲利普摇了摇头,他自己取出了一支高希霸牌的罗布图雪茄。

　　"我抽一支你介意吗?"伊恩问道。

　　"你知道我不介意的。"菲利普回答道。

　　雪茄点燃后,伊恩说道:"在那不勒斯的朋友现在怎么样了?"

"还是那样,"菲利普说道,"很难判断他们是真的想查这批货,还是想让我多贿赂他们一点钱。"

"继续说。"

"我可绝不是在抱怨。这个港口确实不错,腐败得让人高兴。"

"可贿赂这种事情也挺花时间的,"伊恩说道,"这就是你来晚的原因吧。"

菲利普叹了口气默认了。

伊恩说道:"不得不说,这事挺有意思的。我上一次去那儿的时候,同旅馆的有一位来自美国的女士,看派头就知道肯定是某个财团的继承人。她和她的家族成员都下榻在那儿。隔天,在他们去机场的路上,一个小踏板车突然停在了她的豪华轿车的副驾驶位置,拿一块石头砸碎她的窗户,然后抢走了她放在腿上的晚宴包。她所有的护照和机票都在那个包里,因为这个,她只好让司机又把车开回了宾馆。可当他们回到宾馆的时候,她发现她的包正被一个行李搬运工拿着。那个工人小心翼翼地过来,问可不可以和她谈一下。他说,里面的钱虽然没了,但是护照和机票还在,他可不可以要点赎金。像你说的那样,这种贪婪其实还挺让人高兴的。"

"人应该保持足够的戒心,但是显然他们的放水对我们是有好处的。"菲利普附和道,"我们的货物到那儿后,会先被伪装成建材,然后会被伪装成送往南半球的三级涡轮。其中一部分要运到非洲,大部分要运到拉美地区——或者说,都伪装成了对于欧洲来说有些落伍并且过了保修期的机械。基本没人会注意到它们。"

"可你的语气有点——好像是在说——有人注意到这批货了。"

"我们也不可能百分之百地确定这件事。毕竟,每每有东西从俄罗斯撤出,都会引起各方的关注。这事也属于正常。还有一件事,克劳森和他的公司还是不能相信俄罗斯人的诚意,一直在怀疑。这点您是猜对了。"

"可怜的比利。"

"我也不敢相信会是这样。"

"我的印象里,他是一个非常热爱生活的人。敢于去做任何事情,可以应对任何复杂的环境,这就是我眼中的他。对于与俄罗斯有关的所有生意,或许大部分人都会立即放弃。但比利不会。他打从一开始就看到了其中的发展潜力。你可以感觉得到,他对这件事很感兴趣。但我不知道是谁做了什么还是说了什么,他竟然会突然改变主意。我也问过他,但是他回答得特别含糊。他说,文化差异太大了。当然,可能这只是他的借口,或许他自己的生意上有更重要的事情要处理,才把我们搁一边了。"

"是不是他开始怀疑了?"

"不可能。如果他怀疑了,他早就会举报了。"

"他在玩一个游戏,而我们在玩另一个。以比利的聪明,他会看不出来?"

"相信我,菲利普。合作过这么多次,比利只会把这次当作我们之间的又一桩大买卖。我给他巨额利润,然后他给我一份许诺:照老样子和我做生意。如果他变得不放心了,肯定是因为别的什么事。"

"我信你说的。毕竟我也没见过这人。"

"你会欣赏这人的。不过很遗憾,他没有交上一份完美的答卷。"

"如果克劳森真的和我们分道扬镳的话,我们——"菲利普试探地说道。

但是伊恩打断了他:"再找别的项目作掩护也不是难事。毕竟,在克里米亚能捞到一大笔钱。"

"可是哪儿还能找一个这么好的掩护呢?"

伊恩看向菲利普的目光突然变得凝重了起来,"我们可能不得不去冒更大的风险了。你怎么想的?"

"我只是觉得,比利退出得实在太不是时候了,"菲利普说道,"不过事情仍在我们的掌控之中。"

"所有人都疯了，"伊恩说道，"至少大部分人是这样的。"

菲利普点了点头，继续说道："谁说不是呢。不过幸好我们的货物还在原处，还没有运往突尼斯或者阿尔及尔。船里还有很多的建材和涡轮机来打掩护，以备检查。不过应该不会有人来查。收了我们的钱，谁还会来找这个麻烦？"

"我想我还没问你为什么来迟了。"

"其实也没什么。就是突然又想起了几个人，觉得需要贿赂他们一下，不然这些人势必会横插一脚。"

"你说的这几个人在哪儿？博斯普鲁斯海峡？"

"博斯普鲁斯有几个人，加里波利和坎纳克尔也有，都是些一板一眼、不讲人情的家伙。"

"你怎么知道他们怀疑过我们呢？"

"从他们的做事风格可以看出来。他们可不是只会动嘴巴的家伙，他们很会检查。毕竟在港口，主要的任务就是处理走私。不过这也难怪，在卡莫拉这儿，走私向来是大行其道。除了毒品外，光碟、软件、枪支、手榴弹等都有走私；确实什么都有走私的。不过这些都不重要，问题的关键在于，他们严防用低关税货物来代替高关税货物报关。"

伊恩吸了一口雪茄，悠悠地吐了一口烟，"所以你是按现行价格付的枪支关税？"

"差不多，不过主动这样做会让他们觉得：这些俄罗斯枪应该就是船上最值钱的了吧。"

"真有你的。"

"对于这事儿，考虑得细致点是必要的。其实以他们的智商，估计根本不会想到这么多。但万一他们突发奇想，打开了一两个板条箱，而且又误打误撞地看到了真正的货物——那我只能祈祷他们认不出那是导弹了。对于这个我们还是有点信心的。毕竟我们做了许多伪装的工作。这三件货物从火车上搬下来时，看起来就像是业已报废的发电机，而且一看就是无法继续使用的那种。对于苏联解体后的崭新俄罗斯来说，这种档次的产品显然是过于破旧了。所以，在进入博斯普鲁斯海峡之前，只要不仔细检查，单从外边看，根本没有漏洞，就是一批等待整修的报废涡轮机。"

"那你怎么伪造货单呢?"

"不需要，"菲利普解释道，"二手机器、发电机、涡轮机都是同一类的，它们的代码是同一个。"

"这倒出乎我的意料。"

"其实，完全在意料之中。"

伊恩笑了一下，胳膊肘平放在办公桌上，说道:"那大概几号会到呢?"

"这就要看我们的合作伙伴什么时候可以准备就绪了。"

伊恩点点头，"我只是考你一下，毕竟这类事情不能有任何差错。"

"以前有过这种买卖吗?"

"问得好。不过显然答案是否定的。以前没有这种机会，也没有这种想法。毕竟做这种事情的风险远远超出预料。"

"这桩生意可跟别人没有半点关系，"菲利普恭维道，"它可是您一手促成的。"

"就算是吧，"伊恩应道，"对于机遇，我可以敏锐地嗅到它。不过也就能做到这种程度了——对我来说，嗅知机遇并不难。难的是怎样绕开别人的注意，顺利拿下这事。我不希望别人来分一杯羹。一步走错，就会让我们成为全世界安全机构的打击目标。这还不算上那些做事不择手段的机构，它们中的任何一个我们都惹不起。所以我们的交易必须完全保密，即使有人怀疑上我们，我们也要对他们表现的一如往常:感激自己的好运，并让别人看见，我们并不介意大家一起赚钱。谁能想到我们在一边打着友善的旗号，一边在着手历史上最大的买卖呢?

总之,菲利普,坚持这样做下去。这是你最好的伪装。不过,不要让别人看出来。"

"我已经尽量把注意力都放在工作上了,不过,真的很难不去想它。毕竟,利润太大了。"菲利普说道。

"是啊,这次生意也算是你难得的一次机遇,而且我以后也恐怕很难再超越这次了。"

"言归正传,我们的合作伙伴现在究竟到哪儿了?"

"我最近得到的消息是,他们仍然还在日内瓦。"

"那儿有酒可以喝。他们可是最喜欢喝酒了。"菲利普讽刺道。

"他们可没这么简单,"伊恩提醒道,"永远不要低估别人,一般平静之下都另有波澜。"

"我在日内瓦读的书,我了解那儿的一切。总之,他们想要的导弹肯定不止三枚。这点在付款前肯定会提出来的。"

"他们一定会的。他们也有权这样做。"

"朱可夫有货物的代码吗? 这是不是有些大意。"

"他只有一部分罢了,"伊恩说道,"我觉得你有些不对劲啊。"

"直到现在我都觉得自己好像一直对很多事情不知情。"

"你怎么了?"

"也没什么,"菲利普笑了笑,说道,"就只是想知道最后一颗螺丝是怎么拧上去的。我还以为工作完成后,可以知道得更多些呢。"

"别紧张,"伊恩强调说,"我跟你开玩笑呢。你有权利知道这一切,而且有很多理由支持我这样做。首先,正如你所说,你已经把自己的工作完成了。第二,除非是昏了头,否则即使是商业老手也必须依赖情报。而你是我的情报来源。我的一切早晚都是伊莎贝拉的,我很希望能够为她做到这一点。我这辈子享受过很多东西,唯独膝下无子令我很遗憾。她是我最亲近的人,她早已成为我身体的一部分。不论发生什么,我都希望你能照顾她。"

菲利普直视着伊恩的眼睛，说道："我本以为这些都是不言而喻的。"

"可我不得不说出来，孩子，除了你，我再没有什么人可以倾诉了。"

"我可以提点意见吗？"菲利普说道，"请您不要再去把自己想象得那么老了。在我眼里，您不仅不老，而且精力好，身体棒，好日子还在后头。您总是让人感觉经验丰富，您总是在那里……"

"哪里？"

"在超越号船上，"菲利普说道，"你可以拥有你想拥有的一切。全世界有一半的女人会因为你的一个眼神而发癫发狂。"

"你太夸张了。"

"你懂我的意思。"

"再清楚不过了。"伊恩对他说道，"现在，关于代码的事：朱可夫没有的那部分，在莫斯科已经发现了。那儿也有我的生意。"

"这些代码你到手多久了？"

"这关你的事吗？"

"当然不关我的事，不过我很高兴你可以听进我的建议。你现在说的话就挺像个年轻人的。"

伊恩的脸上掠过一丝喜悦，他向来享受别人的恭维。他说道："事实上，这只是我的第一步棋。我记得你玩双陆棋的，对吗？"

"当然。"

"那你有注意过赌桌上的棋盘吗？"

"没有。"菲利普说道，但是随即扫了一眼。

"那你知道核程式吗？"

"我研究过磁盘，依我对核程式的理解，它们应该是些算法吧。"

"在某种程度上可以这么说。"伊恩对他说道。

"你是想让我从这些数学符号中演化出具体的模型或者模板来吗？

我只能说概率很小。这不是花时间就行的,需要付出很大的努力。不过当然,总有人可以做到的。我在麻省理工的同学就可以,不过我不行。这事要靠天赋,后天学习是没用的,就像绝对音感一样。这类独一无二的能力都是天生的。"

"'算法'这个术语,可以让我们想到两个东西不是吗? 它或者是一个经过扰频处理的卫星电话,或者是一长串武器可以识别的符号,这些符号可能是一些方程和公式,也可能不是,通过识别,武器可以进入激活状态;这算是基础遥控中最为复杂的一种了。"

"我们现在不是要确定哪些人在什么时间负责什么系统,我们现在关心的内容是:国家指挥中心到底是在哪里发出启动指令的。"

"你是说,你提供的这些代码,只有在朱可夫拿下这批军火后,才会生效?"

"一点没错,"伊恩说道,"这就好比是一次党派间的对话。党派间对话常有但是进展不常有,除非双方都获得利益。"

菲利普插嘴道:"也就是说,这一切都是一场游戏,而代码就藏在了双陆棋的棋盘里。"

"在其中某处。"伊恩提示道。

"我可以问在哪里吗?"

"红方第十三个点上有暗格,下面就是装载代码的微芯片。"

"卫星通信也准备好了?"

"这是我的客户所要求的方式。"

"你怎么知道他们拿到弹头之后,不会去使用?"

"他们还需要一个比现有系统更为先进的运载系统。"

"他们早晚会有的。"

"这种系统如今只可能从伊朗那里拿到,但是双方的矛盾太多了。未来? 谁知道呢。朝鲜和乌克兰都贩卖弹道导弹,虽然直到现在为止,都只是出售些小型的。巴基斯坦在未来也可能会参与进来。所以对于其他国家来说,插手这个买卖只是时间的问题。不过我不认为这有什么大不了的。在这个世界上,冲突是常态,尤其是在这个地方。无论他们把自己定义成独裁者还是革命者,在我看来,他们都是些热爱权力、惧怕死亡的人。我们正是在和这种人打交道,我也只和这种人打交道。每个人都有自己的原则,我也一样。"

"我完全理解,不然我也不会牵扯进来。可是,他们真的会卖吗?"

"利益当前,总会聚起一批志同道合的人。比利那份我该分给说谁?"

"谁都愿意吧? 只要不是傻子,都应该知道机会只有一次。从某种角度来说,这是生意场的第一守则。听我说,我们现在做的事情,一定不能托错人。但是,我相信你说的,相信这些都不会发生。其实,我是想到了另外一些事情。我觉得越多的人参与进来,玩家出局的几率就越大,甚至第一个人的出局会接连引发第二个人,乃至第三个人的出局。这一点大家都清楚。另外,按正常的想法,插手的人越多,越容易让局面陷入僵局,难道不会有人抱怨这点吗?"

"人们说这种话时总是振振有词的样子。"伊恩吐了一口雪茄烟,"我也这样过。你现在是在班门弄斧。"

菲利普脸上露出了微笑,伊恩不止一次觉得,他的笑和堕落天使的微笑一样。"如果是这样,那么我们不仅是在赚一笔黑钱。而且是在进行人性的服务。"

伊恩蓝色的眼睛闪烁不定。这就是人的本性,邪恶与善良在内心是共存的,没有人可以修补成单纯的黑与白。"历史,"伊恩说道,"变得越来越离奇了。"

9

　　上午的早些时候,等格里格·罗根的电影一放映完,泰便搭上了从尼斯飞往华盛顿的航班。在华盛顿杜勒斯机场,他迅速办完了移民局和海关的手续,接着便上了一辆事先安排好的租赁汽车,一辆不显眼的福特"金牛座"。循着指示牌,他从交流道上了 I-495,也就是华盛顿环城路,然后又经由交通拥挤的内环上了 I-270。不到一小时他便来到了马里兰大道 15 号,这里是马里兰州瑟蒙特的维多利亚温泉小镇。穿过这个小镇后,他继续驾车爬坡,在跑完凯托克廷山的环山公路后,终于来到了一个营地的面前。营地在地图上显示为一个数字。只有从乔木林中穿出的一条不起眼的小路可以通往营前。这里几乎没有什么车辆,路的尽头竖立着一扇门,门后便是某处军事基地。

　　这里便是海军瑟蒙特支援设施,俗称戴维营,总统度假的地方,它的面积比泰想象中的还要大,繁忙程度也大大出乎泰的预料:一支海军陆战队守卫在营前,身后是数十个木屋构成的村落,其中不仅有总统和贵宾的客房,同时也包括兵营以及数百工作人员的休息处。在士兵的引导下,他把车停在了一幢灰墙建筑的前面,这幢建筑里包括了一个剧场和一个保龄球馆。营地的指挥官在门口欢迎他的到来。欢迎过后,指挥官开着一辆高尔夫球车载他走上了一条碎石小路,而路的尽头便是他的住处。这个小屋坐落在一个小山坡上,离总统的住处很近。屋子的整个平面构造是以客厅为中心的,客厅里的设施使人如同置身于美国最好的酒店,十分舒适。客厅旁边,至少有两个完全一样的卧室,都有着独立的卫浴。海员将泰的包裹放在了门前的小桌上。

　　营地的指挥官其实正是海军司令,他说道:"晚宴设在月桂楼,晚上七点开始,屋子就在左边小路的尽头,是这里最大的一栋。你肯定可以找到它的。记住,出门左拐,再左拐。"

"听起来不难找。"泰回应道。

"你现在可以小睡一会,或者是出去散散步。如果有任何需要,打电话给我们就可以,随时有人待命。"

"谢谢。"泰说道。上校离开后,泰就倒在了条纹印花沙发上。茶几上摆放着一碗新鲜的水果。他伸手拿了一串去籽的红葡萄,一边吃着葡萄,一边翻开了桌子上牛皮封面的留言簿。上面整齐漂亮地记录着所有入住过山茱萸屋的贵宾,以及他们的到访时间。上面的很多名字都是他小时候在报纸和新闻里看到的大人物,有官员,也有总统的朋友。

几分钟后,泰散步到了冬青屋的前面,前门廊的摇椅上坐着一个男人,一本书正平摊在他的腿上。一辆高尔夫球车从他背后驶来,似乎是察觉到了什么,他抬了抬头,正迎上泰的目光。两人相互点了点头。之后,泰便继续沿着路散起步来。这时,那辆高尔夫球车一个急刹车停在了他的旁边。

"是亨特先生吗?"驾驶座上的年轻军官问道。

"有事吗?"

"总统阁下想见您。"

泰的脸上露出一丝惊讶。"现在吗?"他问道。

"在山杨屋,先生。"军官说道,伸手做出了一个请的手势。

总统的起居室呈 L 型,有一个大教堂式的天花板,是黄松木材质。远处的墙面上是全景式的平面窗,不能打开,但却能把远处的山谷和树林尽收眼底。近处,高大的常绿植物布满山下的农场。屋子的左下方,是平坦的球道和果岭。右方,则是一个由青石板围起的月牙儿状的游泳池。

泰正欣赏着这些景色,人影忽现,加兰·怀特从正门走了进来。

"下午好,亨特先生。很高兴见到你。"总统说道。言语中的亲密劲儿有点出乎泰的意料,毕竟只是见过一次而已。政治家总是这么好笑,泰暗忖道,他见过很多这样的人。他们不是要拉拢你就是要把你给赶出去,甚至有时候,两种含义都有。

"总统阁下,"泰回应道,本能地直了直身子。他觉得加兰·怀特是那种见到谁都要打量一番的人。像大多数政治家一样,他也有着一种盛气凌人的感觉。四五十岁的年纪,两鬓已经微微泛白,不过其余的头发却染得不错,身高只比泰矮那么几英寸。虽然这模样还不足以被选上电影男主角,但也足够上相了。

"达芙妮的十六岁生日真的是够隆重了。"总统说道,"她见到你一定会非常激动。你能来真是太好了。"

"这是我的荣幸。"泰回答道,"谢谢您的邀请。"

"希望你不要介意,但是我确实很想先和你私下见上一面,不然待会儿你就被成群的姑娘们给围住了。"

泰露出了一个微笑。"您又不是不知道,"他说道,"她们的年纪有点太小了,相比我平时接触的女人,她们都还是些小女孩。"

"她们会变得越来越成熟的。"加兰·怀特若有所思道,"真是令人恼火,如今最不想变成熟的偏偏是我们这些成年人,我说得对吗?"

"我觉得这还是那句老话,'别人的总是最好的。'"泰说道。

餐厅是直通厨房的,中间隔着一扇旋转门。一个菲籍管家推着一辆手推车向他们走来。车上放着茶饮、咖啡、罐装饮料,一个冰桶和几个杯子。

"茶还是咖啡?或者别的什么?"总统问道。

"喝茶吧。谢谢。"

"中国茶还是印度茶?"管家问道。

泰先是愣了一下。"还是喝中国茶吧,"他最后说道,"那是正山小种红茶吗?我就喝那个吧。不用加牛奶或者方糖,如果有柠檬的话,加一片柠檬就好。"

"请随便坐吧。"总统对他说道,"我想,如果你不介意的话,我可以把我的国家安全顾问——乔治·肯尼斯一起叫过来吗?"

泰微微地点了点头,没有反对。

"他来了。"总统边说边望向前门,一个左胳膊夹着一摞文件,身形还算匀称的男人出现在了门口。或许是因为文件太多了,他好不容易才停下脚步,生怕把文件弄散了。不知为何,泰觉得眼前这人很熟悉,但又一时说不上来。

"抱歉。"肯尼斯说道,不过语气里显然没有半点歉意。他的措词很讲究,虽然看起来只比泰大几岁,但是他的言行举止却充斥着一种自以为是的超脱。

开始,他们只是在闲聊。当菲佣退下去后,总统才开始说道:"虽然不知道当讲不当讲,但我还是要说出来,接下来的谈话可能多少有些敏感。"

"我理解。"泰说道,虽然他并不清楚总统要说些什么。

"你从没到过戴维营,今天来这儿也只是为了给达芙妮·怀特过生日。"乔治·肯尼斯一边补充,一边往座位里靠了靠。

"我想是的。"泰附和道。

"不管怎么说,泰,"总统继续说道,"我可以叫你泰吗?"

"当然,大家都这么叫的。"

"你的'安全资质'已经失效了是吧。"

"是啊,有一段时间了。"泰突然感觉到有点紧张,仿佛周身有一种无形的压力。

"离职后,本来就没有必要了。但就在昨天晚上,我们得到了一些消息,鉴于这些消息,我们决定恢复你的身份。现在,你又成为"空军一号"的一员了。不过你现在最好不要对除了我们之外的人说起。我们需要在这件事上小心一些。"

"机密情报是对于除总统以外的人来说的,"乔治·肯尼斯说道,"从合法性上来讲,总统有权对任何人公布机密。但是从政治上考虑,每个机密的泄露都会引起轩然大波。"

"除了我们三个,我是不会让任何人知道这件事的。"泰缓慢而又温和地说道,似乎想打消面前两人的顾虑。

"要知道此事,必须经过我们的授权,"总统说道,"除此之外,不管是什么原因,什么目的,什么机构,什么部门,都无权了解此事。"

"他们都只能作为边缘人士出现,不得插手此事。"肯尼斯有些不屑地说道,"当然,所有的媒体,你所有的家人,包括你睡过的女人也都在保密行列。"

"听说过伊恩·桑塔尔这个名字吗?"总统问道。

"我前天晚上还在他的邮轮上参加派对来着。"

"这我们知道。"

"我被监视了?"泰有些恼怒地说道。

"我们是在报纸上看到的,没有在监视你。"总统说道,"网上的消息铺天盖地。"

"你们了解他多少?"

"我们只知道他是个有魅力的男人,喜爱收藏,什么都收集,还有他貌似坚信外星生命的存在。对了,他还有个漂亮的女儿。"

"我们观察桑塔尔已经好长时间了。"总统继续说道,"他一直以来都是一个狡猾的违法商人,涉足很多方面,虽然这些年我们的人没能确定他具体在从事什么,但他肯定有参与买卖军火。"

"不仅仅是一般的武器,"肯尼斯边说边搅拌了下咖啡里的奶油和方糖,"他们还走私尖端武器,甚至毁灭性武器。"

"你们应该也知道,他是不会对我说这些的。"泰说道。

"这正是我要说的,"总统说道,"早些年的时候,因为他是亲俄的左派分子,桑塔尔在俄罗斯积累了不少人脉。而现在的国际环境对于他正是最有利的时候,他一定会利用这些获取利益的。和他联系最密切的一个人是一个叫做朱可夫的陆军上校。他正在负责一部分苏联的高端核武器。我们得到的消息称,一部分数量不明的核武器已经丢失,即将流入黑市。"

"你们的消息可靠吗?"

"也可靠,也不可靠,说不准。"乔治·肯尼斯回答道,"或许这有点捕风捉影。但毕竟无风不起浪。目前我们的线索很有限,但是就已知的来看,确实有人在进行交易。对于我们采取的行动,你可以认为是——很可能找不出答案的,但是出于戒备,我们必须要行动,哪怕无功而返。"

"那我估计你们并没有从朱可夫那里得到确凿的证据,是吗?"

"他的坟墓是不会说话的。"肯尼斯回答道。

"等一下,刚才你并没有说他已经死了。他什么时候死的?"

"今天是星期几?星期五?"总统边问边说道,"他应该是星期天死的,对吗?乔治?"

"是自然死亡吗?"泰问道。

"从表面上看起来是。"总统说道。"他今年六十三岁了,已经退休。据说是死于急性心肌梗死。确实,是有这个可能,不过,也有可能不是。这些年来,我们这位朱可夫上校因为抑郁症的原因,一直在一家德国医院做健康检查。医院的报告显示,他只是有点上了年纪,并没有任何心肌梗死的先兆,其胆固醇、甘油三酯和血压的数值也都没有过高。不过即便如此,也并不能说明什么,毕竟什么都有可能。"

"不过他确实已经死了,不是吗?"

"三十四年前,他的爸爸死于心脏病,"肯尼斯解释道,"三十六年前,他的妈妈也是因为心脏病死的。他们家都有心脏病史。"

"我想我还是不太明白。"泰说道。

"苏联解体了,如果管理不严格的话,这个社会将会比报纸报道的更加混乱。"

泰沉默了一下："你是说,有核武器流入市场了?"

"不,我想说的是我们并没有百分之百的把握。我们可能直到核弹爆炸的那一刻才会知道事情的真相。"

"如果这些并不是空穴来风的话,你们现在就是在怀疑伊恩·桑塔尔跟这件事有关系。而鉴于他住在一艘邮轮上,而且不轻易请人上船,你们觉得我可以代替你们混进去。如此说来,你们在里面根本没能安插人进去,而且你们害怕这种任务会吓到一般人,所以你们瞄上了我。"

"哦,看来你似乎明白了。"肯尼斯不无喜悦地说道。

现在泰记起来在哪里见过肯尼斯博士了。那是几年前的事了,他们都接受了查理罗斯秀的访问。乔治·肯尼斯当时正在华盛顿,而泰则正处于电影首映的前夕跑通告宣传电影期间。他们实际并没有见面,但是泰记得,当时还是哈佛教授的肯尼斯正在卖力地宣传他的新书,《合作与设限》。不知怎么的,泰竟然想起了如此干巴巴的一个学术标题,脑海里的长镜头开始聚焦在了一份畅销书单上。慢慢地呈现出了一个清晰的画面。他想起了书的封面标语了,那还是他在机场的书店看见的,书的封面上写着:销售数已超百万。

总统深深地看了肯尼斯一眼,然后转过头来,对着泰说道:"可以接受吗?"

"这确实太难了,总统阁下。"

"是因为你有其他的事情要做吗?"

"恰恰相反。其实是因为我现在没有在做什么事情。"泰回答道,"你知道,四十八小时之前,我还在超越号上。我之所以答应邀请全都是因为我的朋友格里格·罗根的缘故。他刚好接到了希德·萨尔——就是电影《欲罢不能》的发行商的邀请。希德什么人都认识。我觉得他干这事正合适。老实说,那个派对完全跟电影无关——跟电影节也没有任何关系。或许只是因为桑塔尔觉得找我们来参观他女儿的珠宝展还不错,再加上小镇里正好有许多名人,所以我们才收到了邀请。他的女儿是个珠宝设计师。"

"没错,"乔治·肯尼斯说道,"这些我们都知道。"

"那你是否知道他女儿美得不可方物呢……其实,如果她男朋友没有出现的话,我说不定还真想追一下。"

"是那个菲利普·弗罗斯特对吗?"乔治·肯尼斯问道。

"是的。"泰说道。

"他人挺不错的。"肯尼斯继续说道。

"你怎么知道的?"

"他是我麻省理工的校友。我早他几届,其实也算不上很了解,但是我很欣赏他为人处事的方式。他应该没变多少吧?"

"我倒是从来没见过他,"总统说道,"不过他应该是我们这边的。他接受过全面审查,是一个外联人员,为我们工作。实际上,朱可夫负责的最后一座军事设施正是由他在带队回收。"

"这也太巧了吧?"

"他很肯定刻赤海峡那里没有发生任何情况。"

"但是?"

"但是他不敢保证其他地方是否也是一样。"

"这样的地方还有很多吗?"

"很明显,不是吗?"

"请原谅我这样说,"泰问道,"但是如果菲利普真的如你所说,无需怀疑,那么以桑塔尔多疑的个性,他怎么会发觉不出来呢? 如果他真的那么可靠,派他做卧底不就好了?"

"这个问题解释起来可能有些复杂。"肯尼斯说道。

"我不觉得。"

"你是在嫉妒吗?"

"如果你是在说伊莎贝拉,好吧,我承认,她确实很漂亮,但是她现在显然已经是菲利普的女朋友了。这是她的决定。如果你非得说我在嫉妒，我也无法反驳，不过关于这个人，我还是知道一些的，我可不认为他有那么可靠。"

"你从哪儿知道的？"

"通过一些私人途径。"

"这种消息可靠吗？"

泰哈哈大笑了起来，他想起了从那些俄罗斯高级妓女嘴里听来的东西。"虽然没得到过什么机构的认证，"泰回答道，"但是，绝对可靠。"

"我了解了。"总统说道。

肯尼斯再次拾起了刚才的话题，说道："菲利普大学刚毕业就被桑塔尔聘用了。当时，桑塔尔正在伦敦经营一家金融机构。之后，这个机构便由菲利普和他的堂兄弟进行打理，直到菲利普离开那儿时，机构一直运转良好。不过，待了几年后，菲利普就觉得厌倦了，他觉得自己缺乏目标，或者，这只是一个借口。总之，他觉得自己的钱已经赚够了。他想去干点公关类的工作。所以他提交了申请，然后……"

"那时候他就已经认识伊莎贝拉了吗？"

"应该认识了吧。"肯尼斯说道。

"伊莎贝拉是他们之间的纽带？"

"我们只能这样认为。"

"但连你自己都不敢肯定不是吗？我到底是来干吗的？"

"对于弗罗斯特先生，如果我们看错了的话，"总统说道，"我们势必只能把赌注全部押在……"

"让我告诉你问题的关键在哪儿吧。"泰说道，"在离开之前，我不止一次地和他们说，长时间的工作让我很疲惫，我特别想回家休息一下。我把我所有的计划，所有关于房子的事情都告诉他们了。当时我并没有想到我会说这么多，可能也是为了劝服我自己吧。我喜欢伊莎贝拉,没错,我承认这点。我以为她是喜欢我的,可是当看到她对菲利普的态度之后,我突然意识到,她根本没把我当回事。从她到港口接我开始,她就只是抱着玩玩的态度。见鬼,我哪里还是一个电影明星,我根本是个小孩子,我很伤心。我当时就想,与其被踢出里维埃拉,还不如自己主动离开。我说的话,句句属实,所以短时间内我恐怕很难再回去了。否则他们一定会怀疑我的。"

"如果你的房子被烧毁了呢?"肯尼斯说道。

"这一点儿都不好笑。"泰不快地说道。

"我并没有那个意思,我也没说会去放把火。我只是做个假设而已。"

"我们好像有些偏题了,"总统说道。"让我们言归正传。为什么要一直担心这些困难呢? 如果真的有部分军火失踪了,并且很可能与桑塔尔有关,那么我们就应该尽快去搞清楚。除了你,谁都没法帮我们完成这个任务。这才是问题的关键。"

"我? 我只是个演员罢了。"

"在我们面前就不要隐瞒了,"肯尼斯说道,"只是个演员?"

"那当你服役于 508 突击队,任少尉军衔时,你是什么身份? 你可是一个通晓所有军事技巧、穿着油棉 T 恤的突击队员。"

"并不是所有。"

"你熟练掌握中文、阿拉伯语、西班牙语,连本地人都无法听出区别。"

"这全都是因为我父亲。"泰说道,"我七岁半的时候,跟着全家住在委内瑞拉。十到十三岁的时候,我们又搬去了科威特,当然,我们也有在沙特阿拉伯住过一段时间。当时,我父亲的公司和很多石油公司都有往来。他负责安全系统的设计与管理。"

"那除此之外,你应该还参加过一个特别行动小组。那个小组的成员是由美国三角洲部队,海军特种部队,海豹突击队以及英国特种舟艇

98

中队组成的。为了保密,这个小组甚至连名字都没有,只有一个代号。你在那里面做过什么来着? 其实,在你还没有去好莱坞之前,你就已经很会表演了不是吗? 刚到中美洲的时候,你伪装成了一个十分狠辣的加拿大籍企业家,不得不说,你伪装得太像了,那个毒贩还真的被你的演技给骗到了,如果我的资料没错的话,那个毒贩应该是一个华裔的特立尼达人,只会说普通话。那批危险的走私武器被顺利拦截,你可谓是居功至伟。"

总统说话的时候,泰一直保持着沉默。他的脑海里浮现出了那艘船的甲板,以及被他杀掉的那些人的面孔。

"还有在中国南海。"总统继续说道。

"别说了,"泰说道,"我已经明白你的意思了。"

"你是个名人,也正是我们一直寻找的人。你有个备受瞩目的身份,却也让你因此可以不被怀疑。你有理由去任何地点,去所有地方。"

泰再也忍不住笑意,大声地笑了出来。

"有什么好笑的?"乔治·肯尼斯问道。

泰深呼了一口气,说道:"在我们这个行业里,我们已经习惯了被人表扬,但还从没被美利坚合众国的总统阁下这样夸奖过。"

"什么事情都有第一次的。"总统回应道,"你知道你的上任指挥官怎么评价你的吗? 他说'亨特这个人会用百分之二百的努力去完成百分之二十的工作'。就是这样的。你的优秀毋庸置疑。你说得对:除了你,没人能够帮到我们。倘若最后发现我们的怀疑是多余的,那也没什么损失。可如果怀疑成真,灾难便会顷刻而至。到那时,泰,我们该怎么办呢? 对于将要发生的事情,我们一无所知。难道我们真的要等到最后一秒再去行动吗?"

"当然,正如猫不会倒着走,你注定会遇到一些危险,但你不能回头。"过了几秒钟,或许是察觉到自己过于沉默了些,肯尼斯眨了眨眼睛,补充说道,"可我们还有别的选择吗?"

泰仍然保持着笑容。刚刚肯尼斯说的那个比喻很恰当,自己一旦选择,就没有回头的余地了。泰第一次听到这个比喻还是从他爸爸嘴里听到的,已经记不清是多久前的事了。

　　"你必须时刻保持警惕。"总统说道。

　　"小时候,我爸爸总和我写一些侦探小说。"泰对总统说道。"当然,主要是他在写,不过每次在地下室写的时候,我都会坐在他的旁边。他经常是写几个句子就停下来,问我有没有什么好主意,我呢,还真的是有一些想法。在我还没有参军之前,我们经常会谈起那些写书的时光。那些都是我童年的记忆啊。我喜欢那段日子。但直到很久以后,我才明白父亲的用意。他是想把自己的爱好传给儿子。'虽然还不知道会怎样,但是你对这个是有天赋的。'他经常会这么说,就好像我很喜欢当侦探一样。在经历了那次事故和事业上的起起落落后,我本以为我终于不会再去干这个了。但我好像又错了,对吗?"

　　怀特总统点了点头。"我们无法逃离我们生活的时代,"他说道,"没有人可以。"说罢,总统站了起来,泰也站了起来。两个人的手,握在了一起。

10

家里的这幢老房子看起来愈发的光彩照人了。说起来,泰的整个童年都是在这里度过的。在这里,他初步了解了间谍情报的相关知识。可直到很久以后,他才明白父亲的用意。房子前面是树木繁茂的空地,再往下便是水声潺潺的波托马克河。屋子的外墙刚被重新粉刷;新的屋顶板是在去年换上的;而那些新的窗户,则是在入秋的时候更换的;新厨房的地板铺的是松木,案台则是用的黑色大理石,厨房里还有一个用来冷藏的冰柜。不过这所有的一切都遮不住这所房子二十世纪中叶的建筑风味。这是他妈妈要求的。对于多萝西来说,这不仅仅是一座房子,还是她梦想开始的地方,不过,也是她梦想毁灭的地方。这里承载着她所有的情感碎片:儿子的童年与复健,丈夫的爱与离世。每次来这里的时候,泰都说不清心里的感受,有欢乐也有痛苦。每次开车经过里亚托路的东段,尤其是走路经过时,他的眼前都会不由自主地浮现出父亲的影子,浮现出那个壮硕的身体,浮现出他在生命最后时刻的样子。那是八月的一个雷雨天,天空电闪雷鸣。倾泻的雨线比往常更急,更密了些,压得泰都喘不过气来。一棵原本看起来很结实的老橡树,在这场暴雨中,被雷电击中,倒在了一户人家的前院里。树的前端砸上了一辆银蓝色的丰田克雷西达。而它的枝干则压住了一个在人行道上的小女孩。当救援到达时,虽然痛但她还保持着清醒。威尔·亨特带来了他的汽油动力链锯,他觉得他肯定可以把她救出来。"感谢上帝,幸亏不是树干砸到你。"他对小女孩儿说道,"你很快就没事了,很快的。坚持住,亲爱的。"他小心翼翼地——其实他向来如此——锯着远端的树枝。终于,树枝被锯断了,他把工具递给了儿子,向后退了一步,然后突然好像跳了一下，接着，便向后倒了下去。地上，有根掉落的电线，他没注意到。

十七岁的泰懵在那里，完全不敢相信眼前的事情。他只能拼命地给爸爸做心脏复苏。他把全身的重量都压在了爸爸的胸腔上，一下两下，大声地哭喊着。他不断地往爸爸的嘴里吹着气，虽然爸爸已经毫无反应，但他觉得，凭借自己的努力，他可以把眼前的这个男人从死亡线上再拉回来，可终究父亲还是走了。直到六个月后，爸爸的离去才显得那么的真实，生活里再也没有爸爸的声音和身影了，现实将泰的幻想击得粉碎。

"让我们把这事儿重新捋一下。"在餐桌上吃饭时，多萝西如是说道。桌边的窗户外，是一个绿草遍布的斜坡，春去秋来，很有田园的味道。多萝西给泰做了他最爱吃的蟹饼，马里兰蟹饼，用蛋白和面包粉和起来的。"那些姑娘们会问我这事儿，你知道吗？"

"姑娘？"泰问道，"什么姑娘？"

"理发店那些呗。"

"哦。"

"还有打桥牌的那些。"

"想也知道。"

"还有健身房里的，有氧运动组里的，瑜伽教室里的。她们总是向我打听你。有时候，她们好像比我知道的更多——尤其是关于你在和谁约会。"

"甚至比我自己知道的都多吧。"泰说道，"妈妈，你的生活挺丰富的嘛。"

"我自己安排的。"多萝西简短地回答道。

"你可以抽空去趟加利福尼亚吗？只要你想，随时都可以去。"

"当你要带我见什么人的时候，"多萝西说道，"我自然会去。"

泰很理解妈妈的意思。她所做的一切无非是想多给他点时间，让他能够喘口气,她一向如此,就像小时候那样,无论父亲给自己多大压力,无论学校的课业多么繁重,总有妈妈在他的身边。即使他出事那会儿也不例外。"男人在奋斗的过程中总要找个地方歇歇脚,"多萝西说道,"让他能够暂时做回自己。"

春日的阳光洒进厨房,泰就这样任由思绪飘荡着。

"泰,我能给你提点儿建议吗?"

他点了点头。

"找一个人安定下来。"她说道。然后便是一阵安静,泰又进入了思绪飘飞的状态中。多萝西忍不住提高了嗓门,又说:"所以你还是不打算告诉我戴维营的事情? 总统人不错吧?"

"很不错。"泰回过神来,对她说道。

"那达芙妮呢?"

"甜美型的,非常单纯,她的朋友也是如此。"

"多少朋友在那儿?"

"没数过,应该有六个吧。"

"所以,没什么别的要说了?"

"没有了。"泰言之凿凿地说道,"那里就是一个很简单的地方——漂亮的小屋,迷人的小径,一个休息的好地方。我们一起共进了晚餐,然后他们放映了格里格的电影。大家好像都觉得还不错。然后我们又打了会儿保龄球。之后孩子们就都回去了。总统和总统夫人也回去了。我也就回来了。怎么了?"

"老实说,我本以为会……更有意思呢。"

是不是妈妈察觉到自己在敷衍她? 泰心里暗暗想道。"可是,"他说道,"就是这个样子的。"

"好吧,无所谓了。你有没有看到那些盘子啊? 就是你去年从佛罗伦萨给我寄过来的那些。"她边说边向碗柜的玻璃门看了一眼,"我觉得把它们放在那边特别漂亮,你觉得呢?"

晚上,泰坐上了去往洛杉矶的航班,在喝了两杯干性马提尼后,他终于可以心平气和地看待这个周末了。调整了一下座椅和踏板,他向窗外望了出去。外面的云层上落着 G550 长长的影子。这种景致总是有种催眠的功效,特别是从大大的机窗看到它的时候。飞机越飞越高,想起过去以及最近的事情,他在心里慢慢地考量了起来。

　　他已经很久没像情报人员这样思考过了,以前他之所以能做好情报工作,也正是因为自己可以经常这样习惯性地思考。

　　在华楚卡堡——或者说是雷霆山谷,在亚利桑那州的时候,他是这样叫它的——他受训学习侦察和审讯,不过没有学习密码破解。然后,他又在乔治亚州的本宁堡接受了四个月的顶尖步兵培训,在此期间,他的能力得到了极大的提高,这一切都基于他缜密的思维,惊人的记忆力(这也是他台词记得快的诀窍所在),精准的直觉,以及出众的语言能力——得益于父亲的坚持训练,他从小就开始学习外语,他的第一门外语是普通话。六岁之前,泰的老师是当地洗衣店老板的儿子,那是一位准大学生。之后,在泰青春期的这段时间里,这一块一直是荒废的。而当上了大学后,由于想提高学分绩点,他又重新把语言拾了起来,并且学得相当轻松。他至今都十分标准的发音,显然要归功于那个洗衣店老板的儿子。总统说得没错,泰完全可以在电话里装成一个中国人。

　　在中学的时候,他曾学习过跆拳道,之后又学习了柔道和柔术。他的父亲把这些武术称为“最后的交流手段”。那时候,泰不止一次怨恨父亲对自己严苛的要求。但是现在,得益于当时的学习,他在这三项上都是黑带水平,并且培养出了临危不乱的镇定气质。

　　突然,他有些怀疑,他还有没有机会用到这些武术技巧。在部队的时候,他只需要遵守规定,全力以赴的对待每项工作,寄希望于某一天付出能得到回报就可以了。在他的脑海里,对未来并没有明确的规划,但是曾经濒临死亡的经历,总能够激发他无限的潜力,让他在即使目标不明的情况下,也能坚定信念,最终完成任务。

在装甲运兵车翻车起火后,他觉得自己能活下来完全靠的是运气。他觉得现在的每一天都是从上帝那儿借来的,没有任何权利可言。

那场事故发生在一个晚上,地点是德克萨斯州的中部某处,离胡德堡基地不远。他是特遣人员之一。在弗吉尼亚大学的时候,他是一名后备役军官训练学员,按照规定,他需要完成四年的大学学业,并最终取得一个理工科学士学位。到现在想起来,他也颇为自得。如果人们想知道得更多点——因为没有人知道事实真相,他被要求多从回忆里挖掘一些东西——他会泛泛而谈。"提起'步兵团',人们就会想到'陆上船只',"他会告诉他们,"想到行军的人群之类的东西,但是如今这一切都已经机械化了。哦,我们当然会有行军任务,但是绝非是开着装甲运兵车走来走去。给你们举个例子。第三军拥有坦克一百五十辆,远超以前的装甲一师。"

后来泰有计算过,在医院复健的时间前后加起来将近十八个月,当时他不停地告诉自己,泰,现在是考验你的时刻。这种想法在他的心里生根,帮助他度过了最艰难的一段时间。在那之前,他只不过是个一般人,根本不是什么封面人物。那时的他,只是想找一个他最爱的女人,而不是去认识一千个无关紧要的女人。他本可能成为一个普通的商人、律师、中层主管,坐在经济舱里,而不用到处隐瞒行踪。难道是他记错了?他也失败过很多次。他已经记不清有多少次被喜欢的女孩儿甩掉了。"哦,我很荣幸,但是……"她们会这样说。他远远不是什么白马王子。他的朋友里百分之九十九的人都是这样的。在爱情世界里,除了去习惯不计回报,还能够如何呢?

当然,在发生意外之后,一切都变了。很显然,几乎所有的东西都要重新设计,甚至咀嚼的姿态和脸上的微笑都不能例外。不过,他很自然地觉得,既然机会来了,为什么不趁机改善一些东西并纠正一些不好的地方呢?

轻抿了一口杜松子酒,压抑的心情顿时一扫而空,他再次问自己,除了这惊人的好运外，到底还有什么在让自己不安。自从他康复以后，他的脸就变成了一张面具。他没法摆脱这点。因为正是这张新面孔让他得以被格里格发掘，让他出名得利。但公众爱的只是泰·亨特这个形象吧？有没有人——或者说他能不能让别人——看到原来那个心思简单的大男孩，而不是只看到 A&F 广告牌上的他，看到真正的他而不是大众了解的那个他。

其实从某种意义来讲，这些都无所谓了。他的人生又到了另一个转折点了，谁知道最终会变成什么样子呢？他深呼了一口气，努力想用自己训练有素的控制力压下这股情绪。他并不偏执，也不缺乏怀疑精神，但这种联想力实在是很难控制。毕竟当他试着融入一个新角色的时候，这是他重要的凭仗。想起总统下达给他的任务，他开始模拟出一个又一个的方案，不断地在细节上进行改进，总有一种下一个方案更好的感觉。而且想得越深入，这种感觉就显得愈发不可避免。不然怎样呢？尽管生活有一定的随机性，并且时时会发生一些看似不可能的事情，但是人的本性过去不会变，将来也不会变。这个世界仍然和以前一样。持续了几个世纪的善恶之战，并不会因为泰·亨特想寻求快乐和自由就停止下来。当他迷迷糊糊的入睡时，父亲最爱的那首赞美诗又从他的嘴里哼出了：

每个国家的人都遇到过
需要决断的时刻
在真理和谬误的战争里
选择正义或邪恶

过去就像一个背包，永远贴身相随。泰一边回忆着过去的时光，一边这样告诉自己。每个人都有过去，任谁都无法抹杀。

到达洛杉矶国际机场的时候已经是晚上了。来接他的司机是一个快到中年的男人，他曾经也是一个有希望的演员，现在正在行李提领处那儿等他上车。见面后，他们热情地开始聊天，直到发觉这种突发的热情过于虚伪，才又互相沉默了下来。

今天是星期六。在这个舒适而又愉悦的夜晚，年轻人都出来了。他们收起敞篷车的软顶，放着强劲节奏的音乐，乐符撞击在整个高速公路上。泰放下车窗，尽情地享受于此。太平洋温暖的海风激荡在绿色的葱茏山丘间，空气充满了机遇。洛杉矶是个追求一时欢愉的都市，这一点几个世纪都没有变过。

离开 405 国道进入日落大道，途经几公里的盘旋公路，再左转经过贝尔艾尔酒店后，他们终于来到了一个峡谷地带。穿过恩坎塔达山庄的大门，就是泰现在的家了——虽然仍有点难以相信。恩坎塔达，泰很快就这样称呼它了，它是由一个二十世纪默片时代的巨星建起的，是个向有声电影的转型没能成功的巨星。泰刚听说这里要拍卖的时候，还以为会是一处令人望而却步的府邸，但现在看来，不仅舒适宽敞，而且从清晨到日暮都日照充足。在别墅房间的装修上，他并没有顾及其本来的摩尔式风格，反而是参照近三百年来的英法建筑风格，采用了一种令人惊喜的混搭风。买这座房子的时候，他是连家具一起买下来的。其中包括：一个低低的咖啡桌，一张可旋转的软垫椅，几张三角凳，一个上漆的中式洗漱台和一些虽然古怪但却很有装饰风的单品。这些单品的设计者是著名的演员比利·海恩斯，他同时也是一个极为优秀的室内装潢大师。他的设计给予这个地方一种浓郁的旧好莱坞风情，给人一种常有光泽泛起的错觉。

付给司机小费，关掉警报，他把箱子放在前厅，准备等明天再来整理。没有在西侧的客厅作丝毫停留，他径直走到了阳台上。

阳台的瓷砖分外光洁，旁边有篱墙围绕，数棵王棕树点缀其旁。大理石的边沿嵌进一块坡地，在绿树的掩映下，围成一个舒爽的游泳池。在这里不用担心被打扰，四周的云杉和桉树就是最好的屏障。

泰脱下自己的衣服,裸着身子潜进了冰爽、黑暗的水中。游了十圈以后,他露出头,看向这半明半暗的别墅。别墅的剪影在夜空中显得分外的复杂和怪异。他知道,正如镇上的人认为的那样,他的房子其实是错觉产物,从正面看,它是富丽堂皇的,但其实那只是几经装修的缘故,你已经根本看不出原来破旧的面貌了。

　　其实挺恼火的。他期待已久的装修,就因为总统的一个任务而化为泡影。他重新潜入水中,准备把剩下的九十个来回给游完。他游得特别认真,每个来回之间,都有着紧凑的衔接,就像一个比赛选手,一个突击队员。

　　擦干身体后,泰立即回到卧室。他的管家已经在下午把这里收拾好了,此刻的他躺在床上,感觉非常舒服,或许,也有些许的孤独感吧。不过很快他便沉沉地睡去了。他并没有设闹铃,这是他几个月来第一次没有设闹铃。

　　然而,早上 7:43,黑莓手机却传来了一阵铃声,吵醒了他。他那时正做着一个梦,梦到自己和这个世界都回到了很久以前的样子。当他伸手在床头柜上摸手机的时候,梦的余韵还没有散去。梦里的他在夏洛茨维尔,还是一个喜欢参加联谊会的大男孩,在某个地方和自己的朋友在一起,可那个地方究竟是哪里啊? 在他握住手机的那一瞬,他什么都记不起来了——手机上是奈特捷公司发来的确认短信,显示着一张三天后从洛杉矶飞伦敦的夜航机票。读短信的时候,泰心里顿起一股烦躁。他没定过这种机票,不过想也知道是谁定的。这下根本睡不着了,他存了短信,翻身坐了起来。

11

　　站在酒店套房的阳台上，菲利普细细地打量着布拉格的屋顶轮廓和中世纪的建筑风格。由于到四季酒店时，已是半夜，所以现在算是他初次看到这个城市的全貌，也就在这时，一艘小木船出现在了视野中，船上载着一对情侣，正飘荡在伏尔瓦塔河上。往对面的河堤看去，是古老的布拉格城堡，晨光正碎碎地洒在高高低低的塔顶上。

　　7:40，整理好服装后，菲利普前往阿来格罗大酒店吃早餐，酒店就在大厅的对面。他是酒店里的第三位顾客。服务生领班带着他来到一个朝门的双人桌坐了下来。

　　"还有人要来吗，先生？"领班问道。

　　"是的，有一位男士是肯定要来的，"菲利普说道，"过会儿可能会再来一位。"

　　领班点了点头。"咖啡？"他边问边递给菲利普一张菜单。

　　"是的，要加浓的。"菲利普说道，"等我第一位客人来了之后再点餐吧。"

　　菲利普并没有等很久。领班前脚刚走，斯文·洛伦兹就到了。高高的个子，秃头，看起来有点像是一个年老的足球选手。

　　洛伦兹坐了下来，一副感觉舒适的样子。"没想到，没想到，"叹口气后，他对着菲利普露出了笑容。"终于是时候了对吗？不得不承认，比我预期的提前了些。"

　　"是吗？"菲利普说道，"我还觉得迟了些。对于从事我这种工作的人来说，三年可不短。"

　　"可是你这个工作很重要。"斯文边看菜单边回答道。

"无比的重要，"菲利普说道，"但是很让人伤脑筋。即使计划完美无缺，也只有百分之五十的成功率。"

"厌倦了？"

"可能是累了吧，不过，当然没有厌倦。这整件事确实很累人。但是算不上是我的困境。斯文，想想几年前吧，那时候倒是有过一个困境。"

"你想说什么？"

"我想听听你的说法。"

"关于预防核威胁和裁减武器装备，达成协议只是其中的一个环节，除此之外，还要遇到很多麻烦。像这种新型核技术，人们总要进行些激烈的讨论。这方面你比较懂，所以，你来做是再合适不过了。"

"我好像并不是什么专家。"

"逻辑上来说，想要杜绝有核国家出售和资助核武器，最好就是别让他们心存幻想。我们要让他们知道，不管怎么遮掩，都会被我们很快地揭穿。并且一旦他们的所作所为属实，他们会被立即列为我们的敌人。就像肯尼迪总统在古巴导弹危机时所说过的那样，我们将会进行'全面的报复性的打击'。"

菲利浦点了点头："你我应该都知道，我并不是这种工作的最佳人选。而且，我干这事，报酬不高。"

"报酬已经够高了。"

"斯文，我不是一个有钱人。如果我以前一直待在这里的话，或许已经成为富翁了。但是钱并不是我最看重的，人的生活是在不断变化的。如果我没有那么多钱，我怎么才能在这里定居下来，并且完成这项任务呢？"

"她叫什么名字？"

"伊莎贝拉。"菲利普回答道。

"还是她？"斯文尽力显得特别地惊讶，"过了这么久还是这个女

110

人,真让人有些意外。"

"你见过她的。"

"只是擦肩而过而已。"

"不过你又不是看不见。"

"是啊,但爱情常常使人盲目。你希望我这样说是吗?"

"我希望你说的是,在这种情况下,爱情是不会让我盲目的。坦率地说,我非常乐意和你们合作。这次的工作,是我人生中最大的一次机遇,甚至是我最得意的一件事。毫不夸张地说,我觉得在这项工作上,我是非常出色的。用一句套话来说,我现在觉得自己确实'做出了点成绩',我很满意这点。"

"你当然很优秀,你是我们这里最顶尖的人才,我相信你肯定也明白这点。我是很不情愿让你离开的,虽然说不出有多么不情愿,但是你应该明白我的态度。"

"我也不想走,但是一个最终要结婚的男人,不能只为自己考虑。"

斯文摇了摇头。"和以前一样,我又输了。"他说道,"不管怎样,我会去给你祝贺。你是什么时候决定结婚的?"

"有段日子了。"

"我是说,你什么时候公开通知大家的?"斯文边说边开始吃第一个鸡蛋。

菲利普无奈地笑了笑。"我们还没通知呢。"他说道。

"但是她已经答应你的求婚了?"

"她会的。"

"你看起来挺自信的嘛。"

"向来如此。"菲利普说道。

斯文吃了口饭,继续说道:"嗯,反正我也觉得这事理所当然。毕竟现在这年头,流行先将生米煮成熟饭。"

"说得没错。"菲利普说道。

"接替你的人是——哦,不,不该用这个词,不合适。应该说,暂时接替你的人是里斯·卢埃林。"

"我已经知道了。"

"他也想加入我们,他现在正从布鲁塞尔飞过来。不过我要去维也纳,可能我前脚刚走,后脚他就到了。"

菲利普点了点头:"总之,很感谢你这次能亲自过来,毕竟有些话在信里确实说不清楚。"

"你太客气了。"斯文·洛伦兹说道。

"我会把我知道的都告诉他的,"菲利普说道,"这点你放心。"

"不,"斯文对他说道,"对于这点我一点儿也不担心。你们要住在哪儿呢?"

"可能先住在罗马吧。"菲利普说道,"虽然我可能要来回跑,不过无所谓。伊莎贝拉在那儿有份喜欢的工作,我可以找点事情干。"

"你会怀念以前的日子的,"斯文说道,"救世英雄。你会怀念所有的这些事情。"

"或许会怀念吧,"菲利普说道,"不过也可能不会。"

12

在接起这个电话前,电话已经响了三遍了。他必须先搞清楚一些事。虽然他很清楚对方想让他干什么,甚至时间地点都一清二楚,甚至都不用问,但他毕竟是一个最卖座的男演员,他希望自己是有用的,而不仅仅是去玩玩而已。

"谁啊?"他说道。

"泰,我是莎拉啊,亲爱的。"一个意料外的声音从电话另一头传来,满是兴奋地说道。

泰自顾自地笑了笑:"你在哪儿呢?"

"在你门外呢,"莎拉·查平说道,"你竟然换了密码锁都不告诉我。"

"都是他们弄的,我昨天才发现,本来要打电话给你的。"

"很好的借口,反正没关系啦。"

"我说的是真的。"泰回应道。

"密码是多少?"莎拉问道。

"我给你开门。"

"密码是多少?"莎拉又问了一遍。

"好好表现,"泰说道,"然后我就会告诉你。"他边说边按下遥控器,给莎拉打开了门。

莎拉几乎是从门廊飘进前门的,美丽如她恐怕被比喻成女神才合适。几步走到泰的跟前,她用胳膊环住了他的脖子,慢慢拉近,然后深深地吻了下去,故意如此却又略有克制。泰闻到了她身上熟悉的香水味,尽情地品尝着她唇蜜的味道。莎拉觉得很舒服,有种心灵相通、十分踏实的感觉。他们两个人在过去的几个月曾一起合作过电影,也一起出过外景,虽然最后各走各路,但绝不是因为两人间的感情变淡了,而是因为两人觉得情感够深,所以来日方长。

"所以,"莎拉柔声说道,"你真的回来了。"

"不信你摸摸看!"

"讨厌,明明知道我在摸。我要这样一直摸下去。"

泰大声笑了出来。

莎拉说道:"我跟自己打了个赌,结果因为你,我赌输了。"

"什么赌?"

"我赌你不会休息。本以为你会继续拍下一部电影的。"

"哈哈,看来你是猜错了。"泰说道,"你呢? 还在工作吗?"

"也不算是在工作,只不过有几个惯常的活动。我的下一部电影要等到九月才开拍。"

"那好极了。"泰说道。

"是吗?"莎拉一边说着,一边把胳膊落下来,挽上了泰的手臂。

泰握着她的手,问道:"有人发现你来这里吗?"

"不会的,我是开我助理的车来的。"

"那你的助理怎么办? 开你的保时捷?"

"答对了! 我甚至把围巾都给她了,狗仔们应该认不出来。"

泰看着莎拉,笑了起来,"你妈妈有没有告诉过你,在我这里很危险?"

"她一直提醒我呢。"莎拉说道。

"我想你了。"泰对她说道。

"怎么会? 戛纳不是有很多女艺人吗?"

"女艺人,"泰说道,"学生才会爱上她们。"

"我才不相信你的鬼话呢。"莎拉说道,"只可惜没人拍到你,不过我倒不怀疑狗仔在放水。你真的没有见女明星吗? 明明有一张照片可

114

以证明——好啦,是和格里格的那张。"

"那张是有意要拍的,"泰说道,"其他时间,我其实都躲了起来。"

"一个人吗?"

"一个人。"泰笑着说道,"我从来不说谎的。"

"猜也是这样。"

"什么意思?"

"因为你太挑剔了,亲爱的。"莎拉说道。

"你怎么会觉得我挑剔呢?"

"这个问题应该由你自己回答。你是泰·亨特,又在戛纳电影节。就真的没有女人能让你有反应吗?"

"是的。"泰撒谎道。

"好吧,那可真是遗憾。"

"有你在我的生命里,就足够了。"

"少来。我们只是暂时的拥有对方,别装糊涂。"

"你说得对。"

"妮基·芬克在博客里怎么说我们来着?"

"因为利益而走到一起的朋友。"

"说得真好!"

进到洞穴般宽敞的卧室里,泰犹豫了一下,然后便把莎拉拥到了墙边,靠着墙深情地吻了起来,比刚才更加的缠绵、炽烈。在他寻找真爱和安慰的过程中,他曾经和很多女人上过床,但他从来不会对这些女人投入感情。至于莎拉,他从一开始就告诉自己,不要去期待任何结果,谨慎对待,适时放弃就好。

赤裸着身体,莎拉细细地吻遍他的全身。泰把右手放在莎拉的乳房上,左手穿过她的发丝,忘我地享受着。当莎拉的前额抵住他的下巴时,泰把她抱了起来。一边用右手抚摸着她的秀背,一边向床边走去。

看着眼前的莎拉,泰露出一抹微笑,慢慢地与她交融到了一起。他的身体缓缓地,有节奏地蠕动着。莎拉把后背靠在了羽绒枕上,没过一会儿,泰又为她垫上了另一个枕头。泰用指尖轻轻划过她的乳头,缓缓地把她抬高,进去得更深了,频率开始加快。

等一切结束了,他把她放了下来。有一幕经典的电影场景一直让他颇有印象:女人的头发凌乱着,乳房暴露在空气中,名贵的床单褶皱得厉害。他本应在这时候点一根烟的,顺便给她也点上一根,可惜两人都不抽烟。

"你想怎么做?"他轻轻地耳语道。

"这样做。"莎拉意乱情迷地说道。说完,两人的位置换了过来,莎拉趴在了泰的身上,轻咬着他的嘴唇。她的头发垂落下来,遮住了乳房,但是泰又把这些发丝拨了开来。泰的呼吸开始越来越急促,莎拉用力地抓住泰的胳膊。最终,莎拉坐了上来,慢慢地和泰融合到了一起。

泰觉得自己幸运得有些离谱,怎么会遇到这样的女人,美艳动人却又别无所求。自己一面不想放弃对于爱情的承诺,一面又满足于这种短暂的快感和无责任的轻松。

他又想起了伊莎贝拉。他刚才并没有跟莎拉提起她。可现在,他有些困惑了。他不明白这是为什么。他们之间明明什么都没有,他完全没有隐瞒任何事情的必要,只是一场情场的失意罢了。在总统还没有下达任务之前,这个英国女孩曾经一度让他觉得很害怕,因为她似乎有种魔力,可以操控自己的喜怒哀乐。

"我觉得我们应该吃个午饭。"莎拉说道。

"好主意。"泰附和道。

"你这里有什么吃的吗?"

"所有家里应该有的东西,这里都有。"

"听起来还挺好吃的! 去看看吧,好吗?"

外面阳光很好,他们来到了网球场边的圆桌上,吃起了冻鸡肉和沙拉。

"萨尔在星期三有个派对,你去不去?"莎拉慵懒地问道。

"我还不知道这事呢。"泰回答道,"不过我在戛纳看到他了。"

"你还没看你的邮件吗?"

"还没呢。"

"你肯定也被邀请了。那天碰到米茨的时候,她还问我你会不会去。如果你要去,我们可以一起。"

泰犹豫了一下,"我还不能够确定周三是否有时间。"

"怎么了? 你有事吗? 别担心,我只是问问而已。"

"其实也没什么,只不过我可能要离开几天。"

"我敢肯定,你一定是去赶电影进度。"

"不是。"泰语气确定地说道。

"我没那么好骗,亲爱的,所以不要骗我。"

"我发誓,我绝对不是在赶什么进度。"

"我会信吗?"莎拉嘲弄道,"泰,你说你只是突然遇到了点事,可是,得了吧,你一辈子都在演戏,不是吗? 我们都是好演员。"

"可我十二岁之前,一直想当的是间谍,"泰反驳道,"我在小时候经常叫自己'008'。"

"都一样。"

"不一样。"

"随你怎么说,但你不得不承认,这两个工作都要花大量的时间去伪装自己。"

"演员撒谎是为了说实话。"

"是吗,"莎拉问道,"一直如此吗?"

泰发现萨尔的邀请函时,已经是晚上了,又只剩自己一个人了。名义上是去给米茨过生日,可实际上多少有些慈善的事情在里面。她的基金会叫做"电影与电视基金"。届时,势必是一场声势浩大、群星云集的盛会。如果他能去的话,他肯定会去的。如果实在去不了,就只能发函致歉了。管家从邮局拿来了一大堆信件,邮箱是泰用另一个名字办理的。他从大信封里一张张挑出账单来,只留下信函。其实直到现在他也不知道白宫那边将要干什么,更不知道伊恩·桑塔尔是否有偷运军火,伊莎贝拉是否与此有关。那些武器真的有丢失吗?他很可能会竹篮打水一场空。可能到最后根本没有什么核危机,他只是去修正了一个动乱时期的数据错误。

他把 ipod 连上了书房里的音响,一边工作,一边慵懒地听着莱昂纳多·科恩的歌曲。歌曲一首首不停地往下放着,他在等“Hallelujah(《哈里路亚》)”这首歌,他从高中就开始就喜欢这首。现在在唱的这首叫做“Bird on the wire(《电线上的鸟》)”,也很符合泰现在这种矛盾的心情,有那么一会儿,泰发现,自己竟然跟着哼唱了起来。

等放到《哈里路亚》这首歌时,外面的夜色又重了许多。泰定定地望着外边的花园,如同又回到了儿时,总害怕有一天世界末日会到来。虽然在恩坎塔达住的时间不长,但他已经有点感受到了此处景色的韵味。尤其是起风时,树枝或招摇或静止,氤氲出气氛万千。他对周边的环境向来是极其敏感的,但是在雷霆山谷的训练,以及后来的特种兵生活,使他的观察添了太多的专业性和技巧性。他会把任何的风吹草动看做潜在的信号,把任何的细微变化都收入眼底,对任何的异动都保持警惕。这是一种直觉反应。对于一个执行危险任务的军官来说,能不能注意到洋流和风向的变化,能不能注意到草丛或物体的异动,通常就是生与死的区别。

花园里暮色渐暗,突然,泰注意到有一个圆圆黑黑的东西在晃动,应该不是树枝,树枝不可能这么黑,更不可能会移动。前一秒钟,它像是在往下落,后一秒钟,它开始不停地靠向山边的斜坡,如果不仔细观察,真的很难发现。

顿时,泰像是嗅到了什么,以前的训练成果仿佛又回到了他的身上,

118

他立时抛开恐惧，行动了起来。为了不暴露行踪，他走得分外小心，红木船长桌下，放着他的格洛克23.4毫米口径的半自动手枪，他从皮套里抽出枪来，别在裤子的腰带上，用polo衫遮盖了起来。这一切完成后，他冷静地向书房的外门走去。没时间叫保安了，而且今天又是星期天，管家也不在。他打开了门，跨过门槛走了出去。没办法，他必须要冒一下险，他一边照常迈着步子，一边留神周围的声音，随时防备有人接近。结果，什么声音都没有。两秒钟后，他转过身来，盯住了峡谷边那块突出的岩石，那个身穿黑衣的人正是躲在那里。从他的位置以及救生索的长度来看，他应该是从山顶速降下来的。

"丢掉你的武器，慢慢地出来，"泰命令道，"把你的手放在我可以看见的地方。"

那个物体没有反应。

泰说道："趴在地上，手举到空中。"

侵入者还是没有回应。

"我说到做到，"泰继续说道，他的神经绷得越来越紧，"我数到三。我不想开枪，但是迫不得已我会开枪的。好，我开始数了，一……二……"

突然，那个身影向他扑了过来，可很快他又滚到了另一块岩石后，一动不动了。

"站起来。"泰说道。

四周一片寂静，泰知道，环境是最好的伪装。

泰深深地呼了一口气。"站起来！"他又命令道。

"在你后面呢。"一个温柔但是令人脊背发凉的声音在身后响起，接着一个利落的跆拳道手刀将他腰间的枪打落了下来。

13

之前,菲利普曾经见过里斯·卢埃林一两次,只记得他好像有些木讷,具体怎样已经记不清了。午饭前,这个一丝不苟的威尔士人终于到了,在捷克籍联络人的建议下,他们没有去繁华地带就餐,而是去了伍舍维斯区的黄调餐馆。这是一个街角小店,没有什么风格可言,但是里面的食物却非常好吃,充满了亚洲风味。菲利普点了一份川味鱼,里斯则点了一份蒜头鸡汤,除此之外,他们还点了些别的。菲利普一边吃饭,一边开始简要地介绍"纳恩—卢格"计划以及核威胁倡议组织的情况。关于选里斯来接替他,菲利普既高兴又恼火。高兴是因为他的虚荣心在作怪,他不希望自己被一个同样优秀的人所代替。而恼火则是因为,他向来觉得自己的工作非常重要,像里斯这种资质的人,怎么能够配得上这份工作。

他们以水代酒,喝完后,便前往地铁站搭乘地铁,然后,又搭乘一辆出租车——途中只聊了些枯燥无聊的小事——赶回老犹太公墓。从中世纪到启蒙运动时期,犹太公墓一直是犹太人唯一一块被批准的墓地。数不清的墓碑林立于此,刻满岁月的划痕。一本旅行指南曾经介绍,有将近十万的犹太人长眠于此,深埋于地下。最后一位入墓者大概要追溯到 1787 年。

尽管讲解员说关门时间快到了,两人还是买票走了进去。墓地只剩下零散的几位游客,似乎都已恍惚入迷于此,完全没有注意到两人的到来,只是不断徘徊在新旧犹太会馆以及平卡斯犹太会馆的墙边。会馆内是许许多多的纪念碑,那是为大屠杀中死去的犹太人所设立的。

里斯抬头打量着平卡斯的纪念碑,不停地问着问题,语速平缓而柔和,似乎认为,借此可以驱散这里的阴郁。

听到里斯跟捷克国安局官员的对话,菲利普顿时觉得很满意,自己给他的报告,已经尽可能地透彻、翔实、可信了。他觉得自己短暂的外联生涯已经画上了一个圆满的句号。谁也不能指责他什么,也没有人可能比他做得更好了。

他对于目前的一切都很满意。其实,之所以想和斯文当面谈,是因为他想看看斯文的态度,看看他有没有怀疑什么或者隐瞒什么。斯文这次来布拉格,完全是因为顺路。而选择布拉格则是因为这里是中立国领土,而且正处于旅游旺季,无论找什么借口都可以来这儿,这些对于菲利普而言,是非常有利的,他可以顺便处理其他的一些事情。谋事在人,成事在天。也许正是考虑到了这一点,菲利普在做事的时候向来不会抄近路,他不想把自己的结果留给上帝去评判。

伊恩曾经教过他一些技巧,比如说,当你要说重要的事情时,去什么样的公共场所才可以避免有心人的偷听。开始菲利普完全不以为意,而现在他却逐渐发现了其中的智慧。这样做不仅可以防止偷听,而且也能让自己不用疑神疑鬼。

渐渐地太阳沉入了云层深处。克莱门特学院的回廊上,菲利普斜倚着墙壁等待着安德烈的到来。想起刚刚的交接工作,他的心情非常愉悦。作为伊恩的"间谍学徒",他成功地把政府玩弄于股掌之间。

没过多久,国家图书馆前(以前是个修道院)便出现了安德烈的身影。这个男人仍然像往常一样,喜欢在空闲时间读几本书。虽然此时唇角带着笑,却是一副小心翼翼的样子。互相点了点头,两人并排向前走去。街上时不时回响着"踏踏"的脚步声。

他们漫无目的地向前走着,直到发现已经到了里里奥瓦大街的尽头。周遭都是嘈杂的游客,附近矗立着旧城大桥塔楼。于是左转,来到了查理大街。路的右边是克莱门特学院的建筑群,左边则是康斯塔特王宫。他们继续朝查理大桥的东端走去。

"四百年来,这是横跨伏尔塔瓦河的唯一一座大桥。"当穿过塔下拱门的时候,安德烈如是说道。"它是在 1357 年,查理四世让彼得·帕尔莱勒修建的。他恐怕是最著名的捷克人之一了。你知道这座桥为什么这么坚固吗?因为他们往石灰里掺了鸡蛋。"

"我觉得你是第一次来布拉格吧。"

"只是很长时间没来过而已,"安德烈纠正道,"我以前来过这儿。"说完这句话后,他突然沉默了下来。说起来,他确实去过很多国家的首都,也去过很多不为人知的地方。曾经有一段时间,他在格勒乌工作,格勒乌是苏联的总参谋部,所以因为工作的原因,他经常要出差到很多地方去。"话说回来,"他继续说,"这些雕塑都有着很悠久的历史。在开始的几个世纪里,耶稣受难像,右数的第三个,一直是孤零零的一个立在那里。旁边那个雕塑应该是圣约翰·内波穆克吧。他是耶稣教众心中的英雄,是当时的代理主教。但是因为一些政治观点上的分歧,他惹怒了国王瓦茨拉夫四世,所以他受尽了虐待,并最终被人们从桥上扔了下去。这种历史故事,确实是数不胜数啊。"

"而且到处都有。"菲利普补充道。

"有什么办法呢。"安德烈同意道,"这种事情就像病毒传播一样,你制止不了的。"

"确实,无论在什么时期,在什么样的文明里。"菲利普补充道。

"说得没错。"安德烈附和道,"看到十字架上的字了吗?'圣哉,圣哉,圣哉我主'。他们虽然这样说,但这些雕像却不是他们出钱修建的,是一个因为亵渎神明而被罚的犹太人来修建的。"

"哈,"菲利普笑了一声,"看来我们碰到过同一个导游。"

远处的山坡上,布拉格城堡以及城堡区浸满了落日的余晖。两人朝那里走去,身影渐渐地融入了那群学生和游客中间。旁边有几个广告牌,正在宣传旧城的一个音乐会。圣奥古斯丁的雕像旁,一位年轻的女子正在兜售水仙花。不远处，还有一个少女在贩卖丝巾，摊上摆着一个白色搪瓷的画架，丝巾穿过画架上的一个小洞，迎风飘摇。一个穿着破旧大衣，打着毛领带的大叔，正在叫卖明信片、胶卷和各种各样的杂货。

最终，他们故意避开旧城，来到了朱迪斯桥塔边的撒克逊大街上，继而又从那里走到了马拉斯坦纳区，城堡前的小城区。

然后，菲利普开口道："这里看起来很适合谈些事情。"

"确实。"安德烈附和道。

"你在短信里没有说得很明白。"

"不得不这样，"安德烈压着嗓子，谨慎地说道，"和我说的一样，有人察觉到了一些问题。"

"什么样的疑问？"菲利普问道。

"表面上还是原来的那些，但我觉得没那么简单。以我的经验来看，对我们恐怕不利。"

菲利普继续沉默着，没有说话。见此，安德烈继续说道："在圣莫里茨皇宫酒店的大套房住了差不多一个月，每个夏天又都会去蒙特卡洛的别墅去消暑，朱可夫怎么能够负担得起这些？况且他还时不时去赌城消费一把，时不时地养一个情妇，他哪里来的钱？他肯定知道别人会注意到这些。所以，他或许可以给出一个合情合理的解释。但是，如果他早就准备好了解释，就说明背后有更多的问题，不是吗？他是不是跟某个元首有交情？如果是这样的，那么是从什么时候开始的，是哪位元首，最后达成了什么协议？我们必须面对这样一个问题：大家都知道，他拿走私当副业，没有靠工资过活。可是，要想过得这么奢侈，显然他做的交易远比我们看到的多。"

"你能去查明这些问题是谁提出来的吗？"菲利普问道。

"不能，"安德烈回答道，"但显然是在'第四总局'内部提出来的。这点我可以肯定。可能这只是他们的一种防备吧。"

"可能。"菲利普重复着这两个字,"不过死人是不需要防备的。"

"据我所知,他可能是利用跟桑塔尔的交情,得了不少好处。"

"他不是第一个这样做的人了。"

"这倒是真的。"

"问题就这些了吗?"

"到现在为止,就是这些了。"

"不止吧?"

"你是想说你的身份吧? 肯定没有暴露,至少现在还没有——不过,老实说,总有一天会的。"

"为什么一定会呢? 大家都认为我是桑塔尔最信任的人。"

"他们也没有怀疑这点。但是,你要明白,你毕竟不是他们的人。对于他们来说,你是帮桑塔尔做合法生意的一个人。桑塔尔因为这个雇用的你,并对你信任有加。而且,虽然桑塔尔有时候可能会有些不合法的大买卖,但是你从来没有插手过。这使得我们的风险降得很低。现在对于我们的怀疑,只是那群官员的想象而已。账目做得非常完美,他们肯定想不到我们会偷走军火。毕竟,账目上可是什么都没丢。"

菲利普想了一下安德烈的话。"希望你是对的。"他说道。

"我是对的,"安德烈说道,"这点你不该怀疑的。"

"谢谢。你做的决定很对。"

"其实只是怕庇护你的人最终却连累了你。"安德烈眼神闪烁地说道,"我已经见过不少这样的事了,这种警戒心已经在我们脑子里扎了根,当然,我们也不会随便怀疑谁的。但万一又被验证了,我们就都要坐牢了。所以,很奇怪,你的保护伞通常也是你的死穴。"

说话间,他们已经走过了塞尔托夫卡,那条魔鬼河。在大修道院的北边,矗立着以前马耳他骑士团大团长的宫殿,它安静祥和地经受住了三个世纪的洗礼。在它的对面,是巴洛克风格的伟大杰作——布阔伊宫,现在作为法国大使馆来使用。广场上十分宁静,可就在这时,菲利普突然停了下来。或许是还没意识到谈话已经结束了，安德烈摊了摊手，表示不解。"你说得很对。"菲利普轻轻地说道，然后伸手招停了一辆出租车，出租车里的乘客才刚刚下来。菲利普上了这辆老奥迪，但并没有说目的地。直到经过广场的另一端时，他才说道，去布拉格广场附近的火药塔。

"这时候那里已经关门了。"司机说道。

"没关系，我只是要在附近见个人。"

当车到达时，菲利普一直向车窗外打量，最终在一处略显安逸、人还蛮多的旅馆停了下来。装作在寻找自己的女朋友，菲利普前前后后扫视了一圈，以确保无人跟踪。最后，装成很恼怒的样子，他穿过了室外的桌子，走进了相对安静的室内。巴洛克风格的画框里是歌剧的海报，安置在三面墙上，被灯光打亮，虽然略有旧意，却依然色彩鲜艳。远处，服务台的旁边，正有一个他要找的公共电话。他走了过去，谨慎地拨了一串号码，是那不勒斯一个旅馆的号码。

"转接分机327。"菲利普对话务员如是说道，但没有提任何名字。当分机接通后，他又转换成了英语。"我们前一阵聊过一次，"他说，"你还记得吗?"

"记得。"

"很好，这次找你是因为计划发生了点变化，但并不影响什么。我们暂时采取第二种方案吧。"

"第二种?"

"是的。"

"包在我身上。"

"*Grazie*。"菲利普用意大利语说了声"谢谢"。

14

菲利普回到大街上，继续向东走了几分钟，到了累德堡花园的旁边。确认自己没被人跟踪，他又上了一辆出租车。"到静物饭店，在里里奥瓦大街上的那个。"他对司机说道。沿路的灯光很昏暗，但是到达的饭店却是重新粉刷过的，光亮异常。

百里香和红辣椒的味道飘出门外，谈话声和笑声不时传出。静物饭店的里面其实就是一排排的房间，只有些简单的桌椅，墙上挂着由当地画家所画的油画和水彩画。现在正是晚餐的时间，这种嘈杂声正是菲利普所想要的。他要找的桌子就在一个明亮舒适的角落。

"我的客人到了吗"他对服务生说。

"那位女士已经到了。"服务生边说边指向走廊尽头的女休息室。当那人出现时，菲利普的眼睛便亮了起来。

一般来说，只要是他和伊莎贝拉一起待过的地方，无论是伦敦还是罗马，还是任何他可能被认出来的公共场合，他都不会和妓女在一起吃饭。但是在布拉格，在这么舒适的一个地方，的确可以试一次。似乎这里厚重的历史感以及几个世纪以来的种种阴谋，可以变成他最好的伪装。在虚情假意地为她拖出椅子的同时，他甚至听到耳边萦绕着齐特琴的琴音。她长得很漂亮，迪特·阿尔巴尼赛——一位时尚摄影师——为他安排的女人向来不错。如果被人发现了，他会说这是某某政府或组织的一位同事。他相信她可以应付得来。

他第一次召妓是在十七岁的时候。当时他正随一个同学去巴黎过圣诞节，而他的爸爸正在别的地方为工作忙得不可开交。朋友介绍的这个妓院，据说前身是几个世纪前的克罗德夫人开的妓坊。妓院是一

126

个六层高的小房子,离香榭丽舍大街不远。怂恿他们进去的那个科西嘉人满是一种虚伪的和善,客厅的整个墙面都散发着一种新漆的味道。最终,派对开始后,一个个湿身女郎从楼梯间鱼贯而出。她们看起来只比他们大一点而已,甚至或许出身也是相同的。她们那些魅惑的姿势不断撩动男孩儿们的心弦。菲利普最终和一个红发女孩共赴巫山,而现在那些触感、那些味道似乎又都回来了,当时在巴黎的初试云雨,已经为现在做好了铺垫,对于今晚,他充满期待。

"我叫宝琳娜,"面前的女孩轻声说道,然后大大方方地伸出了手,"迪特说,他觉得我蛮符合你的口味。"

"哦,是的,迪特,"菲利普重复道,"不可缺少的迪特!"

"对于很多人,很多事情,他都是不可或缺的。"宝琳娜评价道。

"他是个考虑周到的人。"

"他只是爱美女而已。不是吗?"

"说得不全面,他可不是只爱美女。"

"所有人都爱钱——特别是没钱的人。对于迪特而言,所有的人都是艺术品。准确来说,是那些懂得看别人眼色,懂得顺从的人。在他眼里,尤其是美丽,是会凋亡的,买卖女孩们的写真和买卖她们的肉体没什么两样。"

"有点意思。"菲利普说道,"我同意你的说法。你是捷克人对吗?"

"很容易看出来吗?"

菲利普微微地点了点头。"多大了?"他问道,"说实话。"

"二十二岁。"

"还是学生?"

"一半时间是学生,"宝琳娜说道,"我也在政府工作。"

"做些什么?"

"也没多少事情,人们想要要回被共产党或者纳粹占着的钱,他们提出申请,我负责归档。表格也是由我来发。"

"你怎么认识迪特的?"

"他先找的我。"

"一点也不意外。"

"谢谢。"

"我肯定迪特已经告诉你规则了。"

"他有不说的时候吗?"

"没有。"菲利普说道。

"他告诉我,你说的就是规则。"

"说得没错。你只管服从就好。可以吗?"

"可以,一切都听你的。"

"为什么这么乐意?"

"大概像你一样,我喜欢挑战自己的极限。"

"宝琳娜是你的真名吗? 无所谓了,反正也不重要不是吗?"

"是的。"

"我们好像都挺内行的,相熟却不亲近。我不喜欢一个人吃饭。"

"谁喜欢呢?"

"不过,我们必须分开到我的住处。我会给你一把钥匙,你要先我一步到房间里。你所要用到的一切那里都有。从现在开始,你必须听从我的安排,满足我所有的要求,然后在黎明之前离开我的房间,记住,在这期间不要惹任何麻烦。任何问题你都不许问。如果有人问起我是谁,你就说我是个捷克人,只是来找你说点事情而已。给我编一个名字,越假越好。此外还可以说,我是个特别厚脸皮的人,因为寂寞所以找你吃个晚餐。你从此以后,就再也没有见过我了。"

"万一我们真的遇见了呢?"宝琳娜试探地问道。

"那就表现得像陌生人一样。不过我觉得,遇见的几率很小。"

"我听说有些男人,不会和同一个女孩睡第二次。"

"这个因人而异。"菲利普说道。

他们点了同样的晚饭,并喝了一瓶"莱茵雷司令 2000"。比起别的地方,这里的雷司令过甜了些,但他决定把这一切都当做真正的捷克风味。

"一个大家族竟然沦落到被瓜分财产的地步,这难免会让人觉得震撼,尤其是王室。比如罗布考维奇的他们那些漂亮的宫殿现在都要被瓜分了。"

"这事确实让人觉得震撼。"宝琳娜附和道。

"真是讽刺。"菲利普说道,"这种情况的出现,就是因为你们捷克不够强大,连邻邦的侵略都不能抵抗。太弱小了,什么立场都不能有,除了投降或者等待时机外,别无选择。"

外面夜色浓重,不远处,一个法国号在孤零零地吹奏着¾拍的《波莱罗舞曲》,曲子是拉威尔写的。走过前面几个酒吧后,乐声歇了一会儿,继而又再次响起。

"很难想象。"宝琳娜叹了一口气。"不是吗?"

"你指什么?"

"把我们从希特勒手里救出来的,是斯大林!"

15

　　第二天一大早,菲利普醒过来的时候,宝琳娜已经按他的指示离开了,只有房中依稀残留的淡淡香味提醒菲利普她曾经来过。在阳台上吃完早餐,菲利普便离开了酒店,在街口拐进了克里佐利克大街,径直朝布拉格老城走去。林荫大道的另一侧矗立着庞大的建筑群,有的房屋古老沧桑,外墙上留着二十世纪的斑驳印记;还有一些刚刚被修缮过,墙面上的喷砂刚喷上不久,看起来又干净又整洁。各种各样的建筑坐落在同一条街上,错落有致,营造出一幅和谐的景象。

　　为了让自己的思维和身体摆脱朦胧的睡意,菲利普逐渐加快了步伐。当他赶到老城广场的时候,一种混合着解脱与希望的复杂情愫油然而生,这种情愫往往能够激发他的想象。沿着广场南侧,他在一幢建筑的墙上看到了一幅古代壁画——《在金色独角兽旁》。当年,弗兰兹·卡夫卡曾在这里参加过文学沙龙,而它正是菲利普要找的第一个路标。他开始调转脚步离开了这一排排颜色各异或哥特或罗马的建筑。他先向东走,再逐渐转北,与矗立在广场上的中世纪天文钟越行越远。这时天文钟上造型复杂,混合着蓝、橙、金三色的地球指针刚好停在了宇宙表盘的中心,已经中午十二点了。

　　菲利普沿着迈斯诺瓦大街一直走到与卡布洛瓦大街交汇的路口,然后向右拐进了卡布洛瓦大街。当他走到卡布洛瓦与扎特卡大街交叉的十字路口时,刚好遇上了红灯,他不得不停下来。这个红绿灯是他的第二个路标。瓦伦泰斯卡大街上的琥珀色路灯已经可以看见了,他知道,目的地已经不远了。

　　快到地方的时候,他放慢了步伐,仿佛是在街上闲逛,然后随意地走进了商店。商店与大街是靠着三级宽阔古雅的大理石台阶连接在一起的,当他走下这些台阶,各种各样的音乐盒相继映入了他的眼帘,其中有很多是他闻所未闻见所未见的。这家商店的地势低沉,圆形的屋顶微微拱起。奇怪的是,整个房间如博物馆般笼罩一片寂静之中,只有他拉开前门时撞到门铃的声响在轻轻回荡。靠墙摆着一排排整齐的书架,上面展列着各种各样的音乐盒。这些音乐盒播放着不同的音乐,有着不同的背景,自然价格也不会相同。当菲利普遇到喜欢的盒子时,就会拿起来试一试。

"你就是早些时候给我们打来电话的那位先生吧?"店员询问道。

"是的。我想买那款能播放音乐的首饰盒,就是你们在今天早上的邮报上做广告的那款。"

"在这儿。"她告诉他,并将他的注意力转移到了一个表面镶刻有花纹的长方形小盒子上。具体是什么花样,菲利普自己也说不上来。

在菲利普用手比量这个音乐盒的时候,他的脸上露出了满意的笑容。上天待他可真是不薄,他手上拿的这个盒子不仅造型非常精致,尺寸和重量也非常完美,他刚好可以地将它揣在包里带回去。"这个音乐盒播放的是德沃夏克的曲子吧?"他问道。

"布拉格百分之四十九的音乐盒都播放德沃夏克,"店员回答道,"还有百分之四十九播放莫扎特,其他作曲家总共才占百分之二。您为什么一定要德沃夏克的呢?"

"只有他才是布拉格的特产,我要用它来送人。"

"好吧。这个音乐盒非常精美,不是吗? 一百二十欧,非常公道的价格了。"

"那你帮我包装一下吧,"菲利普说道,"留一面不包,等一下我要放卡片进去。"

"如果您喜欢的话,现在就可以将卡片放进去。"

"现在不用,我还不知道要写什么。"

"那好,不过没关系,您早晚会想到的。"

当交易完成后,菲利普对她表达了感谢,然后便离开了商店,顺着原路向老城广场走去。当他的身影从人们的视野消失的时候,菲利普习惯性闪进了一条小巷,然后在街上兜了几个圈,以防被他人跟踪。然而他突然意识到,这一次他没有什么好躲躲藏藏的。

在伊恩还没有发财以前,他的生活谈不上富裕,那时他还相信理想,而不是像现在这样只注重实际。当时他是从来不坐飞机的,这是一个原则性的问题。伊恩一直在英格兰上学,毕业后留校当了一名导师,他的眼界从没有超出过欧洲的范围。他将那时快乐单纯的时光——特别是暑假——都奉献给了他的第一本书。那是一本很薄的平装回忆录,叫《火车游记》。他从没想到会有一家出版社会愿意花钱出版它,但是时隔多年,这本书仍然在再版发行。当他听着菲利普在电话那端的声音时,《火车游记》的封面闪过了他的脑海。

"孩子们会和保姆多待一段时间。"菲利普说道。

"你确定这是个明智的决定吗?"

"只是很短的一段时间。"

"就目前而言,我们最需要做的就是保持绝对冷静,远离各种麻烦。"

"我知道。"菲利普赞成道。

"你要谨慎一点。你现在在在哪儿?"

菲利普正坐在酒店安排的轿车里,他往车窗外望了望。"我不知道。"他回答道。车正行驶在一条小路上,沿途的车流走走停停。不过他们很快就摆脱了车流,已经可以看到远处的布拉格火车总站了。他估计等他赶到布拉格中央车站的时候,距离发车应该还有十分钟。"快到火车站了。"最后,他告诉伊恩。

"你居然没有坐飞机,真令我惊讶。"

"日内瓦的会议明天才开始。再说,坐火车这主意听起来不错,我可以在火车上好好休息一下。"

"当然。而且你还可以学到很多东西。你知道的,我人生中很多重要的思考都是在火车上完成的。"

"那些思考确实很伟大。"菲利普附和道。

"我得提醒你,让那些跟踪的人无聊总是能起作用,很少有比坐火车经历一次漫长的旅途更能达到这个效果的了。对了,这周四晚上,我不能到罗马去见你和伊莎贝拉了,我感到很抱歉,"伊恩接着说道,"不过我倒是很期待你们能够到我这儿来和我一起过周末。"

"伊恩?"菲利普说道。

"在。"

"没有人跟踪。"

伊恩强忍住了笑声,告诉菲利普,"伊莎贝拉的父亲是个魔术大师,当然,只是业余者里的大师。如果他不是把自己的精力都浪费在了浪漫主义诗歌上,那么他早就成了一个家喻户晓的魔术师了。就算有一千双眼睛盯着他看,也没有一个人能发现他耍的把戏。"

菲利普迟疑了一下,不过很快他便接受了伊恩的观点:"我知道了。"

当他们挂掉电话,菲利普的车已经停在了威尔索洛瓦火车站的进站口。

菲利普招呼了一个搬运工,然后他们两人搬着菲利普的瓦莱克斯特拉行李箱,穿过了象征布拉格城市之母的女性雕像,进入了车站大厅,高高的圆形屋顶是彩色玻璃做的,典型的新艺术主义装饰风格。宽阔干净的火车站大厅沐浴在晨光中,忙碌的人流熙熙攘攘,四周小摊传来了烤面包、煮咖啡以及烤肉和肉桂的淡淡香味,给人一种置身于集市中的感觉。

开往日内瓦的列车即将出发,菲利普站在站台外的检票口,神情犹豫。搬运工小心翼翼地盯着他，直到他耸了耸肩。尽管是他搞错了，但菲利普一言不发，从夹克衫内兜里掏出车票瞅了一眼，然后让搬运工把行李车推到了旁边的2号站台。他将在那里乘坐七分钟后开往维也纳的火车。

16

尽管奥利弗的口音听起来很低沉,但是在泰听来,就像他嘴巴里含了上万个李子一样。

联邦快递的卡车是在周二上午十点半到的,那时候他们正在别墅的网球场上打球,比赛刚好打到了那一盘的第三局。看到泰的女管家拿着隔夜送达的信件急匆匆地向球场走来时,他们便暂停了比赛。奥利弗从她手中拿过了信。

"你究竟想干什么?"泰问道。"这封信是给我的。"

"你知道这是什么?"奥利弗问道,"还有是谁写的?"

"我怎么知道。"

"但是我知道。"

泰狠狠地盯了奥利弗一眼,然后说道:"你这么搞很危险。"

"你我可是一伙的。"奥利弗回道。

"我们差点就不是了,"泰说道,"前几天晚上,你鬼鬼祟祟闯入我家的时候,我差点开枪打死你。"

"看来你的身手退化了很多啊。"

"不过,我可不这么认为。你是不会杀我的,当时你在暗我在明。还有,是你闯进了我家,而不是我闯进了你家。你们这些水上特种部队的特工都一个样儿,太自以为是了。"

"算了,"奥利弗说道,"你以前不是挺喜欢这种生活的吗。"

泰想到了他们两人一起在中国南海执行的匿名任务,然后盯着老朋友的眼睛笑了起来。奥利弗也跟着笑了起来,依然是那种浪子般的笑容,泰永远都不会忘掉。

"信封里装了什么?"泰询问着。

奥利弗抽出了一张未署名的马尼拉信封,信封里面装着一张白色的小邀请卡,上面用黑色的字体写着:

鉴于女王陛下的命令

王室总管非常乐意邀请

约翰·泰勒·亨特

出席《期望》的演出

莱斯特广场奥登剧院

伦敦 W1 号大街

"你需要找一个回欧洲的借口,没有比这个更好的了。"

"你是怎么推迟皇家公演的? 或者说总统是怎么办到的?"

"魅力加上面子的功劳。"奥利弗说道。

"这一向很管用。"

"对了,两位王子现在都在军中服役。我们今天就说到这儿,行吧?"

12:45,泰来到了罗伯森酒店,他穿着一双拖鞋,灰色的休闲裤,开口的高领衬衫外面套着一件轻身的海军小西服。常青藤花园前面摆着一张双人桌,服务员已经把椅子替内蒂·弗利得弗里斯拉了出来。

服务员正拿着瓶子向杯子里面倒水,这时,内蒂从自己的保时捷里走了出来,朝着泰走去,顺便和就餐的其他熟人打着招呼。

"你这身行头看起来真不错。"内蒂最终来到了泰的餐桌,对他说笑道。

"谢谢。"泰说着,丝毫没有打算回应内蒂的奉承。

内蒂点了点头,紧了紧领结,然后理了理穿在西装外面的大衣,他

136

的西装是专门找裁缝量身定制的。内蒂进入好莱坞的时间比泰早了半个时代,一进入好莱坞,他就打破了古板的思想传统。他最先提出了要将艺术和商业结合到一起,最后这变成了他的一种本性。泰对此很了解,一直都认为他的这个特点很搞笑,因为他知道,他所有的一切都是建立在对美国电影历史的了解,还有标准动作片协议及其改变历程。更重要的是,内蒂很容易就能看清事情的本质,更难能可贵的是,他有一种打破砂锅问到底的精神。

内蒂在坐下的时候,伸出了自己的手,对泰说道:"泰,很高兴见到你回家。"

"回到家我自己也很高兴。"泰回道。

"嗯。"

泰笑了笑。

"你正处于人生最美好的阶段,取得的成就也很不错了。"

泰笑了起来,"确实是。"

"但是,你知道的,这种状态是不可能永远保持的,你得好好利用它。"

"那你想让我怎么说?你是对的?"

"难道我还需要你来告诉我是对的?"内蒂问道,"等到我真的犯了错误的时候再说吧。我唯一想说的是,你眼下需要处理的事情太多了:自己的未来需要考虑,房子需要装修,还有你的私人生活,不应该是现在这个样子的。"

泰叹了口气,"我现在只有工作,一点娱乐也没有啊。"

"工作,还有各种各样的娱乐。"内蒂回答道。

"你怎么说都行。"

"孩子,你现在的生活中缺少的不是娱乐,是责任,是妻子和孩子。"

"放松点,好吧。该来的总会来的,这个我很早以前就跟你谈过了。

目前,我只想要好好休息一下,做几个深呼吸,想想自己的事业,然后确保我自己的人生仍然由我主宰。"

"那又是什么让你不能好好休息的呢?"

"出现了新的情况。你知道整件事的始末。"

内蒂点了点头,"我知道,在事业方面,你是非常成功的。"

"所以我可以拿出一些停工的时间——"

"你想要多少时间都行。"

"——什么事情都不做。"

"当然,在你没有准备好复工,或者说在你没有吃不起饭以前,你甚至都可以不用想接剧本的事情。但是孩子,就我的观点而言,你肯定不想等你一觉醒来,在你看着窗外风景的时候,你发现你的私人生活已经慢慢流逝光了。"

"相信我,"泰说道,"我知道我想要的是什么。"

"也许你想要的东西根本就不存在。"内蒂建议道。

"我曾经得到过它。我会再一次得到它的。"

"难道不是扎拉吗?"

"不是,"泰说着,"和扎拉在一起很好,但是——"

"太遗憾了,"内蒂说道,"如果你们能在一起的话,对你们两个人都好。"

"我们在一起的话会杀了对方的。"

"你们在一起的话,那可是大新闻啊,就像布拉德·皮特和安吉丽娜·朱莉、汤姆·克鲁斯和凯蒂·霍尔姆斯。你知道他们。"

"对于一场婚姻来说,无论它多么短暂,这个理由只是必要条件,而不是充分条件。"泰笑着说道。

"难道你想让人们怀疑你吗?"

"他们想怎么怀疑就怎么怀疑吧。"泰说道,"等我准备好了,我会让所有人都大吃一惊的。不过在这之前,我是坚决不会结婚的。"

"好吧,至少我很高兴听到这些话。"内蒂说道,"顺便问一下,明晚上你会不会去希德和米茨的宴会?"

"扎拉问过我同样的问题。"

"那你的答案是?"

泰想了想,然后说道:"不去了。"

"你应该去的,真的。"内蒂告诉他。

"我知道,但是我实在去不了。"

"为什么? 不要让我逼你说出来。"

"我有一个更重要的邀请,"泰向内蒂解释道,希望对方没有看出自己在撒谎。今天一起吃午饭,他是带着目的来的,第一是为了告诉内蒂他刚回来就要走了,第二就是走的原因。

内蒂怀疑地摇了摇头,然后问道,"比萨尔家的宴会更重要?"

泰从夹克衫的口袋里拿出了英国皇室的邀请卡,然后递给了内蒂。内蒂将挂在脖子上用来阅读的蓝边夹鼻眼睛拿了起来,眼镜两边的磁体自动地架在了他的鼻梁上。"先是美国总统,现在又是英国女王!"过了一会,内蒂叫了起来。"下一步是什么? 让你当皇帝?"

"如果可能的话,我倒是愿意。"泰向内蒂说道。

"我不明白,你只是在这部电影里面客串了一下,演了一个小配角而已。"

"这有什么好不明白的? 人们都爱格里格的电影,他们喜欢里面的一切,不仅仅是我。事实上,能出演这部电影是我的荣幸。让我来告诉你,你总是给我讲的话:永远不要质疑成功。"

内蒂神情严肃地看了泰一眼,然后说道:"我只能说,你的人生真是顺风顺水啊,从没坎坷过。你什么时候走?"

"今天晚上。"泰答道。

在离开之前,他还需要去一个地方,他知道,这个地方他需要单独

139

一个人去。

当泰到达扎拉·翠屏的住所时,马里布海滩正处于旺季,但是由于是周三,游客不是很多。他没有开自己的法拉利 F430 蜘蛛跑车,而是开着另一辆混合动力轿车,这部车是他出演《欲罢不能》的时候,格里格·罗根送给他的。

扎拉的房子比周围其他房子看起来要时髦得多,她把它叫做"中国式的包豪斯",包豪斯是一种德国的建筑风格。这所房子比较狭长,只有一层,但是却有着两层楼的高度,是沿着太平洋建造而成的。房子的骨架由青铜、树木和威尼斯灰泥建成,墙面是玻璃做的,还有一个大大的屋顶,保护房子免受雨水和烈日的侵袭。

阳台遮阳棚下摆着一张躺椅,扎拉正躺在上面晒太阳。泰穿过起居室的时候,闻到了一种奇怪的味道。

"这不会是金银花吧?"

"是的,你猜对了,里面确实有金银花。"

"什么东西?"

"今天的香薰。"扎拉解释道,尽管她完全没必要这么做,"让我想想,你闻到的应该还有莲花、橘子、莱姆花、香草、大茴香、白茉莉,还有……我忘了。亲爱的,我记不起最后一味是什么了。"

"姜。"泰如实说道。"我肯定闻到了姜的味道,实际上,我亲自尝了一下。"

扎拉扣上了身上穿的比基尼胸罩,然后坐了起来。"你怎么来了?"她问道。"现在已经过了午饭时间,离黄昏约会的时间还有点早。你回来的时候我们已经问过好了,那么,这次一定就是告别咯,是吗?"

泰犹豫了一下,然后说道:"如果你能跟我一起走的话,这就不算告别了。"

"和你去哪儿?"

泰拿出了英国皇室的邀请卡。

扎拉看完邀请卡,然后一直盯着泰看,好像站在她面前的这个人不是她所认识的那个泰。"天啊!"她惊叫了起来。

　　"一起来吧,一定会很有意思的。"

　　"有意思? 我想是的,但是我去不了,我真的去不了。你想一想,你给我的时间太仓促了。"

　　"还有一个多小时。"泰说着,心中如释重负,但他却很好地把这种情感掩饰了起来。他和奥利弗一致认为,在最后时刻向扎拉提出这样一个简单的邀请,将会是他向外界宣布突然返回欧洲的最有效的方式。扎拉会迅速将这个消息告诉电影界的同行们,然后,紧接着就会由记者和写博客的人传播开来。

　　"你知道我去不了的。"

　　"我不知道。不过'随心所欲'一直都是你的中间名。"

　　"我中间的名字叫格特鲁德,这就是为什么我从不用它的原因。"

　　"那你为什么去不了?"

　　"我要参加希德和米茨的宴会,你是知道的。还有,瑜伽老师明早上要来。上周她得了潮红热,所以这周我们要补课。当你向女王陛下鞠躬敬礼的同时,我刚好要和我的回归分析师见面。不介意告诉你,这位回归分析师很难预约,更不用说是续约了。"

　　泰一脸疑惑:"回归分析师究竟是什么?"

　　"一个能告诉你上一世你是谁的人。"扎拉向泰解释道,仿佛泰是一个小学生,他很早之前就应该知道这个事实一样。"她经验非常丰富。"

　　"这点我倒不怀疑。"

　　"不准笑! 亲爱的,我们除了外表,还有内心,我们需要同时照顾好这两个方面,这很重要。好吧,还有一个理由就是,见完回归分析师的第二天,我要在《明星伙伴》里客串一集。这个理由不无聊吧?"

　　"真的吗?"

"我没有告诉过你吗？我将要扮演一个很难得的女演员,借助自己的职业之便去反抗当今明星界日益狭隘的出路。换句话说,我要扮演我自己。"

泰哈哈大笑了起来。

扎拉站了起来,乖顺地在泰的嘴唇上亲了一下。"祝福我好运吧,"她说,"咱们后会有期。"

17

　　鲜花广场位于梵蒂冈的西北方,从梵蒂冈出来,穿过台伯河就到了鲜花广场。黎明为鲜花广场带来了短暂的宁静。当年轻人从睡梦中醒来,狂欢的一天就开始了,仿佛暂时回到了文艺复兴的时代。庄严肃穆的楼房和空荡荡的大街处在一片寂静当中,远处,毫无暖意的太阳从卡匹托尔山、奎里尔诺山和埃斯奎里山之间升了起来。卡波迪费罗市场附近的早市已经开门了,店家们正忙着把货物摆出来。伊莎贝拉·卡维尔渐渐停下晨跑的脚步,她对这片地方了如指掌,哪怕是道路的结构和不规则的形状,都难逃她的法眼。但是今天,沉浸在思绪中的她却对四周仿若未闻。

　　她很爱意大利,特别是罗马。到现在,她在这里的一切都很好,但是今天晚上将会是最重要的时刻:她的个人展将会在坐落于孔多蒂街的瓜尔迪旗舰店里举行,这是她接手这家老牌公司的设计团队以来举办的第一次个人展。

　　突然心血来潮,她走进了桑提司马特里塔。盖得·雷尼的那幅祭坛画《圣三一》中的人物仿佛摆脱了地心引力的影响。尤其是被钉在十字架上的耶稣,当人们盯着他看时,他仿佛逐渐向着云彩密布的蔚蓝天空飞升而去。伊莎贝拉在很长的一段时间内都把这幅画当成是她所见过的最漂亮、最难以忘怀的作品。她走到教堂里的一个长凳前跪了下来。她不是一个天主教徒,甚至不是一个严格意义上的宗教信仰者。在学校的时候,她接受了洗礼,并加入了英国国教圣公会。她不支持任何教派,但是她在精神上一直都信仰着上帝:她坚信上帝不仅存在过,而且一直在这个世界上存在着,有时候,就像伟大的艺术作品里所描述的那样,上帝会在人们面前显露圣迹。

几分钟后,她离开商店回到了大街上。她一边晨跑,一边细细品味着罗马街头的点点滴滴,正在往办公室走的商人,还有送孩子上学的年轻妈妈,新的一天开始了。

当她回到寓所的时候,她已经跑了五英里多,身体有点疲倦,但是心里却很兴奋。她慢慢地喝完了一瓶普纳矿泉水,一边浏览着早上的英语报纸,一边在笔记本电脑上关注着自己最喜欢的时尚网站。当看到《糖果日报》网站把她的个人展当做当天大事件报道时,她高兴坏了。

最后,她往浴缸里放了一匙植物沐浴精油,打开花洒,让热水快速地流了下来,然后舒舒服服地洗了个澡。浴缸旁边的角落里,一面大镜子静静地立在铺着瓷砖的地面上,上面已经蒙了一层水蒸气,不过她还是能够清楚地从镜子里看到自己。她已经二十七岁了,尽管别人都说她长得漂亮,但是她很清楚自己的缺陷,再美的容颜哪里能抵御得了时间呢?容颜只不过是昙花,瞬间就会凋零。她只是惊奇,自己的容颜还能持续多久的美丽。实际上,在她现在这个年龄上,她的事业比自己预期的要成功得多,更何况她还有了比较成熟的关系网,绝不会像以前的爱情那样瞬间分崩离析。但是现在又有什么东西让她烦恼不安的呢?也许是时间吧,伊莎贝拉想。在她母亲的那个年代里,她这种年龄的女孩已经不算小了,她一边想着这些问题,一边闭上了眼睛。她知道菲利普很快就会给她打电话来,但是对具体时间却毫无头绪。

擦干了身体,她裸身躺在大大的高床上,身体舒展着,只盖了一条薄毯。

过了一会,她找出了遥控器,顺手打开了电视,不断更换着频道,希望可以找到一个英语台。她已经跳过了天空频道,不过她马上就意识到,电视上的人很熟悉,然后又马上换了回来。采访的记者带着一口优雅的加勒比口音,已经问完了问题,镜头瞬间转移到了受访者,很显然,采访主要是关于他新拍的电影的。一看到泰那温柔的微笑，伊莎贝拉立刻想起了前几天他们两人那个冲动热情的吻。

"那时候，"泰说着，"我站在日落大道的一个广告牌下面，广告牌上印着我新拍的电影海报，还有比我真人大三倍的照片，即便如此，过往的行人依然认不出我来。"

"我真不敢相信。"采访记者说道。

"就连我自己当时都不相信。"泰告诉她。

伊莎贝拉哈哈大笑了起来。

"所以说，世事大多都要靠运气，"他继续说道，"你唯一能做的就是，做自己爱好的事情，并且期望自己能够做好它，再然后就是祈祷会有一个好的结果了。"

电视里的采访播完以后，伊莎贝拉掀掉了身上盖的毯子，下了床，然后向着大衣柜走去。经过一番考虑，她决定了今天要穿的衣服。首先是一条绿金相间的方巾，绿颜色的色调与她的眼睛很搭，而丝织品则能够很好地映衬个人展的风格。

突然手机响了起来，她深吸了几口气，然后坐回了床上。当电话接通的时候，她听到了菲利普的声音，尽管菲利普身处闹市当中，他的声音却出奇的清晰。

"你在哪儿?"

"刚完成日内瓦的行程。"菲利普撒了个谎，"我坐的航班将在两点十七分到达费米齐诺机场。我定了辆车，我应该让它到哪儿接我?"

"当然是到我这儿。"

"那我是在路上吃午饭，还是——"

"你在路上吃吧，"伊莎贝拉答道，"我整天都要待在店里负责各种事情，都快要发疯了。不过我会尽快赶回去的，但是我现在还不能确定具体的时间，你到了打我手机吧，也许到时候我就能够确定了。"

"好的，亲爱的。那么，今天晚上，咱们有什么具体的安排吗?"

伊莎贝拉暗自笑了笑。这是典型的菲利普式的问题。有的人计划好了一切,有的人随性而为,什么都不计划。菲利普和伊莎贝拉的干爹一样,从来都不赞成随性而为,也不会做什么随性而为的事儿。"六点到八点是招待会,"伊莎贝拉答道,"个人展开幕的时候,你的座位被安排在前排的中间位置。咱们九点就可以走了,然后再去杜拉多利餐厅吃晚餐。"

"很高兴晚上我们可以一起过,除了这个我都不在乎。需要我带些什么吗?"

"把你自己带来就好了,"伊莎贝拉告诉他,"我要一个精力充沛的你。"

"我要告诉你,"菲利普道,"我在这里的一切都很好。"

在伊莎贝拉听来,他仿佛已经反复演练过这句话。"棒极了,我非常高兴。"

"尽管我得在我的商务名片上面印一个日内瓦地址,公司总部在那儿,但是我有很多的时间可以自由安排。现在这个时代,人们可以在世界任何一个角落办公……"

当菲利普说话的同时,一封薄薄的联邦快递信封从伊莎贝拉房间的门缝里塞了进来。伊莎贝拉将电话移到了右耳上,然后朝着信封走了过去。

"罗马、西班牙,或者其他地方。"菲利普说着。"我们在一起的时间就会多起来。还有,到时我就可以挣钱,而不是拆除武器了。真是太惬意了,你觉得呢?"

"是啊。"伊莎贝拉用左手捡起了这封隔夜送达的快递,撕去快递顶部开口处的封条,在里面发现了一封写给她的信,信封里装着一封邀请函。

"唉,真是太体贴了。"她叹了一口气说道。

"什么? 你在说什么呢?"菲利普问道。

她将手机扔在了椅子上,当她再次拿起它的时候,她已经理好了思绪。"对不起,"她说道,"没什么,真的。只是一个老朋友写信祝我好运。"

　　"那很不错嘛。"菲利普心不在焉地说着。

　　"是啊。"伊莎贝拉说,"太贴心了。"

　　她一挂电话,立马对卡片顶部印着狮子和独角兽的红色印章研究了起来。她不知道泰是否明白,对于一个英国女孩子来说这封信就像法院的传票一样管用。她想,只有泰能做出这种事情来,太不知轻重了,他可是清楚自己和菲利普之间的关系啊。这个邀请是给她一个人的,既不是给她和菲利普一起的,也没有邀请其他客人,更烦人的是,这个邀请来得太匆忙了,皇家公演就被安排在第二天晚上。这次的公演一定来得非常匆忙,因为上次在超越号上的时候,泰没有提到过这件事。当时,他唯一想做的事情就是回到新家好好地休息一阵子。伊莎贝拉很清楚,在接下来的几天里,她最好待在罗马,在开幕式上会有很多城里的雇主想要咨询她,希望能够把自己的一些珠宝镶嵌在她的新设计上面。往日里,瓜尔迪的东家们给了她最大的自由度,如果她在自己的作品刚能为公司挣钱的时候抛弃他们独自离去的话,东家们是绝对不会同意的。而且,她已经和谢赫·阿瓦德约好了要在第二天下午见面。谢赫·阿瓦德是阿卡扎比给她介绍的新客户,他参加了伊恩在超越号上为她举行的生日聚会。谢赫非常喜欢伊莎贝拉的作品,在船上的时候他就曾暗示过可以在她的一些作品上镶一些价值连城的宝石。丢下像他这样的有钱人,而且还是一个在露兹大酒店就表达过合作意向的有钱人,哪怕邀请她的是英国女王,她也不能随便扔下手头的工作不管。

　　她把邀请函扔在了桌子上,然后进了卧室换衣服。等她准备离开的时候,她已经想到了办法。工作是最重要的,此外,菲利普刚来,她不能丢下他不管,否则,菲利普会很生气,认为她是为了泰·亨特而去参加的公演,而不是什么英国政府。伊莎贝拉将会在第二天早上给泰答复,到时,她会带着极大的遗憾拒绝这个邀请,因为到时再赶到伦敦去参加公演已经来不及了。她会告诉泰,她先是去参加了个人展的首秀,接下来去吃了个饭,等她回家看到信的时候,已经太晚了,皇家办事处都已经下班了。她会请求泰和英国王室的原谅,当然,他们会原谅她,因为谁都不可能在短短的几个小时内扭转既定的结局。等到这件事过去以后,她会把它讲给菲利普听,证明自己对他的爱,避免打翻他的醋坛子。不过现在,她一个字都不能说。

18

　　伊莎贝拉明白,世界上并不是只有一个罗马。两千七百多年前,罗穆卢斯杀死孪生兄弟雷穆斯,在台伯河畔依踞七座小山建立了罗马古城。随后,一个由共和制国家转型而来的罗马帝国顺势而成,那个时代的罗马沟渠纵横,有斗兽场,有卡拉浴场,有古罗马广场。当时间停步在中世纪,罗马迎来了早期基督教和正在崛起的教会的统治,这个阶段,罗马是一位尚未睡醒的雄狮,只待时机到来,必能一飞冲天。转眼就到了文艺复兴时期,在那个群星璀璨的年代里,罗马是米开朗基罗的罗马,是贝尔尼尼、拉斐尔的罗马,是布拉曼帖和切利尼的罗马。众大师的作品中体现着人文精神的苏醒,令罗马的大街小巷熠熠生辉。罗马从那些希望接近教廷或从教廷得到帮助的教徒身上获取任何可得的经济支持。

　　瓜尔迪的旗舰店的所在在文艺复兴的时候就存在了,它是用大理石和灰泥建成的,看起来就像一座宫殿。在过去的几个世纪中,这家店已经翻新了好几次,最近的两次发生在瓜尔迪接手后的这五十五年里。就在几年前,瓜尔迪对商店进行了最后一次翻新,墙面上和高耸的屋顶上绘满了华丽的壁画,然而它那未经装饰的尖尖房顶总会让人联想到修道院来。

　　伊莎贝拉从侧门进入了门廊,门廊的墙上挂着由山羊皮缝制的紫色饰品,地面光滑而亮丽。门廊的右手边是一架电梯,这个时候,电梯正在往上走。门廊的左边是销售部,四周环绕着一个庭院式的花园,里面摆满了天竺葵。透过花园,伊莎贝拉可以看到销售部的员工基本上已经完成了早上的工作——他们把用皮毡托盘装着的珠宝从地下保险库里端出来,然后摆放在指定的展柜和玻璃橱窗里。

伊莎贝拉的办公室在四楼工作室的最里端。在去办公室的路上,她会在一些桌子前驻足,看一看她最近接管的六个员工的速写本和电脑屏幕。这六个员工——三男三女——都很年轻,且都很有远见,他们的设计至少可以领跑一个季度。他们都在尽力预判接下来什么元素会引领时尚界的浪潮,好让产品大卖。伊莎贝拉发现,现在她没有任何心思去想别的事情,唯一关心的是今晚的大戏:明天报纸上会出现或者不会出现的评论、能够达成或者不能够达成的买卖。一想到自己将来的事业轨迹,伊莎贝拉就感觉很紧张。很久以前她就知道,埋头工作是消除焦虑的唯一途径。

伊莎贝拉在自己的工作台前坐了下来,让助手巴尔塔萨给自己泡了一杯卡布奇诺。她一边浏览商务邮件,一边检查桌子上的信函。听完手机上的语音留言,正准备再检查一下晚上个人展首秀的准备情况,她突然想到楼下的工作间去看看。

工作间很大很明亮,和从前没有什么两样。每次进工作间,她总是带着一种快乐但谦逊的心情。工作间里有二十六个男员工和七个女员工,当伊莎贝拉到的时候,没有一个人关注到她,哪怕只是抬一下头。尽管工作间里有视频监控,但伊莎贝拉知道,这些员工这样入魔般地将精力投入到工作中,并不是源于内心的恐惧,而是发自骨子里的骄傲。

抛光部门位于工作间的前部,主管是西西里岛人。他的下颚宽厚,留着一头又长又直的黑发,因长年喝威士忌而变红的脸上嵌着一双乌黑的眼睛。抛光机的滚轮上分别包裹着鹿皮、棉布、毛毡和绸缎,他和另外两个年轻人专职负责打磨抛光。他们把刚粘接好或修复的珠宝放在适当的角度上,用适当的材料打磨适当的时间,好除去珠宝上残留的瑕疵,让珠宝的本色显露出来。当珠宝完成抛光后,会被放到分别装着酒精和热肥皂水的矮桶里进行最后的清洗。矮桶旁边的桌子上铺了一块光滑的白布,上面正晾着伊莎贝拉的三件作品。

150

穿过抛光部门，伊莎贝拉来到了工作间的后部。左边是金匠和宝石镶嵌工的工作室，而右边则是拥有最先进技术的制模和铸模间。这些房间都朝向里面，自然光可以透过高墙上的弧形玻璃窗从珠宝匠的肩膀上方照到工作台上。工作间的中央是一个半高的小跃层，通过楼梯走上去就来到了领班的办公室。小跃层的墙上印着瓜尔迪紫丁香商标。办公室里摆着一张白色大理石柜台，上面通常都会摆一些珠宝的半成品。伊莎贝拉经过的时候向领班点了点头，她看到由她设计的一副手镯和几幅耳环正摆在柜台上，等着领班的检验。

现在很多珠宝公司里拥有不同技能的珠宝匠之间的界限已经变得越来越模糊，但是在瓜尔迪，珠宝匠之间还是保持着传统的区分。宝石镶嵌工是所有珠宝匠里地位最高的，他们通常按经验的多寡论资排辈。宝石镶嵌工互相紧挨着，坐在工作间的最里部。和宝石镶嵌工一样，金匠们也坐在一起工作，不同的是，在他们的旁边放着一个纤焊炉。两个搪瓷匠坐在金匠和宝石镶嵌工中间，这两个小姑娘是意大利人，年龄和伊莎贝拉相仿。所有的工匠都穿着镶有蓝色石片的围裙。

铸模师的工作室在设计室的正下方。由于铸模间里的模型大多都是用蜡制作的，所以它比其他工作间要更为原始和安静。铸模师今天正在忙着制作一些特殊定制的珠宝，这些珠宝和伊莎贝拉晚上的首秀一点关系都没有。

为了不打扰正在工作的铸模师，伊莎贝拉小心翼翼地从旁边走了过去。一名宝石镶嵌工正在把一块钻石镶到饰针上，这枚镶钻的饰针是为晚上的首秀展特别设计的。等他做完了手上的工作，伊莎贝拉走了上去，来到了镶嵌工的面前。

"早上好。"她打了一个招呼。

"早。"镶嵌工答道。因为常年都在做精细的活儿，他的手比同龄人的要稳健得多。"我很喜欢这件珠宝，它总是能引我发笑。"

"它确实值得喜欢。"伊莎贝拉也赞赏道。

"你很有鉴赏力,"雅可波这样告诉她,"更重要的是,你能赋予自己的作品一种轻松的戏剧感,这才是你异于其他设计师的地方。"

伊莎贝拉朝他笑了笑。她的外祖父曾是一名珠宝大师,在伦敦阿拉丁之洞市场一家非常有名的珠宝店工作。但不幸的是,几年前他患上了肺气肿,因此辞去了工作,去了戈尔德斯格林的一家小店里做活。唯一的好处是,这家店离家很近。伊莎贝拉一面瞧着雅可波,一面想着自己的外祖父。雅可波是一个很实在的手艺人,他从来不赶时髦,永远把手艺的质量放在第一位。他的手做出来的东西都很实在很漂亮,别人一眼就能瞧出那是他的手笔。看到她凭借着一些异想天开的素描出了名,然后这些时髦的东西又变成了一种品牌,他对此感到非常的困惑。当然,他还是很为她高兴的,但是他难道不应该同样感到怀疑和担心吗?她为什么就不能脚踏实地点呢?

"你才是真正了不起的人。"她告诉雅可波,然后便离开了他,向工作间里面走去。她对那些珠宝匠人们表达了感谢,正是由于他们对那些珍贵的珠宝小心翼翼地进行打磨、焊接、敲打、弯曲和矫正,才会制作出如此珍宝,给瓜尔迪带来各种荣誉。现在,这种荣誉同样是属于她自己的。

伊莎贝拉刚回到自己的办公室不久,巴尔塔萨就打断了她,他说:"拉普的秘书刚才打了电话过来,拉普正在往这儿赶过来。我想这个消息应该会对你有用。"

拉普是瓜尔迪三兄弟中的老二,同时也是兄弟中最儒雅的一位。到目前为止,他仍然掌控着公司大部分的股份。拉普不仅是一个极尽完美主义者,同时对别人的要求也近乎于苛刻。

"你有没有问他的秘书,他今天的心情怎么样?"

"很久以前我就不这么干了,她是不会告诉我的。"巴尔塔萨回答道。巴尔塔萨身材颀长,有着罗马人典型的脸型。他的手很长很可爱,天生就是一块画画的好料,至少伊莎贝拉是这样认为的。

"你说得对。"她说道,随后远处传来了电梯打开又关闭的声音,"谢谢,巴尔。"

"不用担心,"巴尔塔萨告诉她,"今晚上的展览绝不会出问题的,相信我。你知道的,世界上没有比我更挑剔的人了,如果连我都喜欢你的作品,那么……"

看到拉普走进了办公室,巴尔塔萨立刻打住了要说的话。

"你好。"拉普问候道。

"你好。"伊莎贝拉回了一句。

"放松点,我带来的是好消息。"

伊莎贝拉深吸了口气,然后说道:"我只是有点紧张。那么您带来的是什么好消息呢?"

"等一下告诉你。先跟我来。"拉普说道。

整个大楼的中心是一个由石灰华大理石建成的环形楼梯。拉普领着伊莎贝拉左拐右拐,穿过四楼画满壁画的画廊,来到了环形楼梯。夏天的阳光通过屋顶彩色的玻璃照下来,显得特别漂亮。从楼梯上看下去,底楼最早的一批顾客已经陆陆续续地到了。拉普带着伊莎贝拉从楼梯上慢慢地走了下去。三楼是加工间,二楼是经理办公室,一楼是一排挂着帘子的沙龙,底楼是商店,正在进行着零售活动,当拉普经过这些楼层的时候,他的脸上一直保持着冷漠的神情,没有露出丝毫的情感波动。到了楼梯的底部,拉普停下了脚步,等着后面的伊莎贝拉跟上来。等伊莎贝拉来到了跟前,他刷了一下自己的电子门卡,然后领着伊莎贝拉朝着瓜尔迪的保险库走去。保险库的前厅里,两名守卫面对面地坐着。他们身后是一堵玻璃墙,透过它可以看到其他的守卫正在休息,等待着换岗执勤。伊莎贝拉曾听到过一些谣言,据说瓜尔迪的守卫都来自瑞士卫队,他们曾经为教皇、教廷和黑手党的成员提供过最高等级的护卫。这些谣言不是她应该关心的问题,所以她立刻把它们抛到了脑后。对于像她这样的英国人来说,意大利是一个充满了神秘的国度,她能够感觉到这些层出不穷的神秘感,却永远都不能够理解它们。不过,现在她已经接受了这个事实,至少她还可以找到一个不错的借口把罗马当成自己的家。

拉普将自己的右眼凑到了视网膜扫描仪前面,等着保险库打开大门。门打开后,他示意伊莎贝拉跟他进去,屋子里很阴凉,两人一起走到一个角落里。拉普分别掏出了两把不同的钥匙,用它们打开了镶在墙面上部的保险箱。他从保险箱里拿出了一个长条形的黑色钢盒,盒子看起来已经有很久的历史了,边框上雕着金色的叶子,而定做的盖子上放着两张长方形皮革,它们是用来保护盒子的。在他们不远处摆着一张小桌子,拉普和伊莎贝拉走了过去,隔着桌子坐了下来。桌子表面是用卡布奇诺鹿皮做成的,拉普将保护皮革轻轻地放在了桌子上,他一边打开盒子一边问伊莎贝拉:"你觉得怎么样?"

盒子里的宝石比伊莎贝拉想象的还要大好几倍。拉普将这些宝石挨个拿起来,在灯光的照射下,宝石闪烁着五彩斑斓的色彩。其中有一枚蓝色的圆形钻石和一枚鲜黄的椭圆钻石,它们的重量肯定超过了十克拉,甚至是十二克拉。还有一对马眼状的红钻石,它们要稍微小一点,但却是她有生以来,见到过的体积最大、颜色最深的红钻石,就像两只草莓一样。伊莎贝拉戴上单目放大镜,用随身携带的小镊子依次夹住每块宝石,对着头上明亮的灯光从不同角度对它们进行全方面的研究。

"这块红宝石跟鸡蛋一样大。"伊莎贝拉一边研究一边对拉普说道。

"很新颖的一种比喻。"

"这不是我想出来的,我在小说上看到的。"

"什么小说?"

"《一颗像里茨饭店般大的钻石》,菲茨杰拉德写的。"当伊莎贝拉说这些的时候,她的眼睛开始变得湿润了起来。是她父亲把她带进了

154

菲茨杰拉德的小说世界，从那以后，她喜欢上了他小说中那些如清风般、既单纯又复杂的美国式人物。

"我没读过这本小说，"拉普说道，"你知道我的文化水平不高。"

"您太谦虚了，"伊莎贝拉说道，"您打算怎么处理这些宝石呢？"

"那要看你有什么打算？"拉普问她。

伊莎贝拉将手上正在研究的缅甸红宝石放了下来："您一定是在开玩笑吧！"

"绝对没有。"

"那是为什么呢？而且这些宝石和我的展览上那些完全不成比例。我必须得重新开一套模具。"

"我曾经也想过这个问题。"拉普说道。

"就算我做了，这些宝石也会和我的展览格格不入。我的作品都是一些轻松好玩的东西，而现在这些宝石是一些严肃正经的东西。"

"实际上，是非常严肃非常正经的东西。但是现在人们的鉴赏口味已经变了，你的展览布景比你想象中的要更有吸引力。"

"吸引谁？"

"谢赫·阿瓦德，还有其他人。"

"真是难以置信。如果我买得起这样的宝石，我会直接把它镶在铂金上，周围再镶一些钻石，这样才会体现它们自身的价值，而不是把它们切成小块，要依靠设计师的设计来体现价值。我这次展览的作品都是以太阳剧团的杂技演员为原型的，每件珠宝最大的才一克拉。您知道的，这完全是两码事。"

拉普·瓜尔迪把双臂抱在胸前，向椅子后倚了倚。"你说得很对，但是在现在的商场上，我们要做的是迎合大众的口味，而不是让大众来迎合我们的产品。"

伊莎贝拉已经开始想着以后工作的场景了，她监督着铸模师铸造全新的蜡模。当跟她面前的宝石相配的蜡模铸好后，还要铸造一个含

155

有底板的塑胶模具,然后将铸好的模具放在炉子中进行离心,就像切利尼的失蜡法里写的那样。但是这么做的结果是什么呢?无论它们的铸造工艺多么精细,看起来多么漂亮,这些新的珠宝能和自己以前的作品和谐相配吗?问题的答案不是由她决定的,她能做的只有谦逊地向拉普点头,接受他的委托。

"这才刚刚开始。"他说道。

"这太疯狂了,这两个盒子里装的宝石值三千万欧元。"

"你的估测很近了,它们值四千万。"

"请不要误会我,这个活真的很棒,但是为什么要找我呢?"

"你想听实话?"

"当然。"

"那是因为我们的一些客人,不相信他们国家的法律,而且他们再也不相信那些西方银行的偿付能力和瑞士银行的私密性。他们对于西方银行的担心是显而易见的,把宝石交给银行家来看管,比玩百家乐的风险都大。而瑞士银行呢,他们担心的不仅仅是自己账户的名字和存款数目会被泄露给政府当局,甚至连建在班霍夫大街下面和山里面的保险库都会被政府追踪,提醒你一下,他们会用透明公开的名义来检查保险库里的东西,仿佛里面装着的是一些神圣的东西。当然,除了这些忧虑外,这些客人还担心便捷性。他们的交易涉及的数目很大,即便今天物价飞涨,一次交易下来得到的金子也得用好几辆货车来装,非常不方便。相反,珠宝呢,特别是像你为展览而设计的珠宝,只要不刻意提上面镶嵌的宝石,很容易就能瞒过警方的眼睛,而且还能很容易地一代一代传下去。"

"我不得不承认,这很有意思。"伊莎贝拉说道,"我们第一次提到我来为你工作还有举办个人展的时候,你说过如今的珠宝已经成为了一种商品,在当今社会里,真正赚钱的是设计。不过现在看起来,趋势已经变了。"

"事实上，并没有。"拉普对她进行了肯定，说道，"我当时说的是真的，但是现在这个情况很特殊。无论谁只要拥有一块这样的宝石，他们都会去玩艺术品，而不再是玩什么珠宝了。"

　　"或者玩金边国债。"伊莎贝拉说道，脸上露出了微笑，"那你告诉我，我干爹有没有插手这桩生意？"

　　拉普笑着回答道："就我所知，他没有直接插手，如果他插手的话，我会知道的。当然，他对你最好了，但是没有谁会愿意买这么珍贵的珠宝，只是为了支持朋友的干女儿。"

　　"当然，"伊莎贝拉对这个说法很同意，"我肯定没有这种人。"

19

　　杜拉多利餐厅坐落在比萨尼克斯大街上,首秀的晚宴就是在餐厅的阳台上举行的,周围弥漫着淡淡的芬芳。共有二十四名客人参加了宴会,分坐在三张餐桌旁,每桌八个人。

　　"这家餐厅真是取了一个好名字。"在第一道菜黑鲈鱼生鱼片被端上桌后,一位瓜尔迪主顾向伊莎贝拉说道。他是一名已经上了年纪的伯爵,娶了一位来自塔尔萨的遗孀。

　　"是啊,"伊莎贝拉回道,脸上堆满了笑容,略带逢迎地说道,"它的意思是'两个小偷',不是吗?"

　　"字面上是这个意思,"伯爵告诉她,"'二战'后,两兄弟开了这家餐厅,当时的名字很简单,就叫小酒馆。那个时候,人们都没多少钱,而这家小酒馆里卖的自制食品味道出奇的好,而且价格极其低廉,很快就受到了大家的欢迎。最先光顾小酒馆的是劳动人民,随后时尚潮人也加入了光顾大军。每天光顾小酒馆的顾客越来越多,两兄弟决定提高用餐费用。而顾客们认为它们的这种行为就像偷盗一样无耻,就给小酒馆起了一个新名字,然后就一直沿用到了今天。"

　　转眼就到了午夜,宴会上宾客兴致依旧高昂。伊莎贝拉开始在三张桌子间走动,与各位宾客打着招呼。最终,当伊莎贝拉反应过来的时候,她已经坐在了谢赫·阿瓦德的身旁。谢赫·阿瓦德穿着体面,很有绅士之风,身材微胖,比普通人要稍矮一点。他那温柔的笑容和柔软的嗓音总是能给人如沐春风的感觉。

　　"我感到非常荣幸。"谢赫对伊莎贝拉说道。

　　"您说笑了,我只是暂时得宠而已,"伊莎贝拉说,"能跟您坐在一起,我感到双倍的荣幸。明天中午我们应该会一起吃午餐吧!"

"我非常期待。"谢赫·阿瓦德回答道。

"今天早上,拉普带我看了一些非常珍贵的宝石,它们棒极了。"伊莎贝拉忍不住说了出来。

"我完全相信他。"

"有您这样的丈夫,您太太真是太幸运了。"

"当你遇到她的时候,你一定要把这句话转告她。真的。"

"她也参加了今晚上的宴会吗?"

谢赫摇了摇头,向她解释道:"她在家陪着孩子们。"他一边说一边朝邻桌的一位意大利封面女郎轻轻地点了点头,眨了眨眼睛。

"哈,至少某个人是幸运的。"伊莎贝拉用一种绝对中立,同时包含复杂意味的语气回答道。

"不是的、不是的,"谢赫打断了她,"这些珠宝都是我用来收藏的。当然,一个人永远都不知道他什么时候会遇到自己喜欢的女人,如果果真遇到了,能给她一些珠宝也是非常好的。"

"就拿那块像鸽子血一样的红宝石来说,"伊莎贝拉说,"我从来没有见过这样纯净的红宝石。"

关于这一点,谢赫·阿瓦德迟疑了一下,然后说道,"你总用些新鲜的词,'鸽子血',不错的形容。"

"您过奖了,不过这个词不是我想出来的。"伊莎贝拉正打算讲这个词是珠宝界最普通的词汇,她突然意识到了什么,然后迅速停了下来,一种不安的感觉迅速传遍了全身。"当一个人一次性看到这么多珍贵的宝石,她很难记起红宝石和蓝宝石实际上是同一种宝石。难道不是吗?"

谢赫·阿瓦德点了点头:"是的,的确是这样子的。"

"都是金刚砂。"她说道。

"都是金刚砂。"他重复了一遍。

"既然说到了这里，我还从来没见过红色的蓝宝石呢。"她给谢赫设了一个陷阱，因为世界上根本就没有这种东西。红色的蓝宝石就是红宝石。

"从没见过？"

"从没。您玩了很久的收藏了吗？"

"我在珠宝收藏界已经摸爬滚打很久了，所以我想这个问题的答案应该是肯定的。"

"那您还有哪些收藏品呢？"伊莎贝拉问道，"一定还有一些非常好玩的吧？"

"确实有一些。"谢赫给出了肯定的回答。

"太棒了。"伊莎贝拉盯着他认真地看了一下，说道。她不知道他到底要做什么，也不知道是谁让他这样做的，如果不是伊恩的话。只要他有钱购买珠宝，她不知道应不应该去找到这些问题的答案。她在过去已经遇到过足够多的收藏人，对收藏人的特点了如指掌。可以说，谢赫除了有收购珠宝的意向外，对珠宝一无所知。

伊莎贝拉回到特拉斯提弗列的公寓时，已经是凌晨一点一刻了，菲利普正在等她。

"一切都还顺利吧？"伊莎贝拉问道。

"难道还能比现在更顺利吗？"菲利普反问道，一边捏了捏伊莎贝拉的手心，"新的一天，新的征程。"

"你很累了吗？"

"不累。"菲利普说。

伊莎贝拉穿的连衣裙是向巴尔塔萨的一位年轻设计师朋友借的，领口呈 V 字形，肩部有些皱形的装饰。只要松开腰上那条装饰腰带，很容易就能把裙子脱掉。"我上大学的时候，经常熬夜。"她说。

"我也是。"菲利普说道，然后吻上了她。

当菲利普将她剥光后,她觉得——这绝对不是第一次——菲利普有点孩子气。他那天生的风度遮盖不了他那猛烈自私,甚至近乎残酷的莽撞性格。在床上,他就像一个舞者,掌控着自己身体每一块肌肉的律动。菲利普的左手轻轻抚摸着她的胸部,然后再到乳房,像清风一般温柔。她狂热地爱着他的美,自从他们第一次做爱,她就发现了菲利普的美。但是菲利普的美也同时困扰着他,他的美更像是刻意装出来的,有些不自然。噢,菲利普有活力,知道怎么取悦她,知道怎么引诱和挑逗,知道什么样的进出可以给她带来惊喜和快感。但是,让伊莎贝拉感兴趣的不是这些做爱技巧,而是他刻意隐藏的那部分性格。她知道他在隐藏着什么。不管他隐藏的是什么,这些东西在过去一直让她很害怕,而现在害怕已经转变成了一种担心。她喜欢的人绝对不会是怯懦者,一个女人想要从男人和生活那儿得到她想要的,那么她就得学着时不时地把自己的眼光放开一点。

"你想我吗?"她轻轻地说着,一种不安的感觉突然袭上了心头。

菲利普叹了口气:"我想你。"

"我也想你。"

"从现在开始会好起来的,我们可以待在一起了。"

"但是你要去日内瓦了。"

"我只是在日内瓦有办公室。我告诉过你的,我现在给自己打工了。"

"太好了。对了,你这次去日内瓦怎么样?"

菲利普扶住了她的肩膀,他不想撒谎,但是为了他们两个人都好,他不能告诉她这次去的是维也纳,而不是日内瓦。如果告诉了她,她会马上追问原因,然后不得不接受他这样一个抓住了机会或者说失去了机会的男人。"日内瓦和往常一样:湿漉漉的。"

"我知道你的意思。"她轻声地说着,身体稍微坐直了一些。她已经非常累了,估计很快就能睡着,但是她依然很兴奋,不太想睡觉。"谢

161

天谢地,你在我身边,我太高兴了。"

"你并不是唯一高兴的人。"菲利普说着。他太了解她了,她是一个勇敢的女人。在他们梅开二度前,菲利普对伊莎贝拉进行了一番剖析。不同于其他那些跟他上过床的女人,伊莎贝拉完全有能力养活自己,她可以在任何一个公司里混得风生水起。她有足够的资本让他骄傲。他还在读书的时候,有些同学的妈妈虽然已近中年,但她们依然优雅迷人,是典型的武则天式的女强人。伊莎贝拉完全可以做这样一个女人。菲利普对此毫不怀疑,他曾一度怀疑自己为什么会需要其他人,甚至是其他东西。他想,也许答案已经深深地植根于他那有待发掘的性格中了吧。他就是他。

这是自然本性。掌权者往往过着贪婪肮脏的生活,但也正是这种生活最容易被人们记住和珍视。很久以前,他就已经清楚地认识到了自己拥有的双重性格,当他突然意识到他像青少年幻想中那不想永生的吸血鬼时,他轻轻地笑了起来。在那些看起来爱他的年轻女人身上,他清楚地认识到了他那些完美主义的观点是永远都不可能变成现实的。

"还要吗?"他问道,开始轻轻地抽插。

"要。"她一边说,一边尽自己最大的努力掩饰刚刚产生的不情愿。

菲利普紧紧地抱住了她。"好。"他重复道。

早晨,伊莎贝拉在她那铺着黄褐色瓷砖的小厨房中做着双人早餐。她将咸肉丝摆成井字放在平底锅上,然后再在上面打了一个鸡蛋一起煎。

菲利普走到餐桌前,拿出了一个大盒子。盒子是用一张石灰绿的纸包装的,上面还有一条系着蝴蝶结的装饰丝带。

"这是什么?"伊莎贝拉问道。

"一个纪念品。"菲利普说道,"我从布拉格带回来的。我本来打算在宴会前给你的,没想到你昨天太忙了,就没给你。"

"就像伊恩说的那样,我们太客套了,然后自己就变成了受害者。"

"也不算是受害者吧。"

伊莎贝拉撕掉了外包装,然后拿出了盒子中的珠宝音乐盒。打开音乐盒的盖子,里面的音乐装置开始自动播放德沃夏克的《D大调捷克组曲》(作品39号)。

"太精巧了,"她说,"应该是完美才对。"

"但是跟你收藏的其他东西比起来,它太小了。"

"也许过去的收藏是这样子的,但是现在情况已经变了。你猜,拉普想要我在自己的作品中镶嵌什么样的宝石?"

"我希望是大块儿的宝石。"

"超大块儿的,我必须得重新设计一些模子。当然,这些宝石都非常漂亮,但是我怕我的设计配不上这些宝石。"

"知足吧,其他人想要这种烦恼都找不到。"菲利普说。

"嗯,那倒是。"伊莎贝拉很赞同。她盖上了音乐盒。"不管怎么样,太感谢你了。谢谢。我非常喜欢这个礼物。你总是知道我想要什么,你真是太好了。"

"实际上,这不仅是一个纪念品,同时也是一种警醒。"

伊莎贝拉知道他这是在调情,"一种警醒?"她重复道。

"把一个漂亮的女人独自留在罗马,这是很危险的。"

"我不知道。我每天都在忙于工作的事。"

"如果这是真的的话,那就太悲惨了。不过所幸的是,我不赞同你这句话。"

"我生活中能接触到的其他男人就只有巴尔塔萨了。"

"巴尔塔萨不是个男人。"

"好吧,"伊莎贝拉说,"问题是现在所有想追我的人都知道,我已经名花有主了。"

菲利普说,"你知道的,这对于罗马人来说不算什么。而对于女孩子来说,罗马的富人一箩筐,多的是。而对男人来说,竞争者遍地都是。其他城市的情况则完全不同,拿纽约来说,如果你是外国人,想要赢得当地姑娘的芳心,一点都不困难,当地一半的男性都是同性恋,而另外的那一半则只想着怎么挣钱。所以说,纽约的男人不是为女人而生的。但是在罗马,就连青少年都会在入夜后把女朋友骗到罗马广场酒店去开房。如果你喜欢一个女孩儿,而且她也非常吸引人的话,那么你就得面临各种情敌的挑战,这些情敌都是大师级的。"

"没有比你更专业的了。"伊莎贝拉说着,壶里的水开了,升腾的水汽顶着壶盖咕噜咕噜地响。

她正在往水壶那儿走,突然电话响了起来。"你帮我接电话吧?"她一边将滚烫的开水倒到咖啡壶里,一边问菲利普。

"当然。"菲利普说道。英国女人总是习惯用否定语句来表达请求,这总是让他很惊奇。他拿起了电话,"你好。"

"我是阿瓦德。"

菲利普迟疑了一下:"非常抱歉,你真是给了我一个惊喜。你是怎么知道我在这儿的?"

"对不起,你是?"阿瓦德问道。

"我当然是菲利普·弗罗斯特了。"

"噢,你好,菲利普,非常抱歉没有听出来,我想找一下伊莎贝拉·卡维尔小姐。"

"请稍等,她就在旁边。"

当他们在电话里很快地确定了午饭的时间和地点,伊莎贝拉走回了厨房,把咖啡壶过滤器的按钮按了下去。

菲利普说道,"我从来不知道,你还认识阿瓦德。"

"是的。昨晚在宴会上认识的。"

"参加宴会的人那么多,你都认识他们了吗?"

164

伊莎贝拉直接跳过了问题,说道:"他是拉普的一个客人。"

"我很高兴听到这个。"

"菲利普,亲爱的,他会过来和我们一起吃饭。"

"你一定是在开玩笑吧。我只在电话上听过他的声音,还从来没有见过他本人。"

"你一定要告诉我,你们是怎么认识的?难道他的收藏里包括那些你拆除的核武器吗?"

菲利普对这种荒谬的想法摇了摇头:"他是我接下来经营的那个基金的一个投资人。"

"那么接下来你就要为他工作了。"伊莎贝拉回复道。

20

在英国晨光的映衬下，泰突然发现奥利弗看起来有点早衰，他的眼角已经出现了被命运光顾的痕迹，从他的眼睛可以看出来，他已经对黑暗和危险上瘾了。

他们乘坐的商务飞机从洛杉矶起飞，中间穿过了北极，最终降落在伦敦的希斯罗机场，奥利弗陪着他的朋友走下了波音商务飞机。当泰到达入境检验处的时候，奥利弗已经找到了自己的车，上车后立马朝着伦敦 M4 大街开去。泰刚认领完自己的行李，克拉里奇酒店派过来的司机已经在等他了。和司机一起来的还有一位身材高挑的年轻姑娘，她是当地发行《欲罢不能》的电影制片厂公关办派来的。泰跟着两人上了机场外正在等候的梅赛德斯-奔驰 S 级轿车。

"萨尔先生让我转告你，他已经原谅你了。"公关小姐告诉他道，"但仅仅是因为这是女王的邀请。他还对你名字后面的几个字母感到很困惑，他让我顺便问问你。"

"是吗?"泰说道，"我给他的妻子米茨太太写了一封便笺，向她解释发生了什么。我当时一时心血来潮，就在名字后面加了 CBE 三个字母，真的，这只是一个玩笑。"

"这不是真的吧?"年轻的姑娘吸了口气，然后询问道，"一个美国人真的能成为英帝国的二等勋爵吗?"

"我和你一样在猜测。这是我在一个剧本里看到的缩写，我想它应该能够打动米茨和希德，你可能知道，他们两人都比较亲近英国。"

"这个我倒是不知道。"

"嗯，英国印花布、英国家具、墙上挂着其他人祖先的画像，他们就喜欢这些。无论如何,我名字后面的三个字母不是这个意思,它指的是'两地不能同时兼顾'。"

公关姑娘笑了起来,"我一定会转告他的。"她说道,然后递给了泰一份行程安排表。

一个小时后,泰已经把自己的行李从旅行箱中取了出来。他站在巨大的圆形花洒下,让喷流而下的热水洗去旅程途中沾上的风尘。

电话响的时候,他被吓了一跳。不过马上接起了挂在淋浴间门外墙上的电话。

"我正往你那儿去。"奥利弗说道。

"给我五分钟的时间。"

"四分五十九秒……"

泰穿着酒店的浴袍给奥利弗开了门。"你还真是一个讨厌的家伙,成天跟着我,甩都甩不掉。"他告诉奥利弗。

"坏消息。"奥利弗说道。

"我跑了这么远到这里不是来听坏消息的。真他妈见鬼!"

"她来不了了。"

"谁,女王?"

"不是,伊莎贝拉·卡维尔。她刚才打电话过来,拒绝了邀请。她说她今天早上才收到邀请函,很显然这都是借口。我们都知道,邀请函昨晚上就送到了。"

"她昨晚上签收的?"

"难道你不认为她这样做有点过分了吗?不过,看看好的这一面,她至少知道你回欧洲了,而且是不得不回。她还知道你对她很有兴趣,想要邀请她参加皇家公演。而且这也情有可原,我们知道昨晚是她在罗马的收藏个人展首秀,她脱不了身。"

"也许我们应该同时邀请他男朋友。"泰建议道。

"这完全不符合性格。"

"我的性格?"

"泰·亨特的性格。"

"那咱们现在怎么办?"

"用备用计划,实际上,依然是原计划。我们从来都不确定她能不能来伦敦。你还是按原计划参加公演,好好玩。明天的事明天再说吧。让我来问你个问题,如果你收到了一个邀请,没有牵涉到我或者其他任何人,你会不会邀请她?"

"我想会的。"

"那你敢不敢现在给她打过去?"

泰盯着他的老朋友,露出了难以置信的神情:"她刚拒绝了我,我不该再给她打了吧。"

"我早就猜到了你会这么说,"奥利弗说道,"但我很高兴你那么说。你也应该知道,皇室派我全力协助你。"

"好。"

"对了,你一定要记住,今天以前咱们从来没有见过,这是咱们的第一次见面。"

"咱们的谈话会不会被别人窃听到?"

"在你入住前的五分钟,我们已经清查过这间套房。以后,每次当你离开之后和回来之前,我们都会对它进行排查。"

"那还有没有什么安全措施是我需要知道的?"泰问道。

"住在你隔壁套房的夫妇是我们的人。他们只知道你是女王陛下的客人,还有你是一个大名人,除此之外,他们一概不知。所以,你不想被别人打扰,这是很自然的事情。"

"那你有什么打算?"

"我等一下就会直接去白金汉宫,与王室的工作人员商讨一下公演计划,确保不会出现临时变故。然后再回我的公寓。五点半我会准时来这儿接你。"

"然后好戏就开场了。"

"到时候会演出《格里斯潘的怒吼,众人的味道》,"奥利弗告诉他,"对了,刚才忘了说,如果你想要出去转转的话,尽管去吧。你可以让我们的人陪着,也可以自己去,完全取决于你。记住,你要表现得若无其事,不能让别人看出你脑子中的想法来。"

"你是指和伊莎贝拉·卡维尔上床?"

"这是一种很好的欲望,我完全能够理解。"奥利弗说道,"如果你感觉不带劲的话,楼顶有个非常棒的健身馆。"

"我知道。"

"噢,当然,我差点忘了你曾经在这里住过一段时间。"

"那是很久以前的事了,当时我们在松林里打猎,克拉里奇酒店基本上成了我的第二个家,尽管当时我还没有真正意义上的家。"

"也许人们不希望我们这样的人有家。"

在开车去莱斯特广场的路上,奥利弗说:"礼仪非常简单,鞠躬的时候不要太低。大多数情况下,优雅地点下头就好了。第一次与女王会面的时候,你要说'女王陛下',之后称她为'夫人'。你称其他人为'殿下'就好了。越年轻的人,对这些礼仪越随便。记住,你想见他们,他们同样也很想见你。"

"我尊敬他们,但绝不盲目崇拜。"泰说道,"电影什么时候完?"

"看完电影,我们还要参加援助大奥蒙德街医院的慈善晚会,我们得一直等到它结束。"

"如果是那样的话,我会一直待在那儿。"

"如果不这样的话,你一定会后悔的。举办地在摄政公园里的温菲尔德庄园,那里是美国公使的居所,"奥利弗解释道,"是一个非常漂亮的地方。"

"慈善晚会后还有什么安排呢?"

"我差点忘了你是一个夜猫子。"

"到时候,我的精力已经恢复得差不多了。不要忘了,今晚上咱们很早就出发了。"

距离走红地毯还有一两分钟,他们到了亥玛克特酒店。"女王可能不会去温菲尔德庄园,"奥利弗说道,"但是威廉姆王子和剑桥公爵夫人去的可能性非常大。哈里王子肯定会去。之后,他们可能会去波吉斯或马赫奇俱乐部。他们现在都是成年人了,谁知道呢,甚至可能会去安娜贝尔夜店。"

"我们是成年人吗?"泰问道,调皮地眨了眨眼睛。

"在别人眼里,我们是。"奥利弗回应道。

"我记得,如果你是一个年过三十的男人,或者年过二十五的女人,有些地方是不应该去的。"

奥利弗点了点头:"电影明星除外。"

"还有别的说法吗?"

"什么时候有过?"

"不仅仅是电影明星,"泰继续说道,"亿万富翁也可以自由出入。"

"又是一个不公平的特权,但是人们不能反抗自然规律,女人天生会被男人吸引,泰。但是不能否认,对于十四岁到十八岁的女孩子来说,吸引她们的是男人的脸蛋儿;十八到二十五岁,甚至到三十岁,吸引她们的是身体;而之后,除了极个别的人外,起作用的就是钱包了。"

泰对皇室成员的平易近人感到非常吃惊。他第一个通过了迎宾队列,后面跟着格里格·罗根和他十一岁的女儿——莉莉,女孩的脸上写满了敬畏。泰向女王鞠了鞠躬,优雅而恭谨,但绝不诏媚。女王告诉他,她看过了他拍的电影《我知女人心》和第二部《命运之风》,并且非常喜欢它们,听到女王的称赞,泰脸上写满了兴奋。奥利弗站在王子和新晋公爵夫人旁边,公爵夫人举止优雅,笑容热情,一直询问着泰电影中的一些场景是怎么拍摄成的,让泰备受厚爱,尽管这样会让他们的年龄差距看起来比实际更大一些。

当女王告诉他:"有些演员,比如说你,亨特先生,可以在很短的时间内投入到某个角色当中,甚至是完全融入角色,让观众相信扮演的那个角色就是现实中的你,真是太让人惊讶了,太不可思议了,真的。"他发现,她盯着他的眼睛看了几秒,这让泰怀疑女王是否已经知道了他正在执行的任务,如果知道的话,那又知道多少呢?

"您这么说,真是太亲切了,夫人。"泰回复道。

"或者说我们看到的你并不是真实的你,"女王陛下接着说,"当然,这是一种天赋。"

随后,当他们到达温菲尔德庄园的时候,泰强迫奥利弗回答这个问题。

"这很难说,"奥利弗回答道,"就算你怀疑她知道很多,你也不可能去核实,谁知道呢。"

"这仅仅是我的感觉,我不可能去核实的。"

"的确。"奥利弗说,"无论如何,你是知道这个说法的,世界上没有什么秘密可言,只是大家知道的时候晚一点而已。"

美国公使居所的接待大厅是方形的,宽阔而明亮,这立马让泰想起了恩坎塔达山庄。大厅中央摆着一张富丽堂皇的偏心桌,榆木桌沿上镶着一些金铜点缀,桌面是一整块斑岩,泰一眼就能看出,这张桌子和自己家里那张是出自同一个人之手。当公使和公使夫人在温室私下接待他和包括皇室成员在内的其他一些 VIP 时,这种感觉愈加强烈。房间中的鳄梨珊瑚调色板、中国风的墙纸、绣着龙的纺织地毯、窗帘上方打过蜡的窗帘盒,就连那改装成台灯的嘉庆花瓶都透着好莱坞明星比利·海恩斯独特的魅力。也许这就是每个美国人想向自己祖国展示的面貌吧,想到这儿,泰暗自笑了笑。他曾经也是这样做的,现在不禁有点想家了。

当泰询问后,公使证实了他的猜测。当时的美国总统还是尼克松,他正担任驻英国公使,媒体大亨沃尔特·安嫩伯格确实是雇佣了比利·海恩斯。"你的知识太渊博了,亨特先生。"公使微笑着说道。

"我只是恰好知道这个而已。"泰告诉他。

房间中的人越来越多,泰仔细端详着周围的人群,研究着他们脸上的表情、站立的姿势和衣着打扮,仿佛自己的表现完全是一个演员对新环境的好奇而已。他很想知道是否有人知道他的任务,如果知道的话,那么这个人是谁,他是否也知道自己和奥利弗的关系。如果这个人是敌人的话,这次的任务就算失败了。公使今年六十八岁,曾经是一名商人,来自纽约上东区,以前从未从事过外交事务,很显然,他不可能知道奥利弗·莫利纽克斯会拥有水上特种部队或军情六处的背景。当然,中情局驻英国负责人也有嫌疑,不过究竟是哪个呢?泰在人群中搜寻着中情局的负责人,首先他排除了与电影和电影产业有关的人员,紧接着他又排除了那些穿着萨维尔街裁缝们做的衣服和尚西连衣裙的人,很明显这些都是地道的英国人。突然,他注意到了站在房间远角的一个人。这个人头发呈银白色,前顶已经谢了大半,脖子上用黑色的绳子吊着一副玳瑁老花眼镜。他身高中等,肚子微挺,年纪中等,四十五到六十岁的样子,看起来一副善良的样子,却充满了睿智。泰能认出他来,完全是出于他的衣服。他的衣服就像是一种标本,泰的父亲有很多朋友都穿这样裁剪的衣服,而泰从小就对这些式样熟悉得不能再熟悉了。泰并没有直接走上前去和这个人碰面,他不想让这个很有可能是间谍的人认出自己。知道或者怀疑他是间谍的人越少,他和奥利弗的行程就会越安全,他们越有可能发现并阻止坏人将丢失的核弹头转移出去。

这座有着乔治风格的房子上爬满了藤蔓,在它外面是一块宽阔的

172

草坪。两个充气的网格状球顶摆放在草坪上,弥漫着柔和的灯光。

泰和公使以及公使夫人、格里格·罗根一起离开了私人接待会。然后,泰独自朝着小酒吧走去。一些粉丝扑上前来表达对他的赞颂和仰慕,还有一些粉丝向后退了退,免得挤到心目中的偶像,他不禁想到,每次都是这样。当有人向他说"了不起""我喜欢你的作品"和"你是最棒的"的时候,他便露出迷人的微笑,向粉丝们表达感谢。然后会摊摊手,将所有的功劳都归功到导演身上。他正在往一本传记上签名的时候,侍者走了过来,手上的银色盘子里托着一杯杯香槟。泰随手取了一杯,突然发现站在他右手边的身影一动不动。泰微微侧了侧身,以防跟右手边的身影撞上,但奇怪的是,这个身影依然没有丝毫的移动。泰转过头看到了身影的主人,她是一位女士,长得不是很高,但身材很轻盈。她穿着一条淡蓝色的连衣裙,裙摆四周被设计成了花瓣形,跟彼得·潘的裙子风格相近。她的脸离泰的脸很近,近到几乎看不清美丽的容颜。泰的目光跟随女子的视线向下望去,发现自己的脚踩到了女子的裙摆。

泰迅速收回了自己的脚,脸上略带尴尬,说道:"对不起,刚才我似乎'绑架'了你。"

年轻的女士点了点头:"当人质喜欢上绑匪的时候,人们是怎么称呼这种现象的呢? 斯德哥尔摩候群症?"她的英语优美细腻,从她的口音可以看出她去过很多地方,如果英语是她的母语的话,很难分辨出她来自什么地方。

"要来一杯香槟吗?"泰问道。

"非常乐意。"

"我叫泰·亨特。"

"我知道。"

"那——"

"我是谁? 我叫玛丽亚·安东尼娅,"她打断了泰,"玛丽亚·安东尼娅·萨拉萨尔。"

173

"好吧,玛丽亚·安东尼娅·萨拉萨尔,祝你健康,干杯。"泰一边说,一边举了举手上的酒杯。

"这句话听起来真像台词。"

"不错,这是我上部电影里的一句。"

"你和那部电影里的女孩儿好上了吗?"

"当然。要不然他们为什么会付我这么多钱?"

"那么我是不是可以认为,你是一个碰运气的人?"

"对一个男人来说,没有剧本的时候还能做什么呢?"

"那就即兴表演吧。"

"这种行为很危险。"泰说道。

"我们跳舞吧。"玛丽亚·安东尼娅建议道。

"除非让我来引导,和做爱一样。"泰告诉她。

"为什么这么说? 这可说明你会是个不够格的情人。"

"我不这么认为,倒觉得恰恰相反。"

"但是你是一个真正的绅士,你不能随便说这些话。"

"那是不是我说了这些话,你就会看轻我呢?"

"谁说的?"玛丽亚·安东尼娅说道,"我只是自己这么认为的。"

"你真是自信满满啊。"

"我生来如此。"

"如此甚好。"泰说道。

"通常是这样的。"玛丽亚·安东尼娅对此表示很赞同。

"不过我还是想要领舞。"

"因为你已经有很久没有领过舞了?"

"这只是部分原因,"泰说道,"还有其他的原因。"

"如果你坚持的话,"她说道,"我是指,我又不是你的精神病医生。"

"我从不看精神病医生。"

"每个人都应该去看看。"

"我不同意你的这种说法。"

"你不同意的事情多了。"

"只有当你逼迫我回答的时候，我才会不同意，"泰说道，"如果你不反对的话，我要吻你了。"

"那就来吧，我非常愿意。"

"难道你一点也不担心上八卦新闻？"

"不是很怕。"

在跳舞前，两人静静地喝完了杯中的香槟，然后信步往远处宽阔的圆顶大楼顶层走去。在夏日的夜晚中，柔软的草地上散发着略带甜味的淡淡清香，他们手挽着手从草坪上穿过。两人亲密的行为被其他参加聚会的人拍了下来，当然还有聚会主办方请的专业摄影师。当两人接近大楼的时候，圆顶表面光影交错，深深地吸引了他们的目光。顶层播放着节奏快速、动感的音乐。两人向着舞池走了过去，舞池中铺着巴西黑檀木地板。五彩的灯光透过木地板的缝隙照了上来，鞋底传来了音乐震动的节奏。舞会的节奏随着音乐的变化而变化，一会还是这种情绪，而接下来的另一刻却变成了另一种完全不同的情绪。顶层圆形的墙面上装着360度全方位大屏幕。当他们踏上舞池的时候，大屏幕上出现了20英寸高的大浪，他们随着波浪起伏着，在浪头上又恢复了平衡；紧接着，两人又仿佛坐在骆驼的背上，正追赶着远处的落日；再然后，寂静的月光下两人在原始冰川上滑雪，随着目眩神迷的瀑布快乐地滑了下去。当舞步的节奏最快的时候，泰把玛丽亚·安东尼娅往怀里抱了抱，然后再次吻上了她的嘴唇，这次比第一次更为热情和投入一些。

"你会开船吗？"当吻结束后，泰稍微向后退了退，玛丽亚·安东尼娅慢慢睁开了眼睛，轻声地问道。

"技术还不赖。"泰回答道。

"那我们明天出发。"

"明天?"

"从斯坦斯特德机场出发,"玛丽亚·安东尼娅说道,"我的船现在已经从撒丁岛出发了,等我们坐飞机赶到马贝拉的时候,它刚好到达。你想开多久都行。"

"你的这个邀请太吸引人了。"

"那就接受它。"

"我得先跟我的经纪人确认一些事情。"

"当然。你住在哪儿?"

"克拉里奇酒店。"

"你一个人住?"

"现在还不一定,这完全取决于你。"

"我太喜欢克拉里奇了,但我从来不跟刚认识的男人去开房。"玛丽亚·安东尼娅说道,"即使是电影明星也不例外。"

"但是你却会即兴邀请他们出海去陌生的海域?"

"世界上没有哪个女人能够在做爱的时候,既被动又主动。"

"我知道。我们已经讨论过这个问题了。十分钟以前,我绝对不会对你说,甚至连想都不会想,但是现在我想告诉你,我想要你。"

玛丽亚·安东尼娅微微笑了笑,然后说道:"我知道你会这么说。"

在克拉里奇的套房里,泰说道,"为什么每次都是这样,你越是努力想抓住命运,就越是抓不住,而当你准备放弃的时候,它又会自己凑上前来。"

"这是上帝在消遣自己,"奥利弗回答道,"世界就是这样的。"

"这个套房每晚上五千美金,我为什么要在这儿一边喝着单麦芽苏格兰威士忌,一边和你聊天。现在这个时间点,我应该正和玛丽亚·安东尼娅·萨拉萨尔享受云雨之欢才是真的。如果我只是一个电影明星的话,现在的这个场景一定有问题。"

"并不是所有的女人都和扎拉·翠萍一样,只知道满足你的需求,而不索取任何回报。"

"谢谢你给我上的一课,真是太珍贵了。"泰说着,"不过我想我最近已经亲身经历过了,今晚上和玛丽亚·安东尼娅的事,还有上周,伊莎贝拉·卡维尔给我开了门,结果半个小时后,她又亲手把门摔在了我脸上。"

"真够遗憾的。"

"管她的,她又年轻又漂亮,还跟克里萨斯王一样富有,简直就是典型的白富美。更重要的是,她喜欢玩暧昧,她有多聪明还有待证实。但是我想告诉你一件事情,我不在乎菲利普·弗罗斯特在乔治·肯尼斯或者其他人眼中有多么清白,我根本不相信他。"

"你为什么不相信他?你这是嫉妒。"

"不仅仅是嫉妒,在杜卡普酒店的时候,我听到三个妓女在岸边谈论他来着,他给钱让她们给他口交。"

"如果那是真的话,伊莎贝拉最终会看清他的真实面目的。"

"我不知道,女人总是容易被爱情迷昏了头脑。"

"你应该把所有的精力放在伊莎贝拉的身上。"

"你为什么会这样说?玛丽亚·安东尼娅还没有完全拒绝我,当然今晚上除外。"泰说道。

奥利弗向两人的酒杯里又倒了两指深的拉弗格。他拿起酒杯慢慢品了品,犹豫了一下,然后说道,"她会拒绝你的。"

"你根本就不知道。"在奥利弗完全表达出言外之意前,泰抢先回答道。

奥利弗默不作声,但眼睛一直停留在泰的身上。

"难道你知道?你这个家伙。"泰追问道。

"她是我们的人。"

"你们的人？"

"我们的人和你们的人，在这个案子里面没有任何区别，我们是一个整体。"

"好吧，她是我见过最好的特工，同时也是最会骗人的特工。为什么没有人告诉我这件事？"

"这是我的主意。我知道你会去搭讪她，无论你信不信，当你不知道她的真实身份的时候，你演戏会更加轻松。"

"我想你要的只是一种兴奋感，而不是坠入爱河。"奥利弗冷声说道。

"我没有陷进去。"

"如果是这样的话，我向你道歉。"

"好吧，明天我就要飞上几千里，去和一个永远不属于我的漂亮女人去航海，而这仅仅是为了大英帝国。"

"这不仅仅是为了英国。"

"你知道我指的是什么，你这个老奸巨猾的家伙。"

"你也知道我指的是什么。"

"现在我多想不知道真相。我现在只想看玛丽亚·安东尼娅那优雅的脖颈，因兴奋而变得扭曲。"

"这正是我想让你获得的感觉。泰，好好珍惜这些感觉，很快你会需要它们的，很快。"

178

第二天早上,有三家报纸刊登了泰和玛丽亚·安东尼娅·萨拉萨尔在一起的照片。其中《每日邮报》更是将两人在舞池拥抱的照片登在了头版上来吸引读者,在后面的版式中,还登出了一张在温菲尔德庄园照片,照片中两人正牵手穿过被灯光照得通明的草坪。两人的肖像画也登在了《每日电讯报》的第三版上,并用一个问句作为了文章的标题——"泰·亨特——唤醒无名遗孀的巫师?"《泰晤士报》则相对保守,刊文题目为"粉丝担心泰·亨特再一次对他人倾心",标题下面刊登了一张照片,照片中他那喜爱的神情和她迷人的外表比任何曝光的文字都要有说服力。

奥利弗在早餐前来到了泰的套房,他从外门上挂着的布袋里取出了报纸,然后默默地将它们递给了泰。

"我过来是执行任务的,不是来被羞辱的,"泰抗议道,"不要再对我要这些把戏了。"

"我从没有打算要羞辱你。"

"那就好。"

"我们坐的飞机十一点从斯坦斯特德机场起飞。"

"我有两个问题:第一,玛丽亚·安东尼娅·萨拉萨尔是不是她的真名?"

"不是,这是一个传奇人物的名字。"

"她结婚了吗?"

"是又不是。"

"这到底是什么意思?"

"夫妻间的感情现在出现了问题。"

"做她这类工作的人总是会遇到这样的问题。"

"她的工作性质是一样的。"

"双重快乐,双重乐趣,"泰说道,"我母亲总是这样说。"

"难道所有的事情都能套用这句话?"泰回问道。

"是的。"

在打电话叫了客房服务后,奥利弗深吸了一口气。"我拿到了下阶段的剧本,"他宣布道,"你是想现在就要,还是等以后再给你?"

"我不知道居然还有一个剧本。"

"当然,只是剧本的一部分。只要你跟伊莎贝拉联系上了,你随时可以离开。不过,你不能忘掉玛丽亚·安东尼娅。剧本上是这样说的。"

"是谁想出了这样一出苦情剧。"

"这可是大伙儿智慧的结晶,真的。"

"的确是众望所归。那么,在剧里我就是个糊涂蛋!"

"不,你很聪明。让一个大明星来演糊涂蛋,绝对是不恰当的。"

"剧本是什么时候改的?"

"没有改,只是反过来演而已。玛丽亚·安东尼娅会告诉你怎么演的。"

"你不准备告诉我她的真名了吗?"

"为了你的安全,告诉你的话,你会说漏嘴的,你甚至会用它。"

"我从来不会现场弄糟生活这出戏。我赌一万块。"

"这次的赌注比以往高得多。"

"那好吧。"泰说道。

"也许以后某天会告诉你,"奥利弗说道,"现在,除了你和她在一条船上外,你对她一无所知。不管你听到什么,你只需要相信一半就是了,因为在你这个行当里,你已经听说过太多开空头支票的事情了。关于她的谣言越多,特别是关于她拥有的财产的,人们越难以确定它们的真实性。你懂了吗?"

"我太懂了。"泰说道。

包下来的游艇是天鹅100号,船身呈赛车绿,甲板是柚木做的,甲板上方有一个半凸起的大厅。这次交易是在伦敦进行的,由百慕大一家私人银行通过电汇的方式付的款。百慕大的银行账户由美国中情局扶植的一家投资顾问公司监管,在过去的这些年里,这个账户的户主换了很多人,不过最近一次的更改记录显示,这个账户现在属于玛丽亚·安东尼娅·萨拉萨尔。自从6年前,她那虚构的第一任丈夫,一位拉美商业银行家及糖类经纪人英年早逝后,她便得到了该账户的继承权。

在飞机上,玛丽亚保持着热情陶醉的神情,一如昨日。泰知道,她这是做给所有正在监视的人看的,特别是飞机上的乘务人员。飞机和游艇上的乘务人员一样,都是一些年轻人,他们的经济能力不算太强,很容易就会被媒体收买,出卖自己客人的私密信息来换取丰厚的报酬。她轻轻握住泰的手,泰也反过来紧紧地捏了捏她的手。他在银幕上很会制造浪漫,但是他从来都不喜欢这些。更别说是现在了,他一丁点装浪漫的心思都没有,因为他知道他们两人之间摩擦不出一丝一点的火花。

游艇是根据一种区域性的季风命名的,叫文达瓦尔号。登上游艇以后,两人选择了首舱室。游艇一直航行到黄昏时候才停了下来,在海港的一个小湾里放下了锚定。两人在船上吃着晚餐,太阳从西方的天空中躲进了远处的山脉,只留下了一抹火烧云似的红。在后甲板上,两人隔着一张折叠桌,眼对着眼,很少说话,只凭靠着细微的表情变化做着交流。很快,泰就进入了角色,猜测着玛丽亚·安东尼娅的心情和心理,时不时加高自己的赌注,最后控制了主动权。

他们很早就去睡觉了,当玛丽亚·安东尼娅迷迷糊糊地睡过去的时候,泰突然心情好了一些,听着波浪击打着文达瓦尔的声音,他终于可以放下演技好好地休息一下了。

黎明很快就来临了,当阳光照射到船舱的时候,地平线迅速消失在了东边。洗完澡,玛丽亚·安东尼娅突然变得有些紧张,泰搞不清楚究竟是什么导致了她情绪突变,他决定要好好利用这一点。他会装出一副很正派的样子,而她呢,则会装出一副被惯坏了的样子,仿佛世界上没她就转不了了。

当他们两人走到甲板上的时候,文达瓦尔号已经开始了航程。大副来自挪威,是一个还没满二十岁的维京小伙子,他正掌着船舵,船长是澳洲人,正在查看今天航行的线路。船长的现任女朋友是一个文静内敛的小女生,苏格兰人,刚修完了巴黎蓝带学院的课程,现在在船上当厨师。煎咸肉和煮咖啡的香味从厨房远远地飘了上来。

“早上好,小姐。”大副热情地打了个招呼,然后递上了早餐。

玛丽亚·安东尼娅最开始直接忽略了他的招呼,但稍后便改变了主意,“给我一点吧。”

“好的,小姐。”大副回答道,迅速地移开了自己的眼神,很好地掩藏起了眼中的轻蔑。

突然心血来潮的玛丽亚·安东尼娅对船长说道,“船长先生,在你开船把我们载到我们连名字都不知道的地方以前,我想好好地活动一下。”

“现在海上的气候非常好,”船长告诉她,“海面上很温暖,海水非常清澈,刚才我还自我陶醉来着,真是太舒服了。”

“我要上岸。”玛丽亚·安东尼娅说道。

“岸上的天气可就不一定了。”船长说道,站在旁边的大副叹了一口气,开始将纤绳卷了起来。

“我们还没有去过巴努斯港,至少是白天还没有去过。如果不带亨特先生去看看的话,这将是一件非常遗憾的事情。难道你不同意吗?”

船长对着她笑了笑,但是其中轻蔑的事情不言而喻,"同意,我的职责就是同意你的说法。"

"这就对了。"玛丽亚·安东尼娅说道。

过了一会,泰也来到了甲板上,他咧着嘴笑了起来,说道:"什么东西这么香。"

"这确实很香。"船长附和道。

泰在船的左舷边,与玛丽亚·安东尼娅隔着桌子面对面坐了下来,并露出了略带嘲弄的微笑,轻微到几近不可察觉的程度。他很想知道,如果现在他和玛丽亚·安东尼娅在演戏的话,格里格或者其他的导演会怎么评价他们的演技。他们会把这场戏看完吗? 对此泰很怀疑。即兴表演很容易出问题,但如果表演得好的话,却比任何的剧本都要真实出彩。尽管他知道现在正在被她玩弄,他也不得不对他的同谋者脱帽致敬。"亲爱的女士,你现在在想什么呢?"

"我们一会儿上岸。"玛丽亚·安东尼娅实事求是地回答道。

"早料到了。"泰说道。

"你怎么知道我们要改变航向的?"

"那完全是一种直觉,很突然的直觉。"

"你不介意?"

"我还有其他选择吗?"

"如果你有什么意见,可以直接说出来。"

"我的意见就是,离开这么棒的一艘船,到岸上去,总比走跳板要强得多。"

"你说话真有一套。"玛丽亚·安东尼娅说道。

"谢谢夸奖。"

"我这不是在夸你。"

"那更多的是一种警告咯?"

"你怎么想随你。"

183

"真遗憾啊，"泰说道，"我们两人总不能想到一处去。"

巴努斯港在晨光的照耀下显得破乱不堪，像一片被废弃的舞台。连着防波堤的专卖店还没有开门，远处只有孤单的几个人影在悠闲地散着步。泰跟随玛丽亚·安东尼娅沿着港湾走着，沿路的商店橱窗里展列着各种高级女式时装、珠宝和手提包，这些都是知名国际设计师的扛鼎之作，泰在脑海中想了想，真是太奢华了。

"我知道这有点过头了，但我就是喜欢这些高档的时装。"玛丽亚·安东尼娅说着，丝毫没有减慢脚下的步伐。

"很不错。"泰回答道。

"你不喜欢？"

"我这个人更喜欢宽松的短裤和磨旧的卡其裤。"

"现在说说你吧。"

"当我第一次到一个港口的时候，我会先去逛逛杂货店，然后，可能会去潜泳，给自己找点乐子。"

"但是这次，你就没那么走运了，"玛丽亚·安东尼娅说道，"尽管如此，你可能会对我要给你介绍的东西感兴趣的，你现在看到的所有东西都是由弗朗科最喜欢的开发者命名的，不仅如此，还是他亲自构想亲自建造的。"

"真令人惊奇。"

"你想笑就笑吧，这个港里停了将近一千只船，"她继续说道，"那边那条系在旧塔上的船，是沙特阿拉伯国王的。"

"我想如果我是沙特国王的话，我也会买一条同样的船。"

"也许到时你会更喜欢沙漠。"

"绝对不可能。"

"你是不会理解的，能够说大话的时候，谦虚的话语永远都不可能流行太久。"

泰笑了起来，"我从未想到，你还懂哲学。"

"你怎么就想不到呢？"

"我怎么知道。"泰说道，"那是什么？"

他们两人已经走到了海港的中心，在他们面前立着一尊巨大的雕像，这个雕像第一眼看上去令人很费解。

"这是超现实主义犀牛，萨尔瓦多·达利的作品。"玛丽亚·安东尼娅向泰解释道，"它重达三吨，反正听别人这么说的。"

"没错，就是它，我真是蠢透了，居然没想到。"

在海港后面两条街的一个角落里，一些桌子被摆在了街道上，两人终于找到了玛丽亚·安东尼娅一直在寻找的咖啡屋。咖啡屋里面已经坐满了穿着时髦的客人，正在叽叽喳喳地唠嗑，四处弥漫着研磨和蒸煮意式浓缩咖啡的芬香。他们点了两杯拿铁，然后从细长的报架上取了两份英文报纸。两人找了一张桌子，一边品着咖啡，一边静静地读着报纸。泰在看《国际先驱论坛报》的体育版，而玛丽亚·安东尼娅则读着《每日邮报》。太阳升起来的时候，泰打开了桌子中间的条形遮阳伞。玛丽亚·安东尼娅突然笑了起来。

"什么事情这么好笑？"泰问道。

"我很怀疑你能不能看懂。"

"说说看。"他提议道。

"不要，"她说着，"我们两个人的幽默感不一样。如果没有其他什么的话，至少到目前为止，这已经再明显不过了。"

"你有幽默感吗？"泰突然说道。

"那儿！你知道我指的是什么。"

"我到这儿不是来受刺激的，更不是来受羞辱的。"

"那你来这儿干吗？"玛丽亚·安东尼娅苛责道。

"问得好，"泰说道，"我当时一定是精神错乱了。"

"这是很显然的事情，"她对此很赞同。"当然，男人都是玩物，而你们这些演员，一个个都太自以为是了，自认为很特别，因为所有的聚光灯都打在你们身上，地上的脚灯把你们脸上的妆容照得很好看，但实际上你们都是一路货色。世界上有哪个人会像你们一样，成天都在扮演着别人，过着别人的生活，你们活得永远都不是自己。"

"这是工作，"泰说道，"和其他工作没什么两样。"

"胡说！你说的这句话连你自己都不信。"

周围的人开始将注意力落在他们两人身上，特别是一对年轻夫妻，似乎正忙于发送和接收短信。

"我不相信的是，如果世界上有哪个角色能让你这样极端挑剔的人满意的话，我或者是其他任何一个人都胜任不了这样的角色。"

玛丽亚·安东尼娅迟疑了一下，然后很自信地说道，以便让其他人听得更清楚一些，"泰，你疯了。你已经在危险的边缘了，为什么不在事情更糟之前回头？"

泰将手撑在桌子的边缘，对玛丽亚·安东尼娅说道："你真是个漂亮的女人。"毫不掩饰话语中强烈的讽刺意味。

"谢谢夸奖，作为一个男人，你也长得不错。"

"这就完了？"

"我恐怕是这样的。"

"你错了。"

"我才没有，难道你要我直白地告诉你？好吧，你和你拥有的一切远远都不够格。"

泰浑身颤抖，假装被她尖锐的话语刺痛了，然后生气地吼道："那让我来告诉你，你是什么东西。"

"除了美丽以外的东西。"玛丽亚·安东尼娅暗笑道。

"好。你这个被惯坏的女人，你就是一个彻彻底底的泼妇，这还不够，你就是一个荡妇。"他接着说道，"相信我，在这些方面我是专家。"

听到这里，玛丽亚·安东尼娅将拿着水杯的右手向后缩了缩，然后猛地向前泼了出去,杯子里的冰水溅得泰的头发和脸上到处都是,冰珠子顺着 POLO 衫的领口流了下去。她把椅子向后踢了踢,猛地站了起来,"船长会把你的行李放在码头上,"她冷酷地说道,"我可不想浪费时间来收拾你的东西。"

泰天生的火爆脾气也上来了,说道:"我也不想把时间浪费在你那个贼窝里。"

22

巴尔塔萨·弗拉坦杰洛处于极度兴奋的状态中。尽管他是正声名鹊起的设计家,并不是什么宝石鉴赏家,但每次一看到美轮美奂的宝石他都会非常兴奋。现在这些宝石装在上了锁的手提箱里由巴尔塔萨或者说是由陪着他去西班牙的魁梧保镖护送。这一切都令他非常高兴——这些是他这辈子见过最漂亮的也是最难以置信的宝石。里面有粉色和蓝色的钻石、哥伦比亚祖母绿、缅甸红宝石,还有克什米尔蓝宝石。他们乘坐着"嘉奖"CJ3 号私人飞机将它们从罗马运送到阳光海岸,或者就像是伊莎贝拉开玩笑的说法,那片自马拉加一直向南延伸到直布罗陀的细长海岸,简直就是"犯罪海岸",这些漂亮至极的宝石绝对配得上这样的待遇。

伊莎贝拉站在中庭的办公桌前,当她和伊恩待在一起的时候,这儿就是她的工作室。她小心翼翼地把宝石从包装纸里取出来,然后轻轻放到毛毡托盘上,旁边放着一个速写本,上面画着她最新的设计原稿。

"看起来所有的事情一瞬间变得高档起来了。"巴尔塔萨告诉她。

"现在没时间来说品位的事情。"伊莎贝拉说道。

"你告诉过我,"他回答道,"我一直以为你的作品可以为瓜尔迪吸引一些年轻人,但我没想到它们瞄向的是高端市场。"

"我也没想到。有钱人的想法有时候非常奇特。"

巴尔塔萨耸了耸肩,说道:"这一点,你比我知道得更多。"

"我也只是猜测,没什么实际经验。"伊莎贝拉说着,把目光投向了光滑的玻璃棱镜,两人在上面看到了自己的影子。这所房子是卡萨雷斯镇附近少有的几所依靠着安达卢西亚山建造的房子之一,它跟周围的房子用走廊连在一起,形成了一片大型的建筑群,这就是庞德别墅。这都是伊恩的主意,用玻璃建造的透明结构,从特定的角度看过来,里面差不多是隐身的;而且他们把这套豪华的私人别墅建在了一个人造湖旁边,颇有世外桃源的感觉。每个房间大小各异,使用斜构件的方法建造,从外面看不到房间里面的任何东西。

"没有区别的差异,"巴尔塔萨暗示道,却没有挑明。毕竟,大家都知道伊恩·桑塔尔没有子嗣,没有人比伊莎贝拉跟他关系更近的了,这是一个常识性问题,至少对于在瓜尔迪工作的人来说是这样的。而且桑塔尔是一个欧洲人,又不是什么美国慈善家,他的遗产还能给谁呢?

"你知道我现在担心的是什么吗?"巴尔塔萨继续说道,他的目光依然没有离开桌上的宝石,神情有了一丝忧虑,"人们冲着照片上镶着这些珠宝的设计而来,当珠宝被拿下来的时候,他们会非常失望的。"

"有人说照片什么了吗?"伊莎贝拉问道。

"我只是想……"

"你是想说这些珠宝都是用来搭配高级时装的,而我们平时的设计线只能配得上普通成衣?"

"差不多是这样。"

"不,不,不是这样子的。"伊莎贝拉说道,"巴尔,这完全是一次私人拍卖,一次性的买卖。"

"那我还在这里反对什么? 尽管你也承认这一切挺奇怪,但我的职责是看到这些宝石被放到安全的地方。"巴尔塔萨说道,"究竟放在哪里呢?"

伊莎贝拉笑了起来,"我可以告诉你,但是看完之后我必须要杀掉你。"

"我确定你会把我埋在山腰底下。当然,我们这也只是例行公事而已,是吧,阿图罗?"

保镖点了点头。

"伊恩会签字接收这些宝石的,"伊莎贝拉说道,"我已经跟拉普打过招呼了。如果你们愿意的话,现在可以给他打电话确认一下。"

"这些宝石价值上千万欧元啊。"

"给他打电话。"

"我相信你,"巴尔塔萨说道,"但是我想阿图罗会给他打电话的,这是规矩。"

"我同意,"伊莎贝拉说道,"我现在就给拉普打电话,然后让你来说。"

阿图罗点了点头,然后对她说道:"巴尔塔萨曾经告诉过我,你是一位了不起的外交家。"

"谢谢。"

伊莎贝拉听出了阿图罗声音中放松的意味,她对此笑了笑。他还很年轻,有着游泳运动员般健壮的身材,却长着一张单纯的脸,是巴尔喜欢的典型类型。"你们会住在哪儿?"

"住在你提议的那家旅馆。"巴尔塔萨回答道。

"是个不错的选择。"伊莎贝拉说道。

"我从来没来过西班牙的这个地方,"他继续聊到,"我只去过巴塞罗那,而阿图罗是第一次来西班牙。"

"这个地方很漂亮。"阿图罗说道。

"我想我们周末都会待在这儿,"巴尔塔萨解释道,"如果你需要帮助的话,我可以帮你。如果你不需要的话,我们两个人就去租两个摩托车去周围逛一逛。"

伊莎贝拉说道,"我倒是很想要你们留在这儿,但是……"

"桑塔尔先生到家了的话,可能会误会吧。"

"噢,不,不是这样的,他是最不可能误会的人了。他可是宝石鉴定的大行家啊。不过周末的时候,菲利普会过来住,他……"

"喜欢有一些私人空间。"巴尔塔萨说道,顺便将手伸进了自己的旅行袋里,"这不怪他,不用担心。对了,我差点忘了,我们从罗马给你带来了一份报纸。"

"太贴心了,谢谢。"

"最近这算是大新闻了,"他说道,"不是吗?"

"什么新闻?"伊莎贝拉问道:"我怎么不知道你在说什么?"

"简直难以置信。泰·亨特和一个叫玛丽亚·安东尼娅·萨拉萨尔的有钱女人之间的事情,算得上是头条新闻。你没有见过泰·亨特?"

"我见过,就是最近的事情,在戛纳。"

"他总是在到处跑。还有,现在 YouTube 上面都在疯传呢。"

伊莎贝拉一边快速浏览着《信使报》,一边回答道:"我会去找来看看的。"

"实际上,你不用这么麻烦,我的 iPad 上有这段视频,我想你会感兴趣的。"

一点开 YouTube 的图标,视频正好播放到玛丽亚·安东尼娅告诉泰"男人都是玩物"的地方,然后一直到她用冰水将他泼了个透,看到这里,伊莎贝拉不自觉地笑了起来,说道:"可怜的男人"。当视频放完的时候,伊莎贝拉说道:"我倒是想知道,他现在在什么地方。"

中庭依山而建,和山只隔了一层石墙。就在这时,石墙角落的红木书架无声地向内旋转开来,伊恩·桑塔尔蹀步走进了房间。他穿着针绣花边的拖鞋,看起来挺居家的,不过他流露出的威严气势,却让人暗中生畏。

"伊恩,这是我的同事巴尔塔萨·弗拉坦杰洛,我想你已经知道了,"伊莎贝拉介绍道,"他是我另外一位同事,阿图罗。对不起,我还没问你姓什么?"

"蒙塔纳雷利。"阿图罗告诉她。

"阿图罗·蒙塔纳雷利,他也在瓜尔迪工作。"

"你们好，"伊恩问候道，两只眼睛停留在两人身上，同时和两人握了握手，仿佛两人的身份跟他相仿。

　　"你看，他们带了什么东西过来。我和他们说由你来签字收货。其实我们正准备给拉普打电话。"

　　"哦，那现在给他打吧，"伊恩说道，"对了，我要在哪儿签字?"

23

奥利弗·莫利纽克斯说道:"对不起。"

"那我是不是该说那是一个好的开端?"泰问道,"如果是这样的话,好吧,这算是一个好的开端,但现在你在我的脑子里还是个混蛋。"

"我知道,"奥利弗回答道:"那你告诉我,我们还有什么别的办法可以达到目的。"

泰说道:"你已经把我毁到这个地步了,而且还挺奏效的,不是吗?"

"那是因为所有的事情都是自然而然发生的,这是唯一的原因。"

"这不是唯一的原因。"

"好吧,你演戏的天赋很好,玛丽亚·安东尼娅的天赋也不赖,这样的话你究竟想让我说多少次?"

"这功劳该是谁的就是谁的,"泰开起了玩笑,"她是按照演员的标准来训练的,难道不是吗?"

"你能看出来?"

"当然。"

"当演员曾经是她的梦想。"

"嗯,世上的事情并不能总按预想的方式发展,"泰说道,"做得最好的也并不一定总能拿到应有的奖励。"

"现在没关系了,玛丽亚·安东尼娅现在已经找到了自己的舞台。"

两人现在在泰的马贝拉俱乐部的套房客厅里。奥利弗其实很早就到了,他戴着一顶宽边儿草帽,活脱脱一个种植园主,而鼻梁上架着的太阳眼镜却让他有了一种绅士的感觉，人们很难将他现在的装扮和他的身份联系起来。直到确认没有人跟踪，他才进了泰居住的安静的海边庄园式酒店的大门。

"那么我们现在干什么？就干等着?"泰问道。

"嗯，先等着。"

"现在往洛杉矶打电话还太早了。我不能在早上三点就把内蒂吵醒，此外，我要在他看到这个报道前，亲自告诉他。"

"我们首先要考虑的不是内蒂。"

"好吧，你说了算。"泰说道，"他把闹钟设在八点，我八点过一分的时候给他打电话，也许再提前几秒钟，你觉得怎么样?"

"很难说，由于时差的原因，这可能行得通，但是我知道这个事情已经登上美国明星八卦网了。"

"就算登了，那又怎么样？你真的以为她会一直盯着八卦网吗?"

"更奇怪的事情都发生过。无论如何，在你说'可怜的泰在玩完女人后，被女人玩了'以前，这个事件已经在网站上像病毒一样传开了。"

"你等了一整天就是为了说这个。"

"实际上，"奥利弗说道，"只有一个半小时。"

"如果这么做没什么效果的话，我希望你和你的人准备了后备计划。"

在奥利弗回答前，电话响了起来。在它响第二声的时候，泰把电话接了起来，"喂，你好?"

"你好，"一个西班牙口音传了过来，"客房服务，我们需要帮您清理一下小冰柜吗?"

泰深吸了一口气，然后说道："等会吧，我还什么东西都没碰。"

"好的，我们稍后再来，谢谢。"电话里的声音告诉泰说。

泰扫了一眼奥利弗，摇了摇头。

一分钟后，一个信封从泰的门缝里塞了进来。打开信封，泰看到是

194

来自门房的留言,"伊莎贝拉·卡维尔刚才给您打过电话,请回电。"后面写着一个罗马的手机号码。

泰将留言递给奥利弗,然后闭上了眼睛。

"你要怎么做?"奥利弗问道。

"慢慢从六十数到零,"泰低声回答道,"这是一种消除急躁的办法。"

"另一种演员的把戏?"

"从某种意义上来说,"泰说道,"是的。"

当泰数完后,奥利弗说道:"她是怎么找到这儿的,我真佩服她的能力。"

"自信的女人,"泰对此很同意,"你怎么认为,我现在应不应该给她回电话?"

"不要用那个。"奥利弗指着泰手中握着的黑莓手机,说道。

"为什么?"

"你先不要碰手机,"奥利弗说道,顺手从自己穿的细麻布裤子里掏出了一个完全相同的手机。

"我知道了,你想要在下一部007系列电影中扮演M处长,你先拿我来练练手?"

"如果你想要夸奖自己的话,就直接说。现在,我来给你解释一下,这个东西怎么用。首先,这个手机有两个模式:普通的4G网络模式和加密模式。将大写键和E键同时按三秒钟,手机就会自动进入加密模式。再按一次,就会返回普通模式。以同样的方式按大写键加S键,手机就会变成卫星电话,再按一次就关闭。当然,在你发问之前,我可以告诉你,卫星电话和加密模式可以同时开启。虽然西班牙气象办公室和我们这次的行动没有什么关系,但是这部卫星电话是挂在它的名下的。稍等一下,最后还有更好玩的功能。"

"你听起来就像是电视上做广告的。"泰打趣道。

"管它的,我这也是赚点辛苦钱。你绝对不会相信,这个手机在加密模式下,有一种有意思的功能,它可以伪装通话和短信内容。无论你给谁打电话,它都能伪装成是你家里、工作室或者是你的经纪人打过来的,同时这些地方的电话也会进行呼叫转移。"

"得到他们的准许了吗?"

"恐怕没有。不过更棒的是,当你在通话的时候,你一直按着 H 键,那头接电话的人就会听到一段幽默的——实际上,有时候比较荒谬的——对话。长按 D——毫无疑问,它是严肃的缩写——会把窃听电话的人转移到一段完全不相干的严肃对话中。长按 N,他们听到的完全就是胡扯的话,说起来,也不能完全算是胡扯,只不过谈论的话题会经常转变,让人摸不着头脑。"

"看来我有得学了。"泰说道。

"你学东西很快。"

"谁告诉你的?"

"我凭个人经验判断的。"

"噢,原来是这样。"泰感叹道,"如果他们把我的手机收走了怎么办?"

"你能问到这个问题是人之常情,但是他们不会这样做的,因为你是泰·亨特,他们能做的只有窃听你的电话。"

"你给我的感觉就像是你们能够监听到他们的所有对话一样。"

"只是在某种程度上来说是的,"奥利弗解释道,"但是我们听不到桑塔尔密室里的任何声音,密室四周的墙壁里灌了铅,完全隔绝了声音。"

"密室在哪儿?"

"在超越号上。"

"噢,我问了一个愚蠢的问题。"

"当然,他家里可能还有另外一间,但是他很少在那儿接待客人。"

"那么我要做的就是去完成那些连国家安全局和国家通讯情报局都不能完成的任务?"

"桑塔尔预料到了无线电波以及任何形式的计算机代码,但他绝对怀疑不到你的身上。"

泰讽刺地笑了笑:"或者说,这只是你们的希望吧。"

奥利弗点了点头,说道:"这是你的使命,你是从什么时候变得这么胆小谨慎的?"

房中一下子安静了下来,随着时间的推移,这种气氛变得越来越压抑,就在这时,电话突然响了起来。泰看了看奥利弗,然后接起了电话。

"是泰吗?"伊莎贝拉用她那优雅的伦敦腔问道。

"哦,伊莎贝拉·卡维尔!"

"你记住了我的声音。"

"每个人对你的声音都记忆深刻吧? 你是怎么找到我的?"

"首先,我想向你道歉,我没有能够陪你去参加伦敦皇家公演。这个公演听起来特别棒。"

"你错过了。"

"如果我不留在罗马参加我的首秀展的话,我将永远丢掉我的工作。我这不是要回避你的问题。首先,我在报纸上看到,你现在跟我的距离不算很远。然后我把自己放在你的位置上想了想,如果我是你的话,我会去哪儿呢? 当然是马贝拉俱乐部了,这是很显然的。"

"但是我没有用我自己的名字登记入住,至少我是这么认为的。"

"你没有用。但是你在杜卡普酒店登记的时候用的也是这个假名。伊恩的船长有参加我聚会的客人名单,我想你以前肯定用过这个名字,以后也一定会用,看来我猜对了。顺便问一下,奥兰多·玛驰到底是谁啊?"

"是我和我父亲曾经写的小说里的一个人物。"

"你会在那儿住多久?"伊莎贝拉问道。

“我也不确定。”

“那明晚上过来一起吃晚饭吧，八点到八点半左右。”伊莎贝拉提议道。

“八点到八点半。”泰重复道。

“你刚到这里，”伊莎贝拉告诉他，“你需要认识一些新朋友。”

24

晚宴是在庞德别墅举行的。当泰快要到的时候,通过前方透明的玻璃墙,就看到了菲利普·弗罗斯特。进入庞德别墅的大厅,菲利普接待了他,两人紧紧地握了握手,菲利普表现得很热情。

"先说最重要的事情,你想要喝点什么呢?"菲利普问道。

"好问题,"泰答道,"我通常会要一杯调制的干性马蒂尼。"

"和我一样。"菲利普说道。

"但是我今晚上想要一杯更简单的,嗯,更具西班牙风味的酒。"泰说道。

"比如说?"

"比如说莫吉托,行吗?"

"还是喝马蒂尼吧,克里斯平调的马蒂尼是世界上最好的。"菲利普说道,一边指向一位穿着苏格兰格子裙的黑人,他的个子很高,现在正在忙着给伊恩的客人调酒。"他先把利莱白酒倒在冷水晶杯中摇晃,然后加入一些普利茅斯琴酒,他朝放着弗朗西和柠檬皮的方向瞅了一眼,好像在说只有我能调这么好的酒。

"好吧,听你的。"泰说道。

"克里斯平,给我们调两杯马蒂尼。"菲利普说道。

克里斯平·普莱曾特露出了微笑,"马上就好。"他回答道,带着浓重的巴巴多斯口音,伊恩当时就是在那里发现他的。

"那么,"菲利普说道,"看来你回欧洲的时间比你预期的要早。"

"以前,我还可以自由支配我的生活,"泰自嘲地笑了笑,但是他的眼睛一直都盯着菲利普,"但是现在不行了。"

"谁都会碰上这样的事情。"菲利普说道,"我自己也刚换了一份工作,我现在还在熟悉自己的新老板。到目前为止一切还好,但是这工作还是挺棘手的,不是吗?"

"事实上,"伊莎贝拉突然插嘴,打断了两人的谈话。"没什么好棘手的。菲利普更喜欢在日内瓦扎根,他在那儿上的学。我们都知道,一些男孩子总是不愿意面对长大的现实。"说到这儿,她怜悯般地微微笑了笑,然后靠上去亲了菲利普一下。"亲爱的。"她顺便和菲利普打了一个招呼。

"亲爱的。"菲利普回答道。紧接着他转向泰,对他说,"事实上,我现在被我们公司派到了直布罗陀分公司工作,离这儿很近,来回的交通也很方便。"

"他骑摩托车上班。"伊莎贝拉补充道。

"这是最快的方式,特别是在边境的时候。"

"很酷,但是很危险。"伊莎贝拉说道,然后转向泰,泰亲了亲她的双颊。伊莎贝拉说道:"你好,我们很高兴能请你共进晚餐。"

"这可都是你的功劳。"泰告诉她道。

"最开始我都不敢相信,无论如何,你出现的时机太巧了。今晚上参加宴会的一共有十二个人,其中包括直布罗陀的顶级政客以及掌管该地区北约基地的英国海军上将。"

"听起来很有意思。我从来没有来过直布罗陀。"泰说道。

"真的吗? 那你更不能错过了,"伊莎贝拉告诉他,"直布罗陀是一个非常棒的地方。"

"跟苏黎世很像,不过天气要好得多。"菲利普说道。

"这儿还有猩猩。"伊莎贝拉补充道,露出了笑容。

"还有这事?"泰回道。

"山上到处都是,他们会偷你的手提包,还有照相机。猩猩特别顽皮,你得非常小心它们。"伊莎贝拉说道,"而且这只是山体表面上的,山的内部还有很多迷宫般的隧道,在直布罗陀还是军事要塞的时候,它们就存在了。"

"现在不是了吗?"菲利普自问自答道,"我也不太确定,比方说,科顿上将就曾经把一个圆形的隧道当做自己的司令部来指挥部队,那是最大的隧道之一。这些隧道是怎么建成的,人们对此一无所知,只能凭想象去猜想,隧道连着直布罗陀山和摩西山,两者之间的海峡大概有好几英里远。"

"摩西山?"泰问道。

"它和直布罗陀山曾经是一座山,"伊恩打断了几人的谈话,走向他们,"地质板块发生漂移的时候,不仅把两座山分开了,也分开了欧洲大陆和非洲大陆。如果你研究过希腊神话,你就知道它们就是赫丘利斯之柱。柏拉图认为迷失之城亚特兰蒂斯就埋葬在赫丘利斯之柱的下面,他还认为赫丘利斯之柱是赫拉克勒斯完成十二功绩的标志。而罗马人则认为赫拉克勒斯在去已知世界西端的时候,顺便打通了这座山。"

"太精彩了,"泰说道,"板块是什么时候发生漂移的?"

"这是个持续的过程,我相信你肯定知道这一点。"伊恩说道,换上了一种学究式老先生的面具。尽管泰觉得伊恩在不同的场合对不同的人都有不同的面具,但是他还是对伊恩现在的这种面具感到很新奇。"经过上千万年的演变,大陆漂移会经历一个循环,人们根据最先发现这个理论的加拿大地质学家给它命名,把它叫做威尔逊循环。在这个循环中,大陆不断形成,分裂,分开,然后重组。尽管在我们的有生之年感觉不出这些变化,但是大陆无时无刻不在运动,没有什么东西是永久不变的。大约在六百万年以前,非洲大陆和西班牙大陆发生了碰撞,就形成了地中海的西海岸。而大约在那之前的四百万年,其他的碰撞形成了地中海的东岸。随着碰撞的加剧,从河中流进来的水越来越少,到最后,地中海就干枯了。但是这些河流一直在流动,最终流到了大西洋。不过后来海水又开始从大西洋往回流，涌入地中海。直布罗陀海峡很有可能是因为这些洋流流动而形成的，而不是被赫拉克勒斯劈开的。当然，这些山到底是地中海的入海口，还是地中海通向外面世界的门户，完全取决于你是怎么看的了。"

"受教了，"泰说道，"我已经迫不及待想去看看了。"

"我也迫不及待想要带你去看看，"伊恩回答道，"真感谢你能来参加我的小聚会，真是蓬荜生辉啊。"

泰耸了耸肩，说道，"这可全仰仗了您的派对才吸引了那么多的名人雅士，我就太不值得一提了。"

"不，对于你的到来我们感到非常荣幸，"伊恩坚持这么认为，"我们并不是每天都能请到电影明星，特别是像您这样大名鼎鼎的，而且还是直接——好吧，算是直接——从白克宫赶过来的。"

"如果你指白金汉宫的话，我可以坦诚地告诉你，我从来没有进过白金汉宫。皇家公演在一个剧院里举行的。"

"这个只是俚语而已，"伊恩说道，"你知道的，白金汉宫以前叫做白金汉议院。"

伊恩很老到地将泰引向他的客人，并将他们一一介绍给泰。首先是他那儒雅的律师里卡多·哈斯利特，和他的太太奥利维亚，她住在附近一个叫索托格兰德的地方，跟他们一起参加聚会的还有奥利维亚的妹妹埃尔维拉，她离过两次婚，穿着女骑手的服装，和往常一样，一到马球赛季，就会从英国格洛斯特郡过来拜访她姐姐一家。接下来给泰介绍的人是蒂莫西·富先生和富的太太方丹，这是一对富有传奇色彩的新加坡夫妇，他们的女儿凯瑟琳过去在伊恩的公司里上班，不过刚开始在交易大厅做商业银行师的时候，她就把这份工作搞砸了。

蒂姆①·富主动抛出了话题，他指着伊恩对泰说道，"你知道我认

①蒂莫西的昵称。

识这个男人多久了吗？我们两人是剑桥大学的同学，从认识到现在，时间过得真快啊！"

"人们都说日子是一天比一天过得快，因为这代表着你剩下的日子越来越少了，"泰说道，"但是我倒是不怎么苟同。"

"你不那么想，为什么呢？"

"因为我拍的一些电影，让我感觉就像时间永远都走不到尽头一样。"

"您说得太对了。"富太太叫道。

"我太太西莉亚曾经也是个演员，"当伊恩离开后，蒂姆·富解释道。

富太太脸上露出了微笑，她说道，"那是很久很久以前的事了，感觉都隔了十万八千里。"

"我好像一直都不知道，"蒂姆·富问道，"原来伊恩也涉足电影产业。"

"是吗？"泰反问道。

"如果不是的话，那真是奇怪了。伊恩很少邀请只有一面之缘的人来庞德别墅，或者登上超越号邮轮。但是我想，就您的身份来说，您是一个例外。"

泰耸了耸肩："我看出来了，您和伊恩不仅仅是老朋友的关系。"

"我们确实是老朋友，此外，我还投资了他的一些项目，他也在我的基金中入了股。"

西莉亚·富①皱了皱眉，为了不让泰知道她在讲什么，她用普通话紧张地说道，"你这么说搞得像是伊恩的生意还没有现在做得这么大，这么成功一样。"

泰立即将自己的目光转移到别处，做出一副完全听不懂的样子。

---

①方丹的英文名。

"现在不要这么没礼貌。"蒂姆·富告诉他的妻子,然后向泰点了点头,并向他暗示正在讨论的话题很紧要,以请求他的原谅。"家庭危机。"他用英语小声地对泰说道。

"我们三次邀请他来参加我们的聚会,一次在新加坡,一次在上海,还有一次在伦敦,他都说有更重要的事情要办,三次他都没来。"西莉亚依旧用普通话说道,语气极其不情愿。

"很明显他有很多事情要处理。"她的丈夫告诉她。

"以前,你都会知道他在干什么事情的。"

泰犹豫了一下,说道:"也许事实就是如此。不过无论如何,我们现在都在这儿。"

西莉亚不情愿地点了点头,"我一直都想弄明白为什么。"

"人生就是一张社会关系网,"泰平静地说道,"而生活依然是社会的生活,作为其中的一员,我们要么培养关系战胜生活,要么摒弃关系被生活击败。"

"哦,但是是和谁的关系呢?"西莉亚追问道,"伊恩生活中的这些朋友究竟是什么身份? 就我所知,他们中有很多人都来自中东。伊恩不管去哪儿,都喜欢被人簇拥着,那么这些人在里面又扮演了什么样的角色? 我们永远都不可能知道这些答案,因为伊恩绝不会把这些秘密和我们分享的。"突然,她又换成了英语转头对泰说道,"真是对不起,我刚才用另外一种语言和我丈夫交流,真是太不礼貌了。"

在用晚餐的时候,泰坐在伊莎贝拉和艾萝依·科顿中间。艾萝依是科顿上将的妻子,她身体强壮,与上将结婚已经很多年了。

"你去直布罗陀山的时候,"艾萝依·科顿说道,"一定要去伊恩的办公室看看。它和贾尔斯的办公室分别在山的两端,从上面望下去能够很清楚地看到机场和海港。"

"既然您这么说,我很乐意去看看。"

"我恐怕贾尔斯的办公室外人不能入内,"艾萝依接着说道,"哪怕是我也是一样。"

"一些特定的场合例外。"贾尔斯·科顿上将坐在经过抛光处理的圆桌对面,他突然打断了两人的谈话说道。上将长得很结实,但非常和蔼,泰已经听说过了很多关于他的英勇故事。

"噢,那个啊。"艾萝依轻蔑地说道,然后转过头来对泰说,"他们每年都会选一天对外开放,让当地的重要人物——或者说是自认为很重要的人物,我是这么认为的——进行参观,即便如此,大部分地方还是处于戒严状态,不能随便走动。"

"我那儿就没什么秘密了,"伊恩说道,"到处都是一些文件和提货单、报关单什么的,除了无聊还是无聊。"

"你太谦虚了,"伊莎贝拉说道,"它就像阿拉丁的藏宝之处,充满了神秘感。"

"亲爱的,对你来说,"伊恩说道,"也许是这样子的,因为你有着一颗艺术家的内心,还有就是你没在那儿工作过。如果你试一试的话,一定会发觉一切令人无聊得窒息。"

"亨特先生也不在那儿工作,他可能会同意我的观点。算了,我们不要再谈论这个话题了。"

"你会在这儿待多久?"艾萝依问泰道。

"很难说,"他说道,"很可能不会太久。这次的旅行来得很突然,我完全没有预料到。"

"我们上次见面的时候,"伊莎贝拉对泰说道,"你急着回你的新家,把所有的心思都放到了那边。"

"你的记忆力真是太让人印象深刻了,"泰评论道,"不过等我回到恩坎塔达山庄的时候,就马上想到,正在装修的房子是不能在里面待太久的。"

伊莎贝拉强忍住了笑,对泰说:"我们明天要去看斗牛。"

"对了，没错，"伊恩说道，看到伊莎贝拉的眼色后，他接着说道，"亨特先生，你应该一起去。谁想要去，我们都热烈欢迎。"

"请不要叫我'亨特先生'了，"泰说道，"我们在你的船上就讲过这个问题了。"

伊恩点了点头。

"来吧，泰。"伊莎贝拉说道，"你会喜欢的。你以前看过斗牛吗?"

"从来没有。"

"那更要来了。看完以后，你还可以增加一些经验，这对于一个演员来说是非常重要的。"

"你可以随便选一个客房过夜，"伊恩提议道，"马贝拉俱乐部离这儿太远了，再加上你又喝了酒，在晚上开车的话很容易被警察逮到。就这么定了?"

"我想就这样吧。"经过一番他认为恰到好处的短暂犹豫后，泰答应了下来。

"你和菲利普的身材差不多。"伊莎贝拉说道。

菲利普在脸上堆了堆笑容，然后说道，"我一定可以给你找到一些合身的衣服。"

"那太感谢你了。"泰告诉他道。

"这是我的荣幸。"菲利普回答道。

泰关掉了灯，在上床睡觉前，他拿出了奥利弗给他的黑莓手机。马上要到午夜了，但是考虑到时差，给家里或者工作室的制片公司以及经纪人打电话的话，时间刚刚好。他按下了菜单键，想着要不要按下 E 键，直到手机键盘灯关闭的时候，他还没有想出结果。最终他决定不对通话加密，对这种容易被监听到的电话进行加密，很容易就会引起别人的怀疑。相反，他按下了 N 键，让通话听起来仿佛是受到了外界的干扰一样，这样任何监听的人都会不知所云。泰从手机的通讯录中找出了经纪人纳特·弗利德弗里斯的号码,然后按下了绿色的通话键。几秒钟后,电话里传来了美国电话特有的单音通话声。

在响第三声的时候,奥利弗接起了被拦截的电话,他说道,"你好。"

"你好,内蒂。"泰答道,"你感冒了吗?听起来你的声音不一样。"

"只是普通的小感冒,毕竟夏天到了。"奥利弗顺着他的话题回应道。泰和奥利弗都不相信投机主义,即使他们的通话受到了相关技术的保护,他们依然在说话的过程中使用了大量的暗语。

"你绝对想不到,我明天要去哪儿。"

"我了解你,我相信你的决定是对的,告诉我吧。"

"去看斗牛。"

"斗牛?"

"在塞维利亚。"

"我在报纸上看到,"奥利弗说道,"你昨天还在巴鲁斯港。"

"噢,那个事啊。"泰答道。

"你不会是和那个婊子去看斗牛吧?"奥利弗问道。

"上帝啊,肯定不是,"泰说道,"我是和朋友一起去。实际上,我现在和他们待在一起。"

"很高兴听到这个消息。你千万不要去当斗牛士,哪怕是想都不要想,你的脸面太值钱了。"

"听你说过那么一两次。"

"不是我说的,是票房说的。票房告诉了发行部门,然后他们再转告我的。你是知道这里面怎么运作的。对了,如果你打电话是问你的新家,我可以告诉你前几天我去看了一下。"

"这只是一方面,"泰说道,"那边怎么样了?"

"'创造性毁灭',我想工人们是这么叫它的。他们正在干活儿,但是离完工还早着呢。对了,你跟那个婊子分手的事情,我深表遗憾,请原谅我这么称呼她,但我实在想不出更好的词儿了。"

"女人有的是。"泰说道。

"你能确定什么时候回来吗?"

"内蒂,我现在还不清楚。也许很快,也许要过一段时间。现在,我在这边还走不开。"

"你想知道一些发生在萨尔家的聚会上的事吗?"

"发生了什么事儿?"

"回头想想,还真没什么事儿。"

"那么,我挂了,拜拜。"泰说道。

"好吧,"奥利弗答道,"拜拜。"

25

"你再给我讲讲安德烈都给你说了什么,"伊恩说道,"菲利普,这次不要遗漏任何的细节。"

两人在伊恩另一间更小的书房里,书房是用隔音玻璃建成的,就在庞德别墅里面。在西班牙的夏夜的映衬下,书房的灯光显得特别明亮,从远处看去,时尚的装修和地上铺着的阿拉伯地毯相映成趣,异常和谐。

菲利普答道:"他说,有人问过他一些问题,甚至问到了指挥部里的第四把手——朱可夫。"

"这个我已经预料到了。"

"但是你从来没有提过。不管如何,你是知道的,朱可夫已经死了。"

"这事一直让我挺伤心的,"伊恩说道,"我还等着他功成身退的一天呢,他应该有一个好的晚年。"

"你说得对,他是一个好人,但是他的性格太粗暴了。他活得越久就会越危险,而且他的胃口变得越来越大,越来越不知道收敛。我能说什么呢?"

"你可以告诉我,朱可夫的死跟你一点关系都没有。"

"当然没有关系,"菲利普说道,"你比我更清楚,谈论一个人的死和插手一桩谋杀案是完全不同的两码事儿。"

"这倒是真的,"伊恩说道,"如果刚我的话听起来像是指控的话,我向你道歉。"

"接受你的道歉,"菲利普告诉他,"我听说,他和你时不时有生意往来。"

"我们两人从来没有想过要隐瞒这些事情,关键是这些事情里面的细节。你刚才说的'生意',别人究竟知道多少?"

"安德烈不肯说。"

"所以说,你自然就想到了你有没有因为和我有关系而受到影响。不过话又说回来,我们之间的关系大家都看得一清二楚。"

菲利普停顿了一下,然后回答道:"是的。但是安德烈向我保证,我现在是清白的,并希望我永远保持这个样子。"

伊恩摇了摇头,并不是因为安德烈精准的预判,而是因为人们总是轻易被各种证书所愚弄,比如说家庭背景、学校背景、职位等,菲利普参与过纳恩-卢格计划。"我是不是可以说是因为你的工作做得很出色。"

"很显然是这样的。"菲利普说道。

"尽管如此,你私自把我们的货改了航程?"

"是的。"

"难道你不觉得应该在事前跟我商量一下吗,而不仅仅是在事后告诉我结果。"

"我们当时就制订了应急计划,我所做的不过是使用它而已。"

"你这么做只会把更多的目光吸引到我们的涡轮机上来,你有没有想过?"

"我知道,这么做有风险,但是什么都不做的话风险更大。"

"你得考虑到是在和谁打交道。"

"我们在克莫拉的朋友跟我们一样很感兴趣,他们急于出手这批涡轮机,然后得到最后安装的报酬,而我们同样急着接手这批货。"

"很可能,但是你不要忘了,他们也是人,他们也有好奇心。如果,他们的好奇心被激发起来了,准备买下这批货怎么办?"

"如果,你这一切都只是假设。当然,我承认所有的事情都有可能发生,但是我们真正需要考虑的是,伊恩,如果你受到的监控比你想象中的还严格怎么办？并不是因为有些根本就不存在的货物，而是因为一些怀疑你的官僚或者是激进的政客和警察觉得你参与了朱可夫的生意，或者说朱可夫参与了你的生意？如果当这批贵重的货到了你家的时候，他们说，'这是什么？我们打开来仔细检查一下'怎么办？"

伊恩艰难地咽了咽口水，说道："尽管如此，我先前的观点依然成立。你应该在事前跟我商量一下，而不仅仅是在离开布拉格去日内瓦前才跟我说。"

菲利普研究着伊恩的表情，他一直都是自己的良师益友。在一些严肃关键的时刻，他那锐利的目光反射着自然光线，很显然，这一次他是认真的。"我知道了。"菲利普说道，"我很抱歉，以后不会发生这种事儿了。"

"那就好。"伊恩说道，"今天就这样吧，晚安。"

26

　　这场斗牛比赛算是赛季的最后几场了,在塞尔维尔的马斯隆萨斗牛场举行,从庞德别墅朝东北方向开两个小时就到了。他们到达斗牛场的时候时间还绰绰有余,所以并没有马上走进包厢,而是到附近的比利时伯玛埃斯特朗博物馆游览了一番,一路上,伊恩仔细地讲解着有关斗牛展品的历史,包括那件印着毕加索画作的斗篷。在昨晚参加聚会的客人当中,只有泰和富一家加入了这次旅行。所以当他们沿着巴洛克风格的斗牛场建筑围墙走到预定位置时,泰惊讶地发现有好些位置都空着,说明原本还有别人要来的。

　　伊恩招呼泰到头排座位挨着他坐,示意除非有更高级别的客人或者是更加重要人物突然现身,不然他都可以暂时坐在那里。"Corrida——斗牛的西班牙说法……"伊恩先开口说道,"你会不会西班牙语?"

　　"我在高中的时候学过一点。"泰答道。

　　"斗牛的历史要比你想象的悠久得多,得追溯到古希腊、古罗马时期,这算得上是世界上最为古老的传统之一。"

　　"这个我在博物馆的一张牌匾上看到过。"

　　"那你也应该知道,很久以前这个传统只属于贵族,而且是骑着马进行的。直到十五世纪,这项运动才慢慢地变得大众起来,也越来越成了一个热门赛事。"

　　"明白了。"泰感觉到伊恩正在等伊莎贝拉和菲利普在上层包厢坐定后,才会回到他的那个话题里。

　　当他们落座后,伊恩说道:"你现在是不是觉得正处在某种异样的关系中?"

"什么关系？"

"三角关系，这总是不好处理啊。"

泰抬起头，好像要越过伊恩去看伊莎贝拉和菲利普。"我并没有陷入任何关系当中。"

"你在躲避我的问题。"

"是你的女儿打电话给我的。"

"是你先邀请她一同去见女王。不过要申明，我完全没理由反对你，亨特先生。相反，我很喜欢你。要是我有你这样的天赋，有你这样漂亮的外貌，天哪，我想我应该也愿意赌一把。"

"您的才能是我远不能及的。"

"谢谢，我很荣幸。你应该还是比较了解伊莎贝拉的吧。她很漂亮，也很有天赋。她与人相处很有一套，有自己的风格。即使还是个小女孩的时候，她的父亲就经常这样说她，每次她走进房间，都像是从经典老片里走出来的女主角。她经常受到像电影明星一样的追捧。我还需要继续说吗？"

"我并没有想和她有什么。"泰说道，别扭地抖抖身，让菲利普的那件昂贵的夏季夹克的翻领服帖一点，穿着别人的衣服的还真是不舒服。

"当然，你也不敢。你难道不明白？像我女儿这样在时尚界响当当的人物，即使他们赢得了鲜花和掌声，却容易对一点点的小事极其敏感。这是一种习惯，是与生俱来的脆弱，是一种职业病。我不希望看到她受伤害。如果她像我一样喜欢你做伴，你也享受她在你身边，那是求之不得的。但是我要请求你，不要让她会错意！不要让她伤心！"

"我不会那么做的。"

"我没你想象的那么老古董，不过在我看来，舞台上的人总是起伏不定，人生无常。"

"这样说未免太绝对了。"泰反驳道。

"可我印象中就是这样的。"

"我很抱歉,不过我倒是觉得伊莎贝拉和菲利普在一起非常幸福和满足,我不觉得我的出现会影响到他们。"

"菲利普·弗罗斯特确实十分优秀。但是,我还是忍不住想知道,她是不是真的爱着他? 或者他是不是也爱着她? 我没办法弄清楚他们内心是怎么想的。"

"这是你的地盘,你的包厢。昨晚是你的别墅,你的派对,在之前,还有你的邮轮。出于礼貌,我想请教一下,你希望我怎么去做?"

伊恩笑了笑说道:"你希望别人怎样对待你,你就怎样对待她。她现在已经长大了,也见识广了,而且心地善良,机灵聪慧。她不再需要我无微不至的照顾了,不管现在还是将来,她需要我的时候,我会保护她。我来告诉你我最不想看到的是什么,我最不想看到的是——也不允许发生的是——她被登上了一些内容低劣的粉丝杂志或者是廉价而又粗俗的娱乐小报的封面,然后看到她甜美而又可爱的脸蛋上布满泪痕。"正说着,伊恩的额头上青筋凸起。"那样的话,我就再也看不到她快乐地生活,看不到她受人尊敬,她所追求的一切都将化为泡影,要知道她是个多么感性的人!"

泰等着伊恩完全冷静下来,说道:"这一切都不会发生,我向你保证。"

伊恩伸出手,泰也伸手上去握了握。"你是个明事理的人。"伊恩说道,"言归正传,你对这项运动知道多少? 我该从哪里和你说呢?"

"从最基本的开始吧——"泰说道,但是伊恩的注意力突然转移到了刚抵达的一对阿拉伯商人。中等个子,大概有四十五六岁的样子。他们一进门的时候就向包厢四处张望,最后把目光定在了第一排。

"萨拉姆!"伊恩用阿拉伯的方式向他们问好,前倾九十度的鞠躬礼,伸出右手行握手礼以示尊敬。"现在阿尔·多萨里兄弟到这儿了,斗牛比赛可以开始了。这是谢赫·瓦齐尔,这位是谢赫·法特恩。"他继续介绍,带着他们往前走,"想见一下泰·亨特先生吗?"

两位都笑了笑,泰知道,伊恩总是乐于为他的客人们制造惊喜。

他俩长得几乎一模一样,泰肯定他们是双胞胎。他还小的时候,在科威特和沙特阿拉伯就听说过由北欧入侵者组成的阿拉伯十字军,军队里的男男女女都天生带有这样的基因,尤其是深邃的蓝色眼睛。但是他从没有见过。现在,突然间一下子冒出来两个,他们乌黑的头发略偏红褐色。

菲利普立刻走近来,泰向后退了几步。"瓦齐尔,法特恩!"泰从没见过他对别人那么热情主动过。

"菲利普。"站得最近的那个阿拉伯人回答道,目光闪烁不定。

"但愿你们的旅途还不算劳顿。"菲利普说。

"一点也不。"另一个阿拉伯人回答说。

泰仔细观察着这两个人。两人的眼睛长得很特别,不过抛开这个不谈,他们身上还有一些地方让泰有种似曾相识的感觉。他之前好像见过这样的人,他们有些像自己在特种部队时遇到过的人,又像是自己一直在打交道的武器贩子和毒品贩子,或者是他在影视圈外所遇到的那些"金融家"。毫无疑问,这是满世界跑的两个阿拉伯十字军人,穿着考究而又十分得体,衣冠楚楚外加上恭而有礼,却掩饰不了他们外表之下的敌意。

菲利普招手示意他们坐到头排位置,伊恩的旁边。但是他们依然站在原地,做出想要离开的样子。"现在他是你们的人了。"伊恩轻松愉快地说道,眼睛则来回示意菲利普。

"哦,我们很期待他能做出些大事业来。"瓦齐尔说道。

"应该说,是我们一起做出些大事业来。"法特恩澄清道。

好像预先排练过一样,瓦齐尔说道:"毫无疑问,这笔新基金将会把一直相隔太久的资金和世界上的部分能源结合在一起。菲利普学识广博,经验丰富,且有着远大的抱负,由他来负责这个项目是再合适不过,难道还有比他更好的人选来完成这一伟业吗?"

泰听闻想,这对阿拉伯双胞胎兄弟来这里是因为他们已经是菲利普的新雇主了,而在中间牵线的人则是伊恩。现在就剩下蒂莫西·富和他的夫人了,他们到底扮演什么角色? 泰正想着,这时伊莎贝拉走了过来。

　　她穿着米黄色的亚麻套装,上衣披下来刚好盖住了翘臀,头戴着一顶淡色的宽边沿帽。"过来和我们一块坐吧,你会觉得很好玩的。"她招呼他过去。

　　"好的,女士,"泰回答道,"我本想早点和你说的,衣服很漂亮。"

　　"谢谢。这是我在一家巴黎代销店买到的。是美国时装设计师古斯塔夫·塔塞尔的作品。货真价实的 20 世纪五十年代电影明星的装扮,喜欢吗?"

　　"挺喜欢,我住处的装修风格也是这个年代的。"

　　"特别有奥黛丽·赫本的范儿,这就是我想要的效果。"她眨着眼补充道,"需要我和你讲一下这个斗牛比赛吗?"

　　"那就和我讲讲吧,刚才你的教父正打算说,刚好——"

　　"刚好有事,就没讲下去是吧。他总是这样。"

　　"看来你也是经常遇到。估计菲利普已经去招呼那对双胞胎了。"

　　"应该是吧,虽然菲利普现在是这个名为 De Novo 新基金的主席,但是投资人是他们两兄弟……准确地说还有他们的朋友们。"

　　"De Novo?"泰问道,"这不是很奇怪吗,用一个拉丁词去命名一个阿拉伯基金。"

　　"现在不是全球化嘛。这个名字来自拉丁文,有'重新开始'的意思。他们希望利用投资来试图进一步建立我们文化之间崭新且坚固的友谊。这点吸引了菲利普。不论他做什么,即使是赚钱,他也需要一个比较高尚的目的,不然他一定不感兴趣。"

　　"听着让人肃然起敬啊。"泰说道。

　　"我也那么认为,好啦,回到斗牛比赛上来。一般来说,每个斗牛场上都会有六头公牛,每一场有两头。仪式马上就要开始了,你等一下可以看到斗牛士会——登场,之后他们会拿到每一头牛所在围栏的钥匙。"

泰看着眼前的宽阔的斗牛场,问道:"torero 和 matador 都是指斗牛士,有什么区别吗?"

伊莎贝拉大笑道:"就像是你和一个第一次演像样角色的演员之间的区别。一旦斗牛被放出来……"

"这下场面就失控了,"泰打断道,"不好意思,我没忍住。"

"从某种意义上来说,斗牛可以被分成三部分。第一部分斗牛士会戴着黄紫相间的斗篷上场。在这一场当中,两名长枪手,也就是骑马斗牛士,用长矛使斗牛筋疲力尽,以此让它的头保持朝下。然后是第二部分,三名短枪手上场——"

"别和我透漏太多,不然后面就不刺激了。"

"好吧,听你的。"

"伊莎贝拉,"西莉亚·富隔着丈夫对她说,"我想问一下,你这有没有多余的围巾,这太阳晒得也太毒了。"

"确实很晒。"伊莎贝拉同意道,开始翻自己随身带着的猪皮革手提包,"这儿有,给你。"

"谢谢,"西莉亚说道,"我想像个老妈妈一样把整张脸包裹起来。"

"是得小心保护着点。"蒂莫西说道。

"这样围着就能把太阳严严实实挡住了,不是吗?"这时有个他们谁都不认识的男子向他们的包厢走了过来。

"我想找一下桑塔尔教授。"那个男子问道。

用了充满敬意的"教授"俩字,伊莎贝拉知道来者一定曾经是桑塔尔的学生。很难判断他的年龄多大,他看上去很年轻,但他的表现却像是久经世故。他栗色的头发浓密得像个刚读大学的年轻人,没有任何花白发丝,但是眼角却已经明显有了深深的鱼尾纹,眼睛干涩而又空洞。"你是哪位?"她问道。

"卢克·克劳森。"

伊莎贝拉迟疑了一下,花了很久才想起来这个名字。

"我父亲和桑塔尔教授是朋友。"

"当然,我知道你是谁。听到那个消息,我非常难过,听说你父亲是——"

"被谋杀的。"卢克帮她说完。

"正是如此,这消息真令人难过,"伊莎贝拉继续道,"伊恩肯定很高兴见到你。他知道你来找他吗?"

"恐怕不知道。"

"没关系。"

卢克摊了摊手说:"我本想今天晚些时候或者明天再给他打个电话,但我无意中在酒吧听说他就在这,而且……于是,我想就过来打个招呼就好。"

"你和朋友一块儿来的?"

"是的。"

"好的,那你跟我来吧。"伊莎贝拉说道,招呼他往楼下走,穿过为贵宾准备的头排座位,到了斗牛场的正前方。"伊恩,"她叫他,伊恩立刻打断了和阿拉伯兄弟的谈话。

"怎么了,亲爱的。"他身子向后倾,转头问道。

"这是卢克·克劳森,他听说你今晚在这,特意过来拜访你。"

他打量着说道:"比利的儿子?"

卢克点点头。

"我特别喜欢你的父亲,你可能不会知道,他的去世对我来说是个多大的打击。"

卢克停顿了下:"这的确让很多人难以释怀,顺便也谢谢您善意的来信和帮助。"

"这是我唯一能做的。过来和我一块坐吧。"

"我不能待很久,我还有朋友在那边。"

"你随意就好,"伊恩说道,菲利普、法特恩和瓦齐尔马上为他腾出一个座位。

"他是谁?"当伊莎贝拉回到位置上时泰问她。

"卢克·克劳森。他的父亲是伊恩的朋友,是个美国大亨,不过命数不好,死得很惨。你应该听说过。"

泰耸耸肩,表示并不知情。

伊莎贝拉好奇地看着他。"所有报纸都有报道,就连那种报纸上都有。这起谋杀案现在想起来都毛骨悚然。不但他父亲被杀,就连他的姐姐和姐姐年幼的儿女也被杀害。他们那会儿正在陪克劳森过圣诞节。"

"听你那么一说,我倒是想起有这么回事。实在是太不幸了。"

"他儿子可是不知不觉出了名了。"

"你说他?"

"他是个玩家,或者说曾经是——一个十足的吹牛者,大酒鬼,在牌桌上屡战屡败。"

"你也是听别人说的吧?"

"听很多人说过,不过你说得对,毕竟是听别人说的,我不好对他妄加评断。"

泰非常想在伊恩和卢克·克劳森之间找个一览无余的位子坐下来,听听他们在谈些什么,但是他也意识到这不切实际,不过是徒惹怀疑罢了。他希望自己的手机能够有监听功能,尽管在那么嘈杂的环境里,没有设备可以检测到目标声音。所以他只能坐回去,看着第一场斗牛开始进行。

第一部分结束了,等待着第二部分的开始,也就是三个短枪手试图将两面旗杆分别插进每头斗牛体中。泰注意到卢克站了起来,走向出口处。当走到伊莎贝拉和泰所坐的那一排时,他放慢脚步停了下来,前倾示意,向她表示感谢。又向坐在过道和伊莎贝拉之间的富一家出于礼貌地笑了笑,当他看到泰的时候,或许是出于惊讶,向这边多看了两眼。

"你刚才一直在怀疑。"泰说道。

"我想就是你。但我心里却在说,不,卢克·克劳森,不可能是的。"他说道,伸出手去。

"泰·亨特。"

"我知道你,所有人都认识你。你现在应该早就习惯了吧。无论怎样,我特别欣赏你这样不把自己当回事。"

"这怎么说?"

"你告诉我你的名字,并不理所当然的以为我应该知道。"

"看来我父母教育有方。"

"对了,我知道你很忙,但不知道你在第一场结束后能不能过来见见我的朋友? 你来的话他们一定会激动得疯掉的。我们在楼下过去两个入口的地方。"

"好的。"没等伊莎贝拉给出不赞同的答案之前,泰答应道。

"我很想去,但是——"伊莎贝拉解释道,依旧坐在原地,眼睛扫了扫身边的富一家和伊恩的其他客人。

"我明白。"卢克说道。

"但是泰完全可以和你一起去。"

卢克迟疑了一下还是说:"你们没在一起吗,不好意思,我误会了。"

伊莎贝拉面露羞涩。

泰说:"我们是在一起啊,只是没有在一起罢了,你懂我的意思吗?"

"那样的话,实在太遗憾了。我们在斗牛招数之前接着聊行吗?"

卢克问道。

"没问题,我很乐意。"

卢克再次和泰握了握手,向伊莎贝拉和富一家点头示意,然后沿着分岔路飞快离开,回到斗牛场的主厅去。

"斗牛招数到底是什么?"等卢克走远了的时候,泰问伊莎贝拉。

"就是在第三部分,我想你应该早已猜到了吧。"她说道。语气中有种不相信,如果还算不上赤裸裸的恼意的话。

泰没管这些:"我估计就是当斗牛士面对斗牛,展开他那著名红色斗篷——"

"这叫做斗牛红布。"

"很高兴学会了这个名词。然后他再用自己的剑绝杀这头斗牛?"

"是的,在那头牛冲向他的时候。越快结束,水平越高。这就是斗牛士真正精髓所在。观众会给他最热烈的欢呼声,相反的话,他们也会喝倒彩,砸场子。"

"和我说说。"

伊莎贝拉浅浅一笑:"你为什么想知道这个? 你从没遇到过这样无理取闹的观众?"

"我比较幸运没能遇上。"

"你竟然那么善意答应花几分钟去见他们,我实在想不到,为什么那么做?"

"不是你告诉我不久前他的父亲、姐姐、外甥、外甥女都被谋杀了吗? 我怎么忍心拒绝?"

"卢克·克劳森看上去并没有为此悲伤难过。"

"人们面对伤痛的方法有千万种。你介意吗? 我也可以不去。"

"我当然不介意,"伊莎贝拉说道,"事实上,我倒觉得你挺高尚的。"

"并不是这样。"

"就是，即使他其实是一个十分讨人厌的家伙，你也并不知情，不是吗?"

"我只知道你告诉我的这些。"

"我没告诉你卢克·克劳森是全世界最富有的人之一吗?"

"没有，不过即使你和我说了，也不会改变什么。钱不能买回老爸，我们都知道。"

"我们都知道。"伊莎贝拉柔声重复道。

泰走进一个包厢，并不知道这到底是谁的，但几乎和伊恩的那个一模一样。他花了好一会儿才找到卢克。卢克向他的圈子里的朋友介绍泰的时候，所有惊讶不已的目光都变成了夹道欢迎般美好的笑容。那群人穿着昂贵，明显没有在专心致志地看比赛，大多数都在一边吃着炸玉米粉圆饼，一边喝着当地的黑啤和淡啤。

泰拿了一块玉米圆饼。

"什么风把你吹到西班牙来了?"卢克问道。

"卢克从不看娱乐小报。"一个年轻的女士说道，三十岁左右的美国人，一头骚包的金黄色头发，那种发色一般只有小孩子才有。

"因为他是个聪明的人，他只凭感觉行事。虽然有时并不准。"

"确实不准。"

把他们一一介绍给电影明星认识后，又时不时挤进来一群人争先恐后和泰合影。其他的人陆续离开包厢，最后只剩下泰和卢克单独在一起。

"说说你吧，塞尔维尔也是你度假的地方?"

"不算是。我只是路过这里。为了索托的那批 Polo 衫，你懂得，朋友的朋友……生意就是这样，不是吗?"

泰耸耸肩:"我天天忙于拍电影，不太清楚生意场上的事。"

"我知道你拍了很多电影，经常都是接二连三地拍，是不是?"

222

"没错。"

"恐怕我的生活要有些大变化了。"卢克正言道,从他低沉的男低音当中传递着新添的忧虑,脸上划过悲伤的痕迹。

泰清楚,这个时候说话还是谨慎为好。"这是什么意思?"

"你应该听说我父亲去世的事了,一起离开的还有我的其他家人。"

"是的,"泰静声答道,"我很抱歉,但我不知道该说什么好。"

"什么也不用说,不过,还是很谢谢你。我担心这一切的最终结果就是——我也是生平第一次听别人那么对我说——我该开始负起责任了。"

"没你想的那么难。"泰说道。

卢克猛喝了一口啤酒。"我也希望这样,在克劳森公司,我突然成为整个公司最大的股东,而这却是我一生都在逃避的现实。要是还有人来打理公司,我想我还会继续逃避。但是现在没有了。不过现在公司里还有个很优秀的主管,谢天谢地。看看他吧:拿着高薪,对公司忠心耿耿,才华出众的主管,别无他想。我父亲就是他的原动力。"

"我懂了,他是伊恩的朋友吧?"

"肯定是,所以我才要过来和这个老家伙打个招呼。其实,我很确定我之前见过他,不过那是很久之前的事了,大概在我七八岁的时候。"

"人是会变的,尤其都过去那么久了。"

"太他妈对了! 我说什么来着,即使是最优秀的管理人员,你给他们多少钱,他们就出多少力,是不是? 你必须对公司了如指掌。你要是被蒙在鼓里,他们就会知道你不知情。我的意思就是说也许做生意是我的菜,也许并不是,但有一件事我知道,我不能被骗了,落个狗啃屎。所以我正在四处打探打探,看看生意进展如何,顺便看看哪些人值得我信任,哪些人值得我一同共事,而哪些人不行。这就是我在欧洲要做的事情——当然,还觉得挺好玩的。"

泰点点头。

"你了解伊恩多少?"卢克问道。

"其实并不是很了解,这是我第二次见到他。第一次见面是上个月。"

"那个伊莎贝拉的女孩还不错,是不是?"

"没错,确实很好。"泰表示同意。

"她看上谁了? 她肯定有意中人。"

"我想,你见过的,菲利普·弗罗斯特。"

卢克问道:"你了解他吗?"

"没人了解他。在罗斯读书的时候他比我高一个年级,不过在其他方面我和他就差十万八千里了。我们算不上是朋友,也不算是敌人。菲利普对待每件事都比我认真仔细得多,虽然这样往往让他很抓狂。有一次我们一起去爬吉夫霍恩,我还清楚地记得,那座山是那一片区最危险的一座,可是竟然没有被封。我们都疯了。我们还选了晚上去爬。你可能永远无法知道两个人到底爬到哪了,但是你可以在任何事情上相信他,这听上去挺矛盾的,但这是真的。"

"也许这就是伊莎贝拉看上他的地方。"

"你得走了,"卢克提醒道,"她可能会到处找你。相信我,我这方面的直觉一向很灵验。"

泰大笑起来:"你对她不感兴趣?"

"我追不上的。"

"为什么要妄自菲薄呢?"

"听着,我要是再不狠下心正视自己,我就真的什么都不是了。那个年轻的女人就是个完美的女神,而我则是个彻彻底底的失败者。"

"可是异性相吸啊。"泰告诉他。

"在我身上这种事还没发生过,不管了。再说说伊恩,他比较难对付,我的父亲对他神魂颠倒的,像他们这样的人,都是会相互吸引的。"

224

"是这个道理。"

"你没有被某个电影明星这样吸引过吗?"

"确切地说,我不会用'吸引'这个词。"

"得了吧,你肯定有仔细观察他们。'一个人既要欣赏他的对手也要害怕他的对手。'这是我父亲经常和我说的。我想强调的是,我父亲和伊恩就像是住在奥林匹亚山的邻居,不知你懂不懂我的意思。他们也许在很多地方大相径庭,但是在另外一些方面又志同道合,但是有一点不会错,他们以前——现在也是——一个世界中的两种分工,很像是上帝和子民的关系。所以我很愿意和这个老家伙聚一聚,因为我有很多找他谈的。"

泰很久没有说话,保持着沉默,也许是想要缓和一下气氛,他说道:"他们在一起做过很多生意吗?"

"很久以前了吧,最近没什么联系,至少我不知道。但事实在于,我很高兴能够有机会和伊恩谈话。不管怎样,是他把我父亲拉到俄罗斯旅游胜地的重建里面去的。"

"对不起,怎么听上去挺矛盾的。"

"一点也不,我看过图。那个地方太漂亮了,你可以尽可能地去想象。它在黑海的上游,刻赤海峡那里。"

"从没听说过。"

"靠着亚述海。"卢克继续说,"是世界上最浅的海。你是不是也很喜欢这些名字?我是说有些名字听上去就好像来自格林童话,不过它们也能让人吓得屁滚尿流的。"

"听你那么一说倒也是。"

卢克若有所思地看着泰,说道:"好吧,也许你没什么感觉,但我的父亲一定是那么觉得,因为他最后还是从这次交易中退了出来。这就是我想和伊恩说的另外一件事,但是他没有和我说父亲退出的理由。我问他,到底是不是我父亲自己决定退出这个项目的,他只说了一句:

'是的,这事还让我吃了一惊。'这是什么意思?"

"很难理解。"泰附和道。

"当然,他说父亲有'其他的急事',但至于到底是什么事,或者是什么别的原因,他不肯说。所以我问了他另一个问题,终于得到了一个满意的答复,虽然也不是完全满意。我问'要是我父亲和公司确实退出了,为什么到现在为止,克劳森公司和这个项目还是没有完全撇清关系呢?'他只是回答说公司正致力于扫尾清除工作,这是合同规定的步骤,他们直到完成这一阶段的工作才能真正脱身。'并不是单单关掉开关就可以的,'他说,'有些事要慢慢停下来。需要一个过程。'这是他的原话。这听上去有些盛气凌人,不过倒也是千真万确。"

"我理解。"泰说道,努力装作自己很感兴趣,诱使卢克继续说下去,但其实早已索然无味。

"'那你还在继续投资这笔交易吗?'我就直接问他,"卢克说道,"'没有,'他告诉我,'这不是我的运作手段。我只负责整合交易信息,然后从中分一杯羹。时机一旦成熟,我就会把我的信息卖掉,然后再去找下一个目标。我从不直接做生意。'"

"祝他好运。"

当他们离开斗牛场的时候,那和煦的夏至阳光已经渐渐隐没,他们驱车回去,车里弥漫着酒气和久未散去的兴奋劲,最后那头受伤的公牛突然发起进攻,差一点就让对面的那个斗牛士一命呜呼,直至现在他们的肾上腺素还在不断飙升。沿着蜿蜒狭窄、坡度陡峭的安大路西亚的小路,他们慢慢地开车前行,终于,在刺激疯狂整夜后,他们又回到了平淡无奇的生活中,一种失望之情蔓延开去。泰、伊莎贝拉,还有菲利普坐在第二辆奔驰里。蒂莫西和西莉亚坐着和伊恩同一辆的厢式小轿车。法特恩和瓦齐尔早把他们甩在后面,不见了踪影。在回庞德别墅的半道上,泰坐的那辆车上的电话响了两次。

伊莎贝拉接起电话:"哦,好啊,那么快就想我们了是不是?"

"一直都想,只要你不在身边,"伊恩说,"我刚和船长通了话。后天,就在早餐后,时间还合适吗?"

"我很合适啊,可我得问问菲利普……后天出海,清早出发? 你应该有时间吧?"她问道。

"有,不是已经记在我的行程表里了吗?"

"你都不看一下,怎么那么确定?"

"因为看见你写进去的。"菲利普说。

"泰,反正你现在没有什么事,到处瞎晃,愿不愿意和我们一起?"

"到超越号上?"

"很吃惊吗? 能让你吃惊可真不错。"

"我去过的,忘了吗?"

"搞派对那次对吧? 但这和出海是完全不一样的感受。"

泰看了看菲利普,他正尽力隐藏自己对伊莎贝拉任性邀请的极度反感。"我不想打扰你们。"泰说道。

"船上会有很多人来来往往的——不仅仅是生意人,还有很多名人。还有一些人不那么出名,但伊恩觉得很有趣,所以也一并邀请了。你来怎么会是'打扰'呢。"

"的确,"菲利普说,"一个人无聊的时候,大家一起玩会比较来劲一些。"

"这样的话,我想我可以去,"泰说道,"但是在我答应之前得先知会你的教父一声吧。"

"我马上和他说,"伊莎贝拉拿起电话。"伊恩,有个好消息告诉你,某个电影明星要上我们的邮轮——"

"我从没想过我还能和电影明星有交情,"伊恩打断她说,"但没错,泰要是可以腾出时间,务必是要热烈欢迎的啊。"

伊莎贝拉点点头。

"出海多久？"泰轻声问道。

"一个星期左右。"菲利普也轻声说道。

伊莎贝拉暂时用手心捂住电话筒。"你可以随时上岸。"

泰比了一个 OK 的手势。

"我感觉他能腾出一周来。"伊莎贝拉告诉伊恩。

27

　　奥利弗已经到达位于直布罗陀的北约总部,被安排在一间没有窗户的接待室里等候。他扫视整个房间,在一面坚固的防护玻璃后边,清楚可见挂满了铁枪铜炮的墙面,不禁让人浮想当年英国殖民时代直布罗陀的历史。那里还陈列着战舰模型,精美绝伦,船上甚至还有栩栩如生的船员和士兵。奥利弗还找到了一个名为《解放直布罗陀》浮雕作品,介绍上写:"海军司令豪尔公爵(1782)10.11—10.18",正当奥利弗看得出神的时候,一个身穿制服,步伐矫健的女助理官进来通报道:"莫利纽克斯指挥官,这边请。"

　　"好。"

　　女接待员的视线落在左手边的一扇门上,那扇门更像是家中常用的乔治王时代的家具,很难让人想到这竟然是在一个海边山洞里面。

　　就过了几秒钟,门朝外开启,笑声渐近,听得出来,那是海军司令贾尔斯·科顿和他的客人——岛上首席大臣的幕僚。"您再和我说一遍,"那个直布罗陀人说,"我看看自己是不是理解对了。'维他命和荷尔蒙的区别到底是什么?'是不是这样?"

　　贾尔斯·科顿点了点头。"区别在于你不能听见荷尔蒙。"他刻意压低了声音说,为了假装在接待员面前表现得正经一些。

　　刚送走了拜访者,接待员便上前让她的长官留步,说道:"司令,莫利纽克斯指挥官正在等您。"

　　"哦,天哪,差点就忘了,"贾尔斯·科顿答道,立前赶去见奥利弗,伸出手说,"这边走,指挥官。"

　　奥利弗跟了上去,身后那扇笨重的镶板门自动关了起来,没有发出

229

任何声响。

"这是因为力是相互抵消的，"科顿司令察觉到奥利弗疑惑的表情解释道，"在锃亮的金属薄片板后面安置了装甲钢板，所以才会这样。"

走廊左边的墙是透明的，但隔音效果很好，墙的那侧是高科技办公室，暗色调的合成办公桌，按纵槽排列的颇有艺术气息的终端机，一览无余。因为不同寻常的安静，反倒让整个办公室像是在很遥远的地方，诡异得很，办公室里每个人都仿佛被监视了一样，一举一动都清清楚楚，再私密的空间也因为这份安静而消失殆尽。而右侧的则是绵延横亘，粗糙不平的岩壁，洞口处原是枪炮台，现在用厚玻璃封了起来。奥利弗停下脚步，站在其中一块玻璃前看到一览无余的海峡全景。远处依稀可见阿拉伯半岛，蔚为大观。而在一些低处的炮台下还安置有许多摄像头，直指海面。

在海军司令科顿的办公室的墙上，按规则排列着的摄像头和输入端，看着就像是一副巨大的国际象棋盘。对面就是司令的办公桌，墙上挂有镀金边框的巨幅精美油画。奥利弗认出这正是出自美国家喻户晓的画家约翰·科普利之手，名为《击毁直布罗陀的浮动炮台》（1782）。"这应该不是原作吧？"他问道。

"恐怕不是，但这画临摹得很好，"科顿司令回答说，"原作就挂在伦敦市政厅。请坐吧，指挥官。"

"谢谢。"

"你是从里格兰专程赶来的吧，"科顿司令所谓的里格兰指的就是位于泰晤士河艾伯特河岸的秘密情报局总部，"我敢肯定一定是有什么事，对吧。"

"您说中了，的确有要事。"奥利弗回答。

"其实我比你想象中更了解你的组织，"科顿司令说道，"建这个组织的人当中，有一个还是我上学时一个好玩伴的祖父。"

"请问那位祖父是？"

"恕我不好透露,因为他并不承认自己是建立者。'二战'后,苏联和新兴的社会主义国家中国突然成了我们的敌人,自此以后,这个组织才开始不断发展,欣欣向荣起来。那时这个组织叫做'中苏关系离间办公组',这倒是有一种假装正经的英式幽默,不是吗?"

"有意思,以前从没听过这段历史。我倒挺想知道,要是现在给这个组织重新命名会叫什么? 我们的上司将会把谁定为我们的头号敌人? 社会复杂,世事难料,不是吗?"

"的确复杂得很。"

"我还是开门见山吧,"奥利弗说道,"有一批非常危险的货物可能不久会停靠或者取道直布罗陀海峡。不过也有可能不会发生。这只是我们的猜测。"

"要是这是真的话,这批货目的地是哪?"

"这就不得而知了,但是直布罗陀海峡凭借其地理优势,已经是许多目的地的必经之路。"

"那你是怀疑我们内部有人和这事有染?"

"这还说不准,"奥利弗回答说,"除非您可以证明事实不是这样的。"

"我不可能每天还费心这些无中生有的事,"贾尔斯·科顿说道,"我的职责就是管理和运营这个海军基地,保护英国和北约的重要物资财产。因此我兢兢业业就为了维护这片地区之间和重要成员国之间的友好关系。你可以想象,在这里,每个人都彼此了解。"

"但这也恰恰让这里成为了腐败滋生的温床,不是吗?"

"也不止你一个这样想,"贾尔斯·科顿一边回答,一边摸了摸轮廓分明的下巴,"不过我们这边好多退休人员,整日享受天伦之乐,心无他念,只想着今天的高尔夫球赛还有明天吃什么晚餐。当地人也和其他国家的人没什么差别,简简单单、悠闲自得地生活在各自的世界里。不过我倒也能理解你,我们这儿也许真的有那么几颗不堪入目的老鼠屎。"

"最近这一带出现很多俄罗斯人是不是?"奥利弗问道,尽量避开伊恩·桑塔尔的名字不提。

"在直布罗陀的俄罗斯人没有海岸沿线上的多,比之前因为过度举债而破产的那些要少得多。那些留下来定居的俄罗斯人也多是身材挺拔,长得帅气的小伙子,他们大多数在饭店、酒吧或者旅馆里工作。"

"那倒是。"奥利弗笑了笑。

"他们看起来人数众多,但我觉得他们顶多做做偷鸡摸狗的感情交易,或者从情人那里千方百计骗点钱,没胆子去做什么走私。只是有些人会去磕点药罢了。还有一部分俄罗斯人,我称其为'小暴发户',他们一般不出现公众视线中,也从不上报,从不惹人注意。他们是在俄罗斯发家致富以后,到我们这儿享乐来了。"

"这也是一种逃脱的方式,"奥利弗继续说,"不过这次我们来并不是追查一个人或者一个组织,而是一批货。"

"什么样的货? 既然连你都请了来,我想这货必然和武器有关。"

"或者准确地说是武器原料,"奥利弗说道,再一次故意转移话题,"离我们关注地最远的就是直布罗陀。我的同事正在其他几处地方做着和我一样的任务,尽管在非英属领土上比较难办一点。"

"那我要怎么做?"

"当地的海关应该配备有辐射检测器吧?"

司令重新用严肃的眼光审视奥利弗:"我想根据你们的了解,应该知道我们有这些了吧。"

奥利弗点点头。

"还有谁知道这事?"

"没人知道了,最好暂时不要声张。"

"那是当然的了。"

"让我说得再具体些,这次谈话的内容无论是你的上级还是手下都无权知道。"

"这好像有点不合常理。"

"要只是例行公事,也用不着我们大动干戈了,"奥利弗说,"首相和总统已经把这个事情交付给我们。接下来,你可能会通过正常渠道接收到来自上头的指令,看似和我所提到的调查毫无瓜葛,但却可以让你们灵活地协助我们。"

"也就是说要随时待命,是吗?"

"如果一旦发生什么,我们确实需要你们能够迅速作出反应,提供及时的支援。"奥利弗说道,"所以,但愿一切太平。这期间,我会和您保持密切联系,希望您也那么做。"

"那实在是个不可思议的地方,"奥利弗说,"一半是戒备森严的碉堡,一半是富丽堂皇的宫殿,要不是你永远得不到准许,不然那绝对是拍电影好的地方啊。你可以从一个看上去像是洞口的地方进出,走上二十分钟伸手不见五指的路,然后右拐,再往前走就隐隐约约可以看到一个接待厅,前面用有色玻璃挡住了视线。一旦往深处走,顿时就光亮起来。那里还有武装警卫,四处巡查,有点威慑他人的意思。除此之外,还有一个可以通向各处的升降机。对了,忘了和你说,那个看似寻常的入口还有一个岗亭。我想,他们并不是要把这个地方隐藏起来,只是想把它搞得神秘点罢了。"

泰和奥利弗正坐在一个年久失修、杂草丛生的庄园客厅里,这座庄园坐落在庞德别墅和玛贝拉之间的小山谷中,边上靠着一座废弃了的磨坊,磨坊的门敞开着,那里传来小溪的流淌声。房间的家具倒是舒适宜人,只是陈旧了些,到处沾满了德国牧羊犬和北京哈巴狗的毛发,这些狗都是当地的一个陶工养的,那人是个寡妇,丈夫在2004年3月死于马德里阿托查车站的爆炸事件,那起事件是基地组织策划的。自那以后,这里就成了英美间谍的藏身处。

"他到底知不知道这事?"泰问道。

"我觉得应该不知情,"奥利弗说,"这个秘密可不是所有人都能知道的,尤其是他。"

"但他可是桑塔尔的朋友啊。"

"在他看来,那只是工作上的关系罢了。希德·萨尔也是桑塔尔的朋友,你还为他的制片厂拍过电影。这么说起来,在外人眼里,你也是伊恩的朋友。科顿一家去过的派对你也有出席。不久前,你还'大驾光临'过他的游艇。这早已经不是你祖父那个黑白两道毫无瓜葛的时代了,我们所生活的时代要复杂得多,哪里有什么规矩可循。"

"行了,下课了下课了。要说教的话就免了。"泰说。

"等一下。你先别激动,听我说,我突然冒出一个想法,绝对值得一听:这场交易中是只有桑塔尔和弗罗斯特两个人,还是有其他人介入?这些人也许还没有暴露自己。我们必须找到他们计划的薄弱环节,顺藤摸瓜,最后一网打尽。只有这样,科顿司令和他的部队才能派上用场。"

"很高兴终于有用武之地了。"泰说。

"你要觉得高兴就好,因为这是通信情报所无能为力的,只有通过人工情报才可以解决。"奥利弗继续解释道,还用上了关于通信和人工情报的行话。

"说到人工情报,我倒是和卢克·克劳森谈过一次,收获颇丰,那天他突然出现在西班牙的塞维利亚。"

"看到你发的邮件了。"

"他的公司因为伊恩的原因卷入俄罗斯的生意,直到他父亲去世这种联系还持续着。这让他耿耿于怀。那单生意你应该知道的,就是旅游胜地的重建,在离俄罗斯不远的刻赤海峡附近。"

奥利弗点点头:"我们都知道这生意还在酝酿之中,不过许可证一直没有批下来,身居华盛顿的掌权者们依然对手下的干预坐视不管。"

"即使这事由菲利普·弗罗斯特负责也搞不到许可证吗?"

"我想正是因为这是由菲利普负责的。你听说过乔治·肯尼斯吧。他可是给手下的人准备了诱人的职位。谁知道呢,说不定菲利普正在摇摆不定,两边讨好呢。"

"你不会是开玩笑吧?"

"我所知道就这些。还没有找到有力的证据。不过我们怎么能指望肯尼斯的那些所谓忠诚的手下呢?"

"他们就是通过一个名为'老男孩'的俱乐部来维系关系,"泰说道,"不过这也足够了。这让他们双眼蒙蔽,看不到对方的缺点。"

"不管怎么样,事实就是如此,"奥利弗说,"至于克劳森的船只,没有任何货物或者合金在伊斯坦布尔卸货的。"

"算是松了口气。"

"也不是百分之百肯定,"奥利弗答道,"在博斯普鲁斯海峡短暂停留的一天里,那艘船又装载了些体积小、质地轻的电脑配件,大多数是来自印度和中国,除此之外,还有普通的茶叶以及数量可观的丝织物。毕竟这还算是丝绸之路。"

"我猜那些茶叶和丝织物在那不勒斯卸了货是不是?"

"和几箱电脑部件一起,不过从刻赤装载的发电机、涡轮机还有其他物材还在船上。"

"怎么能那么肯定?"

"因为这些货物已经被扣押了。"

泰转了转眼睛:"有没有彻查留在船上的那几箱货物?"

"据我所知,这次是由意大利警方负责。"

"到底有没有彻查?"

"我想我刚才回答过了。根据他们的负责人表示,他们配备有中子探测器设备,但是没有分光镜 γ 射线仪,也就是说我们到现在为止并不完全清楚意方对特殊核材料及放射性物质入口监测的力度。当然,假设真的有核弹头被运输到海外,我们也无从知道这些货物是怎么蒙混过去的。"

"我敢打赌如果他们获得克劳森公司许可,运到了那不勒斯那么远的地方,他们一定会在那里交接班。在他们的每一笔交易里,没有人能够全程一直负责同一批货物。"

"但是还有一种可能,他们通过悬挂克劳森公司的旗帜或者是美国星条旗来转移我们对货物的怀疑,看到这样的船只,我们基本不会大张旗鼓地卸货检查。因此考虑到这个,我们才要求意大利警方的配合来开箱验货。"

"结果如何?"

"所有箱子的标示,除了涡轮机还是涡轮机。"

泰盯着奥利弗看:"看来你很确定他们是仔仔细细检查了?"

"我想他们已经尽了最大的努力了。"奥利弗回答说。

"现在有下面几种可能性:要么就是这艘船与这次秘密交易毫无瓜葛,要么就是根本不存在这次交易,要么就是将三箱未卸载的涡轮机运到伊斯坦布尔来和三箱刻赤的原装货掉个包,然后原装货就可以在那不勒斯卸货。如果猜得没错,那三箱原装货就是解了码的核弹头。"

"这只是你的猜测罢了,不然探测器怎么会没查出来?"

"我猜这批货物一定被隐藏得很好,所以没查出来。但是我觉得背后有大势力在操控。"

"继续说。"

"首先要有人把这些探测仪打开,然后要有人操作这些仪器,"泰说道,"你知不知道在那些电脑配件、茶叶还有丝织品卸货时,那些探测仪是不是在正常运作?"

"我没法肯定地回答你。我们的人也对此多次质疑,但至今没有得到任何官方解释。"

"这可大事不妙,"泰说道,"现在我很确定自己说的没错,但是一

236

批货物要运出国,也就意味着可以在国外逗留,船上的货物也可以随时调换,不是吗? 我的意思是我们很难追踪一批茶叶的去向。"

"几乎不可能,"奥利弗说,"民主党永远不可能知道共和党要干什么。而贪图安逸的人更愿意收取点小恩小惠,对这种事睁一只眼闭一只眼。谁会想卷入这种交易,跳进黄河洗不清。这可是在那不勒斯,什么事不可能? 他们不仅贪污腐败得很,并且还乐此不疲。你去过庞贝吗?"

"没有。"

"你应该知道就在那不勒斯附近。很早以前,这儿贪污盛行,腐败当道。码头的水手都操着不一样的方言,整个城市都流行一种标志语,倒和现在路上国际通用的禁令标志有几分相像。比如通往红灯区的路上或者红灯区都用一个从石头上勃起的阴茎标示出来。"

泰笑着说:"我们是不是有点扯远了。"

"也不是毫无关联,"奥利弗说道,"关键在于即使真的有解码核弹头,我们也没法从源头查起,尤其现在这个节骨眼上,这批货已经辗转各地,顺利通过了那不勒斯水岸。实在是满世界跑,我们根本无从下手,再说了,我们人手远远不够。我们根本不可能追踪到核弹头接触过的每一艘船,每一辆火车,或者每一辆运输车,单就追踪我们现在已经掌握的信息都已经力不从心,更别说那些我们还没发现的线索。结论就可见一斑了。"

"从一开始就知道很难查。"

"我们只能从目的地倒着查这批货物。除此之外,别无选择。"

"我从哪进来,就从哪查起?"

"没错,就从那里开始查。"

然后泰向奥利弗大致描述了前两个晚上参加的宴会派对以及在斗牛场发生的事,奥利弗说道:"现在你就回到玛贝拉去取你的东西。到那里办理退房手续,就用你平时用的私人信用卡,然后直接回桑塔尔那里去。你来这儿的车是租的，对吧？"

"嗯，是旅店帮我找的车。"

"你难道不担心车子在庞德别墅的时候被安上跟踪器？"

"忘了，你之前提醒过我？"

"不记得了，"奥利弗说道，"但愿提醒过，我总是那么信任你。那和我说说，你怎么做的。"

"就是把跟踪器信号给干扰了，"泰说道，"等我把车开出足够远，就在路边停下来找有没有卫星定位器，竟没想到会装在那里。"

"在哪里？"

"正好卡在车的备胎下。我就用锡纸把它包了起来，是离开旅店房间时顺手从厨房拿来的。等下我开回高速公路的时候再打开。"

"那你得说是走了一条风景优美的乡间小道，那里信号不好是吗？"

"要是我需要解释的话，这是个好借口，不过我估计都不需要。这玩意儿就是一堆垃圾。我打赌这最多起到保护作用，免得他的客人们迷路。要是他们真的是怀疑的话，最好还是选择高级一点的设备，至少很难让人找到。"

"顺便和你说下，"奥利弗说，"你的那个黑莓手机上有个 GMT 功能键，也可以用来干扰追踪定位器，移动手机还有类似通讯设备的信号。而且操作很方便——"

"不要告诉我，"泰说道，"是同时按住 G，M，T 三个键。"

"学得挺快。换做一般人，头非炸了不可。"

"这就是为我量身定制的啊。"

"这可是你说的。现在说说你这次出海吧，我们不知道你去哪里，不过有一个港口肯定是丹吉尔。伊恩安排了要在那会见一些人，而且船长已经和那里的港务员联系上了。"

"和我保持联系。"泰说。

"要想失去超越号的联系都难。"

"我不是说在超越号上。我是说在《卡巴西》(一部 1948 年美国犯罪片)里。"

"你老电影看多了吧。"

泰点点头:"毛骨悚然,是不是?"

28

泰被安排住在超越号上的顶级套房里,在走廊的最尽头,离伊莎贝拉的房间很远。带着泰去房间的乘务员是个年轻的阿尔及利亚人,沉默寡言但身板硬朗。

"您运气真好,"那个阿尔及利亚人开口说话了,"'香子兰'是我最喜欢的客舱。"看到泰一脸好奇,他补充道,"这边所有的房间都是以一种兰花的名字命名的,大多数是新奇罕见的国外品种。比如说,卡维尔小姐的房间叫做'美洲石斛'。"

"这样啊,那桑塔尔先生的房间叫什么?"

"他的房间是这艘船上唯一一没有名字的。"

"那弗罗斯特先生的呢?"

"'万代兰'。来,请走这边。"

"那他的房间和伊莎贝拉的很近吗?"

"可以那么说吧,"乘务员说,"所有的客舱都是套房,他们的两个房间——'万代兰'和'美洲石斛'——是紧挨着的。"

"这样倒方便,"泰说道,"为什么你那么喜欢'香子兰'?"

"说不上来,就一直都特别喜欢这个房间。窗明几净,宽敞舒适,还有……对了,还有在那里下榻的客人往往都是那些声名显赫的人。"

"真是荣幸至极啊。"泰正说着,突然一个服务员走向他们。

"请问'美洲石斛'在哪里?"那个服务员很有礼貌地问道。

"就在你的身后,"乘务员指给他看,"不过很抱歉,卡维尔小姐暂时没有在房间里。"

"那冒昧地问一下,你知道她现在在哪?"

"要是方便的话我可以帮你转交。我保证交到小姐手上。"

"我恐怕这个没法转交。"信使说。

乘务员面露难色:"难道需要小姐的亲笔签名?"

"是的。"信使说。

"好吧,那我试着联系她。"说完,乘务员就从腰间取下一个内部通话机。

他刚想拨伊莎贝拉的分机号,突然她就冷不防出现在他身后,足以让人吓一跳。"让,冷静冷静。"伊莎贝拉说着,带着一丝狡黠调皮的笑容,顿时让他没了恼意,"我可是一直在等这位先生。"

"好的,"让说道,"我会马上帮亨特先生安排妥当。"

"不急,时间还早,"说着便向泰打招呼,"泰,又见面了。"没等泰说话,她就贴上去右脸,当泰亲完了又贴上左脸,"在欧洲贴面礼还是不能少。"她解释道。

"你好。"泰这才有机会说上话。

"让,"伊莎贝拉说,"那就麻烦你把亨特先生的行李物品安顿好。泰,你跟我来,我都等不及了,我有个好东西给你看。"

"美洲石斛"的客房里满眼是柠檬黄的绒面革墙,点缀有精致的白色花边,屋里还有一座扶梯,铜质扶手和柚木台阶。东边天际,太阳依旧高悬,肆意撒播下来的阳光,从那扇巨大的椭圆形舷窗泻进来,温暖着房间每个角落。当服务员拿着签完字的票据离开时,伊莎贝拉费力地打开寄给她的大盒子,里面是一只黑色的牛皮公文包。她从裤兜子扯出一把小钥匙,打开上了锁的包。"先闭上眼睛不要看,"她在打开上盖前对泰说,"要不你先坐下吧。"

"我小脑发达,能站得稳。"泰说。

揭起公文包的上盖,伊莎贝拉不禁笑起来,用法语喊了句:"睁开眼睛吧。"

"你说什么?"

“你不懂法语？”

“我拍的电影只说英语啊。”

“准确地说，应该是美式英语吧。”伊莎贝拉补充道，但语气中没有一丝一毫的嘲笑。

“我从弗吉尼亚州来，”泰说道，“殖民历史悠久，不管怎样，你一定知道那里的人是怎么在心里诋毁美国人和外国人用的语言。”

“他们也是那么说我们俄罗斯人的，有过之而无不及。”伊莎贝拉说道，“不管啦，快来看，保管让你大饱眼福。”

在一层轻质黑色泡沫塑料和柔软天鹅绒覆盖下，大小正合适的凹槽里面稳稳当当地嵌着一整套精美绝伦的首饰，一条项链，一条手链，一副耳环，都镶着相得益彰、美轮美奂的蓝色宝石，还点缀着更小巧些的白色、粉色、浅黄色钻石。

“哇哦，”泰几乎是叫了出来，“这可真是价值不菲，不过要是我要送一份如此贵重的礼物给像你这样的女人，一定会亲手交给她。”

“这就是你不懂了，每一件珠宝都会带来一个诅咒。”

“什么诅咒？”

“就是送首饰的男人们。”

泰会心一笑，“当遇到你和伊恩之前，当我登上超越号出海之前，当我在庞德别墅住下之前，我一直以为自己什么都懂。但现在我发现这是另一番学问。”

“你这是在假装谦虚？”

“这都被你看穿了。首饰是菲利普送给你的？”

“菲利普？”伊莎贝拉觉得挺好笑的，“别傻了，他直到昨天还是区区一个政府工作人员，你应该知道他们的工资也就可怜的几个钱。”

“我一点都不了解他。”

“冰火两重天，这就是他，没什么别的意思，只是单纯说他的性格。”

"不是菲利普送给你的话，那我猜一定是伊恩送给你的。"泰旁敲侧击，试图用打趣的口吻问出个究竟。

"傻瓜，做梦吧，怎么会有人送我这个，我是做珠宝生意的，记不记得我和你说过?"

"记忆犹新，但是我们在戛纳相遇时看到的那些首饰……"

"比这个小得多，是吗?"

"但它们精致美妙，简单又不失风姿，我很喜欢。相比较而言，设计更加随性。"

"但自从那以后我就开始做一些更加雍容华贵、衬托身份的珠宝设计。"

"确实档次提高不少，那我能冒昧地问一句，为什么你要改变设计路线?"

"你应该猜得出来:就因为一两个顾客的需求和口味。越是有钱人，越是各种怪癖。我的新顾客喜欢将各种设计理念和珠宝材质混合在一起。"

"听着像是打破了珠宝领域固有的设计路线，也挺不错的。"

"瓜尔迪兄弟确实很满意。"

"那你满意吗?"

"算是挺高兴的吧。从个人的角度来看，我们只是把苹果和橘子混合在了一起，而我们最终得不到这昂贵的混合物。而拥有珠宝的人却想法相异，他们希望我们根据他们对珠宝的喜好来调整设计。我能跟谁抱怨去?"

"那这些珠宝有什么故事吗?"

"大多数没什么来头，有一件珠宝倒是值得一说，是在十年前，我为一个大亨设计的，他来自马来西亚或者印度尼西亚，也有可能是泰国。他为了送给妻子。不过妻子带着这些昂贵的首饰去了巴黎，她已决意离开，他一开始一直努力挽回，但是这种珠宝项链都是男人为自己的心软埋的单。"

"原谅我的鲁莽，"泰打断了她说，"我们为什么说到了这个？"

伊莎贝拉耸了耸肩。"拉普·瓜尔迪会和你细说的，因为要给这件珠宝上保险，我好像听到有人估价说至少超过5 500万。"

"美元？"

"欧元。而且今天送来的只是一部分，远远不止这些。我这次从庞德别墅带来许多零零碎碎的钻石珠宝，用纸包着，我都还没打开。"

泰惊奇地睁大眼睛，"看来对这船的安保挑战巨大啊。"

"其实，这些珠宝在船上比在罗马还更安全些。别看表面上超越号和一般游艇没什么区别，但是告诉你吧，泰，这其实是一条战舰，船员都是士兵。比如说让吧，他在马萨诸塞州长大，就住在水岸边，所以熟知水性。在这之前不久，他还是伊拉克军队雇佣兵，后来又加入了阿富汗军队。"

"那他是站在哪边？"

"你说呢，他还不是为了自己。"伊莎贝拉说道，"雇佣兵不都这样吗？"

当天晚宴被安排在船桥甲板上，水岸边搭起摆放有晚宴蜡烛的长桌。泰很惊奇地发现瓦齐尔和法特恩竟然都回来了，他们坐在右手边的U型条纹沙发上，和大家一起喝酒。那一群人当中还有希腊银行家哈利·孔斯莫珀罗斯和比他年轻许多的妻子安娜。哈利依旧保持着他曾为一名帆船赛选手的那份趾高气扬，当泰走过去时，他正在和赖莎·吉尔莫聊着天。他们谈论着珠宝首饰，因为渐显年岁的赖莎已经继承了她已故的丈夫在苏黎世的事业以及丈夫传授的高级藏品收集的技巧。

"当然，各种加工实验室一心想把这些奇珍异石提升档次，这样难度就大了。"赖莎高调地说，"他们野心太大，但我想他们往往解决了一个问题又冒出另一个新问题。"

"我不是很明白。"伊莎贝拉问道。

"艺术品并不是商品,品质较好的珠宝就像是一幅精美的图画,画上的每一笔每一划,都恰到好处,相得益彰,却又与众不同。即使是技术最好的珠宝加工都无法传神地提炼出珠宝本身所具有的那种美。这就是为什么我那么喜欢你的设计,别出心裁,不入俗套,我说得没错吧。"

"谢谢夸奖,"伊莎贝拉有点不好意思地说,"不过珠宝设计也要遵循一些最基本的规则。我们往往先设计一个模子,然后切割出一模一样的钻石。我想你刚才提到的应该是我最近设计的那一套昂贵的首饰吧。"

"就是那套。"赖莎确定地说。

"那些其实……一个主题下的多元化设计,所以每一件都不一样。"

那个上了年纪的女人笑了笑,看着自己的杯子。

"来,喝点香槟。"伊恩过来向克里斯平·普莱曾特敬酒,她穿着特意熨过的格子呢大衣,也给自己满上了库克 1996。

哈利说:"我们前几天开了一瓶 1985 年的香槟,味道好得出奇。我之前买了一箱放在地窖,然后就给忘了,这酒就放了很长时间,但是喝起来也不走味,除了气泡多了点,还是很香醇可口。当然那么久了木塞都没有弹出来。"

伊恩听着两眼发光:"像这样的极品香槟,木塞本来就不容易弹出来,而且会散发一种令人满足的处女的味道。"

"你真是无药可救。"安娜说他。

"别人也都那么说,"伊恩突然举起手中的杯子开始致祝酒词,故弄玄虚地说,"香槟敬我们的挚友,苦痛留给我们的伪友。"

哈利揣摩了一下,评价道:"这是我听过最有趣的敬酒。"

"大家高兴就好。"伊恩告诉哈利。

"的确很经典,你这是临场发挥的吗,真是不简单。"

"我倒希望可以申请这句话的著作权,不过据我所知,两个世纪前的美国就是那么祝酒的。"

"是吗? 我从没听说过。"泰说道,"不过我要记住这句话。"

"对一个演员来说,记住这个小菜一碟。"安娜说着,露出迷人的微笑。

"今晚真像是在天堂一样。"哈利感叹道,好像他才刚刚发现。

安娜同意地点点头。"我们现在到哪了?"

"不远处亮着的地方就是西班牙的梅利利亚了。"伊恩说。

"梅利利亚就是摩洛哥吗?"

"是的。"

"但我们不会在那上岸吧?"

"我没有安排,不过要是你想去的话,我当然可以……"

安娜拒绝了。

"丹吉尔还更好玩些。"法特恩告诉她。

"的确是有更多的古老的遗迹,"瓦齐尔补充道,"丹吉尔就是以此著称的。"

"亨特先生,你之前有没有去过丹吉尔?"赖莎先发问道。

"没去过。"

"我也是。"菲利普突然插话进来。

"我倒是常去,"伊恩说,"每次我到那里,回忆就像洪水般涌来。我一直希望有人可以和我一起去那,可以分享我的回忆。"

"真可惜,我们明天就得走,"哈利说道,"我估计后天才能到丹吉尔,是不是?"

"没错,真希望你可以留下来。"

"谢谢你的邀请,我可是被行程表牢牢拴着的人啊。"

246

"当你乘着超越号邮轮,"伊恩自顾自地望了望岸边,沉思自语,"到了地平线的另一端,就会惊喜地发现正置身于另一种崭新的文明中。实在没有什么比这个更对味的了。你知道我喜欢去阿拉伯,也喜欢去欧洲,但是我最喜欢的还是地中海,潮起潮落,令人心旷神怡。"

"要是我的话,我愿意永远待在这条船上。"安娜说道。

"我明白你的意思,"伊恩回答,"在船上意味着远离一切,不再为万事万物所困扰。"

"不过要是有冲突的话,这个地方也会变得危机四伏。"赖莎评价道。

"你说的是那些危言耸听的文明冲突吗?"伊恩问道,"别担心,文明从来不会冲突,冲突的只有人类的意识。"

"军队之间总是以冲突著名。"菲利普说道。

"的确,"法特恩若有所思地说,"有的冲突是赤裸裸的,而有的却隐藏得很深。"

"确实是个问题。"伊恩说道。

开胃菜是西班牙伊比利黑蹄猪火腿配栗子,然后是色香味俱全的意大利海鲜煨饭,以及精选奶酪和小饼干。伊恩用完餐起身,在场的其他客人也会意地站起来跟上他。知道客要随主,泰也跟着大家一起前往,正要走上楼梯到客舱去的时候,就被让一把拦住。"很抱歉,请允许我们离开一会。"楼梯上的伊恩回头对泰说道,礼貌而又善意,却带有一丝严肃。

"和我们待在一起吧,"伊莎贝拉说道,"陪陪我们。"

"当然。"

"不要生气,"她告诉泰,"和伊恩在一起生活总是这样瞬息万变,上一分钟还在谈笑风生,乐意融融,下一分钟就突然做起正经严肃的生意来。所以这两种生活总是交织在一起,每天都变幻莫测。要不要来支雪茄?"

"不了,谢谢。"

"那要不来一杯西班牙甜酒?"她继续问道,眼中闪着期待,"这样的话,我也能和你一起喝一杯。"

"哦,好吧。"

这西班牙甜酒是由葡萄皮榨汁发酵而来,呈琥珀色,更显陈年味醇。而且这酒的酒精含量有五十度,等泰喝了酒回到自己的客舱,就突然有种飘飘欲仙的感觉。当他给奥利弗发加密邮件的时候,太阳穴就一直跳得厉害。房间装饰得很华丽,弥漫着从丝绸灯罩里发出的柔和的粉色调。泰在发短信之前关了灯,生怕哪里会藏有摄像头或者传声器之类的。他按下发送键,心里想着,要是这邮件被内蒂中途截获了,他看到的应该是封挺搞笑的加密信。

"璀璨的光芒啊,但那只是来自于社会中,并不是实实在在的,不知道到底谁是谁。"他打完这行字,还附了上船宾客的名单。

不一会儿,黑莓手机上的红色指示灯闪起来,提醒他奥利弗回信了。

"就用上你无可匹敌的魅力就行了,这也是我们现在唯一的筹码。"

第二天的重点在午宴。午宴设在"沙滩俱乐部",这是一个由柚木、烙铁、玻璃构成的大方盘,是从超越号尾部的右舷船身上展开来浮在水面上的,活像个浮船。出席午宴的罗马人奥雷利恩·斯特戈里曾经是个舞者,后来转业开始经商;巴基斯坦数学家拉希姆·卡卡;年逾古稀的意大利实业家阿贾伊·普拉贾帕迪;他那英俊,出奇用功的儿子阿克夏;还有叫做卿世的中国地产开发商,他刚登上了亚洲版《财富》的封面。

这时菲利普到了,没有携伊莎贝拉一起来,她正忙于谢赫·阿瓦德的珠宝设计,拉希姆·卡卡说:"我猜今天'商务午餐'的含义非同寻常啊。"

"没那么正式,就是老朋友聚一聚罢了。"伊恩说道。

"那看来我有点多余啊。"泰说道。

"哪里哪里,我们的故事总是需要第一次聆听者的嘛。"

"他开玩笑的。"阿贾伊·普拉贾帕迪说道。

"信了伊恩吧,"奥雷利恩·斯特戈里说,"毕竟这要真的是商务晚宴,他就不会穿着泳衣来了"

泰大笑起来:"这个理由可信。"

"事实是我们今天压根就不谈公事,"阿贾伊说道,"我们过去一起做过生意,而且毫无疑问以后也会彼此合作,但是今天我们来这,只是单纯地享受伊恩这份好客之情,其实,我们——"

"就像是红衣主教向教皇膜拜那样,"奥雷利恩说,"不好意思,阿贾依,我不是故意打断你。"

"我们还真得膜拜一下拥有这样一艘邮轮的人。"卿世说道。

"奥雷利恩说得没错,"年长的阿贾伊对泰说,"我们这些人聚在一起,完全是冲着对伊恩的尊敬和崇拜,尽管我老得都可以做他的爸爸了,但是我还是从他身上学到了不少。"

"怎么会,他们真是过奖了,"伊恩转身对泰说,"正如你知道的,奥雷利恩在很久之前是我的学生。他之前聪明过人,品学兼优,毕业的时候有两门学科获优等成绩。他以前从来不会多费口舌,拍我马屁,不像现在会让人高兴得找不到北。我说得没错吧,奥雷利恩?"

那个罗马人极不情愿地点了点头。

"阿贾伊是我的客户,拉希姆和卿世都是我在伦敦公司时的合作伙伴,他们现在都是大人物了。"

"我突然想起来一些事。"卿世说。

"想起什么了?"阿贾依问道。

"亨特先生今天为什么和我们在一起,是不是要去演关于伊恩的电影了?伊恩和他的青春年华。没错,这电影要现在拍绝对大卖。"

"上座率绝对百分之百,我倒是很想看看剧本。"泰说道。

"问题在于,只有一个人有资格写这个剧本,"拉希姆说道,"但他又不愿写。我花了一辈子,都没能知道为什么。我可是劝了他好多年去写一本回忆录。"

"实在有太多的故事可写了。"伊恩依然拒绝。

"你就别谦虚了,你只是故事里的一部分。现在很少有从商之人还是个思想家。单就那些你以前在剑桥的时候发表的文章,还有你的老东家帮你发表的季度报告和通告,随便选取些就足够了。你总是有办法去解释一个又一个哲理。何不把你回忆记录在纸上,流芳百世呢?"

"回忆录里的内容太私密了,我倒是挺喜欢写主题大一点的文章,但不写我自己。而且我很久没动笔了,生疏得很。还记得上一次发表文章是应了《经济学人》的邀请,给他们的一本小册子写了一篇回顾去年的文章。"

"我没记错的话,那篇文章反响强烈啊。"奥雷利恩说道。

"任何挑衅正统的真理都会引起反响的。"菲利普说。

"我承认我很享受这种时不时拧下已经成熟的稻谷的快感,来抨击一下传统意义上的真理,不过比起现在,我年轻的时候更叛逆一些。"

"那你的作品都涉及哪些方面?"泰和声问道。

"大规模杀伤性武器,普通人都会力挺说:只要这种武器越少,经手部门越少,那么世界就越安全。"

"你不同意?"

"不完全同意,我只是想提出一个相反的观点。考虑到人种、国家、组织之间不可避免的差异存在,最好的办法并不是阻止恃强凌弱,而是增强弱势群体力量,而这种武器是他们自我保护的必要工具,难道不是吗?"

"对了,菲利普你一开始不是还说我有反动倾向,怎么现在又过来了?"

"我是过来欣赏一下你的论点,权当来练练我的逻辑思维,毕竟这的确不能解决世界上的所有矛盾。"

"毫无疑问,这些问题必须要通过在现实世界中反复试验来解决才行,但现阶段,这是不可能的。"

"这才是可悲之处。"菲利普应声道。

那天深夜,当伊恩回到自己的房间,他接到奥雷利恩·斯特戈里的电话。

"伊恩,现在有时间吗?"

"什么事,说吧。"

"谢谢。你不介意的话我想私下当面和你谈。"

"五分钟后到我的客舱来吧,我会和让·弗朗索瓦打好招呼。"

"要是你有什么要事的话我就不打扰你了。"

"读关于修昔底德的希腊神话确实重要,但是,就像是生活中其他所谓最重要的事,其实都可以放一放。"

"谢谢。"

进了屋,奥雷利恩·斯特戈里接了伊恩递给他的一杯阿马尼亚克酒和一小支雪茄,说道:"最近一直有一件事困扰着我。我知道我这是杞人忧天,但我觉得还是有必要让你知道这事。"

"请说。"

"前几天,我在维也纳,你知道的,我去那儿做几单生意。有一天接近晚上的时候,我在环城大道上刚跳上车,就看到了,或者说我估计自己看到了,菲利普·弗罗斯特正准备从我刚出来的旁边那道门进去。"

"那是什么地方?"

"是一个办公室驻地,很可能是金融中心办公处。大概如此,其实是因为我看到我的银行家从里面走出来。"

"你没和他打招呼吗?"

"没有,打了,也没打。我是说我喊他的名字,他没有回答。不过他听到我喊'菲利普'的时候倒是回头了,就像是听到有人喊自己的名字回头那样,不过他的脸马上就毫无表情了。我不知道怎么去形容,反正是极度谨慎小心的样子。这个样子就好像一个男人身处红灯区,却被好朋友抓了个现行。"

"会不会你认错了。"

"也许吧,不过更可能是他没看到我。我刚才在午宴上开了个玩笑想试探一下。"

伊恩抿了一口阿马尼亚克酒问道:"他什么反应?"

"这是我第一次看到他神色慌张。出于本能,他竭尽全力去掩饰,也确实没漏出破绽。但是这样一个惊人的打击让他没办法完全内部消化。我告诉你我说了什么吧。我和他说我在维也纳遇到最诡异的事就是碰到了他的孪生兄弟。我就问他,他有没有兄弟。他笑而不语,只摇摇头。但是他后来说话时候有点支支吾吾,我也就没再提这事。我没空去质疑他的一举一动,要是他承认自己当时在维也纳只是他回头时候没看到我的话,我也就不会去追究什么。但是现在,我敢肯定他在撒谎。而我注意到了一个细节,这更让我肯定了自己的判断——他的徽章戒指,他今天还戴着。当他在维也纳转身环顾四周的时候,他用左手挡着自己的眼睛,就是那枚戒指在阳光下反射出很亮的光线。"

"你看得那么清楚?"

"是的。"

"那你为什么要告诉我这些。"

"因为现在许多人都会把维也纳作为自己非法经商的洗钱之地。不久前,我听说有一个人秘密雇佣了一个维也纳地下会计师,一个新加坡中间商,以及同样神秘的瓦努阿图信托公司。最终都没好下场,卷入其中的都是些嗜钱如命的行尸走肉。"

"真是可惜。"伊恩叹息。

"我想说的是,我和你做生意不是因为你交易的货品,而是因为你这个人。你对这点应该心知肚明。我信任你,从不过问细节,事实上这些七零八碎的都不重要,全仰赖你的人品。我们现在能这样做生意,用美国人的话说,我对你心服口服啊。"

伊恩被夸得有点不好意思,笑着说:"不不不,真的是过奖了。"

"据我所知,你不但和菲利普做生意,而且有特殊的社会关系。这个年轻小伙子不仅是你工作上的左臂右膀,而且现在还和你的朋友瓦齐尔、法特恩·阿尔·多萨里做生意。"

"没错。"

"所以我把这事和你说了。"

"徽章戒指是很特别的,而对于其他的猜测还有待考证,我们不是经常很难将纯种狗辨认出来吗?"

奥雷利恩迟疑了一下说道:"我就是觉得你应该知道这事。"

"现在我知道了,谢谢你,我的朋友。"

29

在紫藤蔓和棕榈树叶交织成的遮阳棚下，卢克·克劳森坐在直布罗陀岩石酒店的外阳台上，细细品着曼赞尼拉酒，心里思考着为什么科顿会约他吃饭，预定的桌子是三个人而不是两个人的。这家酒店有几分古典装饰派的艺术气息，从这里可以将整个直布罗陀海岸尽收眼底，还可以鸟瞰西班牙本土以及远处摩洛哥的里夫山，空气中弥漫着明显的殖民味道。雪白的铁质家具精美别致，挺括的粉色桌布和精心照料的花园不禁让卢克想起了堪萨斯城，尤其是观澜湖，他是在那里长大的。

"实在抱歉，让你久等了。"贾尔斯·科顿司令到了酒店解释道。

卢克站起来很快地和科顿握了握手说："这个地方很不错，等着也挺舒服的。"

科顿给自己点了一杯曼赞尼拉酒。他一般白天不喝酒，但是他得陪陪自己的客人。在卢克·克劳森的公司里，一个已经退了休的海军军官只要没有什么前科，之前表现良好，都能找到合适的工资可观的工作。"这尤物总是让人难以抗拒，"科顿说道，看着卢克手中的浅色雪利酒，"我猜应该是因为这酒有特别的咸味。谢谢你今天来赴约，而且我才发出邀请不久。"

"其实您的邀约让我觉得无比荣幸，我一直期待能有机会和您交谈，至少是希望能有一个人告诉我到底发生了什么。"

"我不是很明白。"

"我刚接到通知说我们的船只被扣查了，他们怀疑里面的货物有蹊跷。如果真有问题，我希望我能够事先知道怎么一回事，而不是由他们来告诉我。"

"被谁扣下了?"

"一开始是意大利海关,但自从我父亲让我们公司卷入了和俄罗斯之间的交易——顺便说下,之后他就后悔了,尽其所能让公司退出这项交易——对我们的监控突然就苛刻起来。我现在还无法判断到底是哪个部门,哪个机构甚至是哪个国家。这事已经变得不符合常理了,而且我的手下一直反映处于被监视之中,以前从来不会。"

"所以你到这里来了?"

"这实在是难以启齿,我来这里并不是这个原因,实在是因为江山易改本性难移啊,我来这里纯属为了消遣。"

"抱歉我很冒昧地问一句:因为这儿没人能肯定你和克劳森公司的关系是否……正式。"

卢克笑着说:"这个词挺有趣。我既不是公司的首席执行官,也不是董事会的主席。我估计要是哪天我突然心血来潮弄个什么职位当当也是合法的,你可能知道,这只是一个私人公司。"

贾尔斯·科顿点点头。

"像我们规模那么大的公司,在全世界也找不出几个。说到做生意,我父亲绝对很有天赋。我没什么能力,不过也多多少少继承了他的一些基因,我现在是公司大股东。所以,有些重要的事大家还是会和我说。"卢克刚说完,发现自己所肩负的责任引起了司令的注意。这时他感觉到有另外一个人向这边走来,先是人影慢慢逼近,然后才听到脚步声。

"下午好。"奥利弗·莫利纽克斯轻快地打了一声招呼,从卢克身边抽出一把椅子来。

"下午好。"贾尔斯·科顿坐着和他打招呼,"卢克·克劳森,这是奥利弗·莫利纽克斯。奥利弗·莫利纽克斯,这是卢克·克劳森。"

奥利弗坐下前,两个人互相致意,握了握手。

科顿司令用指尖敲了敲手表面。

"十分抱歉,在边境那误点了,这我实在没法控制。我看你们已经开始吃了。"

"你点你喜欢吃的吧,"贾尔斯·科顿说,"你看上去满面春风,不像是刚经历了恼火的交通误点。"

"好吧,我刚是在巴尔德拉马打高尔夫。"奥利弗实事求是地说。

"真的,我昨天也在那。"卢克说。

奥利弗笑了笑:"其实我就是和将军开个玩笑,我没有在巴尔德拉马,虽然我倒是很想去那。我其实是去了一趟可爱的利瓜胜地。"

"这些总能让看似变老的心又蠢蠢欲动。"卢克说,"您是高尔夫的高手吧?"

"别提了,说起来挺丢脸的。"

"我也是,也不懂为什么,总也差强人意,比不过那些高手。"

"玩高尔夫一定要和自己比,不然注定是输家。"科顿司令说。

"我的祖父对这项运动完全不赞同,他认为那是专门准备给那些家里房子小得可怜的人的运动。"奥利弗说道。

卢克笑着说:"那你是不同意他的看法?"

"没错,可能是因为我祖父把所有房产都给了我父亲的哥哥。"

"莫利纽克斯先生,您现在在哪个部门工作?"

"算是个行政工作人员。"

"在这里还是在英国?"

"到处都去。"

"那怎么选择到直布罗陀来了"

科顿在一边观察着两个人,没有说话。

"其实,我来这里是因为……有很多原因,主要有件十万火急的事,需要你的帮助。"

卢克感到很疑惑,顿了一会他说:"我能帮你什么?"

"首先请允许我,马上要破坏你的假期而感到抱歉,因为这个忙得让你扮演一个形象不太好的角色。"

"我为什么要那么做?"

"这说来话长。"

"一个下午绰绰有余了吧。"

"不单单是说来话长,而且很复杂,都是些零碎的片段。而且我无权把我所知道的都告诉你。"

"我刚刚才见你第一面,我凭什么相信你说的话?"

奥利弗朝科顿司令的方向看了看。

"好吧,看在科顿司令的面子上,我姑且相信你,但是在这件事上我有没有选择权?"

"当然有。"科顿司令说道。

"这是关键。"奥利弗补充道。

"在你告诉我一切之前我想问一个问题,你做这些是代表美国的利益还是英国?毕竟我是个美国人。"

"两者都是,我们相当于一个联合特遣部队。"

卢克迟疑了一下,试着揣摩他们两个人的意思。"这太疯狂了,我根本不是你们要的那种人。随便找个人问问,他们都会告诉你,我从来都是不思进取的家伙,我就是个二流子,花花公子,现代版的败家子。都是我的父亲影响我,有好几次我都想从这种生活中逃离,我一生几乎都在探险的旅途上。这是千真万确的,但是我一路走来看到的只有虚情假意、阴谋诡计。现在我反倒是释然了,不怎么想去冒险了,谁承想这种关系国家命运的任务竟然会自己找上门来?"

30

　　就在太阳落山的前两个小时,超越号在丹吉尔的南部海域靠了岸,恰好停在防波堤内。深蓝色的船身和雪白的甲板交相辉映,船身从西班牙大道一直延伸到月牙形水岸,蔚为壮观,让游客不禁驻足观看。落日染红了半边天,余晖倾泻于船身,熠熠生辉,就像是一个将金色、珊瑚红、夏日蓝搅拌了的调色盘。塔里法就在北边稍远处,它是古西班牙通向欧洲的大门,也是最早使用"关税"一词的港口。超越号船上的乘客可以看到那些从塔里法到丹吉尔的返程气垫船,红白相间的 FRS 伊比利亚号,在浩瀚无垠的地中海里破浪前行。

　　主甲板上,泰眺望着远处的海平面,感受着游艇随着海涛的节奏上下颠簸。这是他熟悉得不能再熟悉的节奏。小时候在美国的切萨皮克生活,然后又参军执行特殊任务。他知道每次他出发远航的时候,自己的身体都得重新适应这样的颠簸。这一次的旅途,他也必须适应,尽管他觉得成功完成任务的希望渺茫。他没有找到一点蛛丝马迹来证明伊恩和菲利普撺掇的任何有关买卖核弹头的阴谋。说实话,他们身上看不到任何嫌疑,除非是有人想诬陷他们,硬要那么说。确实,伊恩身边云集了形形色色的生意大亨或者社会名流,倒是颇有嫌隙,但是像他这样腰缠万贯的人,有几个不是这样的? 所以倒是可以得出一个难以辩驳的证据:要是真像总统和他的智囊团们所怀疑的那样,伊恩卷入了这样一场偷窃贩卖的交易中,他又怎么会在这样关键时刻把注意力大把大把地放在纸醉金迷的享乐之中?

　　菲利普又是另外一回事。不知道为什么,泰就是不喜欢他。很明显的一个答案就是,要是没有菲利普,他便可以名正言顺地追求伊莎贝拉了。还有一个原因就是,他在顶级饭店的浮桥上偷听到的俄罗斯妓女讨论菲利普的那些话。但是要是那些都是妓女们瞎编乱造的怎么办? 泰必须考虑到这个可能性。

无论是在庞德别墅还是在超越号上,泰遇到了来自各种圈子形形色色的人物,但是他觉得要把嫌疑人从清白的普通游客中识别出来却吃力得很。泰在无意中听到了西莉亚·富的谈话便肯定他们与这事无关,因为她抱怨她和她的丈夫被排除在伊恩小圈子外。而且他也很肯定阿尔·多萨里双胞胎一定有问题,如果这里面真的有诈,他们绝对是同谋。他们刚刚聘请菲利普来管理他们的资金,这正好贴合了这个理论,但是这个理论还是大多数基于直觉和推测,而不是确凿证据。在泰见到的其他人当中,谁能保证没有几个心怀鬼胎的?

泰还是有一种坐立不安的感觉。在这样一个大环境下,几乎每一件事,每一个动机,每一种性格都得好好揣摩。有些事似乎有点不对劲,这种直觉使他能够在拍电影的时候,一眼就能感觉出来某个场景是否合适。所以泰要去找到底哪儿不对劲了,不过得花点时间。他开始把前几天发生的事在脑海里过一遍,一直追溯到晚宴前赖莎·吉尔莫讲的那些话,然后又跳到伊莎贝拉收到的那套卓异不凡的珠宝。泰很欣赏伊莎贝拉的设计,有点玩世不恭的味道,但是就连她都大吃一惊,竟然有人要她把这些设计用到昂贵的石头上。这笔生意到底和核武器买卖有没有联系? 泰毫无头绪,在他看来,这更像是伊恩又一次利用自己的关系来推荐自己最爱的干女儿。虽然如此,这还是让泰困扰不已。

要是在超越号上有一个案件的突破口的话,他觉得应该是在伊恩的客舱里,但他们说得很明白,他不属于他们一伙。不过话说回来,这也没什么不对的,既然他不是他们的圈中生意人,那也不应该参与到其中。至少表面上看来,伊恩的一举一动可谓无懈可击。

泰的脑子像是搅糊了的一锅粥,突然身后传来伊恩的声音,吓了他一跳。

"想什么呢?"伊恩用法语问他。

泰谨慎地装作不懂法语:"你说什么?"

"我说你在想什么?"伊恩解释道。

"还能想什么,今夜实在是太漂亮了。"

"这是上帝涂抹在自己画布上的色彩。每次看到像这样的落日我都这样感叹。玩得开心吗?"

"当然很开心。"

"这样我就放心了,不过作为主人我没有好好招待你。"

"哪里的话,相反,你招待得很周到。"

"我很想用更多的时间陪你聊聊,可是直到现在我才得空和你单独说话。"

"全世界都想了解泰·亨特先生,现在机会摆在我面前却没能好好珍惜。不过别担心,在接下来的几天,我会好好弥补的,其实,你为何不下来到我的客舱一起喝一杯? 不过当然,要是你有其他安排就算了。"

泰摇了摇头:"今晚没安排,一切悉听尊便。"

他们一走进伊恩的书房,伊恩便指了指皮质的安妮皇后牌坐椅,请泰坐下,问道:"你喝什么?"

"现在喝马提尼好像有点早,要不,一杯香槟?"

"那个应该不错,不是吗?"伊恩按了一下服务按钮。

一个加勒比男仆的声音从隐形话筒传来:"有什么需要我为您服务的吗,桑塔尔先生。"

"两杯香槟,谢谢。"

"希望你不介意,我还上谷歌搜了你的信息,不是为了打听什么,只是我们的旅途能够邀请到你实在是太荣幸了,我这辈子都没见过谷歌上那么大篇大篇地报道一个人。"

泰突然觉得嗓子一阵发紧,是一股从深处涌上来的冷气,"报道不全是真的。"

"我确信很多都是造谣,不过即使他们说的只有一半是真的,这也让人兴奋不已,是不是?"

"对此,我倒是感激不尽。"

"我从来不知道你当明星之前还在部队服过役。"

"不完全对。"这个问题直击要害,让泰别无选择,只能与其周旋,不落入伊恩的圈套——如果这真的是一个圈套而不是纯粹的好奇心。当他们聊天时,泰让自己的眼睛一直盯着伊恩,竭尽全力想要知道伊恩到底了解他多少。

"你在部队做什么?"

"俗话怎么说来着,虾兵蟹将,只有跑前跑后的份。"

"你属于哪个部门?"

伊恩·桑塔尔装做漫不经心地问这些问题,却越发显得是有意为之。"情报部门。"泰回答道,用尽可能平淡的口气。他想他早应该料到伊恩会问这个。总统、乔治·肯尼斯、奥利弗·莫利纽克斯也早应该料到。毕竟,泰是一本人人可读的公开书目,要是以为桑塔尔不会去读这本书那才是幼稚可笑的想法。或者说,他们早猜到今天这事迟早会发生,只是确信泰能够将他自己的故事自己编好。直到这次总统和他在戴维营接洽,他已经很早就脱离了部队以及政府的各个分支。而且,情报部门虽是一个庞大的分支机构,却一直处于秘密运行状态。有几位成员是特工,泰参与的特殊任务所掌握的秘密是最多的。他唯一要做的就是保持冷静,挖掘真相,制造假象。

"情报部门,"伊恩强调了一下说,"应该是个很……危险的地方。我记得很早以前有一个和我共事的人告诉我一个美国二级中尉到了情报部门以后的寿命只有十五分钟。那会儿我还在维也纳,虽然那么说有点夸大其词,不过这确实道出了真相。那个中尉,本来差点就当了卧底,如果那样的话就要独自一人深入敌后生活了。

冷静一下,泰点头表示同意:"对他来说,这不是没有可能。"

"你是在阿富汗还是在伊拉克服役？"

"国家虽然不同，但军队体系是一样的。"

"你什么时候过去的？"

"在那里混乱不堪的时候。"

"打的是所谓的反恐战还是策略战？"

"都差不多，这毕竟是在经历了911袭击之后，全面戒备不是吗？"

"科技推动历史，"伊恩说教起来，"这是自然界至高无上的规律，这是没法改变的。但对于具体的某件事或者某种趋势，一个人在某一天过后就一定会变成一个宿命论者。"

"我倒是希望你在这点上是错的，"泰用一种小心翼翼的讽刺口吻说道，"要是你不是宿命论者的话，你会发现未来恐怖得很。"

"未来就是这样的，一直都让人感到心惊胆战，但是这总会过去的，势力产生抵抗，反过来抵抗也能产生势力。人们能够不可避免地寻找一个平衡点，可以使彼此保持一定距离，让世界得以太平。就像我们，作为个人，也找到这样类似的平衡点，来抵消我们内心的战争本能。"

泰喝了一口香槟，他的视线一下子落在伊恩漂亮精致的镶花游戏桌上，在他们聊天的时候，这个老男孩一直流露出明显想玩游戏的倾向。"看得出，你想这个理论想了很久吧。"他推测说。

"在我年轻的那些年里，我知道自己一直被大家认为是一个有行动力的人，当然，是在交易市场里。在我看来，我倒是觉得自己更像一个思想家。我的所作所为是建立在严格的逻辑上，这逻辑是我多年潜心研究出来的。这种逻辑和我以另一种方式所观察到，经历过，学习到的互相融合起来。

"我们扯远了，现在讨论的可是你，快和我说说泰·亨特。"

"你看上去已经知道很多了。你确定想再听点？"

"大家也百听不腻吧？尤其还是听本人说。我来问，你会不会想念当士兵的时候。"

"一点也不想。除了我受伤的那部分，我倒是很享受，不过也不是那么强烈。因祸得福，因为受伤，我就休假去了。就像是松树上的果实落了下来。"

"你是去疗伤休假了。要是你没受伤，谁知道呢，说不定你已经开始着手干起你们的家业了。"

"不幸的是，我没当成一个侦探。"

"我指的是中央情报局。"

"这只是些谣言，都是陈词滥调了。我还以为很多年前就不传了，"泰说道，"可是现在网络上又开始重新散布这些垃圾谣言了。"

"这是一直被拿来津津乐道的谎言。"伊恩优雅地回答道。

"当然，我在这事上也不是完全毫无干系，那些公关打字员在夸大其词描述我的生活时候，我从不花力气去澄清事实。比如，所有那些关于我会讲多国语言的谣言纯属扯淡。我上过课没错，我小时候在国外生活了一段时间也没错，但我不是学这个的料。上帝可以证明我想学，我希望我从来都没忘记自己学的东西。事实证明，可能我没有语言的天赋吧。即使台词是英语，我也要花大力气才能记得住。"

伊恩大笑起来："不要轻视那些夸大其词的谣言，你怎么那么确定你的父亲是侦探？"

泰轻蔑地笑了笑："我们住在一个小房子里，我是独生子。这样就藏不住什么秘密。"

"我没有想质疑什么，不过我遇见过一个女的，中学毕业后就被分配到布莱奇利公园工作，在那里英国解开了德国的密码机器。因为那里的负责人认识她，还认识她的祖辈，就把工作给了她。基本上做的是秘书工作，但是这却是在世界上最隐秘的地方之一。她的上司让她不要把这个告诉任何人。不过，1945 年 4 月第二次世界大战就结束了，而她在 2005 年 5 月就死了，去世前她还结了婚，有一个很幸福和谐的家庭。你知不知道当她的丈夫和孩子第一次听到说她在布莱奇利公园是什么反应？还是在她的电报讣告上得知的！"

"显然录用她的人作出了最明智的选择。"

"显然，"伊恩重复道，露出开朗的笑容，好像终于承认败下阵来，"不过比起你来，没人比你的故事更加曲折有趣。毫无疑问，你在你父亲这一点上完全正确，但是关于你的故事在媒体上会源源不绝，没错吧？零星的间谍绯闻总能吸引读者的注意。不要介意。和我说说你有什么打算。"

"现在暂时没有太多计划，现在我要好好休息一下，最近没接什么剧本。"

"我估计你现在每天得拒绝一堆剧本吧。"

"这是经纪人做的事。有些角色是挺适合我的，一些是冲着我的制作公司来的，其余的一些剧本既是因为我又是因为我的公司。内蒂在挑选剧本上很有一套，但是我已经演了四部很不错的电影，在我选择第五部电影之前要好好让自己放松一下。我在读剧本的时候，我好像没有遇到什么剧本可以……"

"激起你的兴趣。"

"就是这样，没错。"

"你的下一部剧你会选择喜剧还是悲剧，还是说你现在还在物色之中。"

"'物色'用得准确。这完全取决于剧本。一直都是这样。"

伊恩点头赞同："要是我给你拍电影，我想我会把你打造成为一个有传奇色彩的英雄人物，有好身手，有敏锐的判断力，让观众大吃一惊，你长得那么帅气，还功夫了得。"

泰大笑起来："你听着真像我的经纪人。他们把这样的题材叫做'帐篷支柱'，那些商业性比较强的都喜欢采用这样的题材。"

"他们怎么会不喜欢？你一定是一个让人难以置信的圣战奇兵——当然，是新版的。"

"可能吧，"泰特意用一种有点反对又委婉的语气说，"但是我不是为了要当个人英雄而去当演员，动作影星演这样的角色得冒着巨大的风险。"

　　"你当然不是这样的人，一个有你这样天赋的年轻人，要是总演一些这样危险的角色一定会发疯得大叫的。"

31

到了超越号邮轮的早餐时间。从第一道曙光出现后的半个小时到九点半，自助餐一直供应着并且不断补充添新。在旁边的桌子上还可以找到船员们从附近的港口淘来的各色报纸。

泰端着一个装着橙汁的平底酒杯，任凭汁水淌过干渴的喉咙，这是他尝过最美味的橙汁。当他正读着《国际先锋论坛报》时，阿贾伊·普拉贾帕迪过来小声说："真可惜，我们早餐后就要离开了。"

"真可惜，得以后再见了，那你们要去哪?"

"家里，据说现在这个时候那里热得要命。这真是个令人难忘的派对。"阿贾伊·普拉贾帕迪继续说道，指的是昨天晚上。

"没错，很难忘。"泰回答道，尽管他既不觉得派对有趣甚至还觉得毫无收获。当舞会时间开始，他便开始忧心忡忡起来，之后他在下半夜给奥利弗发的电子邮件里写道："简直是在这浪费宝贵时间。桑塔尔已经起了疑心。要不是因为我是泰·亨特，我早死了，要不要先撤?"

"说实在的，我不太认识这里的人。"阿克夏·普拉贾帕迪轻声对泰说。

"我也不太认识。"泰发现自己已经不知不觉置身于一群阿拉伯女人和她们不可思议的丈夫的注视之下。现在他仔细打量着普拉贾帕迪，被心里的突发奇想逗乐了：一个名字意为"不可战胜"的父亲给自己的儿子取一个意为"永不消失"的名字，这需要多大的勇气啊。

就在这时，伊莎贝拉到甲板上，如清风而至，"早上好!"然后就到自主餐桌那去。

"我的天哪，那是什么?"起先听上去像是一面巨大的墙被收起的

266

噪音,紧接着是冷不防的一阵刺耳的马达声,这让阿贾伊着实吓了一跳。

"这只是那些交通船启动的声音。"伊莎贝拉解释道,依然把注意力放在蒸鸡蛋上,像是已经习以为常了,"可能是有人要去哪了吧。"

"我想按计划,我们要坐直升机回到直布罗陀去。"

"真的? 我怎么不知道,"伊莎贝拉笑说道,她从不吝啬自己的笑容,在阿克夏旁边坐下,对面就是泰,"这些船是供伊恩离开的时候坐的。"

"他来了!"阿贾伊·普拉贾帕迪刚说完这句话就看到伊恩从自己客舱出来正在下楼梯,后面跟着菲利普。两个人都穿着熨得笔挺的西装裤,都把夹克外套的袖子卷到手腕上。

"早上好,亲爱的。"伊恩马上打了个招呼,"大家早上好。"

"早上好。"伊莎贝拉答道,不过两个男人看上去没打算加入他们共进早餐,她问道,"什么事?"

"菲利普和我要去一趟丹吉尔。"

"只有你和菲利普?"伊莎贝拉可怜巴巴地问道,"我们为什么不能一起去? 那个交通船上的房间足够我们住的了。"

"以后有机会一起去,我保证。现在的话,昨晚大多数的人都道了别,我估计今天一早就要离开了。"

让·弗朗索瓦站在一边,点点头。

"普拉贾帕迪会在 10:15 坐直升机离开,请你和泰到时候送送他们。"伊恩用指示的口气说道,"其实,我真的很抱歉,亲爱的。但是我这一次出行必须把注意力放在生意上。我没有时间游山玩水,而且这儿人多口杂,我生意做起来就有点缩手缩脚的了。"

"能理解。"

"我就知道你能理解。"

当他们互相告别上了交通船,普拉贾帕迪也暂时离开收拾行李去了。小船的引擎声依然响在耳畔,还看得到船只驶过留下的白沫翻腾的航迹。泰把伊莎贝拉又拉回到早餐桌,他找了张纸写道:"我们要单独谈谈,确保不能有人偷听,你觉得哪里合适?"

"为什么?"她小声说,但打住没再问。过了几秒钟,在同一张纸上,她用同一支笔写下:"美洲石斛。"

为了不引起注意,他们在那里用完了早餐才一起去了伊莎贝拉的客舱。

泰明目张胆而又小心谨慎地检查墙面和房顶有没有窃听器,然后才转身向伊莎贝拉。

"没人敢那么做。"她警告他。

"甚至伊恩?"

"伊恩更不会,你疯了吗?"

"原谅我,我凡事小心惯了。"

伊莎贝拉站在柠檬黄色调的客厅中央:"他不是这样的人,他也从不认为自己是这样的人。"

"那为什么他会在你的车子里装跟踪导航器?"

伊莎贝拉的回答在他意料之外。"这是经过我允许的。伊恩为了保证我的安全。庞德别墅周围的路危险重重,我相信你也一定看到了。再说了,我为什么要介意?我的生活没什么秘密。"

"对,你是不会介意。"

"他爱我。在他眼里他就是我亲生父亲。见鬼,到底怎么回事?你是谁?原谅我,那是个愚蠢的问题。让我再换种问法:'你到底是什么人?'"

"一个一直在角落里的家伙。"

"真是委屈你了。"

"一个一心想要查明事实真相的家伙。"

"勇气可嘉啊！演得真好。"

"我没有在演戏,我倒是希望这只是一部电影。"泰迟疑了一下。因为他无权将这个秘密透露给无关人士,除了在戴维营开会时在场的几位。但是现在实在事态紧迫。到目前为止,他还颗粒无收,要是不借助伊莎贝拉的帮助,恐怕就为时过晚了。不过现在就透露给伊莎贝拉听,可能会造成严重后果,但要是只字不提,考虑到在超越号上的谈话和伊恩对他的怀疑,势必会让他所作的努力化为泡影。他深吸一口气,然后说道:"伊恩,或者菲利普,或者这两个人,或者不是这两个人,可能正在做核弹头的买卖。"

"又说笑了,谁告诉你的？很明显这是另一个谎言。"

"要是这是真的呢?"

"他们中的任何一个唯一会做关于核武器的事就是菲利普,他会冒着生命危险去还人类一个无核世界。"

"也许吧,要是你的说法是正确的,那我们就再放心不过了。"

"你到底有什么证据?"

"现在菲利普所监管的俄罗斯军火库里有核弹头丢失,如果确实被盗的话,每一个核弹头都可以被用来发动核武器战争,一次至少可以攻打三十个以上目标点。我们知道,那就会是世界末日。"

"你没有回答我的问题。你到底是从哪里听到这个匪夷所思的诽谤?"

"我不能告诉你。"

"那么请告诉我:还有别人相信这个荒谬可笑的故事吗?"

"这个我可以告诉你,美国总统相信,这是一个。至少他相信这可能性挺大的,因此不能对此置若罔闻,而且我非常确定我们的首相也是这么想的。"

"我现在彻底糊涂了,这一切不是由一个秘密情报局的人告诉我,而是出自一个大明星之口,我相信你可以理解我现在的感受,我实在没法相信这一切。"

泰沉默不语。

"或者,你两者皆是?"伊莎贝拉大声问道,"就好像是马特·达蒙其实就是杰森·伯恩,是不是?"

她心情沉重地走进自己的卧室。泰听到水花在浴缸里溅起的声音,抽屉打开又关上的声音,然后她又回到客厅。

"看看周围的一切,"泰说道,"有时候你一定问自己,这艘邮轮,这座庞德别墅,还有这一切的一切到底从何而来。"

"伊恩是一个很有能力的人,我之前已经告诉过你。"

"这也许没错,但要是他不止你想的这些呢?要是他觉得自己实在太有天赋了以至于他认为自己可以不受普世道德的束缚?你一定看过报纸。每一天都有关于某些地区发现解锁核资源的新警报。通常这些都是少量核裂变产物。但要是伊恩想要干上一大票呢?他会想那么做,是不是?要是他真的制订了看似简单而又大胆无畏的计划呢?而这样顶着巨大风险的计划对于一个普通人来说想都没胆儿想。你必须承认,也只有伊恩这样的胆识才行。"

她狠狠地瞪了泰一眼,但什么也没说。

"不要告诉我,从没有像我一样的人敲你家的门告诉你这些。"

"不要说了!"伊莎贝拉喊叫起来,"遇到像你这样的人,还有像你所讲的那样荒唐的故事,这连亿万分之一的几率都没有。"

"我是说,难道没有陌生人告诉过你,并不是所有的一切都像表面看到的那样?你应该早就想知道了吧。"

她从口袋里掏出一支德林加枪指着他说:"我要叫让·弗朗索瓦了。"

"把这个放下。"

"不,我不放下,我害怕你会做出什么来。"

"如果你真的害怕的话,你早就叫了。你没叫就是因为你知道我可能是对的。而且要是我说的没错,你也不愿意相信即将发生的这些事,你不想背负着这些去生活。"

伊莎贝拉盯着他看:"你到底想得到什么,对你来说,你还不至于穷到去当贼。"

"你先把那个鬼东西放下。"

"凭什么?"

"因为我不是个贼,而且你应该知道其实我们已经是一条船上的人了。"

"我们才不是。"

"你知道我是在你一边的,这早已深深埋在你那美丽动人而又固执己见的脑子里了。现在,我说最后一遍,放下那玩意儿。不然我自己过来抢了。你要么杀了我要么阻止我。"

伊莎贝拉深吸一口气:"我不会杀你。"

"太好了,那我就放心了。"

"不是因为我相信你,只是因为我可不想毁在各大娱乐小报上,在余生还被冠上'杀死泰·亨特的女人'这样的称号。"

泰笑了笑:"我猜这一定会重挫珠宝的销量。"说着她就很不情愿地把镀金象牙把的手枪交给他。

伊莎贝拉略有戒心地低下头,然后又抬头看着泰说:"现在你总可以告诉我你要什么了吧。"

"首先我要到你的教父的客舱里面。"

"不可能。客舱的门会在他离开时自动锁上。我根本没法进去,除伊恩以外没人进得去,就连克里斯平都进不去。你要去那里找什么?"

"我不知道,但不管找什么,只要超越号上有什么证据,就一定会在那里。"

"即使我可以强行进去,我也会被拦截。而且伊恩会在第一时间知道,因为他的黑莓手机会报警。"

泰在她说完后深思熟虑了一下，"普拉贾帕迪不是要去直布罗陀吗？我们可以跟着他们去。"

　　"不行。"

　　"他只是说我们不能去丹吉尔，留下来陪着普拉贾帕迪。别的伊恩什么都没说。"

　　"那我们为什么要去直布罗陀？"

　　"去看看那里的猿猴。"

32

"凋谢的花束,值得品味。"伊恩叹息道。

菲利普默默地看着他,每次当伊恩充满哲理地诗兴大发时,菲利普都倾向于表现出一种敬仰的好奇感。

"呼吸这种味道吧,菲利普,丹吉尔就像是一朵稀奇少见的兰花。又一个五六十年的春秋轮回,又一段漫漫无期的等待,总在我们的意料之外,她又一次含苞待放,肆意绽放花朵。"

他们在游船俱乐部的码头停靠上岸,在那里来自地中海办事处的超越号海岸工作人员招待了他们,一同来迎接的还有英领馆的领事和警察局分局特派员。现在他们坐在一辆租来的车的后座上,正沿着葡萄牙大街向上坡驶去,一路上可以看到右侧的大清真寺麦地那的外墙和旧城。城市洁白无瑕,清晨柔和的阳光洒在城市里,自从公元前五世纪迦太基人在这里安家落户,这个城市便和周围缭绕的群山一起生长。

路过美国公馆的时候,伊恩让司机停车。伊恩和菲利普立马下了车,混迹在游客的人流之中,步行到一道狭窄的铁门那里。这个铁门通向一个鲜花盛开的庭院,庭院中间矗立着一座喷泉,水池的周围用马赛克格纹砖装饰而成,泉水汩汩而出。他们迅速通过庭院,穿过一个阿拉伯式大厦的小通道,到了一个长得十分茂盛的藤架棚下,如此静谧,如此芬芳,这里算得上是长久远离城市喧嚣的一片净土。

瓦齐尔和法特恩已经在那里等他们,除此之外还有谢赫·阿瓦德和三个中间商,他们来自阿拉伯半岛和波斯湾。

伊恩先和他们打招呼,就好像是那些人而不是自己刚刚抵达:"我们的旅程即将画上一个完美的句号。"

"很高兴听你那么说。"瓦齐尔·阿尔·多萨里说道。

伊恩立马点了点头,稍显得有点不耐烦:"首先我要感谢在场的各位,到现在为止的所有工作都无可挑剔。我还想让你们知道,经过协商,我们现在就发布'必要72小时通知'来转移第一批款项。让菲利普来说一下细节。"

"各位要将自己的账户划分成小账户,这样才能躲避监测雷达。而且,你们会收到有关我们账目的有线传输命令,你们可以通过这个收到货款。想必现在大家最为关心的问题是,从今天到交易市场关闭的这三天里,资金是按照什么次序入账?除此之外,还有别的问题吗?"

看没人说话,菲利普继续说道:"当你们代表你们的客户收到我们寄来的货物后,你们也会收到你们想要的另一半报酬。不管是哪种情况下,我想让大家放心,货款会比任何围绕地球轨道旋转的卫星都要快。但是至于这些货款的来源和去处就没人查得到了。"

"祝各位好运,阿门。"伊恩行了额手礼。

"阿门。"

"不知可否说和您说几句?"简短的碰头会散了以后,谢赫·阿瓦德就把伊恩请到一边,"我的那份货款是不是还得算上我自己贴的宝石和珠宝的花销?"

"我们完全同意。"伊恩说道,丝毫没有放慢语速。

"简洁而又鼓舞人心,"伊恩他们正在从萨拉伊丁大街回去,"这是再好不过的了。"

"我也那么觉得。"菲利普说道。

"没人会对此有不理解的地方,所有参与者都知道什么时候应该干什么,什么时候可以得到回报,这场交易中,除了这些参与者还有分散在三处的货物外,事实上还有最美妙的部分。你曾经提到过,我也对此一直深信不疑,那就是我们必须在这个地区中制造我们心知肚明的僵局,神不知鬼不觉地在不同的交易方制造冲突,但又可以让他们觉得对方是欲盖弥彰。”

菲利普笑着补充道:“而我们却可以坐享其成。”

伊恩大笑说:“没错,就是这样。”

伊恩不情愿接受自己所作所为带来的现实,却用冠冕堂皇的理论来使这些现实和后果合理化,这让菲利普觉得既荒谬可笑又复杂困惑,因为他会选择相反的态度——直接去面对。像很多人一样,伊恩不能接受把自己定位为一个戏中之角,而更愿意说自己是出于一个紧迫而又高尚的目的,为了达到完满的结果。可是这样一个狡猾的操盘手是怎么做到对现实不闻不问的呢? 菲利普从没怀疑过他们做的这笔生意,也没怀疑过他们的合作者。阿瓦德一家和阿尔·多萨里一家都属于辛迪加组织的中介人。在他们的身后是不断更替的诡谲多变的首领、独裁者们、拥有至高无上权力的沙漠王子、篡位者、军阀,大毒枭、异想天开的无政府主义者,还有恐怖主义者。那又怎么样? 那既不是菲利普能左右的,也不归他管。他正身处自己创造的世界里,既不在天堂,也不在地狱。要是他走了运,找到可以赦免内心最后那一丝内疚的方法,那就是他认为秘密到了应该公开的时候了。现在他还不能提一个字。他唯一可以做的就是在这历史大趋势中,抓住机遇,从自己控制的军火中牟利,就像别人一样把武器卖给那些身份不明的危险团伙,这种钱总是来得很快。他必须时刻警惕,提早解决一切问题,尽可能早地脱手货物,因为这种武器随时随地会爆炸。生活中总是险象环生。要是这生意一直做下去的话,多运一个核弹头又何妨?

“我们一起散散步吧?”伊恩建议道,“一个人在总在海上,偶尔舒展一下脚还是很舒服的。你和司机说一下吧,让他去小索科广场接我们,大概……你觉得多久合适,半个小时后?”

“司机知不知道那个地方?”

“他知道。就这样定了。”

阳光满满地洒在道路上,各色各样的人都涌向了大力水手饭店。在下一个十字路口他们向右转,经过了围墙区,然后进入了坐落有阿拉伯人聚居的塞海因大道。这儿是个乱糟糟的露天市场,所有店面的门和百叶窗都是开着的,门面前的晾衣绳上悬挂着刚杀的鸡,绳子下面铺着锯末的地上,几只公鸡正来回地逡巡,旁边小摊贩正兜售当地的柠檬、苹果、香蕉和大枣。另外一些摊位卖着摩洛哥艺术品和手工制品;还有卖当地服装的,比如白色的阿拉伯大袍和面纱,色彩斑斓而且做工精致的帕什米那山羊绒围巾,以及精心缝制的长袖衣服。每走一段路,都会遇到一个店面,专门卖一些最新的电子设备。伊恩和菲利普爬上山,谁都没说话,当他们经过一个店面时,菲利普一下子被柜台上一个金字塔模型木盒吸引住了。

"介意我进去看一看吗?"

"怎么,你还喜欢收集盒子?"

"不是我,是伊莎贝拉喜欢这些。"

"这个我知道,但是她收集的够多的了,世界各地的盒子她都有。"

"我不会花很久,会赶上你的。"

这些特别的小盒子都是用镶木板以伊斯兰风格的几何图形拼接而成。小正方形木板是金色的或者更深色些,上面刻画了大小不一的圆圈,奇妙地营造了一种错觉,盒子很深,而且那些漂亮的圆卷在盒盖里旋转。菲利普知道每一个方盒都代表着大自然的四种元素——土、水、火和空气——每一个圈都代表是这四种元素共同作用造就了大自然。他一直以来就很欣赏这样具有数学美感的艺术品,当他在仔细观察这几个盒子的时候,就试着找它们图案上的缺陷,就好像这些缺陷本应该由制造者们特意提出来,出于谦虚和对阿拉主神的信仰。

这家店很狭窄,但纵深很长,显得非常暗。不久,一个店员走了出来,大概四十岁上下,黝黑的皮肤,嘴角上扬,露齿而笑。他仔细看了看菲利普,足有好几秒钟。终于,用他沙哑的声音赞美道:"它们很漂亮吧。"

"是的,真的很漂亮。"

"这一只还有一个暗格,转动把手一下,没什么变化,但是转动两下,哇啦!"

菲利普很满意,"多少钱?"

"这一只的话,五十欧元吧。"

"那没有暗格的呢? 我其实不需要这个暗格。而且那个简单又大方。"

"确实,既然你喜欢这个,就三十五欧元。"

"胡说。"菲利普说道。讲价不是他的性格,但他知道要是他不讲价就太不尊重阿拉伯人了,"我只给你一半的价钱,不能再高了,我要第一个。"

"看你是从挺远的地方来,是哪里? 德国吗?"

"西班牙。"

"就把那个带回家吧,带回西班牙,就四十欧,已经最低价了。"

"二十五。"菲利普紧咬着。

店员摇了摇头。

"二十五。"菲利普又说了一次。

在那家店的最里面,还有一个小男孩,差不多十二岁的样子,正盯着傲慢无礼的菲利普看。他现在已经可以驾轻就熟地讨价还价了,他知道这是体面的人之间挂着微笑玩的游戏,无关乎生死。

"二十五欧都亏本了。"

"我只出二十五欧。"

店员还是摇了摇头。

"要么二十五欧;要么我走,盒子还是留给你。"

"行行好吧! 这店我还得开下去,我还有一个儿子要养活呢。"

"这些我并不关心,"菲利普冷淡地说道,粗粗地扫了一眼男孩,看见他正拿着一只西印度轻木四弦琴，"我并没有拿我的烦恼说事，也不用把你的担心告诉我。"

"这说不过去。"

"这是那二十五欧元，"菲利普掏出皱巴巴的纸币说，"卖还是不卖。"

店家迟疑了一下。他本来打算三十五欧卖出去，要是赶上好年头，低于这个价格都不卖的。而且在自己的儿子面前，父亲受到顾客这样侮辱很没面子的，不过这只是欧洲人的意识，他其实并不那么想。他需要这二十五欧元。想到这，他就从柜台底下抽出印花薄绢纸开始把菲利普要买的那只盒子包起来。然后开了收据，把这两样东西都一起塞进了一只绿色的塑料手提包里。做完这一系列的动作，花了短短一分钟都不到。

菲利普必须加快行动。他打算用安德鲁在塞瓦斯托波尔的黑市上给他买的双核炸弹。这得需要半个小时来安置白核和红核中的敏化剂附加物。他已经没有时间来勘察地点，但是应该没有什么大问题。行动越快意味着即使有目击者，他们最多只是看见一次或草草瞟了一眼，对那些重要的细节就忘得越快，所以也就不足为证。

这是去大索科的第三条路，这条路是从塞海因大道通向南边，一路上树荫密布，商户却少得多。在十几家的商户中，有一家的入口处挂着一块牌子，上面工工整整写有橘色的字，经过几年的风吹日晒，无人照看，都褪了色，但还是看得出来是"比利时王国宾馆"。菲利普刚走进去，他的拖鞋鞋底马上就被冰融化的水流淹没，原来他刚才不知不觉走进了一个大型鱼市的后门。在他的左手边，是一排一排覆盖着冰的桌子，上面摆满了当地渔民打捞上来的水产：鲻鱼、鲭、黑鲈、咸水鳕鱼、海鲂、海螯虾、鱿鱼、虾。螃蟹在木框子里爬动，龙虾挣扎着要爬到大一点的桶里面。远处，在市场的最尾端，一线阳光之外，矗立着一尊雕塑，他觉得要不就是大索科,要不就是小索科。让菲利普惊讶的是,那些鱼贩子忙得团团转,根本没注意到他,他们正用旧报纸把鱼包起来,或者把鱼直接丢进顾客的篮子里面。这时从一道门里走出来一个饱经风霜的水手。从门上磨损的 H 字母来推测,应该是法语中男子的意思,也就是说那里是男士洗手间,菲利普走进了狭小的洗手间,立马从里面反锁上了。头顶上孤零零的一盏白炽灯泡投下充足的亮光,足够他看得清了。他安置好炸弹,连上一个用小型的移动电话激活的引爆装置,他小心翼翼地把它们都用胶带缠绕在他新买的木盒里的暗格之中,确保它们不移位。然后他"啪"的一声把盒盖关上,把盒子重新塞回包装纸里面,然后很专业地把他打开的包装口尾部重新折叠封口。

正如他预想的,伊恩正在广场上一家饭店的室外餐桌那坐着。即使要事缠身,伊恩还是不肯放过这样的好地方,这样就有机会好好观察别人却又不容易引人注目。

"一杯柠檬榨汁?"伊恩把菲利普招呼过去问道。

"为什么不呢?"菲利普回答道,并挥手示意服务员,点了一杯柠檬汁,"你看上去精神不错啊。"

"主要是这地方不错。"

"的确。"

"像这样的关键时刻,做这样的大单子,一个人往往需要放松一下,让自己处于第五档的缓行而不是第一档的冲刺状态。不然要是真有什么变故,想刹车都来不及。

菲利普点点头。他们又一次谈到伊恩熟知的丹吉尔,有关丹吉尔的源远流长的历史,比如巴巴里人、罗马人、基督教徒,还有建于公元702 年的穆斯林城市,他们什么都谈,唯独没有谈到自己的想法。在伊恩说话的时候,偶尔会沉默许久,每到这个时候,菲利普都会想知道伊恩在想什么。

菲利普很庆幸谈话的时断时续,因为这对他来说很有利。他可以在这沉默的几分钟里任凭自己想点别的事。

突然菲利普的 iPhone 响了，他看上去吓了一跳。他看了看手机屏幕，然后又给伊恩看了一下。"是法特恩。"他轻声解释。

"我想知道他为什么打给你。"

"你好，"菲利普接起电话，假装听了一会儿，"我能问一下，有什么特别的原因吗？"

他迅速用嘴型对伊恩说，他想见面。

"一切安排妥当吧？"菲利普问道，"那我就放心了。你现在在哪？我们回到船上之前顺道去一趟你那里？"

菲利普犹豫了一下："不行，我们午饭前就要走。"

伊恩点点头。

"请等一下，我问问。"菲利普按下静音键。

"法特恩想约我吃午餐，他让我放心，没什么问题。我想他应该只是想找个人宽宽心。"

"很多人都是这样的，我没想到法特恩也不例外，但是压力对人们总能起着奇怪的作用。去吧，让他放松点。你要是好了就叫服务员吧。"

"其实我保证要是你去的话，他就更加受宠若惊了。"

"现在肯定不行。当游戏开始的时候，就得开始全心全意地玩了，我们还没商量的事就千万不要答应。"

"那还用说。"这时菲利普手机再次响起，他说，"下午一点吧，我会自己过去，不要担心。待会见。"

在回到游船俱乐部码头的路上，伊恩看上去多了几分顺从。"你自己小心点。"当菲利普刚要准备下车，伊恩说道。

"我确信他找我绝大多部分原因是因为他不想一个人吃午饭，"菲利普同情地笑了笑，"我从他的语气里就听得出来。"

"好。"

280

"你可以帮我一个忙吗,"菲利普说道,有点强迫的语气,"帮我保管一下这个礼物? 这样我就不用担心会把它落在饭店了。"

"当然可以,对了,顺便问一下,他约你去哪? 敏萨饭店?"

"不是,是一个叫汤姆饭馆的地方。"

"可惜了,敏萨饭店环境优雅,我倒是没听说过那个汤姆饭馆。"

"在尤素菲耶大道五号,"菲利普尽可能让自己脱口而出,因为伊恩的好奇心程度让他悬着颗心,"他说那里的泰国菜是丹吉尔最出色的。"

"现在都全球化了,不是吗? 我相信在泰国也有最美味的蒸粗麦粉了。"

超越号的交通船慢慢驶向防波堤,堤上的海鸥在头顶盘旋飞行。菲利普看着自己的手表,11:59。他迅速在手机通讯录里找到法特恩·萨拉姆的号码拨了过去。法特恩接起电话,菲利普说道:"有空出来吃个午饭吗?"

"真是意外。"

"伊恩让我留下帮他处理一点琐事,也没什么重要的。你也了解他,要是他想到什么,不管多小的事,都要先处理才放心,是吧。"

"太对了。不过我还是很崇拜他,每天都把自己的事打理得井井有条。其实我今天中午也没什么事。"

"那就一点在汤姆饭馆见?"

"没问题。"

很庆幸,伊恩没有出于怀疑直接给法特恩打电话,所以菲利普和法特恩的对话进行得很顺利。菲利普终于可以舒心地吸一口气。要是正常情况下,他是逮不着机会赶在伊恩之前打这通电话的。因为以伊恩的性格,他肯定会去核实,来消除自己的疑虑。所以,菲利普算是犯了一个安全的错误,惊险了一把,不过他的不在场证据算是天衣无缝。

一时心血来潮,菲利普叫司机带他去敏萨饭店。以前去那里的时候，他总会在童话般的饭店花园里面散步，可能再要一杯喝的，之后再回到饭店里。梅赛德斯行驶着穿过沿着海岸延伸的火车轨道，菲利普伸进自己的夹克口袋，关上自己的手机。他必须让自己处于无法联络的状态，这点很重要。然后他从另一边口袋里掏出一只小型全球通诺基亚手机，那是他在去年12月用一个假身份证买的。他小心翼翼地把手机拿得很低，放在腿上，确保司机看不到。出于极度的谨慎，菲利普用力按下号码，并确认手机屏幕上面的号码，这是他留给伊恩的那个盒子里面装的引爆器码。开到迪南宫殿旁边，他确定他们应该已经远离水岸，并不会听到海中的爆炸声，于是他按下了绿色的拨号键。手机开着扬声器，他等了六次滴声后，露出了正常应该有的失望表情，然后按下了红色挂机键，并迅速清除了通话记录。

到了敏萨饭店，看还有点时间，菲利普让司机就在他原先下车的地方接他——小索科广场。而且，他可以自己走一走，因为他现在很想活动活动，再者步行往往可以更加了解一个城市。在敏萨饭店苍翠茂盛的花园里，阳光温暖地照在脸上。当他在雪松和月桂树前停下时，他的思绪突然回到了孩提时代，那时是他的父亲带着他度过了美好的假期。那段时间，他的父亲在联合国找到了工作，去了伦敦做起了一家旅行社合伙人，那个旅行社专做高级旅游线路，经常安排那些未开发的却又惊异刺激的路线。他总是可以得到最大的折扣，有时还会得到地中海海岸上豪华酒店提供的免费房间。那时是他第一次感受到北非的空气里那种沙漠和海汽混合的味道。菲利普想想，那是多久之前的事了。他的父亲是在东非肯尼亚的游猎中被毫无征兆地枪杀的，那时菲利普只有十四岁。他忍不住想，是否那颗杀戮之心早在出生就埋下了种子，或者在他之后的生活中慢慢滋生。在罗斯的时候，和许多同学一样，他已经非常习惯没有父母的日子，爱总是离他很远，但这也让他自力更生，也不觉得那么绝望无助。尽管在学校的日子，他尽可能地让自己活跃于田径场和滑雪场，并且在数学方面也崭露头角，但是他和身边那些有

282

钱有势家庭的孩子相比，总是显现出超出年龄的小心翼翼。那些同龄人总是那样不可一世，身上有着天生的气场，但他们自己却从来都没有发觉或者去压制。不像卢克·克劳森，在菲利普看来他和别人不一样，要谨慎得多。不过，他在雷蒙湖边读书的时候，那个地方离日内瓦以北有五十五公里，还有当阿尔卑斯冬季来临时，搬到格施塔德校园的时候，他都还没有这样的杀人念头。

不，他回想到，如果不是本性驱使让他杀越来越多的人，那么就是他自己酿成的。是伊恩带他进入这个世界，是伊恩教会了他这些，让他知道没有什么比成功更重要，成功就是放大每一时刻，每一个人，每一个机会。在伦敦城待的这几年，伊恩一直在身边悉心教导，他一步一步地抛弃掉曾有的道德观——从一开始的懵懂无知，之后为了投客户所好而只能放弃对朋友的承诺；后来更是伙同不择手段的股票收购商和投机投资者，将他人几十年苦心经营的企业蚕食得一干二净，这样还不罢休，让那些已经千疮百孔的基业更是负债累累；从不得公开的商业机密中暗箱操作，以此牟利；利用早期的算法交易对自己的顾客进行掠夺性剥削，却解释说这只是市场这只看不见的手罢了。就用了一眨眼的工夫，菲利普就离开了潦倒的生活，却过上了潦倒的人生。他并没有嗜杀成性，而是有目的而为之。他不想再去杀人了，但是报应终究来了。他现在必须痛苦地欣赏这样的讽刺：他刚刚亲手杀死了把自己带上这条路的人。

今天敏萨饭店的酒吧还没有开业，但是遥远的记忆里，历历在目的还是伊恩刚才对这家饭店的描述。菲利普走了进去，站在拉威利传世之作——哈里·麦克莱恩酋长先生的肖像的面前，他是二十世纪早期英国军队官员和摩洛哥苏丹的顾问，被绑架过又赎了回来。

从饭店出来，菲利普出发去了法国馆。绕了一圈后，又朝麦地那方向返回，几分钟后，他偶遇一个家庭纺织品市场，楼上房间里，他看到老老少少都在祈祷。他们把鞋子留在了进门处，整齐地摆放着，菲利普记下了自己所处的地方和时间。

他不自觉地就沿着市场走走看看,没过多久,他就觉得这里好像来过。过了一会儿,一个正在兜售用西印度轻木制成的夏威夷四弦琴的男孩走了过来。

"先生,为您的儿子买一把吧。"

菲利普摇摇头。不过他马上认出这男孩正是卖盒子那家店的小男孩。

"我卖便宜点。"

"没有兴趣。"

"八欧元。"

"我不是和你说过了,我不要。"

"您的儿子一定会很喜欢这个礼物的。你看多漂亮啊!"

"看在老天份上,我没有儿子。"

"马上就会有的,您等到那个时候就可以了,卖给您六欧元吧。"

这话让菲利普听着不高兴:"我说,你比你父亲会讲价。"

"不是的。买下它吧,六欧元很便宜了。"

"这并不便宜,不然你也不会卖,我不想要你那把该死的四弦琴,什么价格我都不要,听懂了没?"

"五欧元呢?"

"马上滚!"

"要不,您就给我两欧元吧?"男孩恳求道。他看上去就像是一只苍蝇一样,快速而又径直地突然贴到菲利普身边。

"为什么?"菲利普头也没低,轻蔑地问,"我为什么要给你两欧元。"

"我可以做您的向导。"

"我不需要向导。"

"求求您了,先生,只要两欧元,对您来说,两欧元什么也不是。"

菲利普举起拳头对他说："如果你再不给我滚的话,休怪我动手了。快点从我眼前消失,马上!"

　　"对不起,"男孩还是败下阵来,"但是先生您犯了个天大的错误,我给您的价格的确是最低的。"

　　"我很怀疑。"

　　"相信我,没有给你的儿子买这个礼物你会后悔的,等着瞧。"

33

伊莎贝拉看了看表:"我还是给伊恩打个电话好了。"

"现在几点了?"

"还不到11:15。"

"你打吧,告诉他我们已经上岸了。为什么他反对我们跟着一起去?不过,我想倒是普拉贾帕迪被忽悠了,他以为我们会一直陪着他们。"

"有几个人不想旁边站着个电影明星啊。不过,说实话,倒不是伊恩的反应让我担心。"

"等时机成熟,菲利普就交给我吧。"泰宽慰道。

"要是你错了怎么办?你说的那些生意都判断错了怎么办?"

"那我自然会道歉,奥利弗来了。"

伊莎贝拉的视线穿过那天然林立的怪石,那里最后一波的白烛葵正争奇斗艳,她看到一个魁梧的身影向他们靠近。回想一下他们是怎么千里迢迢到了那里的,先坐缆车到岩顶站,然后开始慢慢沿着陡峭的地中海步道向下降。到了欧洲角的上方时,虽然一派美景尽收眼底,但是走起来必须千万小心,容不得一丝差池。伊莎贝拉向下走了几步,定了定,好让自己站稳,抓住了嵌在岩石里的大铁环,在那里等着奥利弗·莫利纽克斯走过来。"对不起,没能在半道上见上你一面,"当他走近时伊莎贝拉说道,"但我知道我们迟早会碰上。"

"我明白,"奥利弗说,"要知道你抓着的这个铁圈曾经被铁链串起来,用来人力搬运大炮,坚固得很。"

"那我就放心了。"

"这是奥利弗·莫利纽克斯司令,我的老朋友了。"泰介绍道。

"你好,"伊莎贝拉打了个招呼。当她和他握了握手,仔细打量了一番,犹豫片刻后说道:"我认得你,你是劳拉·莫利纽克斯的外甥,是吗?"

"她是你的朋友?"

"她是大我一届的校友。"

"哦,是吗!"

"那时候我们关系甚好,但之后我们好几年都没有联系了,她怎么样了?"

"她过得很好,结了婚,有两个孩子了,一个调皮的男孩,一个漂亮的女孩。"

"请代我向她问个好,告诉她我挺想她的。"

"我会的,现在情况怎么样了?"

"感觉真相快要浮出水面了,但那都是直觉。来来去去各色人物,很难分辨,将他们对号入座,伊恩的手上随时随地都会抛出个烟幕弹。"

"真是轻描淡写。"伊莎贝拉加了一句。

"你终于和我们合作了,也许这能让事情变得简单些。"泰说道。

"让什么变得简单? 我可什么都没答应,一直都是你自己在唱独角戏。"

"对对对,我的意思就是你知道了谁是奥利弗,事情就变得简单了嘛。"

"我本来就认识他。他现在已经在海军了,我想应该是从事特殊船运服务。当年劳拉还是班长的时候,他还穿着制服参加我们学校的建校日。我们都仰慕得不行。"

"好了,说正题吧,"奥利弗说道,"要是我需要进一步做担保,你可以给科顿将军打电话,我想你应该知道他。"

"我已经见过他了。那没必要。让我们继续吧,可以吗?"

287

"好的，"奥利弗说道，"直截了当地说吧，如果真有核弹头，我们已经失去它们的联系了。"

"你的意思是它们可能在那不勒斯被卸载了？"泰替伊莎贝拉问道。

"可能性很大。"

"你知不知道伊恩在那不勒斯的任何联系？"

"一点也不知道。"伊莎贝拉眯了眯眼说道。

"没关系，"奥利弗说，"你可以看到船朝哪里去，我们只要知道船只的最终目的地，就可以顺藤摸瓜，沿着线索查到超越号上去的。"

"我已经告诉过泰了，我完全不知道你们说的是什么。但如果它们真的存在，那一定毫无疑问在伊恩船上的某个地方，而且被藏得很隐秘——我是指非常隐秘——任何人都不得接近，除了伊恩，就连菲利普也不行。除此之外，我不知道应该从哪里查起。谁卷入了纷争，谁又毫无瓜葛。到处都是谎言和假象，不是吗？"

"这是你的理解，我并不那么认为。"奥利弗说道。

"但你得承认到处是谎言与假象，"伊莎贝拉解释道，"这就是伊恩的神奇之处。他制造了一种神秘感，让他无可抵挡。这才让他有呼风唤雨的能力，这是别人没得比的。"

"那你能不能猜测一下，哪些客人有嫌疑？"泰问道。

"我猜的比你们好不到哪里去。任何人都有嫌疑，也有可能你到这里后见到的所有人都毫无干系。也可能是一个国王，或者一群国王。反正不会是恐怖主义分子，因为伊恩不会插手这些。"

"一群国王，挺生动的名词。"泰说道。

"谁说不是？"奥利弗表示赞同。

"也有可能不是一群国王，却是某种联合组织，"泰说道，"这可以使伊恩让自己的行为合法化。这也让他一直贯彻的'安全的结果出自内部僵局'的理论说得通了。如果这种联合组织确实存在，谁会参与其中,而谁又是掌控者?"

泰没有把眼神从伊莎贝拉那移开。

"如果,只是如果这种组织存在的话,菲利普应该处于非常靠近掌控者的一个位置。他是伊恩唯一能够相信的人。虽然那么说让我不好受,但是谢赫·阿瓦德应该脱不了干系。"

"为什么强调谢赫·阿瓦德?"奥利弗问道。

"好吧,第一,他花了一大笔钱去买自己并不喜欢的珠宝,他连红宝石和彩色玻璃都分不清。"

"所以,"奥利弗说道,"要么是他彻底疯了,要么就是珠宝只是一种洗钱的方式,是桑塔尔用来运作赃款的工具。"

伊莎贝拉皱了皱眉:"这不像是他的作风。"

"如果你的假设成立,"泰说道,"你觉得谁会是谢赫·阿瓦德的盟友?"

伊莎贝拉笑道,"你问错人了吧,我可不是圈子里的人。"

"蒂姆还是西莉亚·富?"

"绝对不是,西莉亚只是爱嚼舌根,那让伊恩很无奈,而蒂姆对待生意缩手缩脚。我经常听伊恩提起来,说是这让他越来越不能忍受。我想他们还在伊恩的邀请之列完全出于老朋友的面子。"

"好吧,那哈利·孔斯莫珀罗斯呢?"

"有可能,不过他外表道貌岸然,本质上却是个胆小鬼。他属于那种这投点钱,那也投点钱,永远做不了大生意的人。"

"好的,那我们暂且把他先放一边,拉希姆·卡卡和奥雷利恩·斯特戈里呢?"

"我猜都有嫌疑。我不是很了解他们。我见到他们的时候你也在场。"

"难道不是普拉贾帕迪一家?"

"当然不是,普拉贾帕迪一家……好吧,他们可以算是普拉贾帕迪一家。但他们完全有理由对现在的生活很满意。"

"最后一个，阿尔·多萨里双胞胎？"泰说道。

伊莎贝拉大声笑道："他们就更不可能了，不是吗？我是说，要是你的假设成立，瓦齐尔和法特恩肯定都会卷入可能存在的阴谋之中。他们雇佣菲利普，他们在操纵着一大笔钱，他们需要每一天都满世界转移钱，至少我知道的是这样的。换句话说，这笔钱是要这些资源团结在一起，而不是因为两个人而分开。"

"有道理的分析，那你相信他们吗？"

"我从没想过相信或者不相信。"

"在你印象中，他们是特别贪婪还是优秀的聪明商人？也就是说，他们是否会冒险违背自己诚实经商的原则，违反法律法规，为的是在另一个最为黑暗的生意中揩点油水？"

"这你得问菲利普。"

"关键是我得弄清楚事实才可以去问他。奥利弗，那些通信情报局的人有没有新的发现？"泰说道。

"就连毫无关系的电汇单都没有发现。"

"是谁在查？"

"都是最好的计算机技术人员了。"

"我相信你。"

"他们最好好好干，你知道我们付他们多少钱吗？"奥利弗问道。

"不知道。"泰回答道。

"比我们俩都多得多。"

"不可能。"

"可能比起我们绰绰有余，和你相比少了点。不好意思，刚刚差点就忘了你接手了个油水丰硕的活儿，但是也要比总统和总理的多。不论是在你的政府还是我的政府，他们这种怪才都是拿着最高薪水的雇佣者。我想最准确的词是'高薪合同工'。"

在这谈话的紧要关头,伊莎贝拉的电话响了。她瞅了一眼,然后看了看泰和奥利弗。两个人都不说话了。

"你好。"伊莎贝拉接起电话。

"啊,亲爱的。"伊恩听上去如往日般神清气爽,电话那端有引擎的轰鸣声,"你在哪呢?"

"在直布罗陀,"伊莎贝拉说道,"我们带着阿贾伊和阿克夏在直升机里,泰从来没看过那里的美景,所以……很自然地就……"

好一会儿,伊恩没有说话。然后他只是说:"的确,景色很美。"

"我听不太清。"

"我在交通船上,你们什么时候回来?"

"我想快了。你要我们什么时候回来?"

"我不知道,你想什么候就什么时候吧。现在几点了?"

"刚过中午。"

"是吗? 我都不知道那么晚了。"

伊莎贝拉还没来得及回答,突然一声毫无征兆的爆炸声快要炸聋了她的耳朵,来势汹汹如火山爆发般,震得她失手掉了手机。泰在半空中接住了手机,把它递给伊莎贝拉。"伊恩!"她大声哭喊着,惊吓不已却最后还是把手机话筒提到嘴边,"伊恩! 伊恩……发生什么了? 告诉我!"

34

"到底谁在操纵着一切?"泰小声问道。

奥利弗朝伊莎贝拉那个方向点点头,她正和超越号的船长通话,不喘气地问着一个个问题,急切而又绝望,抱着残存的一丝希望。很明显,从她悲伤却又压制的语气中看出来,她本能地拒绝接受伊恩的死讯。她还是忍着没哭出来。

"你什么意思,他难道是一个人吗?"伊莎贝拉质问道,"他应该和菲利普在一起。"

泰和奥利弗仔细地听着。

"那么现在菲利普在哪?"伊莎贝拉问道,"你打过他电话吗?"

当她还在消化船长的所有回答,泰看着奥利弗依然小声说道:"这不像是巧合,要是这的确是蓄意为之的话,那么核弹头就一定存在,那么菲利普就是杀害伊恩的凶手,菲利普现在应该信心十足,这笔生意他可以自己处理了。"

"当然,这结论还下得太快,不过这些依据是能说明问题。"奥利弗说道。

"那你有更加可信的假设吗?"泰问道。

"还没有。"

"那不可能,"伊莎贝拉告诉船长,"菲利普的电话会一直开机的。除非货物接收有问题,不然不会不接你的电话,让我试试。"

她一挂船长的电话就在自己快拨键上找到菲利普的电话。当她在等待电话接通的时候,她看着泰解释道:"伊恩在交通船上给船长打过电话,应该是他给我打之前就打的。他告诉船长晚一点再起锚,菲利普等到午餐过后才回来。船长不知道菲利普晚到的原因。"

"还没接通吗?"泰问道。

"刚接通。"伊莎贝拉说道,皱着眉头,一语不发地等着。当电话那头终于传来菲利普讯息留言声,她说道:"菲利普,老天啊,你到底在哪儿? 马上给我回电话,十万火急!"

"我们走,你必须马上回到船上。"

"我会自己打车跟上你们的。"奥利弗说道。

"那回头见,奥利弗。保持联系。"

"好的,我需要你随时更新消息。"正说着,一只在上岩层臭名昭著的猿猴四肢并发,冲向奥利弗,伸手掳走了他的帆布包。

当他们到达山底时,伊莎贝拉终究还是哭了。泰用手臂抱着她,她伏在他的肩上抽泣着。EC130 号飞机正停在直布罗陀飞机场的停机坪上,飞行员已经和地面控制中心取得联系。泰看到伊莎贝拉走到了前排副驾驶室,然后又茫然地躲到后一排座位上坐下。当直升机缓缓升起,划过一道弧线时,她的噩梦也渐渐凝固成现实,她彻底迷失在悲伤中,无法自拔。好像这让她失去的不仅仅是像父亲一样的亲人,也永远失去了曾经有过的美好生活。对泰来说,在他面前那么不可一世的女人现在却像个担惊受怕的小女孩。

已经飞至了地中海上空,他俯瞰着西班牙和摩洛哥的海岸线,纵横交错的陆路和海路,沿海山脉石洞遍布,而直布罗陀海峡的海水潮起潮落,在山脉石洞之间穿来流去,显得尤为明显。岛上有活动着的轿车、飞机、油轮、驳船、观光船。没有人知道谜底什么时候可以解开,但这却是他的战场,是沉是浮,最后一搏。

在汤姆饭馆,菲利普才开始吃自己的主菜,红咖喱牛肉。突然他的司机行色匆匆地走了进来,径直走向菲利普那一桌。穿过禅道风格的房间,凉意袭来,却让这个面容消瘦的男人显得更加心急如焚。菲利普没等向法特恩·阿尔·多萨里介绍自己的司机,立马问道:"什么事,马丁?"

"办公室来电话了。"

"谁的办公室?"

"总部的。"

"什么事?"

"是……是港口发生了一起严重的爆炸事故。"司机结结巴巴地说。

"继续说。"

"他们告诉我,是在您的船上发生的爆炸。"

菲利普顿时僵住了,然后看了看法特恩,显得很焦虑:"有多严重?"

"非常严重,先生。"

菲利普下意识地去上衣口袋掏 iPhone 手机,但是他摸索了半天只找到一个凹损的香烟锡盒。他抓着这只毫无来由的香烟盒盯了很久,然后把它放到餐桌的一边。他很肯定,这之前就没见过自己的手机了。他翻了上衣的其他口袋,拍了拍裤子两边的口袋,站起来,查看一下椅子和地面:"见鬼!"他大叫一声。

"也许是在车上掉出来了。"法特恩说。

"不会,每个客人离开时我都会仔细检查的。"司机说。

"你能不能再去检查一遍?算了,我和你一起去吧。"

把奔驰车翻了个遍也没找到,菲利普就知道会这样。到底是谁偷了他的手机,还用一个香烟盒调了包,几乎是一样的大小和形状,所以菲利普压根没能感觉出来手机一下子轻了许多。他尽力让自己回想起最后一次用手机或者见到手机是在什么时候,他还清楚地记得他把伊恩送到码头后在车上马上把手机关了机,在一个朝拜者聚集祈祷的临时搭建的清真寺外的纺织店,他本能地又检查一遍是否关机。他那么做并不是出于尊重朝拜者,而是可以在爆炸发生之后,制造不能立即联系到自己的一个借口而已。而在这之前,他已经把诺基亚手机丢在了分类垃圾桶里——先丢了机壳,接着电池,最后丢了智能卡。既然他谨慎到都不随便把手机丢掉,那也不可能让手机滑出口袋。这一路上,他身边那么多人在大街上穿梭往来。他和谁说了话? 除了司机还有汤姆饭馆的伙计,菲利普再也想不起谁了,但除了那个举止怪异的小男孩,向他兜售木质的夏威夷四弦琴,然后又向他要钱。但是那个男孩并没有足以靠近他来偷手机,他到底偷没偷?

即使真的是他偷的,那么他现在也无能为力,所幸手机是有密码保护的,他倒定了下心。要解码得找个专家,才能查到菲利普行动的有利线索,但是以男孩的能力,还没法找到这样的专家。确实,要是男孩顺手偷了手机,估计转手就卖了,然后在买家中不停易手。但是解不了密码,手机根本无法使用。而且菲利普马上通知了电信公司后,这张智能卡也就毫无用途了。菲利普深吸一口气。虽然丢了手机扰乱了心绪,他依然要让自己集中注意力,要在伊莎贝拉面前故作镇定,让她觉得舒服,也是为了做给生意伙伴看,好让自己牢牢掌控还悬而未决的军火生意的局面。

"借一下你的手机可以吗?"他问司机。

"当然可以,不过这电话打不了国际长途。"

"用我的吧。"法特恩说道。

"谢谢。"菲利普说道,拨了伊莎贝拉的电话。

"哦,谢天谢地,菲利普,真的是你!"伊莎贝拉听到他的声音后说道,"我们一直到处找你。"

"我刚听说噩耗。"

"太可怕,太可怕了!"

"亲爱的,我实在抱歉让你联系不到我,我应该是把手机弄丢了。不过不要担心,我正在赶回来。"

"你自己小心点。"

"会马上安全到达的。"菲利普向她保证。

等菲利普坐上在码头租的一辆年久失修的交通船时,已经下午两点了。开到爆炸现场,在出事船尾那跳下,便急匆匆地穿过邮轮的走廊找到了船桥甲板上的伊莎贝拉和泰。伊莎贝拉右手攥着手帕,眼泪还在红肿的眼眶里打转。她一下子站住,跌跌撞撞跑进菲利普的臂弯。菲利普紧紧地抱住她。他能感觉到她的心跳。"对不起。"他耳语道。

"这一定不是真的。"她说。

菲利普什么也没说。他抚摸着她颤抖的身子。

"到底发生什么了?"伊莎贝拉问道,尽量掩饰自己对他重新燃起的戒备。

"现在还没有结论。时间紧迫还没人知道到底那船上发生了什么,"菲利普说道,"他们甚至还没发现任何蛛丝马迹。"

"那个船一直都维护得很好,甚至比'珍珠皇冠'都要保护更好些,像那样的引擎不可能一下子爆炸,不是吗?"

"我想也不会,"菲利普紧了紧嗓子说道,"我们要等等,看警方怎么说。"

"他们能查出来吗?"泰问道。

"现在这个时候,没人能打包票,毕竟调查才刚刚开始。"

"像这种事故,时间拖得越久,对获得真相越不利。"泰说,"如果不是引擎爆炸而是炸弹呢?到底是什么样的炸弹可以有这么大的杀伤力,而且还在伊恩不知情的情况下,被神不知鬼不觉地带上船?"

"我不知道,如果……"菲利普说。

"我现在什么都不想听,"伊莎贝拉打断了他们两个,"我先上楼了。"

当伊莎贝拉已经走远,泰说:"据我所知,你是个物理学家。"

"我在大学学的是物理,但你问的问题更准确地说应该和化学有关。"

"但是你可以拆除核炸弹。"

"我是回收核炸弹,这有天壤之别。"

"他们找到他的遗体了吗?"泰问道。

"没有,还找不到。我听说,伊恩和船都炸成碎末了。当然,刚刚在伊莎贝拉面前我不想提。"

"的确,她现在很需要你的安慰。"

菲利普点点头:"我会照顾她的。"

"毫无疑问你也会需要她的安慰,你和伊恩是那么亲密的朋友。"

"没错。他是我的师父、我的上司,最重要的是还是我的朋友。"

"他很喜欢年轻人,是不是? 非常喜欢,甚至对我也是,虽然我们不是那么熟。"

"很多方面看出来他是个老顽童,这倒是真的。"

"那谁会想着害死他?"

"这个,我估计有很多人吧。妒忌心强的人,在这笔或那笔生意里被他控制的人。他很爽朗,却又苛责。"

"你在丹吉尔做什么?"

菲利普一时语塞:"关你什么事?"

"好吧,的确不关我的事。冒犯了。我只是想知道,你有没有看到任何形迹可疑的人可能——"

"可能会害他的人是吗? 当然没有! 让警方去查吧。他们肯定可以查出真相的。"

"当然了,我只是自言自语罢了。"

"或许你应该回去演电影了。"菲利普建议说,眼神里一闪而过的邪笑。

"或许某一天吧,要看有没有机会,不过我总是忍不住对这件事查个究竟。"

菲利普故意等这句话在空气中多停留一会儿才回答："别那么说，伊莎贝拉喜欢你。你——不要误会——在这种危急时刻，有你在身边陪伴着对伊莎贝拉来说是件好事。"

"我就当这是赞美我，我之前从没扮演过这样的角色。"

"那你再扮演得久一些可以吗？我明天一早要上岸对付那些杂七杂八的官员。这些人要是让伊莎贝拉见了反倒伤心。等处理完这边，毫无疑问，同样的事我还得去直布罗陀和西班牙做一遍，谁知道临时又冒出来什么地方。她现在需要有个伴，她可以谈谈心的人。但如果你介意的话，当然……"

"我不介意。"

菲利普冷冷地笑了下，带着一丝讽刺："怎么会介意呢，是吧？"

"哦，这应该很简单吧，尽管当配角没有当主角有趣。"

"我爱她，你爱她吗？"菲利普说。

泰摇摇头："不爱。"尽管他说出了这两个字，他却怀疑是不是真的。

"我知道像你这样的人，女人们都排着队等着你去挑，"菲利普说道，随意地瞥了一眼手表。"噢，天哪，时间过得太快了。实在抱歉，我有几个重要的电话一定要打，他们一定希望是我亲口告诉他们而不是通过媒体知道这个消息。"

"理解。"

35

"介意我把直升机开走吗?"第二天一早,菲利普在他们喝咖啡的时候问伊莎贝拉。

"介意? 我当然不介意啦,用吧。"

菲利普浅浅一笑。伊莎贝拉对现实透露出的这种冷漠,一直让菲利普感到惊讶和好奇。要不是伊恩那份真实的临终遗嘱,伊恩的意图将永远是个公开的秘密。当然,伊莎贝拉应该知道所有属于伊恩的一切现在都突然即将成为她的了。

"这就简单得多了。"菲利普念念有词。

"什么简单多了?"

"抱歉,有时我喜欢瞎想。我得先去一趟丹吉尔,给那里的警方施加点压力,免得他们不上心。这个案子疑点重重。伊恩的总部在直布罗陀海峡。那里的人应该希望能够从我这儿得知消息;西班牙,家里那边,还有日内瓦,苏黎世……天哪,和伊恩有千丝万缕的利益关系的人实在是太多了,这都需要我去落实的。"

"我可以和你一块儿去。"伊莎贝拉说,不过显得有气无力。

"因为伊恩没有亲生子女,你算得上是他最亲的人了,你会最终继承他的一切。不过现在你还不用去面对这些,亲爱的。"

伊莎贝拉笑了笑:"好吧,等到了时候再说吧。"

"泰,"菲利普看到泰正走到甲板上来,"我希望你能帮我照顾这边。"

"我会竭尽全力的。"

"如果我可以把去瑞士的行程推后的话,我会尽量在今晚赶回来。

最晚明天回来。"

"达成伊恩的心愿,这是最重要的。"伊莎贝拉说。

菲利普给了她一个深情的吻。"我借了克里斯平的手机,他知道号码。"

"我知道了,不过要是有什么情况一定记得打给我。"

"我保证。"

"现在要怎么做?"当直升机起飞后伊莎贝拉问泰。

"看你的了。"

"我恐怕刚刚错失了良机。"

"你想监听克里斯平的手机?我觉得这不妥。以他给的理由,菲利普一定会去他说的那些地方。他确实必须去做这些事。如果这个手机有 GPS 定位功能,那么奥利弗的那些技术人员倒是可以追踪的。我倒是不关心他会去哪,我关心的是他会说什么,见哪些人。他不会用克里斯平的手机说那些。"

"好,这电影,算我一个,大明星先生。你是怎么知道他不会先去找那些核弹头?"

"他不到迫不得已不会去的。现在有太多双眼睛盯着他,他心知肚明。"

"那为什么你刚才说看我的了?"伊莎贝拉问道。

"因为我们必须想方设法进入伊恩的房间。"

"我已经告诉过你了,不可能!"

泰转了转眼睛:"可是现在情况有变化。"

"要我硬闯?这就是你的办法?"

"你可以做得很好。"

"那万一有人阻拦呢?"

"就说警方需要一点资料,任何一个理由都可以。他们管不着。永远保持你迷人的微笑,伊莎贝拉,要无所畏惧,现在这是你的地盘了,要用你的气势去掌控。相信我:没人敢阻拦你。不论船长、让·弗朗索瓦、克里斯平还是其他船员。他们现在开始为你工作,你可能还没有从现实中清醒过来,但是我保证他们早已接受事实。"

泰跟着伊莎贝拉上楼,走到一扇侧面装饰着威尼斯的戏剧面具的门前。那挂在伊恩房间入口右船舷的喜剧面具,笑脸盈盈,现在看起来却像是在亵渎圣灵,漆白的嘴唇,突出的脸骨,都好像是在侮辱伊莎贝拉的悲伤和伊恩的回忆。不过奇怪的是,门竟然是开着的,所以他们轻而易举就到了书房,踩着一张巨大的土耳其地毯,小心谨慎,生怕房间里不止他们两人。泰仔细查看还在伊恩桌子上摆着的文件,还有后面书柜里绿色皮革文件夹里的文件。所有文件都和伊恩的收藏有关,没有任何有关核弹头的信息。他们打开了齐本德尔式桌子的每一个抽屉,检查了每一个书架,就连那些承受巨大重量的支撑支索也给解开了,却毫无收获。

"这里有没有什么保险箱,在画的后面的那种?"泰问道。

"地上有一个保险箱,就在伊恩的桌椅下面。我不知道怎么打开,倒是有一次我见他进去拿出了给我买的礼物。"

泰把椅子推开,把地毯卷到墙边:"这被打开过了。"

"我一点也不知道。"

"很明显是趁你睡着的时候干的。"

"菲利普应该告诉我啊。"

"是的,他本应该告诉你。"

"我觉得我们没有必要再下去看了。不管里面装着什么,都已经不见了。"

"说得没错。"泰表示同意。

"啊,真遗憾,我真想知道到底发生了什么。"伊莎贝拉突然大喊起来。

301

"这是什么?"

"伊恩的牌桌,他特爱这个。这算得上是世界上最贵重的牌桌了,路易斯十六世的。看到上面写着字的镀金皮革了吗,你把它翻过来,它可以自动感应,是为了玩牌用。在这下面有最精美考究的西洋双陆棋棋盘,用象牙和乌木镶嵌而成。但是你看到了吗,红棋走到了13点处,这是怎么回事,你说呢?"

"我想你应该叫克里斯平过来。"

"桌子上有呼叫的按钮。"

"很好,等他过来时,直截了当地问他——当然既要圆滑一点,又要强硬,就当我不在这。"

不一会儿克里斯平·普莱曾特就出现了。

"我不知道原来之前有人进了这个房间。"

"您说真的?"这个老侍者回答道,即使在这样的时刻还穿着苏格兰格子服。

"我想不可能,因为没人进来过。这是桑塔尔先生再三强调的指令,对船长也对我,只有在他去世的时候,正常系统才会被打破——而唯一方式就是找到那把电子钥匙,钥匙藏在拥有激光报警装置的水晶盒当中,只有我们知道那把钥匙在哪。他还交代直到那个时候才能允许弗罗斯特先生进入房间,以此完成剩下的生意,我想弗罗斯特会向您解释的。"

"他会的,"她用审视的眼光盯着克里斯平,"我相信他会给我一个正确的解释,现在他在做的才是我最需要的。那告诉我,我现在可以进去吗?"

克里斯平媚笑道:"为什么不行,这本来就是属于主人的船舱,不是吗,卡维尔小姐?"

"谢谢你,克里斯平,现在对我们来说,都是一段难捱的日子。"

"确实是让人心情沉重。"

等克里斯平走后,泰和伊莎贝拉在伊恩的卧室待了几分钟。这里确实有更多的文件,更多的突破口,在这里也更加有助于思考,所以伊恩要把自己房间设上重重保护也是情有可原的。不过当他们上上下下搜看了一番以后,泰说:"这不是我们要找的地方。"

"和我想的一样。"

"我们走吧。"

"去'万代兰'?"

"不然还有哪?"

他们回到美洲石斛,伊莎贝拉的套房,通过房间里的两扇内门,正好半开着,可以通向菲利普的房间。"令人惊叹是不是?"伊莎贝拉叹口气,"他的房间一应俱全,却又摆放得井井有条。他几乎没让下人干任何事,都是自己铺床,换毛巾。"

"他看上去很爱干净。"

"你都没见过他爱干净的程度:衬衫扣要整齐放在专用盒子里,衣服要按照颜色分类折叠或悬挂,裤子要在衣架上像萨维尔街(英国裁缝街)上的那些高级男装一样将裤脚的翻边卷起,鞋子按照树状朝着一个方向排列,洗漱品也是如此放置。要是你自己没法做到这样,那么和他住在一起就是一种挑战。"

"这完全就让人肛裂。"泰没加思索就脱口而出。

"请说英语,不要冒出来一个俚语。我实在不知道这个词是什么意思。事实上我也不想知道。"

"我是说这有点像强迫症。"

"说得还挺专业的。"伊莎贝拉毫不掩饰地讽刺道,"你发现什么了吗?"

"还没。至少面对一个有强迫症的人来说,就别指望他会掉什么东西在地上,我们也就不要花力气去地上找。"泰坚持说。他正仔细地搜看床边柜的每一个抽屉,检查菲利普外套和裤子的每个口袋。"火柴。"他搜了一会儿说道。

"哪里的?"

"四季牌,布拉格的。"

"意料之中。"

"奇怪的是他竟然没有在挂起衣服之前清一清自己的口袋,这好像和你形容的有点不符。他一定因什么事而分了心。等等! 这有一张收据。"

"什么样的收据?"

"用阿拉伯语写的。"

"糟糕,我不会阿拉伯语。应该出过国的人会一点。"

"我来试试看。"

伊莎贝拉难以置信地看着他。

"这是一家在塞海因大道上的店,他在那里买了一个盒子。"

"有那么回事。他经常给我带盒子。他昨天就是穿着这身,是不是? 我还记得他跟着伊恩走下楼梯。"

"过一个小时给他打电话,"泰说,"你很孤独伤心,很自然就会给他电话。问出他在哪。"

"我觉得往克里斯平的手机发短信更好些,他应该更希望我这样做,这样的话,他也不易改变计划,也不会改变我的。"

等从克里斯平那里确认了菲利普的手机号后,伊莎贝拉往自己手机上写下给他的短信:"菲,想你! 如果你还在丹吉尔的话,希望一切顺利,爱你。伊莎。"

"准备好了,你打算什么时候发?"

"他会回复吗?"

"我想会的。"

"他给你买了一个盒子,却没有给你,也从没和你提起。他很可能让伊恩捎带回家。这个盒子应该大有文章。"

"也可能说明不了什么。这只是猜测。"

"但是他的确什么都没提起,这点我是对的吧。"

"那又怎么样? 重点是什么? 他当然可以借口说是为了不让我更伤心。"

"那他就实在太体贴了。"泰和伊莎贝拉回到甲板上。

伊莎贝拉花了几分钟忘掉当天报纸的内容,盯着天空看,然后说:"我从来不擅长打发时间。"

"我从来没有像现在这样有大把大把的时间让我打发。你会玩牌吗?"

"玩过一次,玩得不好,"正说着他正破开一副在旁边架子上找到的牌,"不过我学得很快。"

不到一个小时,打了几局没什么印象的牌局,她已经远远落后于泰了。现在又轮到她发牌。她给每人发了十张牌,又多发了一张用来开始丢牌,她看看他,又看看手机:"你觉得是时间发了吗?"

"我觉得时间正好。"

伊莎贝拉把信息发了出去。几分钟后,当她攻势凶猛,打出一连串红心 K,红心 Q,红心 J,红心 8 和 9 的时候,她的电话闪了一下。她看了看短信,先是一阵沉默,然后大声读出来:"我已经很好地处理完了这边,十五分钟后出发去直布罗陀。"

"我们走。"泰说道。

36

超越号的直升机刚飞过头顶,泰就跟着伊莎贝拉到干船坞,那儿孤零零地停靠着一艘小交通船。

海水已经溢上了泊位,小船跟着涨到了他们脚踩的网状铁跳板道那么高,等交通船刚从邮轮船尾处卸下,伊莎贝拉一脚踩下油门,驶向岸边。等过了防波堤,她减速行驶,让船沿岸朝着前一天伊恩去过的游船俱乐部码头开去。这让她不好受,不过她知道这是唯一的选择,就是在那里,海岸工作人员看着他们离开国境的。

他们拦下了转向他们的第一辆出租车,直奔塞海因大道 111 号,这是菲利普口袋里的收据所在的地址。日上三竿正是路堵得一塌糊涂的时候,伊莎贝拉可以感觉到自己的耐心正慢慢消减,而那些摩托车可以在交错的车子之间游刃有余地穿梭,每每红灯时可以冲到停车线最前面,不过这些肆无忌惮的摩托车都被挤在那。马路上热气逼人,出租车里的空调急需制冷剂。伊莎贝拉着急得发慌,看看泰,又看看别处。帕斯特大街的一角,也拧成了了另一条长龙。他们付了钱,下了车,觉得走路应该更快些。他们要找的那家店离这不远,他们沿着这条路往南走就到了。绿色的短阳篷放了下来,遮住橱窗,为了不让太阳晒到那些木质的商品。

走进店门,摆放在那的有琳琅满目的盒子、木框、装饰品,还有盛器。店主并没有迎上来,他们自己先开始看起来。小店很凉爽,但是狭小的空气里弥漫着冲鼻的松木和蜂蜡的味道。等泰凑近去看那些堆得像金字塔那么高的盒子时,店主笑得露出了槽牙,走了过来,说:"是不是漂亮极了?"

泰点点头:"但是品种挺多的。"

"过来,给你看看我的最爱,这一个有一个暗箱。这个旋钮转动一次,什么也没有,但是转动两次的话呢,瞧!"

"好神奇!"泰捧着盒子看的时候,伊莎贝拉在一旁惊叹道。这时店主抽身去招呼别的客人一会。"这藏不了炸弹吧?"她小声地说。

"别那么快下结论,如果是一起双核弹爆炸,就不需要太大空间。当然这种炸弹很难搞到手。"

"但不是不可能拿到,对吧?"

"对某种人而言是的。"

"你可以自己试试看。"店主又回来说道。

"刚刚试了,你卖多少钱?"

"五十欧。"

泰知道他得杀杀价,尽管他这么做有失体面:"最低价了?"

店主摊了摊手,似乎在说,"你怎么会问出这样的问题?"

"你喜欢吗?"泰问伊莎贝拉,"还是你更喜欢别的?"

"这个挺可爱的。"

泰打量着店主,等着他的回答。

"算了,看你是美国人,就四十欧吧,成交?"店主笑着说。

"好,我买了。"泰舒了口气。

"你的妻子一定喜欢。"

伊莎贝拉笑了笑。

"你来砍的话,可能还不如我呢。"泰对伊莎贝拉说。

店主抽出一张印花包装纸,按老习惯开始包扎盒子。这时店门口出现了一队游客,叽叽喳喳商量着要不要到店里看看。他们是退了休的美国人组队来旅游的,三位男士,其他都是女士,当他们走近时,泰听出了他年轻时候常听的弗吉尼亚口音。

店主把包好的盒子递给泰,这时候其中一个美国妇女对着他说:

307

"请问,你是不是泰·亨特?"

泰伸出手说:"那的确是我父母给我起的名字。"

"我认识你母亲。"

泰立刻在搜索相关的记忆,不过他立马意识到,他没有办法像往常一样从这个突如其来的相遇当中优雅地脱身。"你认识?"

"我也认识她。"另一位妇人说道。

"是嘛,我都认不出来了。"另一个男的说道,他穿着一件最大号高尔夫 T 恤,极力掩盖住自己的大肚腩。"不过我倒是想和你讲讲我听到的有关你母亲的事。"

"我知道你想说什么。"另一个高大却又瘦骨嶙峋的男人说道,穿着一件夏威夷 T 恤。

泰大笑起来:"我母亲名气还不小啊,你们怎么都认识她。"

"瑜伽……有氧运动……体操。我们在一个老年中心。"

"挺不错的,那怎么到丹吉尔来了?"

"这要比待在家里省钱多了。"其中一个妇女说着,也被自己的俏皮话逗乐了。

"我老伴的意思是这次旅行价格低得实在太诱人了。我们倒希望多萝西也能一起来。"

"我也希望她能出来走走。"

"哦,你知道她这个人的,她每天忙得不可开交,"第一个认出泰的那个妇女说,"她一直以你为豪,一个劲地夸你。"

"我们合个照吧。"人群中有人建议说。

那个瘦瘦高高的男人对店主说:"请麻烦帮我们拍一下。"

"乐意至极。"店主说道,不过带有一丝顾虑。

正说着,店主的儿子从大街上回来了,顿时让他眉间舒展。店主立马把这台美国牌的数码相机递给儿子:"他拍照技术可比我好多了——算得上真正的专家了。"

他们站成一个弧，把泰和伊莎贝拉围在中间。那个男孩稳稳地拿着相机，冲着他们喊道："我数到三，你们就说'大明星'！"

大家都笑了。男孩连续拍了两张，然后递给泰，请他看行不行。当泰把相机还给主人，那个男孩冷不防地冲出店门，几秒钟后又从街正对面的报刊亭折回来，夹着一本卷起的《Hola》杂志，是一本西班牙名流杂志，封面正是泰本人。小男孩把这本特大杂志径直放到父亲面前，父亲这才有时间意识到自己的小店铺来了一位大明星的事实，他打开杂志，整整两页都是泰出席戛纳电影节的报道。

最后，那些弗吉尼亚人合完影后满意而又知足，开始散去。

"谢谢。"泰接过店主递来的包裹说道，"对了，还有一件小事不知可否劳驾。"他不仅是对着店主也对着他儿子问道，这个小男孩似乎对这个大明星着了魔，唯命是从。

"当然，有什么帮得上的请亨特先生尽管说，这将给我带来快乐。"

"你见没见过这个男人？"泰拿出一张钱包大小的菲利普·弗罗斯特的照片，这是暂时问伊莎贝拉借的，照片上的菲利普比本人更英俊些。

"见过，而且还是昨天，我确定。"

泰长舒一口气："那就对了，应该就是昨天。他在你这买了什么？"

店主的眼里充满了好奇："确实，他买了一个盒子。"

"和我买的这个一样吗？"

"特别像，差不多就和你这个一样，当然，没有一模一样的两个盒子。"

"我知道，看来他砍价要比我厉害得多。"

"我不是很明白。"

"他只用了二十五欧。"泰说道，不过看到这似乎让店主有点尴尬，立马大笑起来，表示这只是个玩笑，"我并不介意这个。我觉得这个盒子卖四十欧都让我觉得值。"

"很高兴你那么说。"

"他一点也不友好。"小男孩插话道。

"你指什么?"泰问他。

"没什么。"

"请你和我说说吧。"

"可你是他的朋友。"

"并不算是。"

"他不公道,"小男孩紧张兮兮地解释道,"他占便宜。他不像你和你身边的女士那样友善。"

泰和伊莎贝拉相视而笑。

小男孩继续说:"我不知道他是谁,也不知道去哪能找到他。我更不知道他竟然是电影明星泰·亨特的朋友!"

"先别管这些了,不过你为什么要找他? 我以为你并不喜欢他呢。"

小男孩有点犹豫:"为了还他这个。"他最后还是回答道,从他的短裤的大口袋里掏出菲利普的 iPhone 手机。

"从哪弄到的?"店主问他。

"他掉的。"

"你应该拿来给我,万一他回来找呢?"店主责备道。

小男孩盯着地板看:"我知道,对不起,是我做错了。

"谢天谢地你捡到了,能给我吗?"泰问道。

小男孩把手机放到泰的手上,顿时觉得轻松不少。

"这个有密码锁的是不是?"泰问道。

小男孩点点头:"实在太可惜了。"小男孩难得露出了笑,不过一会就没了。

"好,谢谢你把这个手机保管得那么好,我保证失主一定会很高兴拿回手机的。"伸手去掏钱包,找到一张十欧元纸币,塞给小男孩,小男孩有点慌张地接了过去。

店主有点摸不着头脑，说道："他怎么有资格拿这个钱？"

泰笑了笑说："哦，你得相信我，你儿子绝对应得这笔钱。虽然不是有意而为之，不过他可是做了一件很重要的大好事。"

又回到大街上，泰说："你是不是挺遗憾的，这样伶俐的一个孩子，你挺想带他走，不过这当然不行，因为他的家在这，虽然跨过这十四英里的海域后就会发现机会大到不可想象。"

"对啊，这会让他父亲伤心，还有他母亲，当然还有他自己。"

"对，这就是问题所在，世界就是那么不公平。"他没有说下去，想到别的事，他突然觉得，和自己身边遇到的女人相比，伊莎贝拉要感性和贴心得多。然后，思绪又回到亟待解决的问题，他问道："你知道菲利普的解锁密码吗？"

"知道。试试 F1D1C1，看看行不行。"

泰照她说的试了试，果然手机解锁了。"第二个难题解决了。"他笑着说，"我们胜利在望咯！不过 F1D1C1 是什么？"

"就是他名字前两个字母 Pi，只是用字母和数字代替，用算法倒着推就知道了。别忘了，菲利普可是工程师。"

"我觉得挺有趣的，不过这个密码设置得并不复杂，倒让我觉得他手机里没多少高度机密的东西。"

"他发现自己手机丢了肯定很着急，你搞明白自己要找什么了吗？"

"找一条途径切入。"

"很明显这就是，不过等你找到路，知道怎么走吗？"

"机会渺茫，不过我不是那种坐等机会的人。"

他们下坡走了几分钟，泰在一家小店门口停下来，店橱窗里摆满了各式各样的水货电子产品，显得拥挤不堪。泰饶有兴趣地走到店里，买了一块 4G 的 SD 储存卡和一个 iPhone 手机 USB 接线。到了下一个十字路口时候,刚好碰上一辆出租车正下客,于是径直跳上了这辆老旧的白色雪铁龙。他让司机到法国馆,那个卖电子产品的老板告诉他那里找得到网吧。

网吧在泰的眼里从来不是这样熙熙攘攘,像赌场一样的窒闷的空间,他以前去日本宣传电影或者代言手表和男士化妆品倒是去过几家这样混杂的弹球室。一排排孤独而又呆滞的人们坐在红黄相间的小单间,两眼无神而又迷茫地盯着一面电脑屏幕,房子里只有都长得一模一样的黑色丽光板桌子,大多数上面都摆放着喝了一半,被遗忘在那里的拿铁,或者蒸馏咖啡,或者去了咖啡因的那种。

桌子上固定着一个铁制框架用来放置电脑,而泰借的手提大小正合适。他给这台电脑付了一个小时的定金。从开始界面进去,他按下启动键,然后进行找到了 IP 地址。当电脑的 IP 地址出现在显示栏里,他把这串数字输到自己的黑莓手机,接着把手机调到加密模式,然后他打电话给奥利弗。"我有一份圣诞节大礼要给你。"

"我希望是个女人。"

"不是,不过一样很迷人。"

"收到了,这确实很迷人:一串 IP 地址。搞什么鬼,我倒想知道这个有什么用。"

"给那些电脑极客打个电话,让他们给我发个程序,好让我下载菲利普手机上的内容。"

"我的天呐!"

"说来话长。"

"我打赌肯定不简单。"

"等我下载好了,我就会往储存卡里复制一份。我觉得这样要保险得多,不想到时候弄丢了数据就不好和你交差。不过要是文件很大的话,我可不想在拷贝的时候冒着文件被损坏的风险,那我要怎么样给你?"

"你现在在哪里?"

"丹吉尔。"

"你早上给发我的邮件里提到了,具体在哪?"

"圣人网吧,就在法国馆附近。"

奥利弗停顿了下:"在美国公馆那有我们的人。"他自言自语道。

"倒是不远,不过那里的人进进出出,不好找人。"

"我也不建议你去那,我倒是觉得你可以计划坐那个交通船回去,到超越号上就好办事了。"

"还有别的地方可去吗? 我习惯不要太奔波了,你知道的。"

"好吧好吧,那等你离开那个网吧的时候,可以溜达一两分钟,你们是游客嘛,没错吧——为什么不逛一逛呢? 然后装做一时兴起去巴黎咖啡馆喝一杯或者吃个火腿干酪三明治什么的,你知道那家店在哪里吧?"

"我找得到。"

"你会觉得很熟悉,因为那里正是《谍影重重3》爆炸场面的拍摄地。所以像你这样演艺圈的人物找到那里也很容易。"

"艺术果真源于生活啊。"

"选一张室外的桌子,就在懒人区那儿的露天咖啡座。你可以看到一个二十岁出头的摩洛哥青年在街对角卖花,那就是你要找的人。他会穿一件宽大的白T恤,带绿色棒球帽。不要立刻去就找他,他会等你。即使你暂时看不到他,他也不会让自己的视线离开你一秒。当你靠近他时,要再进一步的话,就给你身边的卡维尔小姐买点花。那不是再自然不过了? 问那个男子是不是还卖白玫瑰。要是他没能一下子认出你,就说'就像是梵高著名的画里的那样的? 我看你好像是没有,要是给我三分钟,我就可以给你弄来很好看的黄玫瑰或者像桃花那般粉色玫瑰',你就买他正在卖的玫瑰并且在递给他钱的时候顺便把储存卡

313

给他。"

"那要是他还是没认出来呢?"

"那么他就不是你要找的小贩。就道谢后继续往前走,不过看到下一个卖花的伙计时,不要盯着看。但是,泰……"

"什么事,奥利弗。"

"这些都不会发生。因为要是我们的人,他会主动来找你,没人会察觉,都看着他是在干活罢了。"

37

　　菲利普·弗罗斯特整了整桌上的文件,并不是很多。直布罗陀前哨的新基金刚刚开启,等到这次交易一成功,把核弹头交易的账神不知鬼不觉地收入囊中,这个基金也会立刻关闭。前哨的工作室拥挤不堪,但是地处爱尔兰小镇,地理优势明显,完全符合前哨隐蔽的特点。菲利普看了看他的手表,百达翡丽的星月陀飞轮限量版,那是伊恩在菲利普拆除了刻赤海峡的核装置后买给他的,他当时说:"我实在忍不住就买了,这一款很精美,也是公司有史以来第一款两面手表。"菲利普暗自笑了笑,奇怪得很,他几乎很少看表。这些天,大多数情况下,他想知道时间,就会去找他的 iPhone,手机丢了的现实再一次让他心烦意乱。要么错放在哪了,要么掉了或者是被偷了,不管哪种都是他自己不小心,这确实有点不符合他的性格,但是任凭他怎样绞尽脑汁将那一天的情景在脑海里过上千次,他最后还是很肯定,没有任何怀疑对象。他井井有条地把眼前的文件分门别类。那些暂时用不着的文件锁到桌子后面的柜子里,而那些马上用得到的文件都放在黑色牛皮箱里。完成这些后,他关上并锁住了箱子,离开办公室。"我要暂时离开桑塔尔先生的办公室,出去办点事。"他神清气爽地穿过基金接待室对刚刚雇佣的秘书们说道,"还有许多事要处理,而出去办会省力一点。"

　　"我们想再次表达对桑塔尔先生的去世感到抱歉。"其中一个秘书说道。她是个长得很结实的当地女孩,一头染成金色的浓密短发,不过文字处理能力一流。

　　离开办公室到了大街上,菲利普感到前所未有的舒畅感。一切都按计划进行,除了伊恩的死。尽管这是他一手谋划的,但要不是他们在庞德别墅的那次争执,其实他并不想除掉伊恩。可以肯定的是,虽然伊恩那时候压制住了情绪,不过他对自己有了很明显的信任危机。他是不是太心急了?菲利普可不那么想。如果要是伊恩发现了自己在威尼斯一直都有一个账户,专门通过海外洗钱来窝藏私款怎么办?要是其中一枚核弹头已经被发现,让伊恩没有退路,必须改变行动计划怎么办?这势必会让他们两个都招致灭顶之灾。即使没有那次争执,菲利普也可以想象,当这个大亨的计划里没有他的容身之地时,自己会如何被抛弃。虽然他一直以伊恩为精神榜样,但内心并没有表面上的那么亲近,他并不能确定伊恩是不是也这么觉得。像伊恩这样的人会真心祝福自己心爱的女儿和菲利普这样的人在一起?也许会吧,菲利普陷入沉思,不过这仅仅从伊恩的道德观来考虑,要是从野心上来看,他毫无机会。从社会关系而不从血缘关系看,桑塔尔是纯正的英国血统,对于地位的等级,些许差异都十分敏感。要是菲利普步步为营,朝着围拢在伊恩光环周围那些数不清的名人志士发展的话或许有更好的机会也说不定。某个大亨的后裔或未来的公爵,一国的王子,进军好莱坞也说不定?最后这个想法让他咯噔了一下。他不喜欢也不信任泰·亨特,尽管暂时的,毫无理由的,亨特正全心全意陪在伊莎贝拉身边,好让自己不用分心照顾她,可以全身心投入到生意当中。要是没有伊莎贝拉横在中间,他和亨特尚可愉快相处,但是伊莎贝拉确实介于两者之间。不过先不操心,船到桥头自然直,不久就可以和泰·亨特说再见了。

　　避免在一些无关紧要的人面前露脸是他最擅长的技能,这也多次让他拥有更强劲的竞争力。当比利·克劳森用退出俄罗斯旅游胜地的重建项目来威胁核武器交易的时候,菲利普就找到了一个穷困潦倒、可怜兮兮的失败者,把他乔装打扮成牧师,然后又让他变成了一个暗杀者;伊恩一暴露对他的不信任,就招致了杀身之祸,也失去了拥有伊莎贝拉这个干女儿的权利,然后菲利普就可以理所当然地自行完成这笔交易;连这些都豁出去了,更不用说安德烈被遣到朱可夫殖民地;这些都是菲利普精心策划的,所以想要弄死那个过分自信的电影大明星也是轻而易举的事。

伊恩的办公室和他的邮轮一样,毫不掩饰的浮夸。它建在一个山洞之中,原本用来作为一所战争博物馆。房间里有一张巨大的椭圆形桌子,孔雀石质地,四周是不锈钢弧形包边。桌子后面安放着一长排有点年岁的枪支。从这个屋子里,可以看到前方直布罗陀飞机场的 A 级跑道,与之相交叉的那条路正是温斯顿教堂大道,这也是联结直布罗陀和西班牙本土的主干道。这些新建的城市终端和古老的皇家空军基地尽收眼底。还能很清楚地看到远处边境依旧排成长队熙熙攘攘的汽车、摩托车和行人。再远处就是绵延的内海港和月牙形的海岸线,那里可以看到海边的蜜色沙滩,上面呈带状布满了宽敞的帐篷,那里正在举行海边小城康塞普西翁的船只秀。

菲利普看了看桌子对面的安德烈。"什么事?"他问道。

"没什么。"安德烈回答道。

"那你的脸怎么看上去那么拧巴?"

"是吗? 我都不知道。肯定是因为空气里这股难闻的味道,我从来都不喜欢山洞。或许也是因为光。"

菲利普让安德烈抱怨个痛快,等他说完了都没吭声。菲利普知道安德烈所谓的"难闻"其实说的是毒气,但是这种时候容不得他们谈论这些。"安德烈,我们可别把时间浪费在自己吓唬自己上。"

"我没有紧张。"安德烈坚持说。

"那就好,那我现在可以确认那三队人马都已经各就各位了吗?"

"您绝对可以放心!"

"第一分队留守在这里;第二分队随我一起去超越号;第三分队时

刻待命,等交易开始就行动。懂了没?"

"明白! 一切都按照计划按部就班,绝无差池。"

菲利普笑了笑:"记住我们的原则就是按计划行事。既然你正在一夜暴富的节骨眼上,就决不能忘记这一点。"

安德烈笑了一下就立马收住,好像是菲利普无形之中并没有允许这个笑点延续,"不得不说,我真的很佩服您。"

"对了,赞美的话就免了吧,留着等我们的任务最终胜利完成再说。"菲利普告诫他,收敛起脸上的笑容。

"嗳,别那么说,就拿在那不勒斯使的招数,也只有你,菲利普,才想得到。就在从伊斯坦布尔到那不勒斯的途中某处,就换了几个标签或者说可能是把箱子换了,那些核弹头就像茶叶和纺织品一样上了岸。这策略绝妙至极啊,不过我最爱的部分还是等到船只清查之后,核弹头竟然又安然无恙上了船,而且全都是通过审查了的,完全像是装着另外一批货啊。亦假亦真,天衣无缝。"

没等安德烈的溢美之词说完,菲利普就温和地说:"这都是伊恩的功劳,不是吗?"

安德烈点点头:"现在到底有没有人知道我们这个完美的策略,对这点我非常怀疑。这只会让他们投入更加徒劳无益的搜索,搞得人仰马翻。"

"你怎么那么肯定他们不会查到我们头上。"

安德烈有点疑惑:"这不是明摆着的嘛,我们已经走了那么远,我是想说,到现在为止一切顺利啊。"

"那些曾在莫斯科被拿来说的问题,一定会因为伊恩去世而被再次提出来。"

"有可能,或者会随伊恩离世而被遗忘也说不定。"

"希望如此,不过为了安全起见,在我们能够回答那些问题之前,还是要变动一下原计划。"

"当然，要是可以的话。"

"好，我来想办法。还有，安德烈，不要走太远。之后的事会进展得特别快。"

安德烈离开后，菲利普又回去找伊恩桌上的文件，就是在他的盟友到达之前他收拾好的那一叠。基本上都是毫无创意的报道，就连伦敦的时代杂志里，一个目击者对这起船只爆炸的描述只有"火海"一词。很明显，相机根本没法那么迅速拍下炸弹爆炸的瞬间。在所有的财务报表，要求的采访，给予的意见或者个人信件中，初读起来最让菲利普心烦意乱的只有一个，现在菲利普又拿出来重新读一遍：

亲爱的桑塔尔先生：

不知您可不可以好心代表我们出面协调，并且帮我们调查一下，我们前任执行长官六个月前就提出，克劳森公司要退出将俄罗斯废弃军事基地改造的计划，该计划想在刻赤附近的亚述海沿岸打造矿物海湾旅游胜地，不过现在看来非但没退出，投资反倒有增无减。我们最大的股东——卢克·克劳森先生——我相信你一定认识，在他的极力主张下，我查阅了与这事相关的所有合同，尽管我十分理解按照合同办事，退出项目需要一定时间，但是这些已经过去的时日都足够完成整个计划了。

我无法从那些负责人口中得到满意的答案，所以我才写信给您，因为我知道，作为已故的克劳森的密友，你对这次我们最初能够加入这一项目出了很大力。

您知道，克劳森公司所投资的项目遍布世界七大洲，许多项目规模庞大，参与者甚至包括了政府和其他大型公司。我们本想自私地保全公司的面子，但是事实上，最近，我们公司处境危急，欧洲当局，甚至连印度当局都怀疑我们的船只串通做违法生意，而我们却毫不知情，从来都不知道有这回事。自然，我们——我的工作人员和董事会——急切地想要尽快地彻底地澄清这些误会。

要是您能够调查这件事,帮我们解决我们和矿物海湾改造项目的任何残余联系,我们将会感激不尽。

真诚地

西蒙·斯托瑟夫

主席兼执行总裁

克劳森公司

抄送:卢克·克劳森

美国国务卿 韩·布莱恩·波尔

当他再一次读完了这封信的时候,菲利普站了起来,从三脚架上的望远镜瞄向远处,环视着从直布罗陀一直向前延伸的土地和海岸风景。他并没有特意想搜寻什么。相反,他只是调动一下自己的手,自己的眼睛和眼前的风景来激发想象力,思考一切是否自己的计划当中,是否存在着什么威胁。只过了几分钟,菲利普暗笑一下,回到伊恩的桌子,拿起电话:"麻烦请帮我接白宫的总统国家安全顾问乔治·肯尼斯。"

"那个号码会接外部电话吗?"伊恩的首席秘书问。

"会的,我很肯定有一个号码是专门用来接听公众电话的。"

当他正等待电话接通的时候,菲利普又想到伊莎贝拉正和泰独处着。伊恩之前对泰一直有猜疑,但鉴于他和菲利普的关系,更多的是猜疑泰的本质好坏,而忽略了他可能正在参与某项任务。泰的背景是十分复杂的,菲利普必须承认这一点。他参军的经历要是搁在别的年轻人身上就是个飘忽不定的未来。而现在,泰正享受着众心捧月的待遇,这甚至对菲利普来说,不免觉得很诡异,一个大名鼎鼎的电影明星进到伊恩的邮轮上来,这不会仅仅是个偶然。难道还有什么不为人知的目的,不然泰不会只身前来。

就在这时,电话打来:"我帮您接通了肯尼斯博士。"

"谢谢。乔治,我是菲利普。"

责那块黑海区域。就在我完成工作后,伊恩打电话给我问我要是把那块片区发展为旅游地怎么想。我告诉他我对这块地并不太看好——恰好相反。那里的气候简直糟糕透顶。我很清楚那里的季节变化诡谲。不过先不管这些,我现在想做的,就是为了伊莎贝拉,尽可能又快又委婉地搞清楚之前到底发生了什么。如果克劳森公司有什么需要的话,我会尽力满足,这样也免去我的老朋友和未来的未婚妻的尴尬。有任何越轨行为那一定是微乎其微的。伊恩不该再为这些受到惩罚,伊莎贝拉更不应受此委屈。”

乔治·肯尼斯说:“‘未来的未婚妻’,我还是第一次听到这种说法。我想按照顺序来的话我应该先恭喜你。然后,我可以为你做什么?”

“您要是可以为我到上头那通通气的话我一定感激不尽。斯托瑟夫不但给伊恩写了,还抄送了一份给国务卿波尔,天知道他想干什么。”

“大多数是为了保护克劳森的权益吧。菲利普,我了解你现在的情况。我现在对你可是羡慕又嫉妒啊。我之前刚看过你未婚妻的照片。”

“是吗,不要告诉我是在戛纳拍的那个。”

“就是那些照片。不然的话邮报登这些干吗?不管怎样,不要太担心其他这些生意了。我会考虑一下,会和一些关键人物谈一谈。我不能向你保证什么,但就我估计,这事听上去处理起来应该挺简单的,花不了很久。”

“真的很谢谢你,乔治。”菲利普挂起听筒,自信满满,一下子就摆脱了自己身上那些碍手碍脚的注意力。

过了一会,他从克里斯平那里借来的手机在口袋里响起来。

“你好。”菲利普接起电话。

“先生,我是让·弗朗索瓦。”

“什么事,弗朗索瓦。”

“也没什么大事,但是我觉得你还是应该知道。我早些时候给你打过电话,但是你没有接,转到语音信箱了。"

菲利普看了看手机屏幕,让·弗朗索瓦说得没错,确实有一条未读信息。"该死,我肯定那个时候在街上没听见。你接着说。"

"先说要事,卡维尔小姐今早进了桑塔尔先生的房间,你说要是发生了就要向你汇报。"

"她在那找什么?你知道吗?"

"不是很清楚。根据克里斯平的描述,他们在找什么东西。他没说是什么,我觉得他也不知道。"

"他们?"

"亨特先生和她一起。"

"他们现在在哪?"

"我不知道。"

"好吧,那他们是在船桥甲板还是——"

"他们上岸了。"

菲利普难以接受:"怎么会这样?"

"他们坐交通船走的。"

"我估计他们都没有知会你就走了是吗?"

"是的。"

"他们是去丹吉尔了吗?"

"是的,我和那里的码头代理确认过。"

"我倒是希望他们不要去那。他们这么做很危险。我本来希望在我们查清楚伊恩的死因并且找出对伊恩的任何威胁之前,他们还是原地不动的为好。"

让·弗朗索瓦听着,最后说道:"对不起,先生。"

"不是你的错,是我的错。"

"我不是很懂。"

"我觉得你不用知道,我应该事先考虑到这个突发状况。"

"他们回来了的话,我要和他们说什么? 你希望我做什么?"

　　"要是他们回来了,什么都不用说,就按照平时一样,不过你要留住他们。这就是你要做的。让,你要让他们留在船上,但不要让他们看出你的意图。"

38

"伊莎贝拉正在我边上。"泰对奥利弗说。

"挺不错,你现在在哪?"

"快到游艇俱乐部了,她又开始焦虑了。"

"这也是人之常情,但也别无他法啊。"

"也可以从说服伊恩心肝女儿那儿入手。"泰建议道。

"你会发现这比你想象的困难得多。"

"有趣得很,让她自己和你说吧。"泰在把自己的黑莓手机递给伊莎贝拉之前,对奥利弗补充道:"不过你要记住,不是她自己要求接电话的。"

"你好,奥利弗。"伊莎贝拉冷静地说道。

"你好,伊莎贝拉。"

"我就直说了,你让我回去找他——我并没有说我同意你的看法——你们认为他杀死了我的教父,说不定还参与杀害了不知多少其他无辜的人,我为什么要相信?"

"因为他会对你有所图,现在超越号是你的了。那你还会去哪呢?我们现在决不能打草惊蛇,让弗罗斯特在最后关头改变计划。所以在这节骨眼上,他是我们唯一的线索,而你是我们能够掌握他行踪的唯一途径。要是你不信,可以问泰。"

"我相信你。"

泰直到奥利弗的通话结束了,说道:"这个男人有野心。他或许想等着看大半个世界在熊熊烈火中毁灭的好戏。但我估计他自己正在往火坑里跳,我们暂时会是安全的。"

"我可不那么认为。"

"你就不要担心了。"

"不,我必须担心!你们都知道,我现在就像踩在香蕉皮上,不知要滑到哪里去,命运真是捉弄人啊。"

"人生总这样。"

"你是不是想着这个就是滑铁卢战役?"

"没错,我们最好去惠灵顿拍这个电影。"

在北约司令总部的科顿司令办公室外,奥利弗在一间没有窗户的接待室里示意陈宾高可以开始。陈穿着牛仔制服,一双沙滩鞋,穿旧了的宽大麻棉衬衫,毛边都翻出来了,不过这些恰好符合他的职业——黑客。涂了发胶的头发里别着一个大耳麦,身边托盘上放着一听开了盖的零度可乐,宾高盯着眼前的那台华硕电脑屏幕。"和大伙打个招呼吧。"当三个二十岁上下的年轻人并排走到屏幕前的时候,他对奥利弗说。"从左至右,迪莱拉·米拉多,来自俄亥俄州榭柯高地的顶尖计算机专家,毕业于加利福尼亚理工学院,现就读于耶路撒冷希伯来大学;隆蒂·帕特尔,来自孟买,现对外宣称就读于马里兰州大学;还有来自拉古娜海滩的内华达·史密斯,就读于哈佛和伯克利大学。"

奥利弗对着电脑摄像头笑了一下,然后仔细研究这几个黑客。前两个,尤其是那个体型丰硕的迪莱拉看上去倒是挺符合自己预料的那样,长得结实,不拘小节。但是内华达·史密斯倒是更贴近美国高级服装品牌拉尔夫·劳伦的广告里的明星。

看到奥利弗吃惊的表情,宾高说道:"内华达是我们的门面,他可是艾萨克·牛顿的后裔,那只是他自己说的,不过他坚信这一点。毫无疑问,他拥有最完美的冲浪控制力和最漂亮的冲浪姿势,当然也是至今为止计算机界的顶级美男。"

"长官,您能告诉我们您到底要找什么?如果可以的话,可以省了我们不少麻烦。"迪莱拉问道。

"我要是知道就好了,我们的对手总是善于过滤一切,没有在他的 iPhone 上留下任何蛛丝马迹。我的猜测是,我们现在正在查的东西毫无用处,但是事事关联,只要我们继续查,继续查,可以找到有点关联的,更加有趣的证据。当然这只是我的一个猜测。"

"你用了'过滤'这个词,你知道这在我们计算机界意味着什么?"

"不知道。"

"'过滤'设计程序就好像人类推理和逻辑,而'洗涤'就不那么理论化,偏向实际操作。我们要立即从两个方向入手。"

"正合我意。"隆蒂·帕特尔说道。

"我都跃跃欲试了,不过希望我们可以拿到他的手机。"迪莱拉说道。

"风险太大。"奥利弗说。

"凭直觉,"她说道,"我总觉得我们本可以换个假手机给他。"

"这机会渺茫,就像下周五去中个彩票。某一天餐馆吧台后的性感美女可以在凌晨三点偷偷爬进我的床。这些都是美好的白日梦,我们得实际点。"

"有道理,"内华达说道,"要是你想以某个理由让他相信自己的手机回来了,你是没法用一个假手机骗得了他的。手机是同一款,但是上边的刮痕会不一样,这肯定感觉不一样,就像同样方法养大的狗,你总有办法鉴别是不是你的。我可以马上认出来,并且穿帮后会立马警惕。而且,你还要恢复 SIM 卡和所有的邮件设置。这种方法就叫做病理学。"

奥利弗听得神乎其神:"你觉得他们什么时候会有答案?"

"不可能确定得了,"宾高回答道,"我们根本不知道自己的目标,我们怎么能估计出完成时间?"

"长官,"迪莱拉说,"你是不是告诉过我们时间紧迫?"

“我们分秒必争。”

“那要是跑不赢时间怎么办?”

“这就不妙了。”

“那我们还会活着吧?”隆蒂询问道,察觉到奥利弗的口气从阴郁变得从没有过的严肃。

奥利弗摇摇头:“那可不一定。”

39

　　四点还不到,船桥甲板边上的游泳池边上,正午的太阳正向西边的天空倾斜,伊莎贝拉看着泰说:"奥利弗没结过婚,是不是?"

　　"你问这个干什么? 你感兴趣?"

　　"我只是好奇。"

　　"他要结婚不那么容易。"

　　"他是个什么样的人?"

　　"一方面,他经常出差。而且对那些寻求刺激的女人来说……"

　　"别扯上我,我只是问一下而已。"

　　"他还没死呢,他还有的是时间。"

　　"因为你们两个同岁?"

　　"这个理由似乎不错。"

　　"我父母结婚的时候,父亲才 21,母亲才 20。"

　　"我想我父母应该都是 21。"

　　"我们这一代到底怎么了? 被太多选择惯的。"

　　"你在说你自己吧。"泰说道。

　　"装单纯。"

　　"谢谢夸奖。"泰正说着,让·弗朗索瓦从餐厅走出来。

　　"打扰了,卡维尔小姐,丹吉尔警方已经和船长取得联系。他想让您知道警方正派人过来,已经在路上了。"

　　伊莎贝拉面无表情,"警方想问什么我都能背了。"

　　"其实什么事都没有,我估计只是例行公事罢了。"

　　"我们会在码头前接受他们的询问。"

"好的,不过是个能让他们上船的不错机会。"

让·弗朗索瓦忍不住笑出来。

"也有可能只是为了见你。"伊莎贝拉暗示道。

"不要吧,我可没想着要往那个方向发展。"

"你总是把人往坏处想,是吗?"

"从不,不过最近倒是想得有点多。"

当警方专案组到达的时候,他们恰好换上了几乎相得益彰的装束,棕褐色的亚麻宽松长裤和暗蓝色的网球衫,泰的针织衫,伊莎贝拉的提花针织衣服。那个专案组的警官是个长得高瘦,体态端雅的摩洛哥人,陪同前来的是体型更魁梧,比他矮得多的年轻副手,他矮胖的形象,恭敬地站在长官一步远的身后,让伊莎贝拉觉得就像是他上司的宠物。

"刚发来通知就安排和我们见面,实在太感谢你们了。"警官对他们说。

"这是应该的,我们很高兴见到你。你可以想象,我们急于想做一切力所能及的……"

"差不多就是一些扫尾工作。我们想亲自看看事故发生的时候,桑塔尔先生起居的地方。"

"你刚才用了'事故'这个词,你是那么认为的吗?"

警官有点犹豫:"现在这个时候还很难下结论。"

"我想我问这话的真正意思就是,我们对这个问题到底会不会有结论?"

"可以坐吗?"警官指了指椅子。

"请坐吧,对不起,原谅我忘记礼节,这发生的一切让我完全不知所措了。"

"谢谢。我的长腿最近越来越容易累了,"警官沉思自语说,在一把皮椅上坐了下来,"你能想到有没有人可能会害你的叔叔?"

"实在想不到。还有,伊恩不是我叔叔,是我的教父。"

"抱歉。你更正一下。"他命令他的副官,那个正坐在一把差不多的椅子上记着笔记的人。

"伊恩·桑塔尔是一个在商界非常成功,而且大名鼎鼎的人,我相信你都知道。"

"用'奇迹'形容也不足为过。"副官补充道。

伊莎贝拉向他报以感谢的微笑:"总有人会嫉妒别人拥有这样的能力,但是就伊恩而言,我实在不知道他们是谁。他广结好友,有来自各个行业的,无论是地位高的,低的还是中层阶级的他都有接触。他的朋友也不全是有钱人或者名人,当然很多的确是如此。在他的一生,朋友就是他的财富,所以,这也是他成为一个作家的原因——"

"哦,的确,我读过《火车旅行》,"警官打断道,"他还写过别的吗?"

"大多是科幻类的,写作是他最大的梦想,不过没过多久他就发现这个工作太孤独了。不过话又说回来,正是这些科幻小说,让他开始接触科学。学术,伦敦商业街的金融,他作为企业家的这份令人垂涎的职业——后来都一一实现,他发现他的自我实现媒介,并不是在纸上涂涂画画的文字或者数字,而是不同的人。伊恩把他们集合起来,不断地将他们以及利益重新组合,直到出现有利的结果,往往会有意想不到的收获。"

"这让我很感兴趣。"

"谁会伤害他呢?我实在想象不到。也许是某个被他打得一败涂地的人。他骨子里就争强好胜,也从没输过。"伊莎贝拉大笑起来。

"他把一切做得很完美。"

"没错。"她说着,看到克里斯平轻声走近,补充道,"你想喝点什么?"

"有没有冰咖啡?"

"当然有了,警官。"

"我也来一杯一样的吧。"副官说道。

"我很高兴能在丹吉尔遇到你的教父,一个叫弗罗斯特的先生和他在一起。"

"我知道。"

"那弗罗斯特先生是……"

"我的一个很好的朋友。"

"那你应该知道今天早些时候他来见过我。"

"我知道他要去见一些官员。"

"他是个很能干的人。"

"这我知道。"

"我可否问一下,菲利普·弗罗斯特和伊恩·桑塔尔的关系?"

"我不知道你为什么那么问。"

"抱歉,唐突了。我是想说他们之间是生意关系还是有亲戚关系?是那种良师益友还是他的监护人,比如,类似于儿子和父亲那种。"

"两者之间吧。"伊莎贝拉想了两秒钟后不确定地说。

"当他们离开邮轮的时候,我恰好注意到他们什么都没带。他们都穿着夹克衣,手上都没拿任何东西。比如,行李箱之类的。"

"这有什么奇怪的?"伊莎贝拉问道。

"可他们是商人。"警官也被自己解释的简单程度逗笑了。

"是的,但是昨天他们去做什么交易了并没告诉我。你应该去问菲利普。我记得他们看上去很着急,你说得没错:他们的确什么都没带。"

"然后那只交通船是交给码头代理看管,估计由交通船的驾驶员和码头代理工作人员共同负责。他们中的一个或者更多人肯定会目睹所有上船和上岸的人,警方以及摩洛哥移民署和海关官员也全程都在交通船停靠的地方附近。我认为如果船上有任何动静的话,他们看到了也不会袖手旁观的。"

"那你认为这只是一起事故?"

"我还没下结论。那条船完全有可能系统上出了故障。像这种运输香烟的船只装载着大量可燃物,要是有一点火星的话……诶,重点就是,我们永远不能肯定是不是有这样的故障。而且船上没有黑匣子。要是我们需要找出正确原因的话,我们得用排除法,尽我们所能,排除所有其他可能性,当然很遗憾的是,这得包括有人故意破坏的可能性。"

"这也是夏洛克·福尔摩斯所用的检验法,是吗?"

警官笑了笑:"亨特先生是他的粉丝吗? 或者说你演过福尔摩斯。演过的话那一定已经上映了,或者还有我不知道的某部电影。我可是我看过你演的所有电影的。"

伊莎贝拉瞥了一眼泰,露出笑容。

"不怪你,因为我从没演过他,但我父亲可是他的疯狂粉丝,这是会传染的。我是读他的书长大的。"

"接下来,我要去找船员谈谈,然后查看一下船只停泊的地方,也就是桑塔尔先生和弗罗斯特先生去丹吉尔之前的停泊处。而且,我想去看看桑塔尔先生和弗罗斯特先生的居室,应该会有点收获。"

"我们会带你在整只船上转一转。"伊莎贝拉和他说。

"谢谢,顺便提一下,弗罗斯特先生有没有和你说起要给你一个盒子?"

"没有。"她回答道,瞥到泰正看着她。

"什么盒子?"泰问道。

"怎么形容好呢? 一个珠宝盒或者是用来装小东西的盒子,木制的,质地十分轻盈。弗罗斯特先生说是在露天广场给卡维尔小姐买的,然后弗罗斯特先生突然要他在中饭时间先留在丹吉尔,所以他先让桑塔尔先生把盒子拿回船上。这就解释了为什么会有一个手提袋。"

"什么样的手提袋?"泰询问道。

"我想是个浅绿色手提袋吧,带有黄色或者是金色的印花。很多目击者看到桑塔尔回去的时候在右手腕上挂着的。"

"当然,要是里面真的临时装有某种爆炸装置的话,他就不能晃才对。"

"我也这样假设过,我也不知道这样想对不对。"

"菲利普有没有和你谈起过他们在做什么交易?"

"只说起过和什么基金有关。现在这个年代不都这样吗?生意做着做着就不再生产产品了,只是造钱罢了。"

"既然这样的话,我倒是想到一个符合逻辑的地方我们可以入手。和他做生意的人一定知道他在丹吉尔的准确时间和地点。找出那些人都有谁,然后查他们的生意目的是什么,要是真有这帮人,到时候你就可以轻而易举得到答案了。"

"你愿不愿意到丹吉尔警局工作,卡维尔小姐?"

"非常感谢,不过我有要务在身。不过无论怎么样,你得承认我的推论比起你的要可靠得多。"

"你可误会我了,我没有什么推论。在手提袋里装个炸弹也不算什么推论,顶多是个可能事件,虽然可能性还有点低。我们断案靠的是事实说话,这个手提袋在这个案件中是个证据,但很明显,这是给你的礼物,而且至少我们可以判断弗罗斯特先生对桑塔尔先生是没有敌意的。正是因为桑塔尔先生的提拔他才得以有飞黄腾达的今天,难道他要恩将仇报吗?不可能,因为伊恩的死对他来说有害无利。事实上,唯一受益的人是你,但是只看一眼你的眼睛,就可以感受到比起你得到的偌大遗产,你所失去的要多得多。"

查看了邮轮的各个角落,包括对船只停靠的宽阔港湾进行了费时又徒劳无获的搜查之后,警官和他的副手离开了。伊莎贝拉和泰向已经朝岸上开去的警船挥手告别。然后伊莎贝拉转向泰说:"他问起盒子的事的时候,你干吗用那种眼神看我?"

"我倒想问你同样的问题。"

"我都不清楚你想让我怎么做。"

"你处理得无懈可击。"

"好吧,我没撒谎。他问菲利普是否说起过盒子的事,他确实没说过。我一直等着他跟我说允许我离开丹吉尔了。我想最近看够了电视节目。"

"你就应该这样先保持缄默,警方暂时还不需要知道我们所掌握的情况。"

"你认为伊恩的死和那些核弹头有关是不是?"

泰点点头,"我是这样想的,他们肯定在重新安排,组织人员。"

"那我们是不是应该现在就出发。我讨厌像现在这样困在一个摩洛哥的监狱里。"

"我们没地方可去。我们需要在这里跟进事态发展。盯着菲利普!让他好好玩牌,我们要找准机会看到他手上的牌。"

"可行吗? 你也看到了警官很明显放话说我也是嫌疑人,尽管他对此表示怀疑而且也对我感同身受。"

"他这是在调查,这是他的工作。要是我们突然起锚前进,他会抓住这个把柄继续查下去。到那时,即使你没有罪,也跳进黄河都洗不清了。你知道人都是这样。结论总会如此诱人让人难以舍弃。但谁知道要是我们离开了的话,会不会影响核弹头的去向呢?"

"这就好像在雾天打高尔夫,球顺着球道毫无目标地滚。"伊莎贝拉有感而发,轻轻地靠向泰的那边。"几天前,我也不知道有多久了,第一次开始对自己的未来有一个清晰的想法。想法特别美好。然后你出现了,让我现在完全毫无头绪了。"

他知道此时此刻他可以亲吻她,但是周围的船员让他不敢冒这个风险,他只是迈开了一步。

"怎么了?"伊莎贝拉小声说,"不要告诉我是我自作多情了。让女人失望真是你的强项,我总算知道了。"

泰笑了笑,"不要把运气和才能混为一谈,我从没想让你失望,但是要是现在公之于众恐怕不那么明智。"

"我没你那么坚强,我得有依靠,一件事或者一个人,泰——现在你是我的依靠……"

泰若有所思:"去哪?"他问道。

伊莎贝拉领着他穿过他第一次登上超越号的那条走廊:"这可是你要的。"

"我还有点没缓过劲。"

"我希望速战速决。别担心,你并没有占这个时刻的便宜,如果真有的话,泰,只是这个时刻我占了你的便宜。"

"都没法和你形容,这么说让我感觉好多了。"

"那我再让这事简单点。不是因为发生的这些让我有这样的渴望,也不像是看上去那么突然,至少对我来说是这样的。自从我在安提贝斯海角见到你后,我的脑子里就只有你,前前后后,上上下下全部都是你。"

"既然你告诉这些,我也要诚实地告诉你。泰·亨特,是你在码头加足马力要赶超的那个人,也是不久前出现在二十英尺高四十英尺宽的屏幕上的那个人。而现在的我,才是真实的我。"

"我就只要这样真实的你。"

"那就好,因为他不想让你失望。"

"不知怎么,她从没有过这念头。"

泰看着她的脸:"刚刚你还说这是我要的,现在这可是你愿意的了。我们去哪?"

"放映室,没人会来这找我们,要是真的找来,那又怎么样,我们在放电影而已,而且门是可以反锁的。我能说什么呢? 伊恩就是个会享乐的人,这就是他魅力之一。"

"这听上去真刺激,你还真是淘气啊。"

"你还有好多没见过的呢。"她告诉他说。在放映室的书房里,伊莎贝拉找到一个《懂女人的男孩》的刻录光盘,把它放映到远处的墙上巨大的 LED 屏幕上。"你在里面看上去稚气未脱,几乎是情窦初开的样子。"

泰用手臂环住她,把她拉到自己怀中,躺倒在双层长毛绒沙发上,沙发就在这一间豪华家庭影院第一排的中间位置。"你做得挺好,不过不要说话,好吗?"

"好。"

他们享受完两次欢爱后,就睡过去了,不久又醒过来,泰看着伊莎贝拉。他的手掌抚摸着她的肩膀,然后慢慢滑下去,他的指尖一直触摸到凸起的光滑的乳房。他对自己的手很满意。他经常会觉得只有自己的手,自己的思想和长久的记忆才造就了自己,也保持着自己的风格,在一次次危机面前却依然可以那样完美无缺。伊莎贝拉正抚摸着他的肩膀,然后温柔地触摸着背上的那些伤疤,把他拉向自己。泰告诉自己,她也许已经并不在乎他的面具和外表,而在她眼里,他就是那个单纯的弗吉尼亚男孩。

"你看上去有点担忧。"伊莎贝拉说道。

"的确。"

"你是担心我们的关系会改变什么,是吗?"

他依然沉醉在她的气息当中:"让我担忧的是这永远也不会改变我们即将要去面对的一切。"

太阳下山前一个小时,泰在船桥甲板上看到超越号的 EC130 直升机正从北部天空飞过来。

"我本来还以为他会先打个电话。"伊莎贝拉说道。

"不要紧张。"泰安慰她。

"我做不到。"

"你可以的。"

"'闭上你的眼睛,回想一下英格兰。'这不是你教我的吗?"

"没有一个女人需要男人来教怎么去骗一个人。"

"这很好笑吗?"

"是的,放轻松。"泰说道。

"你现在得寸进尺了啊。"伊莎贝拉说道,差点没忍住笑出来。

直升机在船头的机场降落,不过过了好一会儿,才看到机门打开,菲利普从里面走出来。伊莎贝拉一个人沿着从船桥甲板到超越号飞机场一路走下台阶,看到菲利普,小跑到他身边——天生的演员啊,泰从驾驶室看着。

"对不起,"菲利普说道,几乎是敷衍了事地把她搂到自己的怀里,好像他脑子里正想着别的事,"刚刚接了一个电话,我得等到直升机扇叶不转才听得清那个该死的笨蛋在说什么。"

"不要担心,见到你回来太高兴了。"她可以感觉到他还是心神不宁。

"我也是。"剩下的人也从直升机上陆续跳下来。

伊莎贝拉记下是哪些人,然后又看着菲利普:"我还以为你一个人回来呢。你没和我提起过会带别人一起回来啊。"

对这些人的第一印象是,他们都身着制服,穿着配套的深色裤子、衬衫和鞋子,倒很像是格斗装束,行为举止更像是保镖而不是客人。他们的出现立马让伊莎贝拉觉得很不舒服。

"别激动,伊莎贝拉。这说来话长。你应该知道了,我早上见过警方了。"

"是的,我知道。早上警方特案组的也来过了。"

"我都不知道。这样的话你应该知道我要说什么了吧。"

"要说什么?"

"就是伊恩可能是被暗杀的。"

"那个警官看来没有很信服啊。"

"他就是个小警官而已。这样的人不是因为上头命令也不会跑这一趟。而且他们优柔寡断，也不用他们来承担什么后果。"

"说重点的吧。他们是谁？"伊莎贝拉问道，抬头就看到菲利普身后站着的沉默寡言的"保镖"。

他抚摸她的肩，含情脉脉地看着她的眼睛，强挤出一个笑容说道："他们是过来确保你的安全的。"

"我一直觉得我们有足够多的船员了。"

"开玩笑，这怎么够。"

伊莎贝拉深吸一口气："菲利普，谢谢你那么紧张我，真的挺感动的，但是我在这里很安全，有让·弗朗索瓦·克里斯平，还有其他人，当然还有你在我身边。即使这不是一个意外，那人们为什么还不收手反倒继续加害于我？我和他的生意毫无瓜葛。"

"你是想让我读懂那些疯子在想什么吗？"

"或者你是担心你自己罢了。"

"你怎么能这样说。我完全可以照顾好自己，你知道的。"

"你说得对，我很抱歉。"伊莎贝拉做出退步。

"这只是以防万一，就几天工夫。他们不会妨碍到你，你甚至感觉不到他们在那。"

"他们从哪里来？"

"他们是来自和我以前工作有联系的一个安保服务机构。这点任务对他们来说很简单。"

"他们说英语吗？"

"所有人都说英语。"

"他们知道我是他们的上司吗？他们会一直按照我说的去做绝不违背？"

"违背命令是不会发生在他们身上的。相信我。"

"你要比我想象的自信多了，"伊莎贝拉说着，话语中带着笑意，

"你竟然愿意让自己的女友和六个斯拉夫俊男独处。"

菲利普用一种她并不熟悉的严肃的眼神看着她,眼神里满是坚毅和受到的伤害。"亲爱的,我相信你,"他提醒她,"我都把你留在一个世界级票房冠军的影星身边了,不是吗?"

"他可是个胆小鬼。"伊莎贝拉蒙混了过去。

菲利普脸色一下子轻松许多:"真的? 意料之外啊。不过这不重要,现在最重要的就是请你相信我。"

40

　　陈宾高说:"快,问我一个问题。"这都快午夜了,这个年轻小伙子踩着轮滑到奥利弗·莫利纽克斯的临时办公室,不客气地坐下来,跷着二郎腿,为的是把右脚穿着的那只红黄相间的塑料轮滑鞋抬起来,系上松了的鞋带。

　　"真是可恶,大晚上的你要我问你什么问题?"

　　宾高点点头说:"你上一次立功是什么时候?"

　　"认真点,我们可没那么多时间。"

　　"就在一分半钟之前。"

　　"你到底发现什么了?"

　　"找到了资料库的开放端口。"

　　"什么地方的资料库? 菲利普的 iPhone?"

　　"iPhone?"宾高不可置信地问道:"我们研究的可是高阶黑客密码,这手机的也太入门级了吧。"

　　"我不知道还有其他什么密码,我可不是出生就学电子的,你要是可以清楚准确地用英语告诉我到底怎么回事,我会感激不尽的。"

　　"别急,要以不变应万变嘛。"

　　"我现在可没有心情和你讨论什么《易经》!"

　　"迪莱拉把与这只 iPhone 有关联的电脑都搜了一遍。毫无疑问,一无所获。他可真难办。同时,隆蒂负责查所有的电话号码,也没有什么特别的,不过有一个电话是打给银行的。有点眉目了,是不是? 没错! 你知道菲纳格定律吧。"

　　"这有什么关系?"

"要是一件事能用愚蠢来充分说明，就不存在任何威胁了。"宾高说道，"那个笨蛋竟然给银行打了电话。不知道他打给谁，也不知道他说了什么。但是那个银行可是在维也纳，他可不住在维也纳，隆蒂是个影迷，马上就想到了《第三人》，奥森·威尔斯演的，充满了阴谋和小人——所有的事不是看上去的那样。所以他就想凑近点看，确实凑得非常非常近。"

"你不要告诉我他偷偷潜到银行资源库去了？"

"比约翰·迪林杰、邦妮，还有克莱德，可比那些美国历史上臭名昭著的抢匪下手快得多吧。"宾高说道，"当然，比他们都要神不知鬼不觉。这是老把戏了。有人插入一个端口——"

"谁会那么做？"

"我们或者是其他什么黑客之类的。不管怎样，我说过，老伎俩啦。随便拿台电脑来，雇几个学信息安全的伙计，都能拔出端口，他们也的确这样做了，但要是他们想重新编译程序，就还要用到原来的那台电脑，所以，诺，现在又插回去了，只是这一回没有做得那么明显罢了。所以，我和你说，隆蒂·帕特尔，毫无疑问是 λ 演算的骑士，骑士啊！"

"λ 演算骑士，这又是哪出？"

"黑客中人的一哥。有人说这是想象中的，也有人说这是真实存在的，不过都一样，不是吗？'津津乐道的人往往一无所知，满腹经纶的人却保持沉默。'圣殿骑士和老教堂的关系就相当于 λ 演算骑士和新教堂的关系。这都扯远了。据我们调查，在这家银行，找不到任何用弗罗斯特的名字开的或可能相关的户头，但是——是一个结结实实的但是——和银行电脑有联系的那几台电脑竟然用的都是弗罗斯特之前做的几笔生意用的加密密码群，就连他现在用的电脑也用的这些密码。"

"所以你觉得很惊讶？"

"我是觉得很惊讶，但是内华达要比我惊讶得多。可能是因为这个密码群的第一个显得非常怪异，我们觉得可能和核武器编号有点关系，

342

可以说就应该是。第二个的话……该死,我不应该说出来,不过我还是忍不住:内华达可是我们当中的佼佼者,他可以设计并且准确插入一个端口,所以啊,像你这样的人就会好奇心无限膨胀,却又外行得很,从没意识到我们国家和盟友的核心利益到底是什么,于是,时机一旦成熟,你们就会掉入无穷无尽的……怎么说来着,到处打听。"

"你能不能高度总结一下? 我脑子都晕了。"

"当然可以,不过你得先到我的工作室来。"

宾高踩着滑轮一溜烟走了,等奥利弗走到隔壁房间,他已经在一个终端机的半圆形屏幕前面了。屏幕正中是三个视频,分别是迪莱拉、隆蒂还有内华达。"迪莱拉先说。"宾高发话说。

"晚上好,长官。"她说。

"晚上好。"

"我觉得我们正在讨论的事情不在一个点上,不过,这也使得有些事情的发生概率增大,另一些则变小。你知道什么是排歧吧?"

"就是蝴蝶效应,初始值极微小的扰动而会长时间带给系统巨大变化,是吗? 我了解。"

"就是这个意思,就是我们现在正在着手解决的。但是我们在一步步从最终变量逆向追溯到初始变量的时候,要格外小心,这不就是认识论所要求的吗?"

"你的意思就是说你可以做出最好猜测,却仍然无法确定?"

"差不多,维也纳银行的电脑每时每刻都在和来自全世界成千上万台电脑沟通。而且一般对话时间是持续的,我们根本无从下手。但是我们却发现:从昨天某个时候开始,银行几个新开的户头上,现金流动十分频繁,而且流动速度激增。"

"是大笔交易吗?"

"不是,这就是问题所在。私人储蓄一般数目很小,小于一万美金,即使存的欧元也不会超过这个数。但是这几个账户变化极快——有些时候,在分秒之间,账户上数字就变小了。而且这样的账户数量巨大。总量上来说的话,得在一亿元上下,很可能还不止。"

"那这些钱现在在哪?"

"被拿去炼金了,"迪莱拉·米拉多说道,"很多钱都投到炒黄金的人手上。大家都在猜测这些黄金去哪了,金条比起现金难得多。"

奥利弗若有所思地看了一眼摄像头,说道:"肯定有账户在减少,不是吗?"

"你怎么知道?"

"总量守恒。"

"你说得没错,几乎所有转移到这些维也纳账户的钱都是刚刚从日内瓦、苏黎世、列支敦士登、新加坡等其他地方的大单子上转过来的,并不是直接转移过来的,所以昨天一天工夫急增急减。"

"你能估计一下增量达到多少?"

"这个估计起来很困难:大概一百亿美元。"

"看来我们是渐入佳境了啊。到你了,隆蒂。"宾高说道。

隆蒂·帕特尔点点头,拿着个香蕉擦着脑门,说道:"现在这个时候对你来说挺晚的了吧,我就开门见山吧。从电话拨打的记录来看,我们一无所获。"

"真遗憾,尽管也预料到了。弗罗斯特一直很谨慎。"

"但是从接听的记录来看,我们查到了一个莫斯科人安德烈·缅里尼可夫的电话。很明显,他就是俄罗斯的'弗罗斯特',在这场军火游戏的最后关头扮演着重要角色。这并不让我们惊讶。不过我们继续调查他,就发现了很多疑点。他军人出身,现在名义上还是个公务员,一直都在四处觊觎房地产,大多数在法国南部,但他应该买不起才对。刚才迪莱拉·米拉多提到的维也纳账户的其中一个,就把钱转到了使用他手提密码的账户。"

"你是怎么发现这些的?"

"不过我想说,我还是用了一点手段,使那个该死的电脑开不起来,我就只能试试运气,看他会不会冒险将电脑里的文件云备份。幸运的是,我在第二次尝试的时候,竟然找到了!我简直就是个天才!"

"但那些东西不都应该有加密密码吗?你真是神速。"

"谢谢夸奖,最好的办法就是用银行的加密密码。"

奥利弗笑了笑。"那既然你已经查到这份上了,能不能就在我账户上的小数点前面加几个零?然后加几个抵消条目,英国银行就那么做的,这就毁尸灭迹了。"

"开玩笑,这种事早做过了。"隆蒂一板一眼地说。

"还不止一次。"宾高补充道。

"而且要比你所知道的多得多,不过这个我们可以找时间再说,现在内华达要和你说点有趣的花边新闻。"

特别上相的内华达露出迷人的笑容:"就是这个。在云储存里,我们找到了一个相册,我估计都是些家庭照、朋友照,无关痛痒的一大堆。照片都是在法国南部小镇圣特鲁佩斯拍的,刚才隆蒂也提到过。我也不知道为什么,但是总有什么原因,让相册看上去过分恰当,过分简洁。所以我略微往回退了几步,然后,不得不用了点卑劣的手段,把这个用隐写分析。"

"不要停,我熟悉什么是隐写分析。"

"那你就知道这是一种能够将数据隐藏在图片或者其他文件里面的格式,这些承载物往往看上去并没有被加密,却容量巨大。"

"这也是和密码分析不一样的地方?"

"没错,本来想着既然这样的话,我就可以将这些照片用隐写分析算法来处理,但是出乎意料的是,竟然什么也没有!这实在让我想不通。突然,我有了个疯狂的想法:要是我是对的呢?要是缅里尼可夫的记忆已经无法承担需要储存的信息呢?他可以藏在哪里呢?要是他和弗罗斯特的确是一伙的,谁和那种挑剔的,从不出格的混蛋待久了,也会变得谨慎行事。他一定会把那些需要藏匿的文件或者照片隐蔽得天衣无缝。他肯定知道要么他得逃开全面搜查，要么就得经得起像我们这样的人的任何折腾，而且确保无论何方神圣，即使用我所使用的解码算法揭开了密码，也会发现空空如也。所以我这样问自己，又想出来另一个问题来回答：会不会这些被隐写的数据并不是藏于一幅图片甚至是一个文本，而是在白色的背景里或者是黑色的键盘上？这些往往都会被我们忽略。"

"那么你发现什么了？"

"在缅里尼可夫的电脑上，毫无线索。"但内华达语气中没有任何遗憾。"虽然没有什么发现，但是这个想法却让我兴奋不已。因为我就用同样方法试了试弗罗斯特电脑上那些看似平淡无奇的文件，却大有收获。"

"让我猜猜，那是克劳森船上货物的编号？"

"正是，克劳森旅行者号。"

"那个船只是从黑海出发的，是不是？"

"正确，准确地说是刻赤海峡。"

"船在伊斯坦布尔停靠的时候，这批货物应该还在船上，而其他货物卸载的时候，这批货却没跟着下船。"

内华达说道："我不能肯定地告诉你其他货物的去向。要是你要我去查查看的话……"

"少安毋躁，只要告诉我，那批货物是不是还在伊斯坦布尔的船上？"

"记录上是那么显示的。"

"下一个港口是不是那不勒斯？"

"货物依旧还是在船上。"

"这里你就错了，"奥利弗说道，"那些标签和箱子原封不动，只是里面的货品早已跟着上了岸，冒充另外一种完全不同的商品。在这里这批货就消失了,线索也断了。"

"实在很抱歉,我想说,你只对了一半。"

"为什么那么说?"

"让我换个思路说,不管他所运输的货物是什么,要是他暂时卸在了那不勒斯,那为什么他还要不辞辛苦地记着船上那三箱新装货物的追踪号码?"

奥利弗盯着摄像头,突然愣住了,他思考着内华达·史密斯的发现所隐含的信息。在他的记忆里,读书时候的一句话浮现出来:"没有证据并不是不在场的证据。"天文学家卡尔·萨根写下这句话,为的是提醒自己太空中会有生命存在——我的天,这句话很好地契合了菲利普·弗罗斯特的诡计。"那批货是什么?"过了好一会,奥利弗问道。

"据我所知,这批货用的是同一个基本条目:'引擎和涡轮机。'"

"你知道它们现在在哪吗?"

"不是很确定,但不会很远。船是在今天一早到达直布罗陀。刚刚在那卸了货。"

"那有没有从那不勒斯到这里的途中卸过货?"

内华达咧嘴一笑,占据了整个屏幕,"明显没有。"

"我们有没有渠道得知谁在这里接手了这批'引擎和涡轮机'?"

内华达点点头,"看起来是提货单上登记的货运公司在几个小时之前接手了,但这个货运公司——父子运输公司——据查只是一个有名无实的办公室,并不是一个实实在在的仓库之类的。我可以深入地掘一掘。"

"尽快,我也会叫我的手下马上赶去那里。"

"这个点了,港口不会关吗?"

"还开着。"

41

一分钟后，奥利弗走进科顿司令的办公室，说道："弗罗斯特比我想的聪明多了。我是说一个人要是聪明的话就会难以捉摸。"等解释完弗罗斯特是如何欺骗海关，他补充道："我确信他选择那不勒斯并不是偶然，那里确实是一块外表光鲜，但腐败滋生的地方。他可以在那里为所欲为，一手遮天。任何盯梢他的人都必然会得出我们这样的结论。"

科顿不相信地摇摇头："还有很多地方有待商榷。当然了，这一切只是推测，不是吗？"

"理论上可以这么说，但是那些极客们已经找到大量事实来证明。"

"那些孩子！"科顿叫喊起来，"他们永远都在幻想。我还是个孩子的时候，有很多电影放的是从太空来的外星人登陆地球，控制了所有的力量。有些电影拍得太真实了，让人不得不做好几个星期的噩梦。谁会想象这些外星人竟然会是自己的孩子。"

"你从不自己入侵电脑系统？"奥利弗笑着问道。

"恐怕从不。"

"我很惊讶。"

司令大笑起来："按照年轻人的说法就是长着一副'乌龙指'，当他们中的一个在玩战争学院，开始施展魔法的时候，我就试着跟上他来敲击键盘，等到我输入数据的时候，程序上就跳出来'系统无法受理'，而我只是做了他所做的啊。"司令刚说完奥利弗的电话响了。飞闪而过的蓝光意味着这是个加密模式，是利用加密键随意组合发出的。"你好。"他接起电话。

"莫利纽克斯指挥官,我是格治·肯尼斯。"电话那头传来热情又官味十足的声音。

"肯尼斯博士,"奥利弗回答道,他突然大笑起来,因为他想到这个名字正是他母亲生产时候主治医生的名字。

"我们的进展如何了?"

当奥利弗将这些天的收获一五一十地汇报后,他补充道:"要是没有泰或者这些计算机天才们,恐怕我们还在原地打转。这是一个很棒的团队。"

"这正是我想要的,奥利弗。我很高兴你和你的团队已经进展到这里了。"

"已经到了最后关头……"

"非常迅速,"总统的国家安全顾问打断了他,"我们现在是把赌注放在了一个可能的假设上面,那要是我们猜错了怎么办?"

"你不会觉得弗罗斯特是我们的人吧?"奥利弗毫不客气地问道。

肯尼斯犹豫地说:"是的,是这样的,但是我也不想排除他不是的可能性。"

"只是不想吗? 拜托,要是真的有解码核弹头——当然还没有人曾看见过——而且要是桑塔尔真的是负责接手并调运这些核弹头,弗罗斯特就势必脱不了干系。不然的话,他忙里忙外,究竟是为什么? 一定是为了帮助桑塔尔实现这个计划,不管这个计划以前是什么,现在又是什么,关键就在于肯定有阴谋。任何其他假设都是无稽之谈。"

"你确定你把所有可能都考虑进去了?"

"别傻了。"奥利弗说道。

"注意你的态度,指挥官。"肯尼斯厉声说。

"抱歉,但所有证据都指向弗罗斯特,绝对没有其他可能性的证据了。"

"没人说要放弃对他的监视,但是我们只有那么几双眼睛,那么几对耳朵,无论人力还是设备都很有限,所以我们要保证有一部分的人作为机动人员,来应对其他紧急情况。我们不能被打个措手不及。"

"被谁? 幽灵? 要是我置身于法庭当中,我可能倾向于同意你的观点,但是,此时此刻,我们需要的不是证据,而是信息。我们的目标是阻止一场交易,并不是追究谁的罪过,这些完全可以等以后。"

"弗罗斯特给我打了电话。"肯尼斯说道。

"他已经习以为常了,是不是?"

"不是,不过这的确不是第一次。我们相互认识很久了。我记得好像和你说过。"

"洗耳恭听。"

"克劳森公司首席执行长官曾经给伊恩·桑塔尔写过信,担忧清白得不能再清白的公司名声会因为卷入桑塔尔一手操纵的生意而毁于一旦。"

"这生意就是将一个导弹军事驻地重建为刻赤海峡附近的旅游胜地,是不是?"

"没错。先不管这些证据,于是我就问为什么弗罗斯特会联系我。他说是因为克劳森的首席执行官将这封给伊恩·桑塔尔的信抄送给了国务卿,毫无疑问是为了证明他的清白,保护公司的大量海外营业执照。但是我认为弗罗斯特打给我是因为他想保护伊恩·桑塔尔。他也完全承认桑塔尔有时候会斤斤计较。后来我开始想我们是不是对菲利普太吹毛求疵了? 毕竟,他正打算和桑塔尔的干女儿结婚。"

"还有这事?"

"不知道也很正常。还有,我只是想再次建议你,并没有命令你,就是看上去是一个十恶不赦的人做的事,可能最终都是出于爱。"

"这是另一个可能性。"

"弗罗斯特是不会骗我的吧?"肯尼斯说道。

"我觉得会。"

"我本应该听听他的说法。"

"总统知道这事了吗?"

"当然,他让我决定下一步怎么做。"

"那些资金流很能说明问题了。"奥利弗建议道。

"这是一个复杂的世界,复杂的人们正干着复杂的事情。任何解读都是行得通的。"

奥利弗深吸一口气:"好吧,我就都和你说了吧。我确信从很早以前的交易开始,菲利普·弗罗斯特就利用维也纳的账户从中揩油。而且我进一步相信,那个新基金数额的突然增多也有力证明:他们用新建基金来作为这些核弹头销售所获钱财的转移渠道。桑塔尔一定是怀疑弗罗斯特,而且表现太明显,致使引起了弗罗斯特对桑塔尔的怀疑,弗罗斯特的这种忧虑演变成为一种恐惧,才会起谋杀之心。要是猜测的没错,那么他一定会速战速决,把交易尽早收尾。我们没有那么多时间来深思熟虑、运筹帷幄或者陪他们游戏。我们必须马上行动,不然,这些核弹头一定会神不知鬼不觉地从我们的手掌心消失,一着不慎满盘皆输啊。"

"慢着,"乔治·肯尼斯说道,"假设这场交易提前完成了,那么这之后他会去干什么呢?"

"我不知道。我猜他一定会有始有终完成所有交易,不过这之前他会先和伊莎贝拉·卡维尔小姐结婚,这点他很明确地告诉过你正在计划之中。然后,他会暂时隐匿起来。"

"说完了?"

"还没,不过该你说了。"

"这些核弹头早已存在,"乔治·肯尼斯说道,语气中突然正式和专业起来,"事实上,从1993年到2008年,国际原子能机构记录有1 562起核原料丢失或者被盗的事故,大多数发生在苏联,而且65%以上的丢失核原料没有再找回来。而至今未露面的就是正握有这些核原料的人。这也引发了一个问题:正常人怎么样去阻止这样疯狂的行为。"

"你那么说正好证明了我的观点。"

"我是想说我们得像个独眼怪,只有一只眼睛却要盯着四面八方。"

"现在不是分散我们力量的时候。"

"是你做主还是我做主?"

"我可以告诉你应该怎么做,"奥利弗说道,"你应该尽快将这些不明资金吸收干净。不要告诉我做不到! 正如你所知,我最近和你的几个手下打过交道,我可是对哪些事是可以做到的知道得一清二楚。"

乔治·肯尼斯窃笑道:"我们还是得豁达一点,别太钻牛角尖了。"一旁冷静的奥利弗心灰意冷起来。

"这个案子不行。"

"再问一遍,到底谁做主?"

"我所效力的人。我本来在想,怎么样能增加他们的风险? 如果你控制了他们的资金,他们一定会方寸大乱,错误百出。他们的计划也会至少停一停。除此之外还能做什么? 所以我们就要争取时间,这样才更可能找到我们所要的突破口。"

"深呼吸,仔细想想吧,指挥官。即使我们牢牢拴住他们,也没法保证他们会出错。我们要是这么做就意味着肯定了我们拥有这样的能力,但我们远远不及。要是将这笔钱偷出来会严重破坏整个现代经济体系所依赖的这点脆弱的信任。这样的话以后没有资金转移是安全的,没有一家银行是靠得住的,没有一次交易是说得准的。人们会因为昂贵的费用而信心严重受挫,尤其是在这样令人担忧的金融市场大环境之下。"

奥利弗摇摇头。"真的会这样?"他问道。

"你刚才提到了波尔部长,他是持这样的观点,财政部长、美联储主席、英国财政大臣、英国银行首席也都是那么认为的。"

"那我能不能请问,参谋长联席会议和国防部长是站在哪一边的?"

"矛盾,我想这是个合适的形容。重点是总统已经下令不允许一群极客来搅乱整个金融体系。"

"那你想怎么做?"

"每条路都有可能性,不过我们在没有客观依据、毫无头绪的情况下只得摸索行事。"

"真希望我能够说,听到你那么说我松了口气。"

"奥利弗,不要松懈你的注意力,你这条线索对我们来说价值连城,盯牢菲利普·弗罗斯特,但是也不要错过身边的任何其他动静。"

"换句话说,要是我有什么情报,我可以自己行动了?"

"要是事情发展正如你预期的那样,你只有耐心等待才能够有更多发现。任何轻举妄动都会适得其反——可能还会分散你的力量。"

"这样看问题倒是很有趣啊。"奥利弗评价道。

肯尼斯若有所思地停顿一下,"你懂我的意思了吗?"

"哦,是的,长官。我完全明白。"奥利弗说完关掉了电话。

贾尔斯·科顿盯着奥利弗看了几秒后说道:"我要是把一个人派到战场上,我就不会猜疑他。"

奥利弗笑了笑:"在肯尼斯博士看来,是我在猜疑总统和他的内阁们。"

"以我的经验看来,这归根结底是政治家和政府工作人员的部落纷争,"科顿思考道,"过不了多久,他们会分成两大派,一边相信世界是抽象的,而另外一边则认为世界是真实存在的。"

"毫无疑问,是真实存在的。"

"那你现在打算怎么做?"

"继续我的工作,"奥利弗回答道,"即使一只手被绑在了背后。见鬼,这就是他们玩游戏的方法。因为这对他们来说,对肯尼斯来说就是个游戏。生与死,毫无疑问,都被远程遥控。"

"别太苛求了。"贾尔斯·科顿安慰道。

"做得到吗? 想想看,把手无寸铁的孩子送上战场不也用的同样的伎俩?"

42

　　晚餐桌经过了精心地装饰,点上了蜡烛。泰坐在桌子一头,十分谨慎地盯着菲利普。菲利普从直布罗陀回来得比预计的晚,所以这个时候其实已经算是在吃晚饭了。桌上摆着白乳酪干贝,一份凯撒沙拉,还有一瓶伊恩最喜欢的冰镇瑞莫森产的高登查理曼葡萄酒。正准备吃饭,菲利普突然满是疑惑地问道:"你们美国人怎样看待你们的总统呢?"

　　泰摇了摇头:"很难说,应该跟他的前任差不多吧。要是哪个总统能够得到超过50%的民众支持的话,那他就够幸运的了。你为什么这样问?"

　　"没什么特别的原因。我在直布罗陀机场等飞行员填表的时候碰巧在电视上瞄到他一眼,我不是头一次被打动了,所以很难作决定。"

　　"要是我能帮你就好了。"虽然这样说,但是泰的语气里透出一股漠不关心的意味来。

　　"你碰到过他吗?"

　　"嗯,'碰到'这词儿倒是讲得挺准确的,我可不敢声称自己了解他。"

　　"当然。"菲利普说完又补充了一句,"我听说你们的总统背景挺有趣的。"

　　"是呀。大学毕业不久,加兰·怀特就和朋友一起开了家餐馆。如果没记错的话,那餐馆应该叫巧锅。本来那餐馆有希望成为最成功的连锁店的,但不知道怎么搞的——大概是太乐观激进了,结果欠了一屁股债,然后就突然破产了。哎,27岁时还是颗商界新星,30岁就落魄潦倒了。但随后又发生了件奇事儿。他刚开餐馆时做过一次电视推广节目,而且主角是他本人。"

"就像你和美国军队差不多。"

"也许吧。"泰边说边在脑子里分析菲利普怎么会有这样的联想。他猜菲利普最有可能是从伊恩那儿听到的这个消息,但也有可能他自己在哪儿读到的。"我猜他的推广口号肯定是'在巧锅没有 VIP 室,因为每个客人都是 VIP'之类的。当时的宣传不仅把他变成了当地的名流,还成功地引起了那个州的政界要员的注意。那时他那地方的国会议员几个月前死在慢跑的路上,那些政客就让他去参选。加兰·怀特那会儿才刚破产,正一文不值呢,他就去了呗。结果就赢了,剩下的你都可以从历史书上了解到。"

"更准确地说,这只是历史的巧合,"菲利普纠正道,"你觉得他是个优柔寡断的人吗?"

"我怎么知道?"

菲利普笑了起来:"说到政治,好多人就算一窍不通,也可以对他们选择相信的事坚定不移。"

"可我并非其中之一。"

"真好奇是为什么。"

半小时后,还没喝咖啡,菲利普就用手巾擦了擦嘴,说:"恐怕我该去睡觉了。今天已经够忙了,明天肯定还会继续。"

"不止明天吧。"伊莎贝拉显得很难过。

"抱歉亲爱的,但我真的没别的办法。"

伊莎贝拉先是友善地看了泰一眼,再看菲利普时就变得温柔多情,"我们还要在这待多久?"

"可能的话,我希望明天就能把所有的事忙完。"

"让丹吉尔警方协助我们不是更好吗?"

"也没什么不好的。不管那些说不准的事的话,我们就可以起锚

356

了,天黑之前应该已经在路上了,但也不能完全肯定。"

伊莎贝拉开玩笑说:"这算知识分子的预测吗?"

"是的,完全正确。"

"明天天气肯定很好。"伊莎贝拉接着对菲利普说。

"今天的天气就很不错。"泰插了一句。

"是,不过晚上就变得很糟糕了。那个黎凡特人强迫我们进船舱的时候更讨厌,里面又闷又热,只能听到雨点打在甲板上的声音,跟敲鼓一样。"

"只是场暴雨罢了,"菲利普停下来等伊莎贝拉,"马上就会过去的。亲爱的,我们该睡觉了。"

"来了。晚安,泰。"

回到"香子兰"号房间,泰成大字形地躺在柔软的床上。他必须跟奥利弗取得联系,打电话要比发邮件来得方便,也更容易掩饰,但是又担心自己这端会被人监听。泰摸出自己的黑莓手机,按了"菜单"键,跳出来的是加密模式,然后按快速拨号接通了奥利弗的手机。

"喂?"奥利弗接起电话

"嗨,内蒂。加利福尼亚情况怎么样?"泰用两人都熟悉的方式讲话。

"越来越热了,往年这个时候可没这么热闹。"

"我还在休假呢。"

"很好呀,不过这边倒是发生了不少有趣的事。我也不能在外边待太久,不然他们就去报道那些二三流的明星去了。"

"你总不能两头兼顾。"

"但是等他们想要拍你的时候……算了,我们以前就讨论过这个。你的新单子目前遇到了一些阻力,我现在正在处理这件事。"

泰会心一笑,奥利弗是个很能干的人,他很快就学会了好莱坞说话的那一套,并且能够灵活加以运用。"单子"指的是明星参演某部电影签的合同,里面详细地,有时候甚至有点吹毛求疵地列出了明星在电影拍摄而过程中对布景、摄影棚、拍摄地点的要求。"遇到什么阻力了,来自谁的?"泰问。

"大部分是工作人员。没人关心你的床单什么颜色、织了多少针,你喝什么牌子的水,也没人想知道你正好喜欢正山小种红茶,受不了氨水的味道,他们更是早就不纠结你的房车多大这种问题了。但是前厅的那些家伙想方设法地要减少你的花销,但是又不敢太明目张胆,反正就估计是你刚好能忍受的范围。"

"以前还差不多,现在应该没人敢了吧?"

"暂时没了。"

"确实挺糟糕的,但是在我选下一个剧本之前,也不算什么大事儿。"

"倒也是,不过照规矩来总是要方便一点儿。说不定你明天醒来突然发现给你一耳光的不是剧本本身,而是你自己对剧本的理解?"

"我们能不能稍后再讨论这个?"

"这要看我们在跟谁打交道,以及什么时候。在这个行业里,赞助人大不大方是要看时机的,时机总是稍纵即逝。"

"你太悲观了,内蒂。"

"以前就有人那样说过。对了,你的承包商给我助手打电话了,他说明天就可以开始在厨房施工了。"

"需要的东西都备齐了吗?"

"他有钥匙还有你给的钱,还有什么需要的?"

"要装的电器设备呢?"

"应该明天才用得上吧,有事的话我会跟他联系的。"

"行。再见啦。"

泰脱掉衣服进了浴室。外面虽然又潮又湿,"香子兰"里面的环境还是很棒的。泡在水里,泰感到肌肉逐渐放松,但一想到伊莎贝拉还要陪菲利普一晚上,甚至更久,就觉得自己的怒火止不住地往上冒。泰一边冲洗一边盯着自己的身体看。在他的身体右侧靠近腰部的地方,有一个关节穿刺伤口,其他人都不知道。泰的样子看起来还是很年轻,因为他严格控制饮食并且坚持锻炼。他早已过了犯了错可以重来的年纪。要是不严格要求自己,泰身上很容易就会露出岁月的痕迹。他已经在其他明星身上看到太多这样的例子了,但是他不想就这样软弱地屈服。坚持锻炼已经成了习惯,几天没动,泰的身体就开始叫嚣了。睡觉前他会做一系列的静力锻炼——一百个俯卧撑和一百个仰卧起坐。他用脖子上的长绒毛巾擦干身体,然后进到屋子里去找紧身内裤和短裤。

那个穿着一身黑,背着小号尼龙背包的小个子斯拉夫人进来时泰完全没防备,这不由得令他怒火中烧。他差一点就要抬起自己的膝盖,弯曲身体给那家伙的心窝处一个侧踢,幸好他的理智还在。泰一眼就认出闯进来的这人是菲利普带到船上来的成员之一,是个沉默寡言的雇佣兵。这种人通常来去如风,但总能对最有价值的那些目标进行致命的打击,然后悄无声息地离去。

泰飞快地把浴巾围在腰上,挡住了那个面无表情的闯入者:"你他妈的以为你在干吗?"

来者比泰矮了至少八英寸,但是他的语气中充满了镇定,一点也不恐慌:"安全检查。"

"我觉得很安全,所以没必要。"

"是吗?但是我必须照命令行事。"斯拉夫人还在坚持。

泰指着门口对那个不速之客说道:"我必须睡觉了。晚安。"

斯拉夫人并没进行什么反抗就离开了。等到泰"砰"的一声关上门,并且拉上双保险后,他才把手伸进背包里,关掉了里面的电磁铁。

十分钟后,泰放在床头柜上的手机响了。

"亨特先生,我是让·弗朗索瓦."

"你好,让·弗朗索瓦,怎么了?"泰接起电话。

"对刚才闯进来的事我深表歉意。"

"没关系,现在已经没事儿了。"

"那就好。刚刚那家伙也只是按程序办事而已,可能太死板了点儿。"

泰仔细想了想让·弗朗索瓦的话以及他话里模棱两可的意思。"什么程序?"

"我们已经决定要撞毁这艘船了。"

"什么? 你他妈疯了吗?"

"不是字面上的意思,"让·弗朗索瓦解释道,差点笑了起来,"只是对它进行安全检查。"

"明白了。你的用词还真奇怪,不过我认为你指的是要封闭这艘船。"

"完全正确。"

"谁下的命令?"

"当然是船长。"

"这命令也得到了卡维尔小姐的同意吗?"

"直白地讲,答案是'是'。弗罗斯特先生也同意了。你知道的,弗罗斯特先生和卡维尔小姐总是一起的。"

"是啊,"泰回答,"是啊!"

让·弗朗索瓦清了清嗓子,接着说:"如果您有任何需求,可以给服务员办公室打电话。但是天亮之前请不要离开您的房间。我保证待在里面会很安全。"

让·弗朗索瓦一挂断电话,泰就回到房里拿起自己的黑莓手机。如果超越号封闭了,菲利普也不能离开太长时间,因为当地警察很可能会随时返回。伊莎贝拉也可能最终反对这个决定。再者也很难对外界解释泰·亨特为什么会被关在船上，等到安全检查这个借口失去说服力时就会更麻烦。事实上菲利普采取这么激烈的做法已经足以证明核弹头是真的丢了，也说明运输核弹头这事菲利普很可能也参了一脚。奥利弗真的猜对了。现在泰必须想办法离开超越号上岸，奥利弗还需要他的帮助。

泰又一次按下快速拨号键，准备打给奥利弗，屏幕亮了，却没有号码，也听不到铃声。泰又试了一次，结果还是这样。他换了一个又一个号码，始终不行。最后泰按住红色的关机键，然后就听到一阵陌生的震动——手机关机了。泰打开手机后盖，拔下电池，检查了一下，发现SIM还在好好地在卡槽里，然后从一数到五，装上电池和后盖。泰再次按住那个红色的按钮直到手机屏幕亮了起来，但很显然他的智能手机这次变笨了。他的通话记录和联系人列表都是一片空白。他很确定这手机是自己之前用的那个，因为他上次用了就把它放那儿了。再说这个手机还没买多久，因此毫无疑问，之前来的那个雇佣兵用强效电磁铁把手机的电路系统给搞坏了。

泰钻进被窝，然后关掉台灯。现在什么都做不了，只能等，并为所有的可能性做好准备。"放松"，泰告诉自己。这会儿他的心情很沉重，他感到自己的指尖甚至脸上曾在手术中被切割和拉伸的地方一阵阵刺痛。"别想这事儿了，别让它分散你的注意力。"泰命令自己。他在军队的时候就知道，现在这种时候千万不能放任自己胡思乱想。他也知道怎样控制自己的想象力，但是完全不行，现在他的脑子里不断闪现一个首字母缩写词——SERE：生存，逃避，反抗，逃跑。这些都是他在接下来的战斗中将会用到的技巧，而要使用这些技巧，现在他需要的是休息。

43

　　到了早上，来自累范特的风已经平静下来，从西南方向来的风干燥而又清新，天气也变得清朗起来。

　　泰惊奇地发现早饭已经准备好了，就跟平时一样摆在船桥甲板上，但同时他发现就连这个地方也被严密地监控起来。包括之前的雇佣兵在内总共六个人都是前一晚和菲利普一起乘直升机上船的，泰认出了其中的四个，都藏在附近的阴影里。

　　菲利普一边剥着一只水煮蛋一边说："对于昨晚的误会，我深表歉意。"

　　"什么误会？"伊莎贝拉问。

　　"其实我这话是对泰说的，"菲利普回答，"昨晚一个安检人员没敲门就进了泰的房间，结果发现他——"

　　"一丝不挂。"泰插了一句。

　　"希望你没有刺激到他。"伊莎贝拉开起了玩笑。

　　"不可能的，"菲利普嗤笑，"人家可是直的。"

　　"哦，那希望他昨晚没带相机，"伊莎贝拉继续道，"你懂的，有些人喜欢把明星的裸照传到网上去。反正我听到的是这样。"

　　"不止这样，他们还会把你的脸挪到完全不同的身体上。"泰接了话。

　　"这主题真是够高雅的，"菲利普道，"可惜我得走了。"

　　"你走之前，能不能告诉我们到底是怎么回事？"伊莎贝拉毅然提了出来，"我们还要被关多久？"

　　菲利普停下脚步，犹豫了一下，然后淡淡一笑："没人要关着你，亲爱的。你想去哪，想干什么都可以。这些人只是为了保证你的安全。我认为在离港之前把自己暴露给不必要的危险可不是什么明智的事情。虽然你的猜测也可能是对的，这儿也许并没什么潜在的危险，但是完全排除危险的可能性还是太轻率了。要是事情真的像我昨晚说的，伊恩是被谋杀的话，那么至少有一个凶手目前还逍遥法外。"

"这些人知道这事吗？"

"当然。"菲利普厉声回答，但是马上调整好自己的语气，"伊莎贝拉，求你了，亲爱的，就当我妄想狂吧，再给我一天的时间。"

她突然一个人笑了起来："只要你清楚自己在做什么就好。"

"我很清楚，我只求你这么多。如果泰真的想走的话，随时都可以。"

"我从未想过丢下伊莎贝拉一个人，"泰立马回击，"至少要等到事情都回到正轨上。她需要有人陪着，就算是打发时间也好。"

伊莎贝拉笑了起来。

"难得世上还有你这么好的人，泰·亨特。"菲利普道，毫不掩饰他语气中的嘲讽之意。

菲利普的私人飞机 EC130 准备起飞时，伊莎贝拉转身面向泰问道："你为什么不走？"

"他吓唬你呢。"

"你确定？"

"确定得不能再确定了，"泰回答，"要是我逼他的话，他肯定会狗急跳墙。到时就是六个全副武装的家伙再加一个让·弗朗索瓦对一个手无寸铁的我，而且他们很可能挟持你作为人质。"

"他说他跟那些人说过——"

"我知道。如果是真的，那为什么那些人看上去就等着我们行差踏错，然后他们好开枪呢。"

伊莎贝拉皱起了眉："我找个人试一下。"

"不行,不到万不得已千万别这样做。现在先回甲板上去,就跟平常吃过早饭一样。我是说真的。接下来我会给你讲些无赖的故事,你就跟着我做,直到——"

"直到什么?"

"直到我弄清楚每个人的位置,"泰说道,"以及怎样消灭他们。"

"你真是让人惊喜不断。"伊莎贝拉对泰说道。

"到时尽量不要把你的恐惧表现出来。"

"那应该不难。我倒是担心自己太麻木了。"

"别担心。"泰告诉伊莎贝拉。此时直升机已经起飞,飞机的噪音越来越小,直至消失在表面上风平浪静的夏日清晨中。

一个小时后,泰觉得自己已经弄清了那四个保镖的任务和路线,就算他们离得有一段距离,他也有信心把其中的两个关到船桥甲板上去。

"我想到处走走。"泰道。

"会有人跟着你的。"伊莎贝拉说话时压低了声音。

"一起去?"

"事实上我还蛮想去的,"伊莎贝拉回答,但是听起来语气不是很确定,"走走也不错。"

"我们就在右舷上散散步就好。"泰说得很慢,说话时还一直盯着伊莎贝拉,以确保她能明白这是整个计划的核心部分。

才走了一小段距离,两人就发现驾驶室的入口处站着一个斯拉夫人。那人装作一副无动于衷的样子,但事实上他们发现他早就摆好姿势以应对任何突发情况。

泰走到船中央时停了下来,然后突然用左手搂着伊莎贝拉,并且把手掌放在她赤裸的肩膀上,接着泰让伊莎贝拉转向海岸的方向,就像远处阿特拉斯山的峡谷中藏了什么值得注意的东西一样。"我要吻你了。"泰道。

"我还有其他选择吗?"

"你也可以赶我走。出了马尔贝拉的事情后,泰·亨特在公共场合被女人拒绝也不算什么新闻了。你不想要我吻你吗?"

伊莎贝拉并没有正面回答:"哪个女人会不想呢? 你不就是这样想的吗?"

泰把伊莎贝拉朝自己怀里拉了拉,然后把手放到她的背心,此时他能感到对方丰满的胸部正挤压着自己的胸膛,接着泰的双唇轻轻擦过伊莎贝拉的双唇。"现在,投入地再来一次。"泰说完就深深吻住了她。这一吻可以说是泰最棒的银幕之吻,而且泰的动作看上去非常娴熟,这无疑让伊莎贝拉十分恼火。

"相当不错。"伊莎贝拉的口气听上去就像是泰的导演。

泰露齿一笑,正准备回话就看见让·弗朗索瓦和之前站在驾驶室门口的斯拉夫人朝他们走了过来。"真抱歉打扰你们。"让·弗朗索瓦毫不掩饰语气中的不满,"但是我们得到消息——"

"消息?"伊莎贝拉问道,"什么消息,谁说的?"

"自然有人跟我们讲,"让·弗朗索瓦一边解释一边眨了下眼睛,就像在说他想说就说,不想说你们也没辙。"在我们完全确定你们真的没有危险前,你们最好还是待在船舱里。"

"感谢你的忠告,"伊莎贝拉回答,"但外面天气挺好的,我不想待在里面。"

"你最好按我说的做。"让·弗朗索瓦说着朝斯拉夫人看了一眼,那家伙的右手此刻已经放在他的黑色紧身裤里了。

"菲利普已经说得很明白了,我想干什么都可以。"

"弗罗斯特先生说这话时可没想到会是这种情况,现在证明他的假设完全错误。"

"我最后申明一次,这艘船上权利最大的是我,接下来是船长,最后才是你。不要搞反了。"

"现在是特殊情况。"让·弗朗索瓦道，一边嫌恶地摇了摇头，就像他完全没有预料到刚才的拥抱，两人的举动大大出乎他的预料一样。

"别挡道。"泰冲让·弗朗索瓦道。

但让·弗朗索瓦仍旧一动不动地站着。

"有危险的话，找警察。"泰坚持着。

"我们的装备比警察好多了，我们能更好地处理任何突发状况。全世界的警察都一样，全是马后炮。现在你们还是跟着我朋友走吧，这是为你们好。"

"我们哪儿也不去。"泰还在坚持。

"只不过去你们自己的房间而已，"让·弗朗索瓦继续施压，"为了你们自身的安全。"

"不。"伊莎贝拉跟泰一样，直截了当地拒绝了。

泰和伊莎贝拉都听得很清楚，让·弗朗索瓦刚才说房间时用的是复数，很明显，他的目的是想要尽可能地分开两人，好为菲利普完成计划提供足够的时间。泰猜测，接下来菲利普会露个面，假意责怪让·弗朗索瓦一番，甚至可能让伊莎贝拉开除让·弗朗索瓦，但到那时就太晚了——核弹头早就被转移了。他们都很清楚两人唯一的优势就是待在一起，而这也许是他们唯一的希望了。

让·弗朗索瓦又朝那个干练的斯拉夫人比了个手势，接着自信满满地冲泰和伊莎贝拉一笑。

"你要朝我们开枪吗?"泰问道。

让·弗朗索瓦没有回答。

"就在这儿，还要当着这么多狗仔的面吗?"泰追问道。

让·弗朗索瓦得意地笑了起来。泰心想这一定是他最真实的表情了。"我可一个狗仔都没看到。"让·弗朗索瓦说。

"要不然怎么会被称为狗仔，你要相信他们擅长的就是这个。他们

366

会躲起来静静等待,只有他们按快门的时候你才可能看到他们的长焦镜头。"

"牛皮吹得不错,"让·弗朗索瓦回击道,"但我得遵守命令。"

"对,差点忘了,你还要保护我们的安全。"

"是的,可能的话。"

"要是我们跳船呢?"

"会有人在水里帮你的。"

"他不担心海里有鲨鱼吗?"

"这片水域中没有鲨鱼。"

"你不会想跟我们说那个古老的传言吧,"伊莎贝拉道,"就是什么地中海的鲨鱼已经灭绝了? 要是有一头从大西洋迷了路跑到这儿来了呢?"

斯拉夫人走过来时,让·弗朗索瓦还在思考这个问题。

泰稍稍远离让·弗朗索瓦和斯拉夫人,然后突然大叫:"有人落水了!"

让·弗朗索瓦反射性地转身,但还没等他转回去泰就朝他扑了过来。泰朝着他的肚子一个猛力的前踢,将他撂倒在甲板上。泰趁斯那拉夫人还没来得及摸到枪,命令伊莎贝拉:"拿他的枪。"但有那么一会儿,伊莎贝拉被这突如其来的暴力场面吓呆了,她全身颤抖,不停后退使自己离让·弗朗索瓦尽可能远,然后弯腰去捡枪。还差几厘米就够到了,此时她突然感到斯拉夫人粗糙的手掌从背后捏住了她的脖子。"把枪放下。"斯拉夫人命令道。他的英语说得含糊不清,让人感觉声音是从喉咙里发出的。伊莎贝拉犹豫了一下,最终选择服从命令,站直了身体。斯拉夫人推着她往船尾走去,他那把瑞士工业公司和萨奥尔公司联合生产的手枪已经拔了出来并上了膛,不过没让人看见。他小心地绕着让·弗朗索瓦走,让泰和伊莎贝拉排成一排,泰走在前面,自己拿枪指着伊莎贝拉的后背在后面跟着。

在远处的船舱墙壁上，伊莎贝拉在一排按钮中发现了一个铬制成的紧急按钮，那些按钮按照十字形交叉排列在超越号上。此时，清晨明媚的阳光照耀着紧急按钮表面，露出了上面雕刻着的轮廓——一个漂浮在大海上的人。斯拉夫人小心翼翼地驱赶着一行人迈着稳定的步伐朝船舱中走去，此刻伊莎贝拉祈祷那家伙没发现那颗按钮。"再有几步就好。"伊莎贝拉在心里暗暗说，一边慢慢靠近船舱壁。等到她挪到紧急按钮时，伊莎贝拉让自己的右脚踝突然扭了一下，整个人顺势摔倒，手刚好按上了"警报"键。汽笛随之响了起来，紧接着几个船员往船桥甲板右舷冲了过来。三个斯拉夫人站在他们身后监视着他们。

突如其来的警报声和船上的混乱打乱斯拉夫人的方向，也扰乱了靠近的小型船只，但他的手仍然紧紧地握着手枪。为了拖延时间，伊莎贝拉十分夸张地深吸了一口气，好似在让自己平静下来，然后挣扎着站了起来。她心想或许泰关于隐藏起来的狗仔队的看法是正确的，毕竟他已经习惯和他们打交道，而自己则没有任何经验。但无论如何，现在除了狗仔，还有其他的船只在向超越号靠近。这些浩浩荡荡而来的船只中包括了好事者的游船、当地的渔船以及几艘商船，全都是被刚刚那昭示着混乱的汽笛声吸引过来的。毕竟这艘豪华的邮轮已经在港口停了好几天了，害得他们也被套在这里。这时一阵尖锐的汽笛声传来，声音越来越大，很快泰就看见一艘警用艇朝他们开了过来。

这会儿那个斯拉夫人肯定气疯了，泰边想着边扶着伊莎贝拉慢慢走向船舱壁，然后让她靠在墙壁上，自己转过身来面对着那人。泰迅速做出跆拳道马步，然后收紧双脚和臀部，双膝外移至脚尖正上方，收紧核心肌肉，接着举起双手至面部前方交叉。当那个斯拉夫人举起手枪时，泰猛然发力，手掌朝对方的手腕袭去，卸掉了他的武器。斯拉夫人还没来得及捡起自己的手枪，泰朝他的腹股沟来了一记有力的正踢，接着又是一记扫腰摔，直接把他放倒在甲板上。斯拉夫人一个回弹想要站起来，但还没来得及站直，泰抓住他的上臂就是一记后肩摔，"咚"的一声直接将他扔进了地中海里。

"我早就说过,你总是让人惊喜连连。"泰将她拉向自己时,伊莎贝拉说道。

"走吧。"

"去哪儿?"

"上岸。"

"跟我来。"伊莎贝拉边说边领着泰沿着楼梯往上爬,在那一群混乱的斯拉夫人同伴抓住他们之前,到了主舱甲板上。

克里斯平就站在右舷上望向海面,脸上带着奇异的表情,问道:"发生什么事了? 几人落水了?"

"只有一个。"泰说着,把从斯拉夫人那儿夺过来的装了消音器的手枪对着克里斯平。

"怎么掉下去的? 总不会是他刚好脚滑了,越过护栏了吧?"

"我扔的。"泰的回答相当精简。

克里斯平并没有立即回答,相反他盯着泰右手上的枪了一会儿,最后用一种柔和而谨慎的语气说道,"其实没必要那么做。"

"很好,因为我挺喜欢你的。"泰告诉他,过了几秒钟脸上露出了微笑。

穿着苏格兰式短裙的黑家伙说:"之前我一直效忠的是桑塔尔先生,现在我将为您尽忠,卡维尔小姐——如果您愿意的话。"

"我非常愿意,克里斯平。"伊莎贝拉回答,"既然事情已经解决了,我们需要进伊恩的船舱。"

克里斯平点头同意:"在适当的时候,我们会把扫描仪上的虹膜和掌纹改成您的。"

"等我们有空的时候再说吧。"泰建议道。

"当然。"克里斯平边说着,边用伊恩给他的电子钥匙打开了门。

"他们很快就会知道我们在哪儿了。赶快行动吧。"泰道。

这时他们站在嵌花的大理石地板上,面前是一排桃花心木嵌板。"克里斯平?"伊莎贝拉问道,声音里充满了急切。

克里斯平把电子钥匙递给她。

在一幅马蒂斯创作的小型风景画两侧各摆放着一个醒目的壁龛,里面分别放了一只玉雕的猫头鹰。伊莎贝拉将电子钥匙伸进右边的猫头鹰的左眼中一英寸,门立刻朝他们打开了。

"没想到您知道怎么开门。"克里斯平说道。

伊莎贝拉冲他眨了眨眼睛:"小女孩也许比你想象中的更有洞察力。"

那个像馅饼一样的东西向外突出,大概有一个旋转门那么大。泰跟着伊莎贝拉挤了进去,凑近一看才发现原来是部电梯。里面很凉爽,差不多算得上冷了。

"我很快就回来。"伊莎贝拉告诉克里斯平。

"我相信您。"克里斯平说着,笑了起来。话一说完他就感到有什么东西抵着自己的腰背部。持枪的家伙像舞伴一样紧贴在他身后,船舱另一头也站着一个拿着枪的斯拉夫人,虚弱不堪的让·弗朗索瓦站在他们中间,守着伊恩的房间入口。

"直接干掉他倒是挺可惜的。"让·弗朗索瓦直直地对泰说道,然后飞快地瞄了克里斯平一眼。

"是呀,"泰回答,"我倒是很好奇你要怎么解释你这样做是为我们好。"

让·弗朗索瓦嗤笑一声:"你是不是觉得自己特聪明?"

"我大概认为自己被绑架了,你们的小姐也这样想。"

"你想干什么,为什么到这来?"

"我也想问你这个问题。"

"可惜有枪的人才有发言权,电影里不都是这样演的吗?"

"但是总有人喜欢打破常规。"

让·弗朗索瓦点点头,在开口时语气变得更加危险:"站到电梯外面来,快点。"

泰举起双手挡住了伊莎贝拉,"警察随时会上船,到时候你想开船就难了,何况还有他们背后的人。你很清楚把我们抓起来没什么用。"

"非也,"让·弗朗索瓦回答,"我得执行命令。"

"如果没记错的话,你的任务不是保护我们的安全吗?"伊莎贝拉问。

"是让你们待在这儿。"让·弗朗索瓦纠正道,特意强调了"这儿"一词。

"到目前为止,发生的一切都可以当成是误会一笔勾销,"泰告诉他,"考虑一下,过了这个点,那就是强盗行为。"

"'过了这个点',"让·弗朗索瓦重复了一遍,然后轻蔑一笑,"如果让你们下船没命的就是我了。我还是更宁愿去法院试试自己的运气,特别是摩洛哥的法院,而不是——算了,别管这些了。我不清楚你在计划什么,也真不知道你到底了解多少事情,但是肯定比你装出来的要多。"

"要是菲利普知道你干了些什么,他会杀了你的。"伊莎贝拉开始虚张声势。

"这倒是有可能,不过这得看这话是谁说的。要是他明天在八卦杂志上看到你们的好事,他想干掉的可能就不是我了。"此时外面甲板上的骚动越来越厉害,让·弗朗索瓦侧着耳朵听了一会,警告道:"我再说最后一遍,马上从电梯里出来。"

泰犹豫了,但是没忘记把伊莎贝拉挡在身后。

"走。"克里斯平突然大叫起来。说话的同时,他的右脚伸到拿枪指着他的斯拉夫人身后,身体下蹲,双手向后抓住对方的膝盖,然后迅速旋转将对方扔到地板上。

"蹲下。"泰突然大喊道。这声音比他平时的听起来年轻,充满了杀戮的意味,为了生存而不惜一切。他把伊莎贝拉推进那部狭窄的电梯里,俯卧在地板上,然后捡起地板上的手枪瞄准了目标。

克里斯平用左膝摁住斯拉夫人的双臂,又把右膝伸到他的脑袋另一侧去拧他的脑袋,然后拉出他的手臂,冲着肘部猛击。

第二个斯拉夫人准备射击时,泰冲他开了一枪,但对方突然动了一下,子弹从克里斯平的左肩擦过,斯拉夫人暂时保住了性命。泰很快又瞄准了他,并在心里默数:一,二,三。子弹从斯拉夫人的眉心射入。

让·弗朗索瓦朝死去的斯拉夫人的手枪挪去。

"别妄想了。"泰建议道。

让·弗朗索瓦继续前进。

"我告诉过你别妄想了。"

让·弗朗索瓦挑衅地抓住了装了消音器 P220 手枪。他把枪握在手中,然后拉了拉膛线,但还没来得及瞄准,泰连开两枪,打中了他的胸膛。

"你伤得怎么样?"泰冲着克里斯平喊。

"更严重的伤我也受过。"克里斯平回答,本能地就想不把肩上的弹孔当一回事。弹孔比预计的要深,正汩汩往外冒血。

"他们会送你去医院。"泰听到台阶上有人正在靠近。

"这应该是护士的工作。"克里斯平回答,他玩笑般的欢快语调说明他没事,"我要是你的话,我就马上离开,不管去哪儿。"

泰一脚迈进电梯,把伊莎贝拉拉到身边:"钥匙还在你身上吗?"

伊莎贝拉摊开手掌。

"那咱们开始行动吧。"

伊莎贝拉点点头,然后拿出钥匙,门随即旋转着合上了。

"呼。"电梯下降的瞬间,泰长长地舒了口气,"既然我们已经拯救了自己,接下来就去拯救世界吧。你觉得怎么样?"

"你认为我们有机会吗?"

"机会总是有的。"泰回答。

44

"这是——曾经是——伊恩的专用电梯,"伊莎贝拉对泰解释道,"它由安全性极高的防火轴控制,并且拥有独立的动力系统。它外面的每道门都掩饰得很好,你可以想象,伊恩喜欢突然出现,又突然消失吓唬人。"

"这的确是伊恩会做的事。克里斯平说他'受过更重的伤'是什么意思?"

"他同英军一起参加过海湾战争,伊恩碰到他时战争刚结束。"伊莎贝拉说完开始打量泰:"很明显你也上过战场。"

"一日为士兵,终身为士兵?"

"就像一日是间谍,终身是间谍一样?"

电梯安静平滑地下降到了负一层,电梯停止后从他们进入的门的对面快速滑出另一扇门,两人都吓了一跳。出了电梯就感到整个高科技地下室笼罩在一种奇异的宁静中,波浪形的钢筋走道延伸到远处。泰第一次登上超越号时曾在安提布角见到过这种走道。走道的尽头就是超越号泊位的底端,那里停着一艘椭圆形的潜水艇。整个潜艇的船体呈浮桥状,表面漆成了绿色和蓝色作伪装,看上去色彩斑斓,如同海洋。两人利用触屏控制通过了旁边的墙。乘客包厢的穹顶是透明的,位于潜艇的中心位置。伊莎贝拉打开乘客包厢,跟着泰登上了潜艇。包厢内有六个座位,排成三排,玳瑁壳的仪表盘让整个包厢看起来像是一部赛车。

"你以前开过潜艇吗?"泰问。

"没有。"

"那要不我先来试一下吧?"

"我觉得没必要,你说呢?"伊莎贝拉一边回答一边伸手点了点 LED 屏,屏幕上随即出现了一排指令:准备出发,出发,GPS 导航出发地,GPS 导航目的地,深度,速度,超驰控制。"浴缸里的小孩子都会操纵这玩意儿。"

"随你怎么说。"

"真的。伊恩对机械一窍不通,他喜欢它们,但是认为机器的作用就是给他那样的人腾出时间去思考大事。除此之外,伊恩只喜欢一般男人都喜欢的那些小机械装置,特别是其他人都没有的。"

潜艇上方的透明穹顶很快就紧紧地合上了,黑漆漆的泊位也很快就被海水填满——这个大家伙可以起航了。下方的两扇舱门一打开,潜艇就像潜水钟一样沉入了地中海里。

潜艇的探照灯发出圆锥形的强光,灯光照射之处,只见海豚在五光十色的鱼群中嬉戏,珊瑚礁附着在海底的岩石上,开出鲜亮的桃红、雪白的花朵。海藻在这古老的地中海海床上随着海水起起伏伏,一起一伏间更加清晰可见。

"潜艇上有电话吗?"泰问,接着又补充道:"一定有的。"

"应该有。"伊莎贝拉回答,然后点了下触屏上方角落里电话的图标,"这和在交通船上一样,听到声音后,说出你要拨打的号码就行。"

泰照着伊莎贝拉的指示说出号码,几秒钟后就听到扬声器里传出了奥利弗的声音。

"见鬼,"奥利弗叫了起来,"到底出什么事了? 你们在哪?"

"海平面以下两万里,"泰回答,"你什么意思,出什么事了?"

"现在天空新闻上都是你俩的消息,你和伊莎贝拉。"

泰笑了起来:"跟我说说都写了些什么。"

"没必要,真的,你可以想象。"

"有没有关于弗罗斯特那群人的消息?"

"那些人现在管他们叫海盗嫌疑人。别管他了,现在播的全是你和伊莎贝拉的吻,弗罗斯特的流氓团伙,超越号的船员,摩洛哥警方——现在他们连演员都算不上,全是临时客串。"

伊莎贝拉咯咯笑了起来。

"那些狗仔队这次可帮了你们大忙,"奥利弗继续说道,"我得讲句实话。你这次可是欠了他们人情。"

"那你觉得我该怎样还他们这份人情呢?"泰问,"我指的是,他们这么容易被人操纵,我们没必要把功劳归给他们。"

"管他呢,媒体想问的是你们俩究竟怎么了? 我觉得警方也很好奇。"

"他们可以继续问,"泰回答,"但现在我们要用好莱坞的那一套规则了,他们得等到高潮才能知道发生了什么事。"

奥利弗叹了一口气:"我想这会儿有个人肯定不想见到你们的这个吻。"

"人家现在在考虑大事儿呢。"伊莎贝拉插话。

"这要取决于他怎样权衡,亲爱的。"泰对伊莎贝拉说。

伊莎贝拉吃了一惊,这是两人之间第一次使用这个词。

"设身处地想想,"奥利弗道,"我会觉得这是个转折点。在此之前,他可能拥有一切。但现在他必须利用仅剩的一切,那些他还能掌控的一切。还是言归正传吧,你们现在走了多远? 我猜你们现在正在潜艇一类的东西里——也只有你能找到这种玩意儿了——你们正朝直布罗陀赶来。"

"完全正确,"泰回答,"浮出水面的时候我需要有个路标,那样的话我就能告诉你预计到达时间。而且水要够深才行,不过很明显在这附近这也不算什么问题。奥利弗,我们暴露得越少越有利,而且我们俩都需要换套衣服。"

"我会给普拉达打电话,让他们给你们准备好衣服。"

"还有手机,"泰补充道,"那群混蛋把我的手机给搞坏了。最重要的,还要武器。"

"明白。"奥利弗继续说道,"现在拿笔记下你们出水的路标,就在离欧罗巴角不远处的一个洞穴的入口。那里很安全,你们不用担心,而且据说那儿可是深不可测。我一给你们打信号就准备上潜,应该不会等很久。我们会派两个渔民来帮你们,是两个水上特种部队的人,他们会乘一艘蓝色的划艇过来,上潜的时候注意别撞到他们。然后他们会带着你们换个地方,我们很快就来接你们。"

"我还有什么需要了解的?"泰问道。

"还有就是我们已经进入倒数状态了。"

"这样最好,"泰答,"我连呼吸都畅快了不少。"

从超越号附带的那艘潜艇里出来,泰和伊莎贝拉就见到一个黑漆漆、挂满钟乳石的山洞,里边停着一艘难以形容的小船,他们坐船到附近不远的地方登岸。奥利弗开了辆路虎揽胜来接他们,在车上便给他们讲最近发生的事:"贾迪干父子运输公司作为一家控股公司,事实上没那么重要,所以我们把时间浪费在那儿了。"

泰皱了皱眉头,问:"多少时间?"

"足以把局势弄得更糟糕但还不至于无法挽回,也就是说——第一,我们确认了各个子公司的身份;第二,扣押了从克劳森公司的旅行者号上卸货的所有卡车和驳船,不管是贾迪干还是其他公司的。要是靠人力和其他探测器来检测这批货,我们又没有那么多人。"

"为什么?"泰问道。

"从原则上,因为没人想公开受到这种威胁的消息,还因为——你不会相信的,泰——乔治·肯尼斯那家伙。"

"又是老同学关系?"

"很显然这只是部分原因,还有一部分是因为像乔治·肯尼斯这种人总喜欢用理性去分析每一件没道理的事情。"

"有没有办法可以绕过他?"

"反正在伦敦没有,"奥利弗说道,"我试过,贾尔斯也试过,但那是个北约观测所,我们的人肯定不会违背首相的意愿,而首相又不会跟华盛顿那边对着干。"

"首相可以给总统打电话。"泰建议道。

"谁会打呢?更不用说说服总统了。你习惯于认为政府各层的每个人都相互熟识,他们衡量事情的轻重缓急也跟其他人一样。现实是一个人爬得越高,就越不可能像你想象的那样。人太多了,每个人的观点可能都不一样,每个人都要庇护自己的下属。"

"你可以打电话给总统。"伊莎贝拉告诉泰。

泰笑着问奥利弗:"你觉得呢?"

"不假思索地讲,机会很小。极可能电话会被转接到乔治·肯尼斯那里。"

"也就是说,"泰道,"我们会绕回原点。"

"很有可能,到时肯尼斯就会对我们很愤怒,"奥利弗怒道,"而且他会变得更加警觉。"

泰顿了一下,"那有什么关系?反正咱们的最终目标是相同的。"

"某种程度上是这样,"奥利弗表示同意,声音突然变得引人深思,"我们想找回核弹头,他也是。但是假设乔治·肯尼斯的内心深处认为这是件徒劳无功的事,而且他还认为即便是人力、物力都齐备了,也无法改变结果。泰,你要把自己放在一个高高在上的位置,像个当官的一样考虑问题。你不认为他会更希望看到我们失败而不用把他的老板——但愿不会发生这样的事——或者他自己卷进来吗?"

奥利弗停下来等泰理解自己的话。

"听我说完,"奥利弗继续讲道,"他们可能会摆脱我们。我们不会是第一个,然后他们就可以重新来过。就我们所知,也许他们已经在那样干了。"

泰笑了起来："简而言之，这就是我为什么要换个职业的原因了，想想吧，你现在不也很怀念你的珠宝生意吗？"

"并非这样，"她回答，"命运迫使巨人赫拉克勒斯把世界扛在肩上，让他每天做同样的事。但又有几个女人可以得到这样的机会呢？"

泰伸手握住了伊莎贝拉的手："你是我听说的第一个。"他温柔地对她讲。接着他又把注意力转移到奥利弗身上："菲利普现在在哪儿？"

"在伊恩的办公室里——现在是他的了——就我们所知的话。"

"你连这样的事情都不能确定吗？"

"你从未进过伊恩或者贾尔斯·科顿的办公室，对吧？你要是进过的话就能理解。你有没有好奇过著名的直布罗陀山里到底是什么岩石？是石灰岩，跟他周围的任意一种岩石都不同。知道为什么吗？因为石灰岩是由死去的海洋生物干涸凝固而成的。山顶过去是海床，想象一下，从山顶到你能下潜到的地中海的最深处，全都由洞穴和隧道贯穿。注意，不是所有的隧道都是天然形成的。两个世纪前，1782 年的大围攻时，西班牙和法国想从我们手中把直布罗陀山抢回去，而我们自己又被殖民地的反叛搞得焦头烂额，那时就人工挖掘了很多隧道做司令部、营房和简易仓库。最重要的是这些地道是当时的炮位，特别是在上游和露出地表的部分。这些隧道具有十分重要的战略意义，在守备部队的图书馆和其他地方有大量隧道地图，但仍然还有一些通道没有记录下来。直布罗陀遍布黑漆漆的秘密通道，跟恐怖电影里闹鬼的古堡一样。所以如果有人——假设是弗罗斯特——从一个地点进山，又在另一个地点停下来，那山外的人根本弄不清他是不是还在山里，或者是他会从哪里出来。"

"这算是另一个让我们累死累活的原因？"泰问道。

"当然，"奥利表示同意，"现在陆军、海军及警察中抽不出那么多的兵力来对直布罗陀岩山的每个洞、每条缝进行搜查,但是现在我们只能根据对弗罗斯特的猜测来采取行动。他会表现得无可怀疑,自然地来去,尽可能什么也不做来避免别人对他的关注。这就是他希望留给大家的印象。我们累死累活的地方在于,首先是对从旅行者号上扣押的货物进行必要的检查,尽管现在看来调动更多的支援力量已经太迟了,也起不了什么作用;其次,而且是更令人沮丧的是,由于政府不愿意使用轻轻松松就能办到的经济手段,我们的行动因此受到了阻碍。"

"我认为你指的是转移资金。"泰插话道。

"是的,而且要靠很复杂的手段,比方说让它们从应该在的地方消失,在不应该在的地方出现,"奥利弗回道,"我担心的是如果华盛顿松开我们套在菲利普·弗罗斯特脖子上的绳索,哪怕只是一点点,他也能够觉察到并会偷偷溜走。"

"我有个想法。"泰道。

"说说看。"奥利弗接话。

"还只是一个很初步的想法。我们可以朝我们最开始的方向前进,把事情仔细过一遍。或许之后我会作出尝试。"

45

菲利普·弗罗斯特盯着伊恩的孔雀石书桌上放着的密封箱子。

安德烈·缅里尼可夫坐在他对面,对他的表情感到疑惑不解:"很抱歉,我还以为……"

"我应该更沮丧? 我明白。很奇怪,不是吗? 但是事实是我的脑子里现在一片空白。不是空虚,不是机会——什么都没有。或许这就是自由,安德烈。"

俄罗斯人不安地点点头,"我了解,自由有很多形式。"

"继续,安德烈,问你一直想问的那个问题。这种情况我可以回答你的问题,尤其是咱们已经进展到了这个地步。"

安德烈犹豫了。

"好吧,"菲利普厉声说,"我替你问。我有没有预料到这种情况? 既有又没有,既没有又有。但我已经不是年轻人了,我也不会因此心碎。"

"那很好,然后?"

"就其本身而言,"菲利普推测道,"一个人要心碎,首先得要相信爱情,而我不相信。我倒是相信欲望,虽然就定义来讲,欲望是短暂的,但它总能让我感到新鲜,而爱情则不然。我明天会想做今天做过的事情吗? 那绝不是我的风格,就像我今天不会想重复昨天的事情,除非那些事情是我每天必须做的。"

安德烈漆黑的眼睛一亮,"就像这些箱子里的宝石和首饰一样,"他说道,"它们的美丽是不会褪去的。"

"它们的价值不会褪去,"菲利普纠正道,"桑塔尔先生对美学有研究,而我没那么讲究,事实上我的品位很简单,只要舒服就好。"

安德烈笑了起来。

"跟伊恩相比的话。"菲利普勉强道。

"你喜欢漂亮女人。"

"这是世界上最自然不过的事了,不是吗?我喜欢她们,也能得到她们。她们都是明码标价的。这些女人很堕落,对她们得不到的东西完全没有抵抗力。她们只喜欢男人强壮的身躯和勃起的阴茎,她们很清楚男人跟她们上床只是为了自己得到满足。伊莎贝拉·卡维尔跟我在一起时是她最美的时候,安德烈。尽管还有其他的弥补方式,我们间的新鲜感早就消失了。长此以往,恐怕这些弥补方式也会无济于事,难道我们也要像别人一样过单调乏味的夫妻生活吗?我非常怀疑。很可能在她厌倦我之前我就已经厌倦她了。而且,如果一个男人真的蠢到做出天长地久的承诺并且靠它生活,那他就将自己和对方的未来都囚禁在婚姻的监狱中了。"

安德烈犹豫了。"好吧,然后?"

"这不是为自己开脱,"菲利普继续道,渐渐不受控制,"这就是事实,尽管形势现在对我们不利,但我已经非常仔细地做好了准备。"

"我明白。"

"不,你没有完全明白。"菲利普说得肯定,因为安德烈完全不知道他诱导伊莎贝拉起草并且签署了自己的遗嘱,那份遗嘱对他非常有利。

"如你所愿。"安德烈的声音变得温和起来。

"我有权感到受到了背叛,也有权报复他们在大庭广众下的肮脏背叛,但那与这一切无关,不是吗?"

"你的问题太私人了。"安德烈回答。

"那又怎样?回答。"

"大家都知道'激情犯罪'这种事的存在。"安德烈回答。

"是的,"菲利普表示同意,"世界上有许多著名的激情犯罪罪犯,书籍、剧本，甚至戏剧都对他们进行过描写，许多画作对他们进行过描绘。从你的表情我能看出你很难想象我是其中之一。"

"这不是你的风格。"

"了解这个倒是很有用，"菲利普道，"非常感谢。我认为你指的是我们已经准备好了。"

"答对了。"安德烈回答。

"汉斯和弗朗茨都明白自己要做的事吗？"

"明白。汉斯就在外面，你能自己作出判断。"

"待会儿再说，"菲利普道，"我们要做的还有很多，而且时间比我预期的短了许多，但是如果我们在接下来的行动中不再犯错的话，今晚之前我们或许就能占据有利地位。"

"我想象不出在伊恩的邮轮上到底发生了什么事。"安德烈说道。

那是因为你根本不了解让·弗朗索瓦。不管是什么引发了他们的不安，我敢肯定都和他有关，而不是你找的那一群基本不会英语，而且一看就是保镖的家伙。实际上是我错估了让·弗朗索瓦。我本来以为他可能会高估自己，但你想想船上还有谁？而且我们现在遵循的应急计划也是我处于这个考虑设计的。"

"我敢肯定那些家伙现在已经在地道上端准备好了。"

"是的，只要提前十五分钟通知他们，"安德烈回答，"他们已经吃饱喝足了，现在正在休息，随时等着我的电话。"

菲利普看了看自己的手表，说："二十四小时之内最后一笔电子转账应该能完成，所以，不是今晚就是明晚，你就能酣然入梦了。"

"我很期待。"

"嗯。"菲利普对安德烈说道，同时也说服自己。"汉斯将在十五分钟后离开这里，他离开后的三十分钟内我也会按照自己的路线离开。但在我离开之前，你的人应该已经就位，他们的武器也应该填弹完毕锁定目标了。在我走之前你最好确认一下。伊莎贝拉和泰·亨特会在接下来的一个小时内赶过来。"

"你看上去很确定。"

"他们会想办法到这来的。虽然我不知道他们到底是怎样弄清楚
的,但是他们会明白新的战场在直布罗陀,而不是丹吉尔。当然,也有
可能他们不知道。那样的话,他们可能会逃到马拉喀什的爱巢之中,抑
或他们会从海盗手中逃脱,那些海盗可是既不听他们的也不听我的,可
惜这整个情节就是为出版社准备的。然后他们随时会打电话告诉我说
他们两人都很安全,并没有在一起,借此来降低我的防备。咱们很快就
能看见了。如果他们飞去了马拉喀什,那就稍后再处理他们,要是他们
打电话的话,那我就听听他们讲些什么。但我很怀疑根本没这个必要,
他们很可能亲自来,因为在搜查队搜查时,他们会四处看看,期望能发
现别人忽略的线索。毕竟所有信息的原件都应该在伊恩·桑塔尔的密
室里,作为他的继承人,伊莎贝拉有权自由使用这个密室。她会得到这
项权利的,至少为了好戏开场。"

"不如现在把汉斯叫进来吧。"

"好的。"安德烈边回答边起身朝伊恩的接待室走去。

不一会儿安德烈就回来了,身后跟着一个年轻人,他的年龄、身高
和体重都跟菲利普相差无几,头发的颜色相同,同样修剪得一丝不苟,
只不过现在梳了不同的发型。他上身穿着T恤,下面是牛仔裤,脚上穿
着凉鞋。

"下午好。"菲利普问候道。

"下午好。"那个长得跟菲利普一样的年轻人回答,他的英语讲得
太过精确,听上去反倒显得结结巴巴的。

菲利普把手伸到桌子的抽屉里,拿出一个蓝色的帆布服装袋,然后
递给那个年轻人,说:"我希望你能穿上这身衣服。"

他点了点头。

"你可以在旁边的更衣室里找到适合你的鞋子。研究一下我的发

型,然后到洗手间把你的头发梳成我这样,完了再回来。这应该花不了多少时间的。"

等那个年轻人回来时,已经可以被误认为是菲利普的双胞胎兄弟了,特别是从侧面以及人们一般注视他的距离看。菲利普上下打量了他一番,道:"把领带解下来,我来教你怎么打半温莎结,我习惯打这种结。我很好奇安德烈是在哪找到你的?"

"通过我在柏林的经纪公司。"德国人回答。

"你是演员或者模特。"

"有时是演员,有时是模特,有时是完全不同的另一种身份。"

"明白了,"菲利普道,"好好演这个角色,你会得到丰厚的回报的。"

"请指导我,我会尽全力的。"

"现在请你戴上门旁边椅子上的巴拿马呢帽,我会给你调整一下帽子的角度和边缘。然后你把帽子摘下来,拿在左手上,等到你离开这栋大楼的时候再戴上。戴的时候就像我教你的一样调整。我的车会来接你,是一辆深蓝色的梅德赛斯 S600,上的是直布罗陀的牌照,车窗玻璃是彩色的。你上车后就坐在主人的位置上,后排右面那个座位。你要表现得像你从来没坐过其他的座位一样。深吸一口气,停顿一下,然后从你前面座位的后座袋子里取出折叠的报纸,然后开始读。司机知道该怎么做,他会带着你沿着海港和机场绕一圈。任何时候只要车停下来,时机合适的话,你就把车窗摇下来。但是在你这样做之前,确保你自己戴着这些东西。"菲利普说着,递了一个皮革盒子给他的模仿者,里面装着一副定制的意大利太阳镜。"选一艘船或是一架飞机,盯着它看一会,感觉像是要弄清楚上面发生了什么事一样,然后等你自己满意了就把车窗摇上去。所有的就是这些,应该算不上艰难的任务吧。"

"不算,"年轻人表示同意,"真的不算。"

"还有,"菲利普补充道,飞快一笑,"尽可能少说话。"

"明白。"德国人回答。

"稍等一下。"菲利普边说边退到接待室里边，两个秘书坐在相对的两张桌子旁。

"我一会儿要出去几个小时检查生意，"菲利普吩咐两人，"要是这期间卡维尔小姐来了，一定要立刻给我打电话。让她到办公室里随便坐，毕竟这地方是她的。她可能自己一个人来，也可能和亨特先生一起。"菲利普仔细观察着两个秘书的反应，想看看她们是否也看到了泰和伊莎贝拉拥抱的视频。"还有一件事，"他问，"能不能帮我收集一下关于桑塔尔先生最后一次同蒂莫西·富先生交易的资料？"

"那是很久以前的事了，"较丰满的那个秘书回答，她的办公桌正对着伊恩·桑塔尔的办公室。"他们一般在楼上的阅览室里。"

"别慌。"菲利普笑道。他早就猜到这个非正式的档案保管员会抢着回答。"要是你能在我回来前把它们摆到我的办公桌上，将十分感激。"

"我马上去看看。"她向菲利普保证道。

"非常感谢。"菲利普回答。

回到办公室，菲利普对年轻人说道："我们现在已经基本准备好了。请允许我单独待一回会儿。"菲利普说着，指向他刚刚换衣服的更衣室。

那人马上退了出去。

等到年轻人消失后，菲利普把安德烈叫到自己的办公桌前。"准备好了吗？"他问。

"我们的人已经就位。"安德烈回答。

"点火装置呢？"

"全都整齐地藏在放竞选用专款的底层抽屉里了。"安德烈答道，一手指着一个黄铜包边的胡桃木桌子，那桌子刚好摆放在内墙的中间。

"你把进办公室的密码也改了？"

"还没，但是已经够了。当你说出通关密码时，不仅会启动炸弹的倒数十二秒设置,而且还会修改通关密码,从而在两个方向都施加障碍。离了它们,没人能进入或者是从里面出来。"

"很好。大火会焚毁一切交易的记录。"

"正是这样,并且其他地方再也没有记录了。而且大火会把所有指向源头的线索吞噬得干干净净。"

"大火是计划中不可或缺的一环,安德烈。有些东西必须要消除掉,大火就能办到。在这个过程中,它还可以迷惑那些好奇的人,这对我们相当有利。但这场火灾却绝对不在激情犯罪之列。"

"当然。"安德烈掩饰道,"要想成为激情犯罪,那你首先要被激情控制,但你感受不到激情。"

"正是如此。"菲利普道,"不论何时我都会想念你的,安德烈。整个事件十分有趣,不是吗?"

安德烈点点头:"随时欢迎到我的别墅来。"

"好的。等你最终定下来时,我肯定来。法国南部可有不少漂亮女人。而且我已经在外面下载好了我需要的所有资料,"菲利普边解释道,边慢慢走向更衣室,然后轻轻敲了敲门,"剩下的就是你护送我们年轻的朋友出去了。"

"把这个 iPhone 拿上。"那个年轻人出来时菲利普对他说。

"这还是全新的。"年轻人道。

"我今天早上买的,还买了一个跟它一样的。不要对着它讲话,只要专心地听就行,就像你在听什么重要的事情,不能被打扰一样。你路过隔壁时对里边的秘书友好地挥挥手,但别停下来。要是你走得快的话,她只能看到你的后脑勺。平常坐在她对面的女人干蠢事去了,所以一旦你到了外面,要扮演我就没问题了。"

等到那个年轻人和安德烈都离开后,菲利普回到了更衣室把所有的衣服都脱了下来放进服装袋里,只穿着自己的短裤。然后他又从另一个袋子里拿出一条孔雀蓝的百慕大式短裤,一条游泳裤用来代替内

386

裤,一件白色的网球 T 恤衫,一条绳式腰带和一双斯佩里的船鞋,然后光着脚穿上鞋子。随后他把第二个袋子和三个锁着的小箱子放在伊恩的书桌上。箱子里装的是谢赫·阿尔瓦在瓜尔迪买的宝石,就是从庞德别墅和船上寄给伊莎贝拉的那些宝石,即菲利普那天早上从超越号上拿走的那些。然后菲利普一手提着一个袋子向外面那洞穴一样的走廊走去。这条走廊通向螺旋向上的石阶,最终直达直布罗陀岩山的山脚。

46

　　泰·亨特看了看镜子,又看了看伊莎贝拉,笑了起来。由于才得到通知,两人在北约总部能找到的行头也十分有限,所以当两人同时从男女衣帽间出来时,都穿得十分惹眼。蓝色运动鞋,白色袜子,印花卡其布裤子,带铜扣的内腰带以及海军蓝的马德拉斯棉布短袖 T 恤衫构成了这套夏季平民休闲装。

　　"来杯杜松子吗?"泰问。

　　"我更想要杯飘仙。"伊莎贝拉回答。

　　"别闹了,"奥利弗打断了二人,"知道你们洗澡用了多久吗?"

　　"三分钟,"泰回答,"最多。"

　　"我用了两分多。"伊莎贝拉反驳道。

　　"放松,奥利弗,"泰说道,"既然要演,就要演得像。我不清楚伊莎贝拉那边是怎么回事,但是我必须得洗个澡。"

　　奥利弗摇了摇头:"请原谅,我刚刚忘了。重要的是你们看起来像不像,而不是你们怎样做。"

　　"你懂的,"泰道,"等所有的事情结束后,如果我们都还活着的话,你跟我一起回洛杉矶吧。我猜内蒂肯定会很想向你挑战。"

　　奥利弗被泰的提议逗乐了,但还好没被分散注意力。他继续说道:"来的时候,你说你有主意了。"

　　"只能算个赌注,而且风险很大,"泰道,"但伊莎贝拉是对的,这个办法也许可以让我绕开乔治·肯尼斯直接联系怀特总统。"

　　"什么办法?"

　　"这里现在是什么时间?"

"这里的时间要比华盛顿早六个小时，所以现在这儿应该是早上八点半左右。"

"他们睡觉这会儿已经发生了很多事了。"泰沉思道，"你有白宫的号码吗？"

"我有肯尼斯的专线和他的手机号码，但没有接线总机的。"

"没事，应该没那么难找到。"泰边说边在奥利弗给他的手机的触控板上滑动。找到后，他随即键入号码开始等待。答录机开始播放后，泰看了看跟着重复道："'如果您知道对方的号码，请立即键入。不知道的话，请不要挂机。'如果我知道的话，"他露出一个扭曲的笑容，说道，"我会——天，你好。是的。下午好，不，应该是早上好。我是泰·亨特，能帮我接一下达芙妮·怀特吗？"

"您说您叫泰·亨特？"

"是的。"

"怀特小姐知道您吗？"

"知道。我最近才在戴维营拜访了他们。"

"恐怕怀特小姐现在不在。"白宫接线员回答。

"只要学校一放暑假，大多数年轻人在这个时间都不在。"泰道，"我必须跟她讲话，这非常重要。"

"您说你到戴维营做过客，请允许我查一下是否有您的号码。找到了，您是约翰·泰勒·亨特先生，对吗？"

"是的。"

"您还是之前的号码吗？"

"不是。"泰回答。"之前的手机坏了。我的新号码是多少？"泰问，边朝奥利弗打了个手势，然后开始翻找直到他的朋友把号码写下来。

接线员问："能说一下您之前的号码是多少吗？"

"当然，但是现在已经没用了。"

"您知道的，我们必须确认您真的是泰·亨特先生。请您谅解。"

"不客气。"泰回答,然后屏着气说出了他之前用的那个从未公开过的号码。

"我会在接待员办公室给怀特小姐留言的,"接线员道,"她能通过您的新号码找到您吗?"

"当然,"泰回答,"可以的,请转告她事情非常紧急。"

"我已经说了。另外,亨特先生,我丈夫和我都非常喜欢《我知女人心》这部电影。"

"非常感谢。"泰挂电话时回答道。

"现在试也试过了,还是不行吧。"奥利弗道。

"现在这样说还为时过早,"泰回答,"在等年轻人起床的这段时间内,我们应该做些有用的事。"

"那些极客们已经在找了。"奥利弗道,"到目前为止,他们的行动还是束手束脚的。我现在感到很无助,我讨厌这种感觉。"

"你那个临场极客跑到哪里去了?"泰问。

"宾高?他在大厅里。怎么了?"

"我想跟你借用一下这家伙。"

"你准备告诉我你的计划了吗?"奥利弗问。

"还是说我?"伊莎贝拉插话道。

"你和我,"泰告诉伊莎贝拉,"将去拜访我们亲爱的朋友菲利普。"

"你认为这么做明智吗?"

"非常明智,这是必须的。我们需要的线索——如果它存在的话——最有可能在伊恩的办公室里。"

伊莎贝拉皱了皱眉。"宾高扮演什么角色?"她问。

"侦探。"泰回答。

这时奥利弗的手机响了。他听得很认真,只对对方说了句"谢谢"就挂断了电话,道:"发现弗罗斯特了。"

"太好了,"泰道,"在哪?"

"在海港西头，"奥利弗回答，"他正在查看一艘驳船。"

"你的人在哪?"伊莎贝拉问。

"正在搜查。"奥利弗对她说。

"听上去很有希望。"

奥利弗的手机又响了，这次的谈话比上次的更简短。谈话一结束，奥利弗就说:"弗罗斯特开始行动了。"

"他们跟丢了吗?"

"没有，他在查看另一艘船——至少跟踪的人是这样认为的。"他顿了顿，"三个核弹头，三艘船，从某个层面来说倒是很有意思。"

"是吗?"泰反问。

"如果我们去办公室的话会错过菲利普。"伊莎贝拉道。

"这样更好。"泰答道。

"我们肯定忽略了什么事情。"奥利弗说道，"我说不清楚到底是什么，但我总觉得那很重要。"

"也许我们考虑太多了，"泰道。"轻易暴露自己不是菲利普的作风。"

"伊莎贝拉?"奥利弗征求她的意见。

"我所了解的菲利普只会暗地里幸灾乐祸。"

"正是这样。"泰表示同意。

"你们俩和宾高一起去办公室，"奥利弗道，"尽可能多找出些东西。我去监视弗罗斯特。"

"我们需要仔细商量一下。"泰提议。

"把你黑莓手机上的 GPS 打开，"奥利弗道，"我们每隔十五分钟就互相联系一次。GHU 表示没有变化。D 代表'delta'，就是有变化。发电子邮件或者打电话都行。"

"GHU 代表什么?"伊莎贝拉问。

"God Help Us——上帝保佑，"奥利弗回答，"我马上替你们联系宾高,然后我们就出发。"

"好。"泰说道,"趁现在还来得及咱们赶紧动身吧。"

泰的手机响时他们还坐在海军车里,距离伊恩的办公室还有几分钟的车程。"白宫接线员。"一个男性的声音说道,"您是泰·亨特先生吗?"

此时伊莎贝拉和奥利弗正在讨论电脑协助计划软件,泰伸出一根手指头示意他们安静下来。"是的。"泰回答。

"达芙妮·怀特小姐希望和您通话。请不要挂机。"

一阵快速的哔哔声后,泰听到了接线员说"怀特小姐",然后电话另一头立即传来了达芙妮那尖细而充满青春活力的声音:"嗨,泰。"她说道,"这太令人惊喜了。我的意思是,当接待员告诉我你打电话来时,我感觉就像'天啦,这完全不可能。'你最近怎样? 还好吗?"

"我很好。"泰告诉她。"希望你也是。"

"我挺好的。"达芙妮道,"你要来华盛顿了吗? 我希望这是你打电话的原因。"

"会的,"泰答道,"但是还不确定是哪一天。"

听到这里,达芙妮顿了顿。"那就太可惜了。"她最后说道。

"听着,达芙妮。我很不希望因为这事打扰你,但是我必须跟你父亲谈一谈。这点非常重要,而且我不希望他底下的任何人知道我跟他谈过。"

"为什么?"达芙妮突然充满怀疑地问道。

"我不能说,"泰道,"我也希望我能告诉你。"

"听上去挺奇怪的。"

"你能跟他说一声吗?"

"当然,他是我父亲。但是他现在不在,在某个早餐宴会上发表演说呢。"

"在华盛顿特区?"

"对。"

"他回来的时候,你能不能告诉他用这个号码给我个电话?"

"但是我想先问你个问题,可以吗?"

"当然。"泰告诉她。

"嗯,这件事情很重要是因为他是总统呢,还是说是私事?"

"前者,"泰回答,"完全是公事。"

"好的,"达芙妮道,"当然可以。"

"记住,"泰强调,"只有他本人知道此事,在我们直接谈话之前不要把其他的任何人牵扯进来。"

"我已经听明白了。"达芙妮回答。"你们现在在哪儿? 你周围的汽笛声听上去是在国外。"

"直布罗陀。"泰告诉她。

"太棒了,"达芙妮很是羡慕,"我还没去过那儿。"

伊恩办公室的前门外有个院子,里面摆放着一张空空的咖啡桌,桌上撑了把遮阳伞,泰和宾高、伊莎贝拉挤在一起。"事情现在还没搞定,你准备怎么做?"他问宾高。

"我跟奥利弗说过,最简单的办法就是阻断账户。"

"华盛顿那边不是说用这个办法的话,你可能会把整个世界经济体系搞崩溃吗?"

"一群政客罢了。"宾高的脸上很平静,但从他的声音里不难听出他的恼怒。"换句话说,那群人生下来就喜欢批评别人,他们中的大部分连 Windows 和 OS X 都不会操作。他们完全不明白我可以把想做的事干得多么漂亮。在你移动资金的同时,你可以把它做成电脑错误的样子。所有的受害者,要是他们是合法的,就会发现错误并且要求更正。没问题! 要是他们是非法的,在他们嚷嚷自己有上千万来历不明的资金不见了时就会引起社会关注,结果就是他们得现出原形。"

"我会尽我所能。"泰说完,跟着伊莎贝拉走进了那个隐秘的入口。

两个秘书在伊恩办公室的外面欢迎了三人的即兴到访。二人中较苗条严肃的那个秘书的办公桌就在伊恩的办公室门外,她对三人说道:"弗罗斯特先生有事出去了,他出门前特意交代,让我务必周到地接待你们。"

"那真是太好了。"伊莎贝拉回答道,并警惕地看了看泰。

"他说过要出去多长时间吗?"泰问。

"恐怕没有,但他出去的时间一般都不长。直布罗陀是个小地方。他让我在你们到达时给他打电话,如果你们愿意的话,可以自己打给他。"

伊莎贝拉微微一笑,"那就先等等吧。"她提议,"给他个惊喜不是更好吗?"

"我可不希望惹他生气,"秘书道,"他好像知道你们要来,这样你还确定会给他惊喜吗?"

"十五分钟。"伊莎贝拉的语气突然生硬起来。"我们再等十五分钟,如果你不介意的话。"

秘书不情愿地点点头,然后伸手到她办公桌中间的抽屉里拿出遥控器,对着那两扇厚重的大门的方向一按,第一扇门就打开了。大门在他们进去之后关上,第二扇门随即打开。

"你干爹的又一处密室。"泰玩笑道,"这让我想起了他在超越号上的那间办公室。"

"同一个人,同样的事,同样的标准。"伊莎贝拉回答。

"可以四处看看吗?"泰提议。

"你是在请求我的允许吗?"

"我的教养告诉我应该这样做。"

她笑了起来:"嗯,当然可以。这有助于我们弄清楚到底要找什么。"

"只有找到了才知道。"他回答。

两人说话的这会儿，宾高已经在伊恩书桌后面控制台上的笔记本电脑上忙开了。"内存不足，"他告诉两人，"真是搞笑。电脑还是热的，也就是说弗罗斯特刚刚用过，但是连密码都没设置。你觉得对于一个密码控来说这样做正常吗？"

"是伊恩的电脑还是菲利普的？"伊莎贝拉问。

"谁知道呢？"宾高对她讲，"没图标，没程序，连个 ISP 码都没有，电脑被格式化了。"

"看上去整间屋子都被格式化了。"泰道。

伊莎贝拉绕着屋子转了一圈，从各个角度仔细打量了一番。"我不确定，"她总结道，"菲利普极其爱整洁，这也许是造成这种感觉的原因，怎么讲呢？就是感觉整个屋子都被清空了。"

"如果电脑是伊恩的，要是他仅仅是想把伊恩的东西摆放整齐，那他为什么要把电脑格式化？"伊莎贝拉继续道，"如果是他的，那他为什么宁愿失去电脑上的所有信息？即便是他想要隐藏某些东西，那他为什么不直接把那些东西删掉，留下其他的？我认为这样比较有可能。"

"这要取决于这些东西到底是什么，"宾高解释道，"要是那是一个文件或文件夹，你说的还有可能。但是如果涉及他在网页上的操作或者是他浏览的东西的话，就会在其他地方留下痕迹，比如服务器或是路由器这些他进不去的地方。"

"这不是更加证明他没必要将电脑格式化吗？"伊莎贝拉道。

"不是这样的，仔细想想，他是在打赌没人能在干草垛里找到一根针，这样做也可以避免有人通过电脑找到确定它位置的重要线索。"

宾高从他的渔夫背心口袋里掏出一个闪存盘，然后插入了笔记本电脑端的 USB 接口里。

"你在干什么？"泰问。

"询问电脑呀。"宾高回答,"我希望能够运行一下它的操作程序,从而找出它的 MAC 地址?"

"它的什么?"泰追问。

"它的媒体访问控制地址,"宾高解释道,"这是一个独特的身份识别标志。制造商会给每个网络适配器和 NIC——不好意思,就是网路介面卡一个四十八位的号码,用于媒体访问控制子层协议中。还有要问的吗?"

"通过它可以知道什么?"

"也许很多,也许什么都没有。"宾高道。"一旦得到这个地址,我们就可以侵入周围服务供应商的服务器,这样就能很快了解弗罗斯特什么时候上网了,以及都浏览了些什么——如果他有上网的话。我需要排除色情网站吗?"

"菲利普对色情网站没有兴趣。"伊莎贝拉打了个呵欠,轻蔑地说道,"在这方面他只需要一面镜子就行。"

"开个玩笑。"宾高立即澄清。

"我们这样算是在侵犯他人隐私吧,不是吗?"泰问。

"什么是隐私?"宾高有点不屑,"只有到了一定年龄的人才记得或者还在期待这种东西。等一下! 鱼咬钩了。真棒! 看看屏幕,这不正是咱们要的 MAC 地址吗? 总共六组,每组两个十六进制的数字。"

宾高把 MAC 地址复制到自己手机里,然后用电子邮件传给了在耶路撒冷的迪莱拉·米拉多,在马里兰大学公园的隆蒂·帕特尔以及在加利福尼亚伯克利的内华达·史密斯,很快电话响了。伊莎贝拉接起电话,听到从内线的另一头传来伊恩的秘书的声音:"希望你们明白现在已经十五分钟了。"

"我不介意再等一会儿。"伊莎贝拉回答。

"你想等多久?"

"等我问一下其他人。"伊莎贝拉把电话拿在手上,问宾高:"这需要多长时间?"

"也许我们拖不了那么久。"他道,"我们已经知道这台电脑不是我们追踪的任何一台。"

"很有趣。"泰道,"听着,宾高,为什么不回你自己的办公室然后在你那端继续追查呢? 这边反馈的所有信息都将传到你的电脑上,而且或许只有你能看懂这些信息。很显然从留在这儿的这几页文件里找不出任何有价值的东西,我们会在这里等菲利普出现,如果他能露面的话。"

"要是他不呢?"

"奥利弗和他的人已经发现他了。"

"我不知道,但我直觉认为你们最好和我一起走。"

泰摇了摇头:"不行,我们已经非常接近了。这个时候留几个人在里面找出路总比所有人都留在外面想办法进来要好得多。"

"希望你是对的。"宾高道。

"弗罗斯特先生有没有留什么话给我们?"伊莎贝拉看着宾高出去时问两个秘书。

"没有。"较严肃的那个回答,"我真的应该告诉他你们来了,你认为呢?"

"也许。"伊莎贝道,"去吧,那就告诉他吧。"

47

回到伊恩的办公室,伊莎贝拉问泰:"你觉得我们该怎么做?"

"我根本不知道该做什么,"泰回答,"在这出戏里,我只是个演员,而不是编剧。"

"那个秘书很怕站到菲利普的对立面,但是我觉得她没必要担心,你说呢?"

"因为你认为他根本不会回来吧。"

"他为什么要回来呢?"

"当然是向你解释他的行为,"泰答道,"把在超越号上发生的事情归罪到别人身上,最好是死人身上。然后再说服你选择他放弃我,这样就能控制一切了。"

伊莎贝拉摇头:"我觉得他会猜测我不会相信他,事实也是如此。在我采取行动之前他就会知道我会深入挖掘事实经过,而且我可能发现的事会对他造成威胁。我了解菲利普,他会像被别人抛弃了一样离开,继续卖他的武器,享受大把的金钱。"

"他从你的生活中消失不代表你不能继续追查整件事。"

"我只想知道伊恩为什么会死,是谁害死了他。可惜的是,或许只有菲利普能告诉我答案。"

泰轻轻将手放在伊莎贝拉的肩上,"你对你干爹的遗嘱了解多少?"他问。

"他多次跟我提过我是他唯一的继承人,但是仅仅只有这些。我根本不知道我该怎样处理这件事,以前我以为菲利普会帮我处理的。"

泰笑了。"你立遗嘱了吗?"他问。

伊莎贝拉点点头:"在这件事之前,我都没什么可以留下的——我父母留下的一点东西,我自己积攒的一点钱,但我的确立过遗嘱。"

"我能不能问一下你的继承人是谁?"

"是菲利普。"伊莎贝拉小声道。

"怎么可能?"泰很吃惊,"一般不是都会在结婚之后才这样做的吗? 你怎么还没结婚就把他立为你的继承人?"

"我们已经到了谈婚论嫁的地步了。"

"你提议的还是菲利普提议的?"

"是我。"

泰犹豫了,"为什么?"

"算是回报他的慷慨吧,至少当时看起来是这个样子。"她回答。"那时我们都在剑桥大学。我们是当天从伦敦开车过去的。当时菲利普想去圣三一学院参加一个关于裁军的讲座,我们在仲夏餐厅吃了晚饭。中间我们一起散步时经过了我长大的屋子,很自然地就让我想起了自己的童年,然后我们就说到我们两人的双亲都不在了。那时我们都还很年轻,自然两人也都没有孩子。几天之后菲利普就告诉我他把我列在他的继承人名单里了。除了对慈善的一两笔捐助外,我就是唯一的继承人了。他说那算不上是多大的财富,但作为一个年轻人来说,他已经做得相当不错了。但我并没有认真,因为菲利普距离死亡还太遥远,从他生下来开始就没生过病,他经历充沛,就跟匹公马一样。但当他说他把我立为继承人是因为我是他在世上唯一爱的人时,我非常感动。那时我也有那样的感受。既然如此,我为什么不那样干呢? 他看上温柔体贴,而且,天晓得,他长得那么漂亮。就算现在我也不认为为他倾倒是什么见不得人的事。最终我去了律师那儿把他立为我的继承人。也许有点仓促,但总比死后没有遗嘱,把所有的一切都交给政府好。不得不说,要是整件事都是计划好了的话,那真是干得漂亮,堪称杰作。"

"希望不是。"泰道,然后感到他的黑莓手机在震动。

红色的光还在闪烁,屏幕显示有两条来自奥利弗的短信,第一条上写的是"DHU",第二条是在第一条发出后不到半分钟内发的,上面写着"DELTA"。

泰按下快速密码键,接着快速拨号接通了奥利弗的电话。

"他又开始移动了。"奥利弗道。

"也许他正往我们这儿赶来,"泰回答,"他让秘书在我们到达后给他打电话。我不知道他是怎么在我们还没来之前就确定我们要来的,我猜是靠预感。虽然伊莎贝拉已经尽可能地拖住秘书了,但是现在她应该已经给菲利普打过电话了。"

"不是侮辱你,但我并不认为他现在是往你那儿赶。"

"为什么这样说?"

"我跟你说过,他从港口的西头出发,然后慢慢朝东,现在他突然转向南边了。"

"我很好奇他在找什么。"泰道。

"很难说。他放下车窗,一会儿看着这艘船,一会儿又看看那艘,有时候还用一副迷你望远镜看。然后就停在那儿等着,等你完全没想到也想不出原因的时候他又离开了。"

"他没有登船吗?"

"他连车门都没出过。"奥利弗回答。

泰望着伊莎贝拉。"快点,"泰急道,"我们被关起来了。"

"你在说什么?"伊莎贝拉一头雾水。

"来吧,快点。"泰焦急地喊道。

泰站在门前按了按开门用的仪表盘,没有反应。他又试了一次,但是里面的门仍旧一动不动。他接着又拼命拉门上巨大的黄铜把手,可惜门还是关得严严实实。

"快!"泰大叫。伊莎贝拉飞快地穿过空荡荡封闭的办公室,冲向外面狭长昏暗的走廊。办公室爆炸的瞬间，泰飞扑向伊莎贝拉，用自己的身体挡住她。一阵阵高热和浓烟不断向他们袭来；冷冰冰的墙壁内，大火很快吞噬了一切。

泰好不容易拿出手机举到耳边。"奥利弗，"泰气喘吁吁地说道。

"我知道你现在无聊了，"奥利弗回答，"但你有那么渴望激情吗？"

"现在可不是开玩笑的时机，"泰严肃道，"起火了，我们被困住了。现在要出去，只能穿过炮台口了。"

"还能继续往前走吗？一般情况下这些地道的尽头都有阶梯。"

"不行，"泰回答。"火已经蹿道走道里了。木地板下面就是石头，里面有一小块凹进去的地方，我们只能躲在里面。要是没有这个石洞的话，我们现在已经死了。"地板下缘参差不平，而且离洞底很近，泰必须要弯着腰站在一座十九世纪的炮台上估摸出口的位置。"这有个斜坡，"他最后说道。"至少有五百英尺长。"

"你看到什么了？"

"河道。"泰回答。

"坚持住，我们马上就来。"

"弗罗斯特那边呢？"

"我们会注意他的。皇家海军现在仍然能够一心二用。"

那台古老的炮车用装饰用的黑色锁链和画廊的四面墙壁相连。泰身体前倾，想要解开炮车左边大铁环上的最后一环，但左边的铁环是焊接的；右边的锁链一圈圈向外延伸，此刻已被大火吞噬。泰够不着，不过就算够得着也太烫了，根本无法伸手触摸。泰只得退回炮台出口处，抽出随身携带的蝶形刀，开始撬装了双层玻璃的窗户。好不容易撬开窗户，铺面而来的新鲜空气让两人从刺鼻的浓烟和厚重的尘埃中得到了短暂的解脱，但随着新鲜空气涌进来的氧气也使得大火愈燃愈烈。炮台前挂着一串绳子，像窗帘一样，泰留下两根绳子，将剩下的全部砍下来。然后将砍下的绳子打结系成一根根较长的绳子。这些绳子的长度足够穿过出口而且还能伸到出口下方几英尺的地方。最后泰用单套结在还挂着的两根绳子上各系了一根长绳。

"你参加过童子军?"伊莎贝拉目不转睛地盯着泰递给她的绳子,对此她十分感激,虽然不乐意,不过还是抓住了它。

"参加过,不仅如此。"泰回答。"继续,"泰催促道,"把它缠到你的手腕上,多缠几圈,像这样。"泰边说边示范,"要保证你把它扎牢了。"

此刻伊莎贝拉安静下来,全神贯注地听从泰的指挥。等到她把绳子缠得足够牢固后,说道:"你先来,上尉。"

泰吃了一惊。"你说什么?"泰问,催促伊莎贝拉继续说。

"你的军衔,不是吗?"

"谁告诉你的?"

"没人告诉我,我自己读到的。大家都是。"

"不要相信你读到的东西。我现在已经没有军衔了。"

"也许不是官方的,"伊莎贝拉边说边朝着山坡的侧面蹲下身体,"但你现在还是一名战士。"

"别再讲话,集中精力。"泰道,就蹲在伊莎贝拉旁边几英尺的地方。

"我不行,"伊莎贝拉惶恐不安,"我会忍不住往下看。"

48

　　菲利普·弗罗斯特身上那身适合中产阶级游客用的装备很不合身，让他感到相当不自在。从大围攻地道中出来，耀眼的阳光着实把他吓了一跳，才惊觉自己已经在山中待了好几个小时了。山里一片漆黑，他摸索着穿过了长长的走廊，又爬了成千上万级陡峭的台阶，才最终在安德烈说的古墓旁找到了那辆斯巴鲁傲虎。这辆车已经买了四年了，是安德烈用假名在加的斯买的二手货。经过一个夏天，车身上布满了厚厚一层灰，已经看不出原来的样子，但这种微妙之处正是菲利普欣赏的。他把两个装衣服的袋子放进后备箱里，探身进去，坐上了驾驶座。菲利普开着车沿着魔鬼塔路向西行驶，车速不快不慢，但在魔鬼塔路和温斯顿丘吉尔大街相交的地方遇到堵车。等公路重新顺畅起来后，他开车穿过温斯顿丘吉尔大街，经过海洋村，最终来到直布罗陀码头。他一眼就发现了在规定泊位上三十一英尺长的快艇竞争者号。菲利普将车停在公共停车场上，尽量靠近码头的，然后取出那两个服装袋朝快艇走去。在船舱中安顿好后，菲利普才取出那三个装着宝石的箱子，然后十二万分小心地把里面的宝石放进一个红色的小箱子中。这个红色的箱子原本是便携式冷藏箱，因此容积比较大。他将珠宝置于最底层，然后在上面铺了一层厨房用纸，再在上面铺上折叠的塑料袋，最后在塑料袋上又放了几瓶水，然后带着箱子回到驾驶员的座舱。他将钥匙插进点火装置中，拧了拧，点燃了竞争者号的 F350 双冲发动机，等到确定油箱是满的后，发动快艇离开。菲利普驾驶得十分平稳，船尾连一丝尾波都看不见，船平稳地开出了码头，穿过阿尔赫西拉斯湾。

　　等到了直布罗陀大峡谷时，他打开节流阀，此时时速已达到三十节

（一节约为 1 海里/小时）。海豚追随着他游向海岸,近岸的地方不少滑水和乘坐喷气式水艇的人正高高跃向空中,划一个大圈,再重重跌向海面,溅起的水波摇晃着竞争者号,像是要吸引他的注意。到达目的地后,他减慢船速,熄灭发动机然后迅速抛锚。不远的地方,静静停泊着一艘钴蓝色的载驳船,甲板呈淡棕色,他看见它时,感觉它像是要从他的视野中消失一般。尽管这艘载驳船看上去还不如一艘精心制作的小船来得有用,但它周围任意一艘玻璃纤维或是钢筋制造的船舶都不如它,菲利普静静地想。他伸展四肢,舒舒服服地在竞争者号后面的沙发椅上躺了近二十分钟,一边尽情享受六月温暖的阳光,一边注意观察附近的船只。

船上唯一的乘客出其不意地跳进海里,把他吓了一大跳。他先听到了水花溅起的声音,几秒钟后就看到那个充满力量的年轻泳者浮出海面,对方的澳大利亚爬泳让人印象深刻。年轻人来回游了几分钟,然后开始踩水,为潜入这美丽诱人的地中海做准备。菲利普在原地静静地等了几分钟,然后自己也下海游了几个来回。游最后一圈的时候,年轻人出乎意料地跟他打了招呼,就像一时冲动一样:"天气真好,不是吗?"

"比我想象中的更好。"菲利普回答。两个人在澄澈湛蓝的海水中逐渐向对方靠近,像是初见面的陌生人。

等到可以确定周围没有人能够偷听他们讲话时,菲利普问道:"你是弗朗茨?"

"当然。"年轻人回答。在海水中,两人的头发都湿透了,看上去就像一对双胞胎。离开海面,两个人特意穿了同样的男士泳裤。看起来就更像了。

菲利普满意地笑了。"你大些还是你兄弟大些?"

"如果你说的是汉斯的话,我们是表兄弟,一样大。"

"你们俩长得非常相像,以前肯定有人说过。"

"我们的母亲是姐妹。家里面她们那一方的基因遗传性比较强。"弗朗茨回答。

菲利普点点头:"我猜你们俩一起工作。"

"有时候是。"弗朗茨道。"我们是同一家经纪公司的。"

"我明白。"菲利普答道,"你清楚自己的任务吗?"

"非常清楚。"

"你也清楚你将获得的回报以及,如果真的事发的话,将会受到的惩罚?"

弗朗茨右手打了个响指,表示自己同意菲利普的条件,这一点两兄弟也一样。"说实话,还真没什么是我们兄弟俩没见过的了。"他说道,"我们可能看上去比实际年龄小一些,就跟你一样,但是也算得上老江湖了。"

"那就好。"菲利普表示满意,"我比较偏好实际点的人。"

"吃人嘴短,拿人手软呀。"

菲利普淡淡一笑:"你的号码没变吗?"

"还没。"

"你的手机在哪里?"

"在船上。"

"你确定那玩意跟说明书上写的一样是防水的吗?"

"是的。最深可到达水下一百米。你的人给我的。"弗朗茨特意强调了"你的"二字。

"我知道。一起喝一杯?"

"恭敬不如从命。"

"咱们去你的船上吧,这样喝酒的时候还可以看到大海。既然你船上没酒,我还是去拿我的冷藏箱好了,很快的。喝完酒你就带着手机游到帆船上去,但是得把冷藏箱留下。"

"当然,那是你的冷藏箱。"弗朗茨回答。

"事实如此。我现在就去拿。"菲利普说完就向帆船游去。

等到菲利普回来时,他递给汉斯一瓶巴杜阿,自己也拿了一瓶,然后盖上冷藏箱的盖子,把它稳稳放平放在驾驶员座舱内。

"跟我说说你们在柏林当模特的生活吧。"菲利普小酌一口然后问,"有意思吗?还是说一旦上了年纪就没那么有趣了?"

"只要你一想到自己的未来就没那么有趣了。"弗朗茨回答。

"事情不多是这样吗?"菲利普叹息道。一个得过且过,不懂得为自己的将来积累财富和权力的人常常会满腹疑问,而当他遇到一个和自己长相如此相似而地位却有天壤之别的人时,这种感觉就会更加明显。"这次特殊任务的报酬应该够让你们表兄弟俩修整一段时间吧?"

"是很长的一段时间。"弗朗茨回答,"您非常慷慨。"

"很高兴你能这样说。这倒是让我想起本来忘了的一些事。"

"什么事?"

"在驾驶舱的口袋里有一套质量上乘的西服很适合你。汉斯有一套一模一样的。拿着它。"

"你确定?"

"我已经讲得很明确。现在,出发吧。"

此刻面对着开阔的地中海和温暖的阳光,弗朗茨笑了起来。然后他从船尾滑进水中,向不远处的竞争者号游去,菲利普则进入载驳船的驾驶舱,充当起掌舵的身份。三分钟后,两艘船都起锚了,船划过的地方只留下层层的水波荡漾开来,朝着公海方向驶去。

49

　　泰也不知道自己还能撑多久。情况真的很糟,绳子紧紧勒着他的手指根和手掌,由于承受着身体的重量而向掌骨滑去,掌心的皮肤像要被撕裂般火辣辣的疼,一边肩膀也由于长时间的拉扯而难以承受。因此泰一手迅速放开,另一只手随即往上一抓,最终停在原来位置的上面一英寸左右的地方,刚好在之前打的单套结上方。做完一系列的动作,泰深吸一口气,看着正死死抓住绳子的伊莎贝拉:"虽然没什么别的作用,咱们的处境倒是形象地说明了什么叫做'命悬一线'。"

　　"闭嘴,泰!"伊莎贝拉吼道,"就算你去试了镜,你也不是詹姆斯·邦德。"

　　"他们要的是意志更加坚定的人。"

　　"那他们还真是不识货!"

　　"你错了。我之前没有去试镜,以后也不会。"

　　"说得好,真好。"伊莎贝拉抢白道。

　　"当然,"泰回答,"换只手可能会好受些。"

　　"谢谢你的建议。我更相信掉下去就能一了百了。"

　　"那也不是现在。你可千万别这么干,"泰急道,"有些人是坚决不能有这种想法的。"

　　"是吗?"伊莎贝拉反问道,"哪些人?"

　　"从字面上来说,那些为了宝贵的生命苦苦挣扎的人。"

　　"只是从字面上吗?"伊莎贝拉追问,"没什么比喻意义?"

　　泰摇了摇头:"他们没有这个权利。"

　　正在这时,泰口袋中的黑莓手机响了。

"你要接吗?"伊莎贝拉问,"可能是你们总统打来的。"

"他还会打来的,"泰回答,"这是他们的惯例。"

此刻在他们头顶上方,浓烟从炮位的开口处滚滚而来,烈焰也离墙壁越来越近,这会儿已经清晰可见。他们都很清楚大火迟早会烧到吊着他们性命的绳子上,只是时间问题罢了。

"为什么不打回来呢?"伊莎贝拉戏谑道,"我的意思是,总是表现得很闲可不是什么聪明的做法。"

泰停顿了一下,很快他就听到了一阵工业电动机工作的声音。伊莎贝拉也听到了,但她不敢往下看。泰一低头就看见一件长颈鹿一样的设备。它的机身上印有一个不常见的日本名字,此刻这个大家伙已经穿过了墓室,爬上了凹凸不平的斜坡。

"那是什么?"伊莎贝拉问。

"我们的装甲部队来了。"

"在直升机里?"

泰再次摇头。"在直升机里面他们不能靠得太近,除了能够更清楚地目睹咱们的死亡过程外,别的什么都做不了。坚持住,很快就会结束。"

"什么叫'很快就会结束'? 到底是我们的性命还是这场噩梦?"

"运气好的话,很快就能结束这场噩梦,"泰回答,"奥利弗是一名优秀的领导者,他一定能及时拯救我们的。"

"靠什么?"伊莎贝拉问道,"一辆云梯消防车?"

"没有。"泰回答。

"那吊车之类的?"

"你想得太美好了。看,它来了。奥利弗会让它停在咱们中间,很容易嘛,就是这样。干得好,奥利弗!"

"竟然是个挂钩。"伊莎贝拉大为失望。

"这可是个一流的挂钩。双手抓住它,握紧,一只在上,一只在下,就像你坐旋转木马一样。现在坐到挂钩上去，你可以把它当成一匹马，千万不要横着坐，我会坐在你后面。"

伊莎贝拉一声不吭，照着泰的指示坐了上去，在下降的过程中全身僵直，一动不动。泰的双手就在伊莎贝拉的旁边，紧握着冰冷的铁钩，他的胸膛紧靠着伊莎贝拉的背，有力的肩膀紧紧拥抱着伊莎贝拉的双肩。他能清晰地听到随着恐惧逐渐消失，伊莎贝拉激烈的心跳逐渐平缓下来。

两人出了墓室，终于安全了。奥利弗给了他们一人一条毛巾和一些水让他们擦拭一下，现在已经没有时间换衣服和休息了。

"这么巧皇家海军手上就有这么件玩意儿？"泰很怀疑，"这玩意儿倒是很好用。"

奥利弗笑了笑："这并不是皇家海军的东西。"

"那是谁的？"

"我也不知道。"

"你偷的？"

"我觉得用'借'比较好听。我会还回去的。再说能够救你们的东西，就属它离得最近了。"

"我们都可以做你的目击证人，奥利弗。"伊莎贝拉保证道。她倾身靠近奥利弗，亲了亲他的脸颊，接着双手放到泰的肩上，吻上了泰的嘴唇。

"那就先谢谢了。你们的话一定会很有信服力。"奥利弗道。

"那是一定的，"伊莎贝拉回答，"毕竟我算是个遭遇困境的少女，而泰就是那个拯救美女的英雄。"

"我们不在的这段时间都发生什么事了？"泰问道。

"你指的是除了美国总统的来电之外的事？"

"原来真是他打来的，"泰边说边掏出自己的黑莓，"达芙妮干得真漂亮。我应该给他回电话。"

奥利弗举手示意大家注意:"我认为你应该等几分钟。"

"为什么?"泰表示不解,"我很好呀。"

"我知道,"奥利弗回答,"但是宾高随时可能打进来,我猜你会对他的新发现感兴趣——"

"以及还没发现的。"

"要把这事儿做成,我们确实还要解决很多问题。这小伙子已经做得够好了,你得给他时间。"

泰笑了笑道:"说得对,那就这样办吧。还有,菲利普现在在哪儿?"

"仍旧虎视眈眈地看着他密切关注的东西,还在我们的监视下。"

"这倒给他提供了完美的不在场证明,"泰总结道。"他肯定会说是杀了伊恩的人放火烧了他的办公室,他也许还会宣称自己才是最有危险的人。他的话很可能会被采信。"

奥利弗的黑莓手机这时响了。"宾高,"他接起电话,同时用手比了个胜利的手势,"我把扬声器打开行吗?"

"你在哪?"宾高问。

"我和泰以及伊莎贝拉一起。"奥利弗解释道。

"你和泰、伊莎贝拉一起在哪儿?"宾高追问,"你们周围噪音很大。"

"抱歉,"奥利弗回道,"我们正准备去野餐。我们可以很清晰地听到你的话,你听得见吗?"

"非要承认的话,很清楚。"宾高小小的任性了一回。

"很好。我希望他们能听清你的话。就从上次停止的地方开始说吧。"

"现在有一个好消息和一个坏消息。"宾高开始卖关子。

"那就先听坏消息吧。"泰提议。

"不行,"宾高却不同意了。"坏消息已经够多了。好消息大概是这样的:那台笔记本并未涉及我们追查的电汇中去,我们的雷达也没有发现它和其他的东西有任何联系。它注册在一家私人公司的名下,那公司的名字跟字母表似的,所有人是桑塔尔。我现在也不知道谁用过这台电脑。事实上,通过在这么短的时间内查阅了这么多的资料,我们发现这台电脑基本上是用来做个人开支及记录这一类的事。虽然这些数目都不算小,但也没有大到让人一看就吓一跳的地步。"

"那你来界定一下什么叫'大'吧。"奥利弗道。

宾高笑了起来:"讲到桑塔尔这样的人,这就难说了。我也不知道,或许一百万欧元?"

"如果没有电汇的话,"泰问道,"那有没有什么花费是花在一毛不值的东西上的?"

"例如?"宾高问。

"妓女。"

听到泰的回答,伊莎贝拉的表情瞬间扭曲。

"没有。"宾高回答。"除了两天前有一笔钱汇到了列支敦士登的一个账号上。"

"好了,别再耍我们了,宾高——防火墙不正是你的拿手好戏吗?你知道怎么做。你肯定已经找出账户的姓名了,现在是时候解开它神秘的面纱了。"

"那家银行叫'Höchsmann'。碰到这种德国银行,我也无能为力。"

"那又是为什么?"泰问道。

宾高咯咯直笑。"除了知道它确实存在外,别的我们一无所知。这些银行可是又高档又谨慎,以后咱们肯定会遇到更多,特别是和上流社会的金融机构打交道时。这些机构完全在脱机状态下记录他们的商业往来,靠着这种二十世纪甚至十九世纪的落后方式,他们可以很好地避免二十一世纪联网带来的危险。"

"咱们现在谈论的是多少钱?"奥利弗询问道。

"一百八十六万七千三百八十七欧元。"宾高回答。

泰迅速在脑海中想了想这笔钱,道:"也就是说我们完全不知道这笔钱汇给了谁或者是花在什么地方。事实上我们唯一了解的就是桑塔尔也许把这笔钱汇给了自己或是弗罗斯特,或者反之亦然。"

　　"一切都有可能。现在的重点不是在我们监视菲利普·弗罗斯特期间出现了一个账户,而是在账簿上可以看到这个账户旁边有个记号。"

　　"就是这么个玩意儿让我们焦头烂额,"泰没好气地道,"我们现在可没那么多时间耗在上面。"

　　"PDP,"宾高说出自己的发现。"那个记号是 PDP。"

　　"天,太好了,"泰不由为此欢呼,"你真是帮了我们大忙。"

　　"PDP 听起来像是某种化合致幻剂。"奥利弗道。

　　"或者说更像是某人姓名的首字母缩写。"

　　"也许吧,"伊莎贝拉也发表自己的看法,"或许'PD'代表'puerto deportivo'呢。"

　　听到这儿,泰和奥利弗都吃惊地盯着她,"为什么这么说?"

　　"很简单,伊恩的旅游线路表里经常用到这个缩写词。'puerto deportivo'在西班牙语里是港口的意思。"

　　"也可以指码头,"泰补充道,"问题是单是西班牙就有上百个码头,更不用说加上西班牙曾经的殖民地了。"

　　"我觉得应该是西班牙本土的。"奥利弗猜测道。

　　"我也觉得,但是我好奇的是最后的'P'代表什么。也许只有一个办法可以准确地找出答案。"

　　"什么办法?"

　　"等一下,咱们还是听听宾高还有什么要说的吧。"

　　"没什么要紧的了,"宾高道。"这条线索到这就断了。我们追踪的其他交易目前都还在进行,包括在维也纳的交易记录清除工作。事实上这条线索倒是满有用的。资金在维也纳只停留几个小时,然后就在脱机状态下消失了,根本不必转移到别的银行,听上去真是够荒谬的。但不管这笔钱最后流向哪里,结果都和'Höchmann'那边一样。说实话这些公司简直是黑客们的噩梦,我的意思是这年头还有什么是不在网上进行的呢?"

"前天你说你手机里有卢克·克劳森的号码,是吗?"泰重复道,然后看着奥利弗。

"应该有。"奥利弗回答,然后翻了番手机通讯录,"嗯,找到了。"

"给他打个电话,"泰告诉奥利弗,然后又对宾高道:"就当以防万一吧,宾高,你或者是你的队友也行,能不能查一下那不勒斯到我们这里的所有港务局,看看两天前有没有'旅行者号'临时停靠的记录?"

"你要跟我打个赌吗?"奥利弗不满道。

"我可不敢抱太大的希望"泰回答。

"卢克·克劳森的电话打通了。"几秒之后奥利弗说道。

"很好,那问吧。"

奥利弗点了点头对着电话问:"在过去的一周内,'旅行者号'有没有可能临时靠岸?"

"临时?"卢克重复道,"'旅行者号'的预定航线我可是记得很清楚,但要说临时靠岸的话,我还真的不知道,要查一下记录才行,不过肯定能找到的。是待会儿我打回来还是你直接等?"

"那就别挂了。"奥利弗回答。

在大家等待卢克和宾高进行确认的这段时间里,泰分析道:"我们都知道核弹头先是离开,现在又回到了那不勒斯,我们也清楚倒卖核弹头的资金准备活动正在进行。菲利普貌似就在直布罗陀等着,但是他为什么要做得这么明显?万一核弹头根本就不在这里呢?甚至你们监视的根本就不是菲利普?如果真的查出'旅行者号'曾经临时靠岸,那么基本上可以肯定核弹头已经被运上岸转移到其他运输工具上了,也许就在离这儿不远的地方等着交易呢。"

"地中海这么大,"伊莎贝拉问道,"你又怎么确定它们在离这儿不远的地方呢?"

　　"大家上一次认认真真,确确实实看到菲利普是什么时候?"泰反问道。"不是从车里,而是就近看。"

　　奥利弗考虑了一会儿:"应该是今天早上他去桑塔尔办公室的时候。"

　　"那应该是他从超越号上离开我们不久,"泰接着分析,"跟我们一起吃早饭的人是菲利普无疑,进他的办公室的也是他本人,但是从办公室里出来然后到港口四处查看的应该是他的替身。"

　　"我们可以进行面部识别。"奥利弗提议。

　　"来不及了,"泰回答道,"最好是能够让地方当局找个借口把他扣住。"

　　"你还没有回答我的问题。"伊莎贝拉提醒道。

　　"为什么核弹头在附近? 因为菲利普就在附近,"泰回答,"而且他是不会冒险带着从超越号上偷的宝石跨境的。"

　　"你的结论仍旧是建立在假设的基础上。你怎么知道是他偷了宝石? 你的记忆要是没出问题就该记得我们是靠潜水艇才逃出生天,我们根本没回'香子兰',更别说地下室了。"

　　"但是菲利普对我起疑了。要不是这样,他又为什么派这些喽啰过来? 正因为起了疑心,他才会采取预防措施。重点是,不要跟我讲那家伙是个不采取任何预防措施的人。"

　　"你说得对!"伊莎贝拉没好气道。

　　"要是你还有疑问,那就直接打菲利普的电话。他的手机现在肯定关机了,也许早在他从伊恩的办公室外消失时就已经关机了。你的直觉早就告诉了你真相,是你自己无法接受而已。我们现在都清楚了,菲利普早就打算好了,现在已经整理好一切,逃之夭夭了。"

　　"安静!"奥利弗突然道,然后对着手机道,"喂。你好,卢克。我还在听。"

奥利弗听着电话,泰和伊莎贝拉在一旁紧盯着他。过了不到一分钟,奥利弗把目光转向两人,道:"虽然公开的航线上面没说,但是你猜对了,旅行者号在从那不勒斯到直布罗陀的航程中推进器出了问题。"

"推进器出了问题。"泰重复了一遍,好像这个理由有多可笑似的。

"这种问题也不是不可能,"奥利弗说道,"只不过没那么巧就是。总之,就跟你猜测的一样,两天前这艘船的确进过港。"

"哪个港?"泰问。

"帕尔玛岛的马略卡港。"奥利弗回答。

"帕尔玛以什么著名?"

"帕尔玛是地中海的维修基地,"奥利弗继续解释,"上面遍布着干船坞和停泊处,造船工和修理工到处都是,杂货商和掮客也都往那挤。确切地说,那里人人都是掮客。你想要的任何小舟或是大船,马略卡上都有卖的或是出租的。"

"的确,"泰肯定道,"你知道它还被叫做什么吗?'移动港口'。"

奥利弗笑了笑:"卢克说岛上没有上货或者卸货的记录。"

"天哪,我就说会这样。"泰惊呼,"以前没有,将来也不会有。不论是一艘船还是许多艘,或者是一条小舟还是许多条,就跟买这些船的钱一样,都不会是明面上的。"

"非常感谢,卢克。"奥利弗对着他说道。

"我们都很感谢你。"泰喊道。他讲得很大声,奥利弗开着扬声器的手机话筒都能收到他的声音。

奥利弗一挂断电话就对大家吩咐道:"我们现在需要空中侦察以及其他设备的支援,要快。"

泰深以为然:"我们现在确实需要。但是在开始搜查前我们更应该弄清楚要找的到底是什么。你们看到仅仅附近的水面上就有多少艘船没有?"

"而且现在的船比平时更多。"奥利弗道。

　　"为什么这么说?"伊莎贝拉不解地问。

　　岛上漂浮着无尽的绿白相间的华盖,在海风中猎猎作响。奥利弗指着那些华盖,示意答案就在那里。

　　"哦,原来是线条先生船展。"从伊莎贝拉的口气中不难听出她之前就来过这里。

　　"总部的每个人都在谈论船展的事,"奥利弗告诉伊莎贝拉,"我们需要放大,但是根本没有镜头,甚至连要放大的目标都找不到。你怎么看,泰?"

　　"即便我们运气好,而且就算我们可以把需要搜查的数量降低到某个值以下,我们仍然要花好几天的时间才能找到我们追踪的船只。我们根本就不能用一艘一艘检查的方法,除非我们用全世界人民的命运做赌注,去赌我们能不能一开始搜查就能找出那三艘携带核弹头的船只。要是运气没那么好,这样做只会惊动菲利普,他会直接悄悄逃走。我们倒是可以隔离直布罗陀港,但问题是我们能保证这些船只真的停在直布罗陀港,而不是阿尔及利亚、突尼斯或者是你能想到的任何地方? 如果我们挨个检查完才发现不在这里,那些船早就朝它们要去的地方驶出十万八千里了。"

　　"或许它们现在哪里都不想去。又或许菲利普想让它们再留一段时间。"伊莎贝拉给出自己的假设。

　　"不可能。"奥利弗否定了她的设想,"它们可是烫手的山芋,而且要购买它们需要的资金数目太大了。"

　　"你说对了,"泰接着道,"现在是菲利普的表演时间,但是最初的剧本可是伊恩策划的。伊恩只是个经纪人,而不是个长期投资者。"

　　"虽然我并不想破坏你这一整天的心情,但是你忘了一种可能性。"奥利弗不无遗憾地表示。

　　"今天早就被破坏了,"泰表示无所谓,"说吧,还有哪种可能性?"

"虽说马略卡以船舶业闻名,但这并不表示他们一定会买船。也许他们买的是飞机。"

　　"这种假设也不是没有道理。"

　　"或许他们没有买飞机,但不得不说这种可能性确实存在。"

　　"多想想好的一面吧,"伊莎贝拉安慰道,"马略卡是座岛屿,我们至少可以排除轿车、货车以及火车的可能性。"

　　"就我看来,"泰继续说,"要是硬要说菲利普有什么缺点的话,那就是他是个完美主义者,受不了一丁点不完美的地方。一旦出现不完美的情况,他本能的就会把事情弄成自己想要的状态。我们要做的就是从根本上破坏他的交易,逼他采取行动。我们自己也要随时保持警惕。"

　　"我们目前能做的也就是这些了。"奥利弗不禁叹道。

　　"不完全是,"泰纠正道,"这些工作必须在接下来的几个小时内完成。"

　　"没问题,"奥利弗保证,"那我们现在就开始吧,你最好给总统打个电话。"

　　"我会在路上打的。"泰回答,"我们美国人同样可以一心多用。"

50

"你好,这里是白宫。"接线员接通泰的电话时回答。

加兰·怀特很快就来到电话旁:"喂,泰。有什么可以帮你的?只要我力所能及,都行。我女儿说事情很紧急。"

"是的,"泰回答,"真的非常紧急,总统先生。"泰深吸一口气,此刻他们坐在一辆皇家海军的路虎中,正朝着海边的造船厂驶去,"请原谅,今天真是太漫长了。"

"你们的事情还没办完? 这就是你要跟我说的?"总统问。

"是的,先生,"泰回答,"从某种意义上说,我们的工作才刚刚开始。"

"欢迎加入政坛。"

"我不适合搞政治。"

"是吗?"加兰·怀特惊叹着,"我还以为你天生就是干这一行的呢。要是我弄错了,那也是你的运气。说重点吧,泰。"

"我想你肯定已经听说了,你的推测很可能是正确的,但是要找到核弹头真的不容易。就算有英国和西班牙海军、第六舰队以及辐射遥感器的协助,我们也不可能在不暴露自己的情况下确定它们的位置。你听说主要合伙人遭到谋杀的事了吧?"

"听说了。"

"肯尼斯博士告诉我你拒绝了放松极客们对桑塔尔和弗罗斯特的银行汇兑进行检查的限制的提议。"

"是的,这种行为不仅不符合规矩,也违反了宪法第四修正案的精神,而且我认为这样做可能会——事实上是一定会——有损国际银行系统的威严,最终的结果是让本就脆弱不堪的世界经济生命垂危。"

"只要我们操作得当就不会产生这种后果。"泰辩解道。

"我知道你在很多方面都很有才能,"总统反驳,"但我不认为经济学和网络战争也在此之列。"

"我的确不懂经济学和网络战争,但爱因斯坦说过'想象力比知识更重要。'"

加兰·怀特笑了起来:"那你是怎么认为的? 现在只有我能帮你,你希望我怎么做?"

泰长长地吐了一口气:"我也不想让你在世界经济和全球城市存亡、人民生命安全之间作出选择,虽然对我来说做这样的选择很容易。"

"别担心,还没到那个地步。我同意你的看法。如果能够保证这些极客们不论使出什么绝招都能奏效的话,我们或许还能险中求胜,但这根本不能保证。实事求是地说,机会渺茫。"

"在我看来,极客就是一群承包商。"泰道。

"共用一个代理人的承包商。"加兰·怀特补充道。

"我希望你能不要把他们想得那么排外,当然,暂时地。"

"那他们还替谁工作?"

"替我,"泰回答,"同时我希望你能告诉在当地的北约各位指挥官,要是奥利弗·莫利纽克斯向他们要求其他更常用的资源时,他们能够按需提供。奥利弗需要快速前进。"

"我答应了。"总统回答。

"那放松对极客们的限制这事儿呢?"

"那要取决于你们打算让他们做什么?"

"总统先生,"泰加重了语气,"你真的想要知道吗?"

加兰·怀特迟疑了:"我首先就要做通肯尼斯的工作,更不要说政府以及其他地方的人,特别是华尔街的。我现在是这样也不对那样也不对,进退两难呀。"

"支持我们是你正确的选择。"泰肯定道。

"你指的是要是你们成功了才算是正确的选择吧。"

"总统先生,也许我的服役记录给了你错误的印象,但我本人极其厌恶战争,要是还有什么比战争更让我讨厌的话,那就是束手束脚地去战斗。这种蠢事我们已经干得够多了。如果我们不让兵工厂内的武器物尽其用,立即行动的话,核弹头就真的要从我们眼前溜走了。"

"比起那些研究所什么,我更相信你。"加兰·怀特诚实地说。

"我们都知道这是一句奉承话。"

"你付钱给他们吗?"

"付现金。"泰回答。

"嗯,钱是你的,随你吧。"

"反正我的钱也是来得快去得也快。"泰无所谓地说。

从路虎上下来就到了造船厂,奥利弗止不住洋洋自得地开始吹嘘。泰暗想那家伙就像《沙漠枭雄》中彼得·奥威尔的现实版。"我会在总部赶上你们的,"奥利弗道,"我要先在这里核实一些东西。我们需要尽可能多地搞到高速巡逻艇和平底充气艇,你去和机场那边报备一下。"

"我们可以做得更好,"泰回答,"这事让海军上将去就行。我需要他准备一些无人驾驶的飞机以便将卫星上的图像实时下载下来。"

"你们之间的谈话很短,"奥利弗问,"你觉得怀特会同意授权所有这一切吗?"

泰换到驾驶员的座位上,然后迅速点头表示同意:"他含蓄地答应了。"

"你已经要求得很过分了。"

"但我们必须得到这项授权,"泰强调,"我父亲以前常常说'有许多错误的方法去做正确的事……"

"'但却没有正确的方法去做错误的事。'"奥利弗插话道,并把格言补充完整。

"后半部分就是弗罗斯特的问题了。"泰接话道。

泰到达的时候贾尔斯·科顿正在打电话。"又见面了，"贾尔斯打招呼道，"不过这次的情况完全不同。"

"是，对此我深表歉意。"泰回答，"对于你的朋友伊恩的离开，我感到非常遗憾。"

贾尔斯·科顿扯了个苍白的微笑："他是我遇到的最有魅力的人，我从未想过他的结局会是这样。"

"他付出的代价。"

"以这种惨烈的方式，"科顿上校感叹，"你到的时候我正在跟北约的最高指挥官通话。"

"真快。"泰道。

"显然你和莫利纽克斯会负责控制事态的进展。在这件事情上，你们俩会是负责人。"

"我们的一切必要行动都会向你报备，"泰辩驳道，"我们会照着指挥系统的规定来。"

"我很高兴你这样说。莫利纽克斯会参与进来我不觉得奇怪，必须得说，你会参与倒是让我吃了一惊。"

"我自己也很吃惊。"

泰跟着海军上将从大厅往下走，进入了凉爽的内室，看到宾高坐在呈新月状排列的两排高低不等的 LED 显示屏前。较高的中间三块屏幕上分别出现了迪莱拉·米拉多、隆蒂·帕特尔和内华达·史密斯的脸。

"不用担心，"奥利弗解释道，"只要不走进这个圆柱形的区域，看，就是地板上用亮黄色标出的地方，他们就看不见你。只有我把音频打开他们才听得到你说话。当然，我很清楚你的声音就跟你那张脸一样

421

出名,但只要你对着这个麦克风讲话,他们就听不出来了。"

"谢谢你,"泰道,"我相信即便他们知道我是谁也一样安全。"

"应该是吧,"宾高回答,"但他们没必要知道。"

"我们现在开始吗?"

"开始倒数,"宾高开始报数,"五、四、三、二、一……灯光、摄像、开始!"

"早上,下午,晚上好,亲爱的姑娘,小伙子们,"三个人的图像开始动起来后,泰继续讲道,"我曾说过,我们的要做的工作无异于大海捞针。我们需要找出,而且要尽快,一个在地中海地区移动的物体——记住,是一个物体,不是人。它有可能是一艘小船或是驳船,也有可能是一架飞机,甚至两者都有;它可能向南走,但并不一定;辐射遥感器或许能够感应到它,但这要取决于它的贮存仓的构造以及上面的货物是怎样堆放的。来吧,孩子们,任何建设性的意见都有钱可以拿。"

"有最小尺寸吗?"内华达·史密斯问道。

"是我的失误,抱歉,"宾高解释道,"它可以装载一个 4 m×2 m×2 m 的条板箱,形象一点,就是一个可以装一架三角钢琴的条板箱。"

"或者是一个核弹头?"迪莱拉·米拉多大胆猜测。

"核弹头的尺寸应该也是差不多的。"宾高赞同道。

"我们不清楚它是从哪个方向来的?"隆蒂·帕特尔也提出了问题。

"我们并不是很确定,两天前它曾在马略卡岛停留过——更确切地说,帕尔玛港。"

"我们可以调出当地的卫星图,看看飞机拍到的画面中有没有练习的船只离开。"

"这个建议不错,"宾高赞道,"内华达,你来负责行不?"

"没问题。"内华达自信满满。

"很好,但剩下的工作就足够把我们给淹了。"迪莱拉很清醒,"而且许多识别都不够精确。咱们虽然可以缩小检查的范围,但是却找不到它,或者说至少不能及时找到。"

"跟我想的一样,"宾高道,"我们要想办法让它按我们的方式来,最少也要打乱它的既定安排。"

"但是要怎么做呢?"泰问道。

"谁在说话?"

"我们的长官,"宾高解释道,"再次道歉,我又忘了自己的礼貌了。"

"好吧,这里,你好。"迪莱拉透过屏幕跟泰打招呼。

"你好。"隆蒂和内华达几乎同时响应。

"他上镜头会害羞吗?"迪莱拉问。

"怕吓到你们,"宾高尽责地扮演者解说员,"他觉得自己很不上镜。"

"少来,我们没那么好骗。"她没好气地说,"用不着编这种理由糊弄人。"

宾高停了下来,直到大家不再纠缠这个问题才又继续问:"谁能回答他的问题?"

"除了货物外,我们对涉及的人员都了解些什么?"

"我们谈论的一直是之前谈论的那个人。"宾高回答。

"菲利普·弗罗斯特还是伊恩·桑塔尔?"隆蒂问道。

"桑塔尔已经死了。"宾高答道。

"你们找到尸体了?"

"尸体已经被烧毁了。"

"你确定?"

"不确定,但是这种假设是有根据的。我们要逼出的人是菲利普·弗罗斯特。"

"这个任务会有多难?"隆蒂追问。

"非常难，"迪莱拉回道，"别忘了，我们的手脚施展不开。"

"现在你们尽管放开手脚。"宾高保证。

"真的？"迪莱拉有些不敢相信，"谁说的？"

"反正现在已经没有限制了。"宾高重复了一遍，借以逃避回答迪莱拉的问题。

"动脑筋想想，肯尼斯给我们设的限制，只有一个人可以取消它们。"内华达·史密斯的语气中透着鄙视的意味。

"咱们还是继续想办法吧。"泰把谈话拉回正题。

"现在情况是这样的，"隆蒂道，"我们可以让人造卫星倒带，下载无人驾驶飞机上的数据。剩下的就像迪莱拉说的那样，完全是我们手到擒来的事，哦，除了把从港口和机场航行日志里挑出的东西添加上去。完成这些工作后……"

"需要多长时间？"泰打断隆蒂的话。

"比你们乐意的时间要长，但是也没你们想象的那么久，"宾高回答，"如果能够得到米德堡和切尔腾纳姆的国家通讯情报局的协助的话。"

隆蒂继续刚才被打断的话："就像我刚才说的，上述工作完成后，我们就可以开始撒饵了。我能单独和那些金融巨鳄们接触一下吗？"

"可以，"泰给予肯定的回答，"好了，现在大家都别再问问题了，该干什么干什么去。"

"太好了。"隆蒂脸上露出耀眼的笑容，感叹道，"这样就可以体验一把抢劫银行的刺激，还不用承担任何后果。"

泰笑了起来："仅仅是对你们而言。"

"哦，我能把那些钱转移到我的账户上吗？想想都令人激动，我的声望将会大大提升，至少在我的账户经理那行得通。"

"冷静，隆蒂，"迪莱拉劝阻道，"这样只会让咱们朋友间相互怀疑。我们的最终目标是让弗罗斯特怀疑他的同伙的同时也要让那些人警惕弗罗斯特,我敢肯定那些家伙的反应一定能刺激弗罗斯特做出咱们预期的行为。而咱们预期的行为对弗罗斯特而言就是危险的行为。一旦计划成功,我们就尽快行动。这样一旦我们占据主动地位,就有足够的施展空间,就能让整个计划开始运行。只有让计划先运行起来,才能逐渐达到我们想要的结果。宾高,你有办法搞到咱们刚刚玩的 CVP 测试版,对吗?"

"怎么可能没有?"宾高自信满满地反问,"那是我写的。"

"就跟大多数的作家一样,你非常满意自己的作品,不是吗?"内华达玩笑道。

"不,并不总是这样,但是在这个问题上是的。该死的,是的。我很中意自己的 CVP 测试版。那你告诉我有什么银行办公软件比我的更好。如果真的还有谁知道的话,那就只有你了。"

泰自己哈哈笑了起来。他越听这些极客们聊天,就越觉得他们像某些电影演员。"CVP 测试版到底是什么?"他问道。

"它是面部识别软件和自动成像技术的混合衍生物。它能够发现某种运动模式,而不是图像或表格。一旦建立相应的模式,它就能开始寻找偏离该模式的行为,尤其是那些令人费解的偏离。比方说你沿着一条西北偏北的街道走了两个街区,然后突然转向东方,这时候对 CVP,就是特征变化程序,就会筛选出你此时的行为。"

"而且很明显,"迪莱拉补充道,"它能带给你一种全新的刺激感受,它的乐趣将会是你从未体验过的。"

"我们能不能别再纠结这个?"宾高已经听得不耐烦了。

"难道要半途而废?"内华达不死心。

"那样正好,"宾高说完就转向泰,"如果走路的只有你一个人,那没什么大不了的。但是假如我们要在一大群行为无法预测的人中找出一个男人或女人,那完全是另一码事。比如说你在上海,要从外滩去浦东。现在问题来了,从上海外滩到浦东有上百条线路,许多还是 Z 字形的。程序清楚所有的线路，所以不论你是选择这条路还是那条路，或者是在两条不同的线路中间换来换去，程序也不会将你筛选出来。但是不管你要去哪里，一旦你走的时间足够长让 CVP 能认定你将前往的地方，那么，如果你是在某处转身，或者是去另一个地方，抑或是明显改变你的前进速度，程序都会把你挑出来。这与你被认定为是右撇子，但是你用左手拿笔，一样的道理。"

泰考虑了一下整个计划，问道："你的意思是用一种程序来让他起疑，然后用另一种程序来监视他？"

"两种同时进行，"迪莱拉回答，"不过就是将一种镜头叠加到另一种镜头上去罢了，然后再分析两组数据的交叉区间，看看我们到底收集到些什么。"

"我们对和弗罗斯特交易的人了解多少？"泰问。

"也仅限于几个字母，"宾高解释道，"大体上讲我们在网上找不到他们的真实姓名，而且我们也不清楚他们什么时候会用真实姓名。从最重要的信息到细枝末节，我们能查到的只有中间人。我们一直都在怀疑，然后随着时间的流逝肯定或者否定我们的怀疑，但是不管这些人是谁，他们不过是中间人，把危险品传送到真正危险的人手上。他们的名字很普通，也许连桑塔尔都没有直接和他们交易过，这对双方来讲都太危险了。不过弗罗斯特的代理人更像是中间人，就是对冲基金里面买进卖出的那种类型。他们玩弄的不是几个妓女，而是全世界。"

"我们还有一件事没有讨论。"泰提醒道。

"几率问题。"内华达迅速回答。

"你说得对，"泰道，"你们有没有想过，这样的网络搜查成功的几率有多大？"

"这怎么可能？我们现在处于一个全新的领域，"隆蒂回答，"在这个领域里完全没有前人的经验可以借鉴，这种情况下根本不可能得出你说的那种结论。"

"我就知道你会这样说。"

"这仍然是我们的最佳机会。"宾高道。

"我们早就已经没有时间来重新考虑这个问题了，"泰严肃地说，"你们都知道那条军事准则吧，'没有任何的战斗计划能在遇敌后继续执行。'所以现在就要靠你们和运气了。"

宾高笑了："你在哪里运气就在哪里。"

51

菲利普做好了准备。男人到了他这个年纪,难免要作出一些重大决定,但他还未曾遇到一天内要作出这么多生死攸关的抉择的情况。现在要判定他的选择到底是深思熟虑还是莽撞还为时过早,但随着夏日午后的延长,他感受到了决战来临前的刺激和有一种难以名状的恐惧。海面上停着两艘拖网渔船,菲利普坐在其中一艘的驾驶舱里。这两条船经过了伊恩的批准,停在马略卡修理。此刻他的面前摆放着一台十七寸屏的索尼 VAIO 笔记本电脑,屏幕亮着,被划分成不同的区块,上面显示着各种图表,看上去就像彭博机械的电脑主屏幕。但与彭博机械的图表不同,这些图表表示的运行代表了高度机密的信息。实际上,它们代表着菲利普正在进行的无数电汇的时间和金额,并保证这些电汇能够有序进行。菲利普生性多疑,而他目前的生活和未来都危险重重,因此他格外害怕被暗算。菲利普希望一切都能按计划进行,就像 $y = f(x)$ 这个计算式两边的变量一样,而一旦出现计划外的情况,他就能收到预警从而调整整个计划以避开这些变化。

到目前为止,这种预期中的预警还没有出现。但四十七分钟之前,屏幕中的一个区块出现了三十秒的停滞。菲利普告诉自己是传输或者接收出了问题,而且毕竟他们在海上,信号不好也是有可能的。但一想到问题可能不是出在上述的两个方面,菲利普就无比担忧。

尽管天气预报说晚上会产生恶劣的天气变化,但此刻的地中海一片风平浪静。鉴于这个原因,菲利普打算将计划提前,提早起航。计划做得非常仔细,考虑到了所有的可能性。两条渔船都经过了风浪的检验,牢固无比。在这个时候更改这样一份复杂的计划有可能会引发一些未知因素。对他而言,即在资金到位的前一秒发现自己离阿拉伯比离欧洲近都是一种冒险,是一种对人类天性的狂热挑战,而只有傻子才会那样干。

电脑显示交易正顺利进行,大量资金正以无数小额,看上去合理合法的方式流向他的账户,因此菲利普决定按照既定路线前进。根据自己的计划作出的安排让他感到非常得意,现在总额的三分之一已经转到他的账户上,第二个三分之一存放在他位于各个银行的保险箱内。一旦核弹头经过了标记为中点的位置,即北纬35.575 242度,这笔钱就会转到他的银行账户内;而一旦在规定的时间内因某一原因核弹头未能经过中点,那么这笔钱就会退还给买家。当核弹头通过检查,成功转手后,最后的三分之一将会立即由相同或相似的保险箱内转到菲利普的账户上,而转账所需的密码早已提供给了买家。

这时格外明亮的西边的天空吸引了他的注意,让他的思绪不由自主地飘到了大西洋及其对面的华盛顿上。他很好奇政府会对此做出何种反应——事实上,如果政府会有所反应的话。美国的安全部门也许很快就能发现问题,也可能要很久才知道发生了什么事。即便他们能够发现问题,也需要花更多的时间穿过欧洲到刻赤海峡来追查这批武器,到那个时候也许才会怀疑到他身上,更可能的是,当局也许还要寻求他的帮助,不得不说这是个天大的讽刺。菲利普自信他的机智、魅力和名声足够让他安抚前来寻求帮助的任何人,到那时他就能够通过从他们那儿得到的消息让自己完全摆脱嫌疑,因此不论结局怎样,他都已经做好准备。

他会怀念超越号吗? 在某种意义上,他估计自己会,就像人都会为丢失的奢侈品而哀叹,但是他并未打算以后常驻海上或是不断地热情邀约,举办邮轮晚会,他的内心更加自我,更加自私,对逻辑有一种冷静的坚持,或许比伊恩更加理性。关于住在哪里的问题,他或许会选择瑞士,因为瑞士是世界上最井然有序的国家;他也可能在德国东部的某地买下房产,如果那里的原始森林看上去足够整齐的话。

他的手机响了。和往常一样,手机是崭新的,只用很短一段时间。他知道电话是安德烈打来的,只有他知道号码。"喂?"菲利普接起电话。

"不知道你听说了没,桑塔尔先生生前的办公室起火了,真是令人悲伤。"安德烈说着自己得到的消息。

"没有,"菲利普回答,他的声音听上去很吃惊,"现在才知道。什么时候的事?"

"就在不久前,"安德烈温柔地回答,"我是听看到浓烟的人说的,当时的第一反应就是运气太差了。然后我就想是不是有人想要报复他。"

"看起来是这样的。"说完,菲利普又赶紧表示自己的担心,"有人受伤吗?"

"有没有员工受伤我不太清楚,"安德烈回答,"你可以放心,你的朋友卡维尔小姐和那个演员——他叫什么来着?"

"泰·亨特。"菲利普说出这个名字,拼命掩盖自己语气中不断出现的恼怒。

"对,就是这个。不论如何,他们非常幸运地逃了出来。不知道他们去那里干什么,但是据告诉我的那个人讲,他们能够逃出来真的是靠胆大。显然他们拽着那些旧炮位上的绳子直到获救,我敢肯定这次的火灾会上电视。"

"他们也许是去找我的,"菲利普告诉他,"我一直在尽力帮助伊莎贝拉。"

"知道你们俩关系不一般,所以我猜你会急着知道。"

"我的确曾经跟她关系不一般,"菲利普纠正道,假装自己十分悲伤,"但我不知道自己现在还是不是,这得由她决定。谢谢你告诉我,我很遗憾,但现在已经好多了。"

"你太客气了。"

"对了,你最近怎么样?"菲利普貌似现在才想起来。

"根据计划按部就班呗。"安德烈感叹,"还不是就那样,反正跟其他人一样都要死的,不过还是想得到一丁点乐趣。"

"嗯,是这样。你只注意乐趣就好。"菲利普建议,随后就挂断了电话。这个状况是他没有预料到的,但是他已经为此做好准备。要是最终他直接面对伊莎贝拉的话,那他就编个故事打发她。他接到她的电话也没法主动联系她,因为企图绑架她和泰的那群斯拉夫人绑架了他。他并不清楚那群人为谁卖命,但一个人做到伊恩的位置肯定会树敌,这不是什么秘密,伊恩不可能了解他的每一个敌人。至于泰的话,他就用恭维话敷衍他和他的疑问,如果泰有任何疑问的话。一个演员又不是寓言家,哪来那么多充满想象力的故事? 他越是这样想,就越觉得自己的策略会成功。到最后伊莎贝拉还是欧洲人,菲利普和她才是同一国的,而泰就像彗星一样,虽然璀璨,但却短暂易逝,是另一国的。泰的脸蛋和身材也许会让人迷恋,但是仅存在于年轻女孩子的美梦里,不适合迈入婚姻的殿堂。

菲利普细细体味了一下这些令人振奋的想法,想着船驶过的平静海面上不仅潜藏着危机,也潜藏着机会。直到他的眼角扫到屏幕上的异常动作,菲利普才把全部注意力转回到手上的交易上来。

笔记本电脑上显示的一项运行停止了。他紧紧地盯着屏幕看,好像他的目光能够纠正目前的情况,但这项运行非但没有恢复正常,反而开始倒退。这到底是意味着资金在从他的账户流走呢,还是说正在进行第三方托管直到第二笔以及最后一笔资金到位? 他不知道,只好全神贯注盯着电脑。接着又停止运行,然后又开始倒退。他右击触摸板上 x 轴和 y 轴相交的直角顶点时,一个绿色的按钮飞速逆时针旋转,他担心这恐怕代表着他的资金要流走了。接着按钮停了下来,又迅速正方向旋转,好像想要停下来,然后突然黑屏了,晃动一下后,屏幕重新亮起来,恢复了之前的正常运行,菲利普大大松了一口气。

还没等菲利普完全放松下来,另一块显示不同运行的屏幕突然抖动起来,屏幕上显示的交易速度急速增加,紧接着完全停了下来。

这种状况一直持续了十分钟。

菲利普压下自己的烦躁,站起来告诉船长:"我去呼吸一下新鲜空气。"船长是个面色阴沉的斯拉夫雇佣兵,在北海算得上老手了,现在仍跟着菲利普。

等到他回到驾驶舱,发现电脑显示屏上没有任何变化,心中的石头总算落了地。但紧接着运行的程序一个接一个,毫无规律地都开始出问题,要么抖动,要么快速前进,要么急速混乱地倒退。他降低程序的速度,打开谷歌,但是后者非常稳定,接着他又打开金融时报的页面,同样是稳定的。菲利普心想,不是软件就是驱动程序出了问题,某人——阿尔·多萨里双胞胎中的一人或两人,也许是阿瓦德,也许是某个没道德的银行家,最糟糕的也许就是政府——在玩弄他的账户。他不得不联想到这样的可能性,而且必须迅速采取应对方法。

他立即拿起手机拨通了安德烈的电话:"现在是时候把狗放出来了。"

"它还没接到命令。你确定?"

"相信我。你要是现在不把它放出来就等着它给你惹麻烦吧。"

菲利普一挂断电话,安德烈就在手机里输入一串号码。这串号码能够激活一个只有一半放进出线箱内的小型发动机。出线箱是安德烈前一天放在一架停放在直布罗陀机场停机坪的空客 330 货机的货仓内的。接着他又打电话给已经在伊恩·桑塔尔办公室上方的走廊中就位的斯拉夫雇佣兵团团长:"波坦金夫人在吗?"他用双方事先约定的暗号问。

"恐怕她现在不在,"声音沙哑的雇佣兵回答,"但她知道你要打电话来。"

"那我十五分钟后再打来?"

"行,那样正好。"

52

　　"那狗娘养的神经顽固得跟钛一样,现在该让他尝尝厉害了,"隆蒂·帕特尔嚷道,"我们已经让他的神经绷了一个多小时,他还一点反应都没有。我就不信这个邪。"

　　"或许他根本不像表现出来的这么镇定,不过 CVP 检测不到罢了。"泰提出不同的可能性。

　　"我不确定他现在在想什么。"迪莱拉这边也并非一帆风顺。

　　"应该是某种运行程序,"内华达·史密斯的语气听起来相当自信,"我敢肯定他没咱们这样的本事,因为,至少据我所知,除了我们还真没有别人会。所以说他不可能看懂这些从各个金融机构传回的数据并且破译它们的密码。现在他唯一靠得住的就是他可以登入自己的账户,像在新基金里的以及其他的匿名账户,注意账户上的余额,而且根据某些运算法则,他还可以关注一些往里面存钱的人的习惯。要我说,我们只有孤注一掷了。要是我们不能成功引起他的怀疑并且让他对此有所反应,那还不如直接让他知道有人在玩儿他。"

　　"你是指把所有的东西都拿走?"隆蒂双手赞成,"这样肯定能达到目的。"

　　"事实上,你们现在计划得越多越不可能实施。"内华达泼冷水,"这钱我们不能拿。拿了,咱们就成了贼。不管是哪里出了问题,但最终这些程序肯定会出卖我们。还有一点就是我们根本圆不了这个谎。"

　　"虽说挺令人遗憾的,但情况确实如此。"隆蒂回答,"那钱又该放哪里?"

　　"存进宾高的活期账户里。"迪莱拉提议。

"这不公平，"隆蒂抱怨道，"放在我的账户里有用多了。"

"现在的问题是，恐怕弗罗斯特根本不把你们放在眼里，"迪莱拉毫不留情地打击两人的积极性，"他不放心的是那些把钱给他的人。"

"那就行动吧。"隆蒂勉强同意。

宾高还没来得及回答，科顿上将就从办公室侧门边走了出来。他一边上前一边招呼宾高和泰走向他。"我们有头绪了。"他悄声道，"直布罗陀机场的辐射遥感器在一架货机上发现了一些东西。"

"我马上过去。"泰赶紧回答。

"不用着急，"贾尔斯·科顿道，"让危险品处理队的人先去看一看。这会儿警方和军方都拉了警戒线，所有的飞机都停飞了。"

"你要我们拖延时间?"宾高问。

贾尔斯·科顿道望着泰不语。

当宾高回到摄像机的镜头中时，泰跟着贾尔斯·科顿道走到走廊里。"那货机是不是要起飞了?"

"没。"上将回答，"这才令人吃惊，不是吗?"

"除非弗罗斯特跟我们玩障眼法。奥利弗知道吗?"

"他知道。我来找你之前把情况都跟他说了，在收到危险品处理队的电话前，他都会在忙着组织特战队。"

"那要多久才能收到处理队的回复?"泰追问。

"应该用不了很久。事实上，我们等的也许就是这个回答。"贾尔斯·科顿道回答，边让泰注意急速走过来的海军副官。

有问题的那架飞机已经在不侵占皇家空军地盘的情况下尽可能停在离民用停机坪足够远的地方。空军警察特别任务队和当地警方包围了这家飞机，他们开来的汽车则像指南针表盘上的点一样形成一个圆形区域将飞机围了起来，中间留出足够的安全距离。只有危险品处理队乘坐的汽车才被允许进入该区域。汽车停在了机翼处，从里面走出四个穿着最高级核生化防护服的队员。最后一人迅速取来一架别的飞机丢弃的便携式梯子，将梯子延伸至 50 米，直到伸进禁止通行的跑道内停着的空中巴士的舱门前。安置好后，其他队员跟他一起往上爬。他刚刚拉开了嵌入式的舱门把手，然后开始逆时针方向旋转门把。这时一声激烈的射击反弹在远处响起，既不清楚是什么发出的声音也不知道从哪里发出。接着响起第二声，第三声，第四声一直到第五声。第一枪是一把 7.62×51 毫米口径的黑克勒—科赫公司制的 PSG1 狙击枪射出的，击中了门边的队员的右肩；第三枪击中了离梯子底部一步之遥的一名队员，大家跑去寻找掩蔽物时，子弹射入了他的颈根处，他很快就死了。

"见鬼。到底出了什么事？"当副官告诉他是狙击手开的枪时，科顿上校怒吼道，"他们到底知不知道子弹是从哪来的？"

"时间太紧，来不及取证。"副官回答。

"我知道，知道。"

外面响起了尖锐的汽笛声，直穿透了北约的山顶堡垒。

"希望我们的疑问能够得到解答。"科顿上将大声宣布，"最好是有人能够抓住莫利纽克斯。"

"当然，"泰回答，"但这样恐怕不能解答全部的问题。你既然拥有核弹头，为什么要把它们藏在一个受到严密监视，即便是在最好的情况下也难以进入的跑道上？要知道一旦你在降落和起飞的过程中引起一点点的怀疑，就会被驻军包围。"

"因为这是这一区域内唯一的停机场所。你用飞机把它们运回来，又准备用飞机把它们运走。我们现在讨论的并非是长期存储方式。"

"有这个可能，"泰承认，"但就是说服不了我。"

"那我问你，"科顿上将继续道，"假设你用飞机将它们进口回来，那你为什么会冒险让它们先走陆路，再走海路？"

泰顿了顿，道："我不会。"

"狙击手还在开枪吗?"科顿问自己的副官。副官立即把自己的手机从皮带里拔出来,重复科顿的问题。

"没,"副官回复道,"机场现在已经封闭。"

"早就该封了。"上将激动得直吼,"一共开了多少枪? 有没有人知道?"

"五枪。"副官回答。

"到目前为止。"贾尔斯·科顿道补充道。

"他为什么开五枪后就停了呢?"泰大声说出自己的疑问。

"你问我?"

"如果他想阻止我们搜查,即便是暂时阻止,他——或者他们,应该开更多枪才对。"

"他们最多也只能暂时阻止我们搜查。"科顿上将的回答经过了深思熟虑,从他的表情不难看出他很赞同泰的观点,"要想占领整个机场起码得派一支部队来。"

"是的,先生。还要加上海军和空军的帮助。"

"你认为这是分散我们的注意力。"

"有可能,但要让一架飞机在没有驾驶员的情况下起飞是不可能的,所以我们还有时间。"

"除非枪战继续进行。"上将同意道,"但现在很难找出那些混蛋在何处藏身。"

"也没那么难。"泰不以为然,"你去过伊恩·桑塔尔的办公室吧?"

"嗯,去过。"

"你知道我今天早些时候在那儿。"泰笑笑道,"当时我从他的书桌后面的窗户观察了一下机场。我听说山里到处都是通道,有好些是大围攻时期留下来的。我意识到它们离外界很近,但我们都知道这只是理论上的。狙击手可以从伊恩的办公室或者其他入口沿着岩山上下,到达自己满意的狙击地点。在这里,别人看不见他,也打不到他,更不用担心他的弹壳飞了多远。他完全可以在其他人注意到这些通道和炮位之前逃走。如果他不磨磨蹭蹭的话,还可以选择多条逃跑线路。"

贾尔斯·科顿道点头表示同意:"你讲的都有可能,但如果他们的目的是分散我们的注意力,那辐射遥感器的感应又怎么说?"

泰耸了耸肩:"你的猜测也很有道理。最终我们总会发现真相的,但得等到他们将整个现场保护起来,在上面搭起了帐篷,还派了部队来守卫,这起码得花一个小时,很可能远不止一个小时。"

"很抱歉打断你们,上将先生。"伊莎贝拉说着走到宾高办公室外的走廊里,"宾高在找泰,他说有急事。"

"我跟你们一起去。"贾尔斯·科顿道。

"告诉你们一个大新闻,"宾高玩笑道,"陈宾高先生得了诺贝尔奖了。"

"诺贝尔奖里没有计算机科学这个奖项。"内华达·史密斯插了一句。

"数学也没有。"迪莱拉·米拉多作补充。

"而且这并不是真正的物理。"隆蒂·帕特尔也掬一把同情之泪。

"那么就是和平奖,"宾高说道,"他们该给我颁诺贝尔和平奖。看这里!屏幕中部的下方是1 080p分辨率的直布罗陀附近海域的实时卫星图,从西班牙海岸向外延伸六海里,向北直达马拉加,向西直达塔里法及其海峡,包括阿尔赫西拉斯湾。我在上面装置了能够很快让我拿大奖,挣大钱的CVP过滤器。CVP的特点之一就是能够显示时间轴。现在你们看到的这项功能能够记录开始操作时撒出的钓饵。时间轴下方的图像总是和时间轴对应的。现在咱们来试一下吧。"

泰盯着屏幕,脑海中不由浮现出以前他们电影内部放映后剧组举行小组讨论的情形。

"现在海上的交通很拥挤,"宾高继续说,"想想也是,炎炎夏日里为何不去海边度过美好的一天呢？看这里，我们开始行动时地中海的一角看上去就是这个样子。我们戏弄了一下对手，但屏幕上没有任何变化。纠正一下，有一艘船的确突然改变航向，但是它的运载量在我们设定的最小运载量以下，而那艘船之所以要返航是因为耗尽了汽油。"

"你跟踪它了？"伊莎贝拉对于宾高知道这么多细节感到好奇。

"这就是卫星的事了，"宾高道，"后来我们继续行动，努力让咱们的这个小玩笑有所收获。之后我们又等了一段时间，希望对手有所行动，但是仍旧没有反应。很显然我们的刺激还不够。接下来我们是不是得给他们搔搔痒，再添点麻烦？而且这次我们聪明多了，也更有耐心，但是还不够。要说我有什么后见之明的话，那就是我们做得还不够。还记得那个古老的问题：怎样给豹猫搔痒？答案是：多挠挠它的乳头。"

伊莎贝拉翻了个白眼："你讲得太过了，宾高。"

"一个小时之前我们就卡在这里，五十分钟以前，我们仍旧没有任何进展。要么就是弗罗斯特根本没有注意到发生了什么事，但在这种情况下我认为这是不可能的事，要么就是弗罗斯特这人太能克制自己的情绪，简直世界第一。"

"你猜对了。"泰感叹。

"注意看你们接下来将要看到的，这是几分钟之前的画面。我们发出了一个信号，而且确信这个信号能够让弗罗斯特清醒过来。信号已经发出去了，现在他的钱除了他隐瞒的部分以及脱机取走的部分，全都不见了，新基金积累的全部资金都已清除完毕，他完全搞不清发生了什么。所以说，一般人跟流氓玩，赢的往往是流氓。他现在要想是汇款的人把钱收回去了还是别的人干的？是怎样进行的？不论是哪种情况，反正他的脑袋要受罪了。弗罗斯特是个喜欢按部就班的人，在没有弄清楚发生了什么事以及原因之前他是不会采取下一步的。你们可以看到，现在的地中海就像一个挤满玩具的浴缸，海面是熙熙攘攘的全是船,有开着船兜风的,有钓鱼的,还有划水的。这种情况下 CVP 识别起来就更困难了,唉,但也不是完全不可能。"

"能切换到追踪画面吗,宾高?"泰问道。

"我正准备呢,"宾高回答。"信号发出五分钟后,表面上看起来有成千上万艘船,但只有五十四艘的速度和方向发生了可识别的变化,其中五十二艘可以忽略,因为他们的运载量达不到运送核弹头的级别。剩下的两艘是渔船,可以看到它们正向屏幕的右边驶去,就是荧光绿的这个。锁定之后再倒回去看一下卫星直播,我们就可以追溯到它们从哪来,当然是马略卡,前天出发的。"

"它们现在在哪?"泰问。

"应该在从直布罗陀到休达的路上,行驶了不到三分之一,但是这会儿它们没有继续前进,要么停了下来,要么就在往回走。"

泰笑了笑。他不得不对宾高的程序献上由衷的敬意,不仅为他的天才,也为他迂回曲折的本事。这种迂回曲折更像是伊恩或者菲利普的本性,而不是他的。重要的是结果,而非考虑问题的方式,他们的目的不同,因而陈宾高和那两者是完全不同的人。泰的黑莓手机震动时他还沉浸在这个事实带给他的讽刺中。他看了看黑色的屏幕上那明亮的字体,在其他人惊讶的目光中,立即接通了电话。

"你好,"泰问候道。

"请问是泰·亨特先生吗?"

"是的。"

"我是白宫接线员,请稍等,总统有话和你说。"

"很显然我并不知道,或者说你并不明白我到底默许了什么。"电话那头传来了加兰·怀特的怒吼。

"我很抱歉,先生。"

"现在外面到处都在传,要迅速弄到现金,支撑国际银行系统的技术体系已经被攻破摧毁了。"

"真的?"泰戏剧化地不动声色,"我倒没听说。前几个小时里我都在考虑其他事情。"

"我们的财政部长没听说,其他国家的财政大臣也不清楚,他们甚至现在都还没弄明白到底出了什么事,乍一看似乎是高科技窃贼在入侵一家小型的瑞士银行时,发出指令,让所有的瑞士银行把账户上的所有余额转移到一个在孟买的账户上。我没跟你开玩笑。"

泰呵呵直笑:"听上去像是短路了。"

"最好是那样,"加兰·怀特喘口气接着问,"你的搜查有什么进展没?"

"嗯,但说来话就长了,"泰回答,"我现在没有时间跟你细说,如果大家还想要一个美好的结局的话。"

"明白,"加兰·怀特叹了口气,"泰,你要确定咱们能有一个美好的结局,结束的时候记得给我打电话。"

泰挂断电话,立即转向宾高,道:"你现在必须要按下清零键。"

"要是我能那样做,一切就回到原点了,你知道的。弗罗斯特会以为这只是某种系统错误,那会他肯定会执行他的既定计划。"

"他会这样想的,"泰回答,"用不了多久。"

"为什么这样讲?"

"因为现在整个国际银行系统已经崩溃,这毫无疑问会成为当前新闻的头版头条。显然隆蒂不仅动了弗罗斯特的资金,他把全部瑞士银行的账户都清空了。

"天哪,"宾高惊叫,"你认为你需要多长时间?"

"我怎么可能知道?"泰反问。

"问得好,"宾高回答,"假如我再拖延两个小时呢?"

"你们能在恢复其他人的资金的同时留下弗罗斯特的吗?"

"能不能? 当然能。我们可以让秘鲁一夜暴富,也可以让瑞士破产,你已经见识过我们的能耐了。但如果我们那样干的话,弗罗斯特很可能听到风声,设想也许他的账户接下来就会恢复,然后继续自己的计划。"

泰考虑了这种情况,道:"两个小时。我也不清楚他要多久才能发现,但是一旦他发现自己的钱被转移到了哪里,他就会明白发生的一切并不是由于同伙的背叛。当然,他或许会杀了隆蒂。"

"那我们就让他蒙在鼓里。"

"更确切地说我们要把他放进鼓里。"泰更正,"再见,宾高,我得走了。"

宾高和泰握手告别。"隆蒂,"他过了几秒才道,"你热心过头了,知道吗?"

"当然,那是个错误,"隆蒂辩解道,"但不是我一个人犯的。谁知道瑞士银行会在前一个晚上重新编码他们的前缀?我指的是所有的账户都带有新基金的前缀,而不是瑞士的。"

"不管怎么说,结果不是那么美好。"宾高严厉批评道。

"别用这种语气跟我讲话,拜托,"隆蒂反驳,"怎么说我现在也是一个非常,非常,非常有钱的人。"

53

　　"你确定你想这样做吗?"科顿上将问。这时泰刚登上一艘停在船坞内的高速巡逻艇。奥利弗坐在旁边一艘同样的巡逻艇内指挥,另外还有四艘艇,每艘艇内配有二十名海军军士,一架机关枪以及一台 M79 枪榴弹发射器。此外同行的还有六艘平底充气艇,每艘上坐着六名海军军士,都做好了从滨港起航的准备。

　　"我已经这样干过了。"泰告诉他。

　　"我不是指在电影里面。"

　　"我也不是,而且那时形势比这个危急多了。"

　　"他在说什么?"贾尔斯·科顿问站在他旁边的伊莎贝拉。

　　"我也不懂。"她回答。

　　奥利弗对着手机说话:"一旦发现渔船,我们就在各自的位置上准备,然后同时向前冲,记住,要同时进攻。"

　　"这两艘渔船看上去大小差不多,你要哪一艘?"

　　"随便,"奥利弗回答,"那就第一艘吧。重点是要包围它们,让它们插翅难逃,但如果没有必要尽量不要开枪,我们不能确定货物到底在哪里。"

　　"要引爆这种武器可不是一枪就能办到的。"泰不以为然。

　　"你当然这样想,但我可不敢尝试。"

　　东边的天空铺满了灿烂的云彩,幽蓝的海水在云朵的映照下闪耀着黄宝石般的光芒。前方的海峡尽头就是腓尼基人想象中未知世界的起点,阳光在翻滚的波浪和荡漾的涟漪上起舞,在游客的摩托艇、帆船,兴致高昂的游轮、渔舟以及各色驳船和渡船上跳跃,无数涌动的船只让这片海域在炎炎夏日中透出一股生活的安宁来。

按照奥利弗的指示,突击队的船只一只只先后从港口出发,然后在离港几海里的地方集合。它们松散地排列在海面上,接着分成相等的两个小组。前方的突击队由泰领导,比另一支突击队多用了十八分钟以对第二艘渔船形成包围之势。而在他们前进的同时,奥利弗麾下的三艘巡逻艇和三艘平底充气艇则尽量做出在海面上随意滑动的假象。两艘渔船都是蓝色船体白色甲板,但较远的那艘要长上几米,而且它的驾驶舱的顶部并非滴水嘴兽,而是一个尖锐的锈迹斑驳的红色椎体。

当泰从奥利弗所处的位置开始前进时,奥利弗率领的船队随即集结成了一支战斗力惊人的队伍,而此刻的菲利普则待在驾驶舱的中间,双眼紧盯着电脑屏幕。当那个在渔船上做船长的斯拉夫雇佣兵靠近他时,菲利普像往常一样挥手示意他离开,但这次船长很坚持。"什么事?"菲利普问。

"机密。"船长解释道。

"继续。"

"你让我确认我们在地面上有眼线。"

"是,不过昨天的事。你认为我记不住吗?"菲利普的语气听上去并不是那么高兴。

"不,当然不是。"

"你说过你跟一个杂货店老板攀上了交情。"

"是的,他刚刚打电话来了。"

"他说什么了?"菲利普问。

"海军下水了。"

"海军常常在海里。这就是它的意义。"菲利普刻意加重了"常常"二字。

"但是这次,那个杂货商说,他们的行动方式让他想起了突击队。"

"知道了。真是再怎么谨慎都不为过。"菲利普道,"目前这不是我

443

们该担心的事，但我有事让你去做：发动载驳船。要确保上面配置有GPS转发器，跟船的必须是游泳好手。"

"他们都是游泳好手。"船长回答。

"还必须是谨慎的人，因为根据我的经验，"菲利普嘱咐，"淹死的常常是会水之人。他们都太自信，总想着凭运气。"

"了解。"

"如有必要，我会找他。我的意思是他可以尽可能走远一点，但不要太远。"

"就这样办。"船长确定道。

"就这样办，"菲利普确认，"我会通知安德烈的。"

事实上菲利普当即就明白了杂货商的话意味着什么，这正是他最担心的，也是他花了大工夫想要避免的状况。一种对失败的预感和沮丧缠住了菲利普，他很清楚如果就此屈服，就只有毁灭一途，所以他拼命挣扎，想办法从这个突然困住自己的网中挣脱，逃离。即使到了现在，他仍旧是一个现实主义者。他已经不能再理所当然地依靠那些巨额利润。现在他不再是社会的精英，而是人们追捕的对象，全世界的情报机构以及他们的对手——那些被他坑过的独裁者和中间人，都将他当成一个值大价钱的猎物。相比关心这一切是如何发生的，他更关注这个事实本身。他已经没有时间去后悔或者追忆往事，他必须主动采取攻势。他再次告诉自己，换了其他人在其他的时间和地点早就被捕了，但是只要有足够的机智他就能逃离这样的命运，并且最终以胜利者的姿态活下来。

八分钟后，奥利弗乘坐的巡逻艇名义上的指挥——副官，通过所有船只都必须收听的紧急频道——超高频十六频道，下达了最后通牒。"天堂号，请注意，"副官用他那华丽庄重的威尔士英语喊道，"我们是皇家海军'拥护者'号，现在离开右舷，关闭发动机。我们即将登船。"

安德烈目不转睛地看着自己正在阅读的那本小书，对副官的命令

444

置若罔闻。书名叫做《里维埃拉——冉冉上升的蓝色海岸》。"全速前进。"他向船长下达命令。

船长难以置信地望着他。远处一艘美国驱逐舰正缓缓驶来，在南方的天幕和北非海岸之间只透出一个移动的轮廓，但却给人以沉重的感觉。此刻海军正准备抓捕船上的人员，这艘驱逐舰并未参与其中，但离得足够近，相信如有必要，它会毫不犹豫协同作战。

"天堂号，关闭你们的发动机。"副官重复道。

同时一个更为尖锐的声音透过十六频道穿了出来："吉萨贝尔号，我们是皇家海军'勇气号'，关闭发动机，我们即将登船。"

几分钟内两艘渔船就都被高速巡逻艇和充气艇包围了，这些船只如同系好的死结般平稳地向它们逼近。

安德烈仍旧待在驾驶舱里。

"天堂号，重复一遍，关闭你们的发动机。"来自威尔士的副官命令着，仍旧没有回应，因此他命令对着天空开一枪。

安德烈毫无理由地相信他们可以逃脱英国海军及其率领的军队，因此天堂号渔船继续前进。直到突击队包围了渔船，在船头开枪并逐渐靠近船尾，船长才减缓速度。他的主人无声地表示反对，但他已经顾不了这么多，只能熄灭发动机。雇佣兵水手们以及船长慢慢走到宽阔的甲板上，张开双手，举过双肩，作出投降了的姿势。奥利弗带着一队人钻进船舱，很快就发现被盗的三枚核弹头中的一枚就静静地躺在内杠中，应该是从刻赤海峡附近的安置地被盗开始就一直存放在这里。直到回到驾驶舱奥利弗才看到安德烈，他正坐在桌子旁，桌上放着一瓶剩余将近半公升的苏联红牌伏特加，旁边还摆放着他的书和一本一看就经过多次翻阅的《拉鲁斯法语词典》——他最近正努力研究这本词典，希望能够提高自己的法语水平，还有一本圣特罗佩的房地产代理商最新发放的豪华宣传册。他的左手紧紧握着自己的马卡洛夫手枪，枪口直指奥利弗，道："把武器放到地上。"由于从前一晚开始就有些咳嗽，

445

他的声音听上去很嘶哑。

奥利弗站在船舱的另一头打量着安德烈。这个人的结局已经再明显不过，没什么盼头的人属于最危险的一类人。奥利弗小心地把枪放到地板上。

"现在把它踢走。"

奥利弗按照指示将枪踢开，接着道："你现在已经无处可逃了，不要做无谓的挣扎让自己更痛苦。"

"说得好像枪在你手上一样。"

"如果你认为把我作为人质外面的人就会让你离开，那你就大错特错。我们的人有很多，而你只有一个人。如果我们必须等你出去，我们会等；如果一定要有人伤亡，我们会不惜代价，但这只会让形势对你更加不利。你这样做是得不到自由的。菲利普·弗罗斯特在哪里？"

安德烈完全当自己没有听到奥利弗的问题，他答道："比起美国监狱，我还是宁愿待在英国的监狱里。"

"这不是我能决定的。他在这里还是在另一艘船上？"

"他可能在这里，"安德烈模棱两可地回答，"这有什么关系呢？我会被关进关塔那摩吗？"

奥利弗仍旧紧盯着这个悲哀的俄罗斯人："我不懂你为什么会被关在那儿，但是这个问题我同样不能回答。"

"我害怕关塔那摩，"安德烈回答，但是他的思绪看上去已经抽离了这里，"我害怕所有的秘密监狱。"

"那就放下武器跟我们合作，帮助我们理解——"

"理解？"安德烈重复道，"理解什么？理解我们差一点就成功了吗？"

奥利弗冲着他笑了笑，接着说："我会尽我所能帮助你。我向你保证如果……"

驾驶舱外，船员们已经在掩蔽处就位，安德烈不禁好奇有多少狙击手的枪口瞄准了他。"这架势是连死都不成了。"

"不,"奥利弗回答,"不是的。"

"来点伏特加?"安德烈提议。

"那就谢了,"奥利弗答应着,努力按照自己曾受到的训练顺着往下演,现在最重要的就是争取时间,"这个时候有酒是再好不过的了。"

"给,你随意。"安德烈说边用右手将那瓶苏联红伏特加推到奥利弗面前,"我从未一个人喝过酒。"安德烈说着,突然用左手将马卡洛夫对准自己,枪管插入自己干裂的双唇间,直到自己干渴的口腔内壁可以感受到金属的压力。安德烈的脸上带着微笑,就在奥利弗面前打爆了自己的脑袋。对这样的人而言,失败带来的只有讽刺。

另一边,泰乘坐的勇气号正靠近吉萨贝尔号渔船,泰戴上一张穆斯林刽子手用的肉色面具,而为了进一步隐藏身份,几个海军军士也学着泰的样子,戴上了面具。

与天堂号的船长不同,吉萨贝尔号的船长打定主意决不投降。他熄灭发动机后随即带着自己的人躲进了下面的宿舍内。泰率领的小队登上吉萨贝尔号后只余满室空荡荡的静寂,这让他们大吃一惊的同时也感到疑惑。泰心想,船员们会退到轮船内部就表明那里是最有利的角落,他们能够倚靠它进行战斗,但为什么? 那里有什么?

进入战斗模式后,泰带着自己的小队无声地前进,背靠着钢铁铸成的墙壁弓着身体靠在墙角。在走廊交叉形成的阴影内,他们在每一道门旁都作短暂停留,在从旁边破门而入之前,用可以媲美保险箱窃贼的高超技术对着门把和锁检测一番,然后迅速进入占据安全位置。走廊上空荡荡的,另一个船舱内立着一个大号的碗柜,两边各有一张双层床,但跟它旁边的那个碗柜一样,已经弃置不用了,床上也看不出有人使用的痕迹。

他举起手,示意身后的队员向入口处前进。入口通过一架暴露在外的螺旋梯,可以通到下一层的船舱内。就在入口前与墙壁齐平的地方,泰发现了一块大人无法通过的嵌板。嵌板上设有带着警报的双重密码钥匙和暗码锁,但都没有完成。他在通道内找到一个军械库,这里原本应该有二十把来复枪,大量的手枪,各种长度的匕首以及手榴弹和面具,但现在都不见了。

泰立即让队伍停了下来。"这是陷阱。"泰没出声,用口型传达自己的意思。泰朝队伍中的一人打手势,示意他需要笔和纸。海军军士接到指令后迅速往回跑,在驾驶舱内很快找到需要的物品,然后递给泰,泰随即在上面列出作战计划的草案。

首先,他必须回答一个问题,因为其他的事情都建立在这个问题之上,即:菲利普·弗罗斯特是在船上还是说他已经逃离了吉萨贝尔号?如果他还躲在船上的某个角落中,那有谁知道他会怎么做?如果他已经逃走了,那有没有可能让下面的船员相信他又回来了?直接向船舱发起进攻根本不在考虑范围之内,那样做只会让自己人成为对方的靶子。其他可能的方法,比如投掷烟幕弹将敌人逼出来,又会随之产生别的问题。那些不见了的面具会不会阻碍这个计策?在船舱舱口打开、通风设备性能良好的情况下这个计策还有可能成功吗?泰不清楚,但比起这些限制条件,他更担心发生枪战、炸弹满天飞,更糟糕的是直接引爆核弹头。尽管他并不相信核弹头会那么轻易就被引爆,但和奥利弗一样,他也不愿意将自己的推测付诸实践,但他们已经被逼到了穷途末路,只好放手一搏。

泰用食指碰了碰自己的嘴唇,告诉队员们讲话时不要发出声音,然后在板子上写下对队伍中其他水手的安排。生活真是有够奇妙的,泰心道,在这场最真实的冒险中,他能倚靠的或许还是他的表演天赋。闭上双眼,泰脑海中回想起在拍摄自己的第二部电影前上的那些充满挑战、让人精疲力竭的方言课,然后是伊恩的客人的那些滑音一样的对话,最后不知怎么地,他想到了神秘的阿尔·多萨里双胞胎。

当他开口时,说的是阿拉伯语,然后是夹杂着阿拉伯口音的英语,这种口音还是他在小孩子时期学来的。"菲利普!"他尖声叫道,听起来更像是命令而非请求,早在塞维利亚观看斗牛表演时他就注意到了菲利普对阿尔·多萨里双胞胎的尊敬。"菲利普!"

泰等了一会儿,下面并未传回任何回应,他又开始用阿拉伯语飞快地讲话,听上去就好像双胞胎中的一人正在对另一人说话,"他会在哪里?"

"我完全不知道。"泰用相同的语言自问自答,但声音中透出一点细微的差别。

"菲利普!"他又叫了一声,"出来吧。你错过好多事了。我们已经达成和解了。"

泰又顿了一下,眼睛紧盯着楼梯,手中的格洛克手枪瞄准入口。"他们现在有充分的理由,"泰继续道,又回到开始的带着阿拉伯口音的英语,"只要我们合作,他们保证我们能安全离开。"

他刚说完,周围就恢复了宁静。他飞快地在板子上写下"船长的名字?"然后将纸扯下来递给身旁的水手。水手悄悄后退穿过船舱,然后回到上面的驾驶舱。

"他肯定在另一艘船上,皮蒂。"泰暗示着自己放弃了,完美地扮演着自己的角色。

水手回来后,递给泰一张皱巴巴的帕尔玛一家杂货店的收据。虽然姓已经被弄脏了,但"罗曼"这个名还可以清楚地分辨出来。泰冲水手笑了笑,意识到全力以赴的时候到了。他十指交叉握紧,而他对面的水手则在身上画起了十字。

"天,菲利普,你在这里!"泰惊叫,仍旧是那副在阿拉伯讲英语的口吻,"你刚刚去哪儿了?"

泰用自己最好的演技尽力扮演一个刻薄的菲利普,他回答:"你以为我去哪儿了? 游泳吗?"泰期望自己的表演能够取信于这群斯拉夫观众。

"这不是什么大问题。"凭空捏造的阿拉伯人继续道。

"你能这样想就好。"

"事实上,猎犬已经被唤回去了。"

"有意思。"泰版的菲利普回答。

"这样不是很公平吗?"嗓音更加尖细的阿拉伯人长叹一声,"你的船长和他的船员们在哪? 我们该撤了。"

"不知道,或许藏起来了。遇到这种情况,难道你不躲起来?"

"船长叫什么?"

"罗曼。"

"叫他,行不? 这摊事情越早结束越好。"

"罗曼!"菲利普的声音冲着船舱喊道。

"罗曼!"其中的一个阿拉伯人跟着喊。

但随即这股令人不安的平静再次降临。泰静静地听着,只有自己的心跳声,他开始在脑海中倒数,从十到一。数到三的时候,他听到了缓慢移动的脚步声;数了一个长长的二后,下面船舱中传出的回应已经清晰可闻。

"弗罗斯特先生。"船长深沉的声音里透出一股因恐惧而生的试探。

"上来吧。"菲利普道,"我们正在浪费宝贵的时间。"

"弗罗斯特先生。"船长重复了一遍。

"罗曼,"菲利普厉声呵斥,音准完美,"你上来后我会向你解释你想知道的一切,我没力气一直大吼大叫。"

泰听到脚踏在铁楼梯上的声音后,在入口旁埋伏好。渐渐地,脚步声越来越大。船长一出现在入口处,泰就突然一记强有力的锁喉迫使他后退,接着用自己的格洛克23指着对方粗壮的棕褐色脖子。泰拿出一张纸在船长面前展开,上面写着"叫他们上来,告诉他们一切顺利。

450

没有陷阱"。后面还用俄语写着"我们说俄语"。除此之外,泰了解的俄语也就仅限于"你好""再见",以及"谢谢你"。泰只能祈祷船长并不知道他不过是在虚张声势。

船长想要点头,泰收紧自己掐住对方脖子的手,然后略略放松以便他能够顺畅呼吸。尽管泰的手放松了,但手枪更加紧逼着对方的皮肤。船长一说完,泰就将一张湿手帕塞在他嘴里,然后收回手枪,微微后退,接着一记手刀迅速击中船长的颈侧。这记手刀并不像屏幕上看起来的那么威力强大,但在这种情况下已经足够让船长动弹不得,方便看管了。

现在,这群斯拉夫人一个接一个地从下面的船舱内爬上来。由于刚爬上来时的不平衡,以及看见菲利普·弗罗斯特被枪指着的恐惧,他们轻易就被队员们从后面抓住制服,卸下了武器,捆了起来。

船舱内,被伪装成涡轮机的两枚在逃核弹头此刻就静静躺着,跟天堂号上发现的那枚一样。经过特别训练的水上特种部队的战士们迅速围了上去。他们会一直护送这几枚核弹头直到它们安全返回制造处,之后它们将会被拆卸,停止运行。

泰长长地呼出一口气。他已经精疲力竭,顺着墙壁就倒了下去,两条腿直伸到走道的另一边去。随着发动机重新启动,这艘陈旧不堪的渔船将从这个被称为天涯海角的地方踏上返回的旅途。

渔船逐渐加速,越行越远,直至消失不见。云彩不断聚集,在海面上投下斑驳的光影。远处,成百上千艘当地渔船在海面上逡巡,一名军方潜水员从海里冒了出来,落日余晖照在他身上,透出一个浅浅的轮廓。他抓住船舶的木质船身,终于松了口气,然后脱下那帮助他在短时间内游了这么长距离的水下喷射器递给船上的人,对方殷勤地接过去。摘下面具之前,他望了一眼地平线,然后爬上船,走到狭窄的防波板上。摘下面具后,菲利普用事先准备好的毛巾把脸擦干,但他始终弯着腰,尽量靠近地板,这样不论是从岸边还是其他船上都看不到他。菲利普从自己的湿衣服里掏出一个柔软的防水袋,又从袋子里取出自己的手机。他滚动屏幕,找到自己要的号码,然后按下拨号键。"你好,是弗朗茨吗?"菲利普问。

"没想到你这么快就打电话来了。"

"嗯,因为我的计划有点变动,"菲利普不慌不忙地告诉他,不忘维持一贯的优雅,"我希望你一个小时后到塔里法港最东边的地方来见我,行吗?"

弗朗茨犹豫了。"坐同一艘船吗?"他问道。

"你还没把它卖了,对吧?"

"没,"弗朗茨向菲利普保证道,"当然没有。"

"我也会上船的,"菲利普道,"你发现我们后记得保持五十码的距离,我游泳过来。"

"如你所愿。"弗朗茨让步了。

实际上,菲利普发现弗朗茨把船停在远离熙熙攘攘的塔里法渡船港时刚好过了一个小时。"我们就在这里下锚。"他告诉此刻正在驾驶驳船的伙伴,然后检查了一遍油箱和水下喷射器,"你最好暂时出去躲一下风声。现在去摩洛哥或者中东的其他地方要比在西班牙安全得多。"

对方转过头来冷冷地审视着他。

"这样能使你忘了这一段记忆,而且对你也好。"菲利普说着,张开自己的左手,手心中躺着两颗切工精细的戈尔康达Ⅱa型无瑕疵钻石。这两颗钻石之前和菲利普的手机及一片硅晶片一起放在他的防水袋子里。他虽不清楚这两颗钻石的具体价值,但是也能大概猜到即便市场不景气,这两颗钻石也能毫无疑问地换回二十五万欧元。"也许将来我还会需要你的服务,"他又问自己的伙伴道,"你有没有不变的邮箱地址?"

弗朗茨开怀一笑,慢慢报出自己的邮箱地址,以防意外,又重复了一遍。"你确定你记住了吗?"

　　"确定,"菲利普回答,"我不会忘的。"有那么一会儿,菲利普盯着手中闪闪发亮的微晶片犹豫了——里面储存着那突然并永远失去了的核弹头的激活码。

　　"那是什么?"弗朗茨好奇道。

　　"没什么。"菲利普回答,他的声音中透着一股惆怅而又认命的味道,随即张开手,让晶片随着晚风飘走,降落到海面上,并最终沉入无情的地中海。"什么也不是,不过是一些无用的信息罢了,是我们生存的这个世界的诅咒。"

　　随后他蹲下身体,跨过船舷,连水花都没溅起一片就消失在这古老的靛蓝色海面上。

54

"我们在这架飞机上要干什么？"伊莎贝拉问。

"我跟你说过，"泰回答，"去兜风。"从他们一回到直布罗陀的船坞开始，奥利弗就把泰的一切都安排好了。先是在皇家空军基地的一间凉快得过分的接待室里和伊莎贝拉秘密会合，然后又带着她一起乘上了飞机。

"真是非常感谢，我这一天已经过够了冒险的生活。"伊莎贝拉回击。她扫视了一眼装饰着实木和皮革的机舱，惊讶道："这是哪种飞机？我还从来没坐过这样的。"

"基本没人坐过，"奥利弗解释着，"其实，它的原型就是新版的QSST。"

"QSST?"泰也不大明白。

"安静超音速运输机。"奥利弗回答。

"当然，"泰自嘲，"我可够笨的。"

"我以为你能从它光滑的喙和尾翼上猜出来。"

"它是谁的？"伊莎贝拉问。

"朋友的朋友的。"奥利弗打哈哈。

"我们现在到底要去哪儿？"

"问得好。"伊莎贝拉补充道。

"你正往家里面赶，"奥利弗回道，"事实上，应该能赶得及去外面吃个晚饭。"

泰以一种奇异的方式望着伊莎贝拉，他希望这样能表达自己的惊讶之情。"那伊莎贝拉呢，她去哪里？"

"这要由她决定。"

伊莎贝拉随即回了个鬼脸。泰突然意识到,他对此已经远不止喜欢这么简单了。"可惜我哪儿也不能去,"她感叹,"我连护照都没有。"

"今晚你用不上,明天之前就会搞定,"奥利弗保证,"超越号上你要的一切都会有。你去过洛杉矶没?"

"没,"伊莎贝拉承认,"从来没有。"

"每个人都该去那儿看看。"泰向她保证。

"飞机以 1.6 马赫的速度飞行。我们会飞过极点,大概到那里需要四个小时多一点,"奥利弗继续道,"假设加利福尼亚的时区早九个小时,那么我们到达时会比我们出发的时间早五个小时。到那时关于泰参与到我们的任务中的消息应该就会出来了,但是这种消息不久就会不攻自破,因为泰神奇地出现在了自己的家里。"

"如果弗罗斯特还活着,他会知道事实真相的。"泰道。

"谁会相信他的话。"

"你从来都不知道这些事情,对吗?"

伊莎贝拉大张着一双湿漉漉的眼睛望着泰,就像突然在迷雾重重的丛林中找到了出路。"你相信确实是菲利普谋杀了伊恩,对吗?"她恳求道。

泰瞥了奥利弗一眼。

"菲利普是最大的受益者。"奥利弗回答,"不那样做的话他的损失就是最大。"

"伊恩只是个玩家,不是杀手,"泰告诉伊莎贝拉,"他的血是热的,不是冷的。我现在还不能证明,但是我严重怀疑跟这出阴谋一样未解开的其他谋杀案最终的最大获益人都是菲利普。就像奥利弗刚才讲的,伊恩的死亡也符合这个推论,其他人的死亡也是,包括朱可夫,如果你仔细想想的话,应该还有卢克·克劳森的父亲。"

伊莎贝拉呼吸急促,难以置信地摇着头,一想到遭到自己曾以为爱

455

过的男人的彻底背叛，怒火就止不住往上冒。"这太恐怖了。"

"一切都结束了。"泰安慰道。

"只是暂时的，"奥利弗静静地陈述着事实。QSST 上升到五万五千英尺后，奥利弗透过超大的窗户往外看。坠落的夕阳正在它面前缓缓上升，上方的天空完全暗了下来，飞机在此刻冲破了音障。

"我刚才什么都没听见。"伊莎贝拉吃惊道，数字空速指示器上的数字表明他们刚刚经历了什么。

"地上的人也听不见。"奥利弗解释，"这架飞机上装有音爆抑制技术。"

泰谨慎地盯着自己的朋友："你在开玩笑吗？"

奥利弗摇头："接下来就是光速了。"

飞机斜着飞行，泰透过窗户上伊莎贝拉的剪影，看到了地球柔和的曲线。

"你刚刚说'暂时的'是什么意思？"伊莎贝拉顿了一会儿才问奥利弗。

"看不见并不意味着不去想，"泰插了一句，"我猜这就是莫利纽克斯司令官想表达的意思。"

"少扭曲我的意思，"奥利弗详细地解释了自己的话，"我只是太高兴我们可以找回核弹头，这才是最重要的。但是我恨的是弗罗斯特逃走了，我也恨形势逼得我们不得不向他们一样尽快行动。我本来想为了情报粉碎整个阴谋的，我实在是想——干掉那些该死的混蛋，永远的。但是我的计划落空了，那个残忍的谋杀犯逃了，带着那么多钱，还有珠宝！但是他跑得了今天，跑不了明天。他早晚会再出现的，他藏不住的。"

"希望你是对的，"泰道，"但如果你还想让我等你们的电话，甚至不请自来，还想召唤我的话，我只能换号码，并加强对恩坎塔达山庄的监视了。"

"你不会的。"奥利弗颇为自信。

"我会。"泰的强力坚持最终化为一个微笑。

"那就告诉我你对此并没有我那么愤怒,告诉我你再也不会和菲利普·弗罗斯特一决高下——这是最后一次。"

泰陷入了沉思。"你知道我不会这样说,"泰无力道,"你很清楚我的感受。"

奥利弗深吸一口气。"这才是我想听的,"他满意了,"听着,我不清楚你们之间怎么回事,你们当我不存在好了。飞机的后面有两个舱,你俩去右手边的那个吧,是机主的。"

"听上去不错,"泰缓了口气,"你会跟我们一起待在洛杉矶,对吧?我希望你去。"

奥利弗摇头:"总得有人把这玩意儿还回去。"

泰朝他使了个眼色表示感激。

坐在两个人独享的机舱里,伊莎贝拉突然浑身战栗,低声道:"我不知道该怎么想。"

"那就什么都别想。"泰告诉她。

"怎么可能?"

"靠经验,"泰许诺道,"当这一切从未发生过。"

想到泰的话,她翡翠般碧绿的双眼中浮现出难以置信和受伤。"一切吗?"她柔柔问道,"那值得纪念的那部分呢?"

泰搂过伊莎贝拉,吻住:"亲爱的,这些仅存在于我们之间。"

致 谢

尽管泰·亨特这个形象早已在我的脑海中成型,包括他的往事和他的性格也不断地丰满起来,但是我还是希望能够更加深入地塑造一个引人入胜的人物形象。所以,秉持这样的念头,当我完成这个故事时,我发现自己已经颠覆脑中最初所想,却又能够自圆其说。这多超乎预料(就连我也想不到)。

在创作过程中,许多朋友和专家都给予我中肯的建议和莫大的鼓励。首先感谢的就是我的经纪人——皮特·朗姆帕克——要不是他的这份信心、耐心和对这本书的独到见解,我想这本书就不可能和读者们见面。皮特也一直得到他的家人和朋友的支持,包括他的儿子安德鲁,一个善解人意的伶俐孩子,还有两位总是一副好脾气的同事们——瑞玛·狄兰耶和克里斯蒂·罗素。

在斯堪的纳维亚的时候,我得到了凯瑟琳·库尔的无穷帮助,她天生拥有对故事和人物行为极度敏感而又细致入微的感觉。阿利森·洛伦岑总是对我手稿中的每一言、每一句都有着新鲜、新颖而又缜密的想法。

当然,除了这些专业人士的支持,我还要向克林顿总统表达无尽的感谢。不仅仅是因为他读完了我小说的第一稿,用他对文学的犀利理解为小说增色,决定了小说在叙述、对话、高潮和节奏上都更加紧凑地发展,更是因为他对我的那些让人感激而又动情的荐言。

在小说成型的每一个环节上,有许多人读完《跳出大荧幕的间谍》一书并给予宝贵的意见,慷慨地和我一起分享信息和知识,让小说更加风姿绰约,内容殷实。所以我要感谢他们:菲利普·博比特、汤姆·坎

458

佩尔、比尔·卡西迪、苏珊·艾森豪威尔、詹姆斯·贾格罗、阿拉贝拉·贾格罗、罗伯特·戈特利布、乔迪·格雷格、朱塞佩·久尔洛特、戴维德·赫奇恩、杰米·科尔、里卡尔多·兰扎、威廉姆和桑德列·洛伯科维奇、艾琳·梅塞尔、吉姆·摩尔、费拉维奥·玛里奥特、戴安娜·帕特森、乔治·波切斯特、玫琳凯·鲍威尔、约翰和简、蒲然、乔瓦尼·芮弗订、肖恩·卢特、约翰·索马里兹·史密斯、史蒂夫·谢弗、亚历克斯·谢默、米歇尔·希恩、安德鲁·所罗门、米歇尔·苏迪米尔、戴维德·沃尔顿、爱丽丝·韦斯特和霍普·温思罗普。

　　每一个幸运的作家都深知，特别是在一部作品长期创作过程中，那些来自朋友的——有时甚至是萍水相逢之人的——信心和支持就像是在风起云涌的大海上那座重要的航标。那些在关键时刻向我伸出友好之手的人实在太多太多了，没有办法在这里一一悉数。但是他们和我一样明白这份难能可贵的友情。我对他们的感谢无穷无尽，我将一辈子带着这份情感继续走下去。

托马斯·卡普兰

巴黎　英国驻法大使馆

2011 年 9 月 5 日